Rosmarie Schoop

Herzlos

Vom Monteur, der für SULZER in die Welt zog

Rosmarie Schoop

Herzlos

Vom Monteur, der für SULZER in die Welt zog

Roman

Bibliografische Information der Deutschen Nationalbibliothek:
Die Deutsche Nationalbibliothek verzeichnet diese Publikation in der Deutschen Nationalbiblio-
grafie; detaillierte bibliografische Daten sind im Internet über http://dnb.dnb.de abrufbar.

2. Auflage 2024

Verlag: BoD • Books on Demand GmbH, In de Tarpen 42,
22848 Norderstedt
Druck: Libri Plureos GmbH, Friedensallee 273, 22763 Hamburg
ISBN: 978-3-7583-1055-3

Für meine Eltern Hermann Schoop und

Lina Schoop Olivares

und für alle stillen *Sulzer*-Helden

Erster Teil

1965 bis 1980

Personenglossar

Fito	*Sulzer*-Monteur, Spezialist für Dieselmotoren
Norma	Fitos chilenische Freundin und spätere Frau
Rosalie	Fitos und Normas Tochter
Andrés und Lorena	Normas Bruder und dessen Frau
Werni und Margrit	Fitos Eltern
Trudy	Fitos Schwester
Lotti und Max	Ehepaar, das Margrit bei sich zu Hause aufgenommen hat
Toni Brunner	Fitos Vorgesetzter
Heinz	Fitos Freund, auch *Sulzer*-Monteur
Enrique und Lucrecia	Fitos chilenischer Onkel und dessen Frau
Rosa und Hugo	Enriques und Lucrecias Zwillinge
Robert Sulzer	ehemaliger *Sulzer*-Chef
Georg Sulzer	ehemaliger *Sulzer*-Chef

Glossar

Caliche	Ausgangsstoff für die Gewinnung von Chile-Salpeter. Sandige, aus Natriumnitrat und anderen Salzen, Chloriden und Sulfaten bestehende Substanz
Campamento	Wohnsiedlung in einem Salpeterwerk. Hier befinden sich Schulen, Läden und die Kirche
Chile-Salpeter	In der chilenischen Atacamawüste gewonnenes Natriumnitrat
Charquicán	Eintopf aus Rinderhackfleisch, Tomaten, Kürbis und Kartoffeln
Cuadro Blanco	Ursprünglich *Academia de Educación física*. Im Jahr 1948 gegründete Sportakademie des Salpeterwerks *María Elena*
Elenino / elenina	Bewohner / Bewohnerin von María Elena
Empanada	Teigtasche aus Weizenmehl, gefüllt mit Hackfleisch, Zwiebeln, gekochten Eierstücken, Oliven und Rosinen
Maestranza	hier werden Werkzeuge hergestellt, aber auch Teile der Produktionsanlage und der Eisenbahn, die die Wüste durchquert, repariert
Pampino / a	Person, die in einem Salpeterwerk geboren oder aufgewachsen ist oder dort gelebt und gearbeitet hat

Pebre	typische chilenische Beilage aus Tomaten, einer mittelgroßen Zwiebel, einer Tasse gehacktem Koriander und einer Tasse gehackter grüner Chili. Wird mit Öl, Salz, Zitronensaft und/oder Essig angerichtet
Pisco sour	Traubenbranntwein. Stark alkoholhaltiges chilenisches Nationalgetränk
Pulpería	Geschäft in einem Salpeterwerk
Salpeterwerk	Besteht aus dem *Campamento*, dem Verwaltungsgebäude, der *Maestranza* und dem Ort, wo Salpeter gewonnen wird

Mosambik, März 1966

Fito schraubte in Mosambik an einem Dieselmotor herum, als er plötzlich den Kopf schüttelte und das Werkzeug beiseitelegte. Im letzten Jahr war so viel passiert, er wunderte sich noch immer darüber. Morgens, wenn er aufwachte, fragte er sich oft, ob er alles nur geträumt hatte. Ausgerechnet ihm, der von Natur aus sehr rational war und nur glaubte, was er sah, war etwas Unglaubliches widerfahren.

Mitten in der chilenischen Atacamawüste im Salpeterwerk *María Elena*, zwischen Calama und Tocopilla, war er seinem Onkel Enrique begegnet. Sie hatten sich im Maschinenraum kennengelernt, für den Enrique verantwortlich war. Fito sollte dort einen *Sulzer*-Dieselmotor reparieren. Nur wenige Monate später war Norma in sein Leben getreten.

In der vorhergehenden Nacht hatte Fito kaum geschlafen, seine Gedanken ließen ihn kaum zur Ruhe kommen. Da er sich plötzlich sehr müde fühlte, beschloss er, im Schatten eines Baums ein Nickerchen zu machen.

Ein Jahr zuvor im Salpeterwerk María Elena, März 1965

Fito saß auf der *Plaza* der *María Elena*. Obwohl es schon recht spät war, wollte er nicht in sein enges Hotelzimmer zurück. Er sah zum klaren Sternenhimmel und streckte einen Arm in die Höhe, als würde er nach einem Stern greifen. Er lächelte, als er sich seiner Handlung bewusst wurde. Er war erfüllt von einem Glücksgefühl, das ihm neu war, und gleichzeitig angeheitert von den beiden *Pisco sour*.

Fito schloss die Augen. Immer wieder dachte er an den Augenblick, als Enrique vor ein paar Stunden nach dem gemeinsamen Familienabendessen zitternd vor ihm stand. «Ich bin dein Onkel, ich habe es selbst eben erst erkannt.» Fito schüttelte den Kopf. Da steht jemand vor dir, und es stellt sich heraus, es ist dein Onkel. Der verschollene Zwillingsbruder deiner Mutter, den man irgendwo in Brasilien vermutete. Nicht in Chile. Es war alles so überwältigend, und gleichzeitig fühlte sich alles richtig an. Enrique war ihm mittlerweile ebenso vertraut wie dessen Frau Lucrecia und ihre Zwillinge Hugo und Rosa.

Am selben Abend hatte ihm Rosa seinen Spitznamen gegeben, den er nie mehr ablegen würde. Fito sei die Koseform von Rodolfo, hatte sie ihm erklärt. Sie empfinde ihn liebevoller als seinen Taufnamen Rudolf, außerdem sei er kürzer.

2.

Enrique erkannte, dass sein Neffe es nicht gewohnt war, so viel Zuneigung zu erfahren. Als er ihn einmal dazu aufforderte zu sagen, wenn es ihm zu viel wurde, lächelte Fito. Die überschwänglichen Gefühlsäußerungen seiner Verwandten waren neu für ihn, aber er empfand sie als angenehm, weil er sich geliebt fühlte.

Fito freute sich, dass sich sein Onkel für alles zu interessieren schien, was mit ihm zu tun hatte. Auch für seine Lehre als Maschinenschlosser bei *Gebrüder Sulzer* und für seine Arbeit im selben Betrieb. Er war überrascht, dass Enrique einiges über die Firma wusste, die aus der Mitte der 1830er Jahre von Johann Jacob Sulzer gegründeten Gießerei hervorgegangen war. Ein Schweizer Ingenieur hatte Enrique vor über vierzig Jahren erzählt, dass *Sulzer* seit dem frühen zwanzigsten Jahrhundert Viertaktmotoren für dieselelektrische Kraftzentralen in der ganzen Welt gebaut habe. Über die Jahre hinweg waren viele Informationsfetzen über das Schweizer Traditionsunternehmen dazugekommen.

Enrique reagierte überrascht, als er von seinem Neffen erfuhr, dass in jeder Winterthurer Familie mindestens eine Person bei *Sulzer* angestellt war. Das Unternehmen sei einer der größten Arbeitgeber in der Stadt, erzählte Fito. Auch sein Großvater habe in der Elektrowerkstatt von *Sulzer* gearbeitet, bevor er sich als Schmied selbstständig gemacht habe. Und sein Vater Werni sei *Sulzer* nach der Lehre zum Maschinenschlosser bis zu seiner Pensionierung viele Jahre als Schweißer und zuletzt als Magaziner treu geblieben. Enrique lächelte. Vielleicht hätte auch er sein ganzes Berufsleben bei *Sulzer* verbracht, wären seine Adoptiveltern mit ihm nicht nach Chile emigriert.

3.

Onkel und Neffe saßen auf einer Sitzbank der *Plaza*. Enrique forderte Fito auf, ihm etwas über *Sulzer* zu erzählen, das in die Geschichte eingegangen sei. Fito dachte kurz nach und entschied sich für die Episode über den abgewendeten Streik.

An einem Sommertag im Juli 1937 sei sein Vater aufgelöst nach Hause gekommen. Die Arbeiter hätten sich in der Montagehalle für Großdieselmotoren versammelt, um über einen Streik abzustimmen. Viele hätten sich dafür ausgesprochen, eine schon lange fällige Lohnerhöhung zu erzwingen. Zusammen mit anderen habe Werni auf einer riesigen Maschine gesessen und von dort aus das Geschehen beobachtet. Eigentlich sei er für eine Arbeitsniederlegung gewesen. Aber der damalige Unternehmenschef Robert Sulzer habe die Mehrheit der Anwesenden davon überzeugt, nicht zu streiken, auch Werni. Vor wenigen Jahren sei die Produktion um zwei Drittel gesunken, was zu einem massiven Personalabbau geführt habe. Werni habe wie auch andere Angst gehabt, seine Arbeit zu verlieren, wenn er seine Hand erhob.

Enrique nickte nachdenklich. Die 1930er Jahre waren weltweit Krisenjahre gewesen. Auch das Salpetergeschäft lief damals so schlecht, dass in der Atacamawüste ein Salpeterwerk nach dem anderen stillgelegt wurde. «Noch im selben Monat unterzeichneten die Verbände der Metallindustrie das sogenannte Friedensabkommen», hörte er Fito sagen. Enrique glaubte, sich verhört zu haben. Ein Friedensabkommen. Das klang ja so, als ob sich die Arbeiter mit dem Abkommen dazu bereiterklärt hätten, nicht zu streiken.

Fito erriet die Gedanken seines Onkels. «Die Vereinbarung verpflichtete Arbeitnehmer und Arbeitgeber dazu, miteinander zu reden.»

Enrique schüttelte ungläubig den Kopf. Er war der Überzeugung, dass ein Streik in einem Land wie der Schweiz die stärkste Waffe des Arbeiters war, um etwas zu erreichen. In der Schweiz wurden Aufstände soviel er wusste nicht mit Militärgewalt beendet wie in Chile. Enriques Gesichtszüge hatten sich verhärtet. Zeit, das Thema zu wechseln, besann er sich. Er schlug seinem Neffen für den folgenden Tag eine Führung durch das Werk vor. Natürlich nur, falls er Lust dazu habe und ihm seine Gesellschaft nicht zu viel werde. Er lächelte gutmütig.

Auch Fito lächelte. Sein Onkel ahnte nicht, wie gerne er mit ihm zusammen war. Wie ein Schwamm saugte Fito jeden aufmerksamen Blick, jedes liebe Wort, jede liebevolle Geste von ihm auf. Unbewusst wollte er so jedes Zeichen der Zuneigung in jeder Zelle seines Körpers abspeichern.

Seit ihrer ersten Begegnung im Motorenraum der *María Elena* waren einige Wochen vergangen. Fito kam es vor, als habe er in dieser Zeit mit dem Onkel mehr geredet als sein bisheriges Leben mit dem Vater.

4.

Es war Samstagmorgen. Fito hatte schlecht geschlafen. Er konnte sich nicht an die hellhörigen Wände des *Hotel del Pampino* gewöhnen. Man hörte das Schnarchen, den Husten, das Niesen und manchmal sogar den Atem der Zimmernachbarn, als wären sie im selben Raum. Das *Hotel del Pampino* war kein gewöhnliches Hotel, sondern eine Arbeiterunterkunft, wo sich in einem schmalen Korridor Zimmer an Zimmer reihte.

Fito und Enrique befanden sich in der Nähe des Pavillons. Während sich der übermüdete Fito die Augen rieb, erzählte ihm sein Onkel, dass die *Eleninos* ihren Pavillon *Odeón* nennen würden und dort früher Orchester aufgespielt hätten. Es war das erste Mal, dass Fito in einem Salpeterwerk lebte. Meistens erfolgten seine Einsätze in einem Elektrizitätswerk außerhalb einer Stadt oder auf einem Schiff. Bis jetzt hatte er sich nur eingehend um die Dieselmotoren im Werk gekümmert. Eine richtige Einführung, wo er sich überhaupt befand, hatte Fito nicht erhalten. Umso gespannter hörte er Enriques Erklärungen zu. Von oben sei zu erkennen, dass die *Plaza* der *María Elena* das Zentrum eines Achtecks sei. Es bestehe aus vier längeren und vier kürzeren Seiten, und um dieses Achteck herum sei die Stadt entstanden. Die Häuser und Straßen seien kreisförmig angeordnet, keine Straße der *María Elena* sei länger als eintausend Meter. Der Onkel gestikulierte, was Fito amüsierte.

Als die beiden die *Plaza* Richtung Kirche überquerten, fielen Fito einmal mehr das unübersehbare Drahtgewirr und die staubigen ungeteerten Straßen auf. Das seien neben dem tagsüber stahlblauen Himmel seine ersten Eindrücke gewesen in der *María Elena*, sagte er zu seinem Onkel. «Und was mir hier am besten gefällt, ist das gleißend helle Licht, das sich über das Werk legt, bevor die Sonne langsam untergeht und sich der Himmel rosa verfärbt.»

Enrique lächelte. «Eine Vollmondnacht in der Wüste, *die* müsstest du einmal erleben. Das ist pure Magie.»

Als Fito überlegte, wann der nächste Vollmond sein würde, erzählte ihm sein Onkel, dass er die ersten achtzehn Jahre seines Lebens in Valparaíso verbracht habe. Fito hatte zwei Nächte in der von vielen Hügeln gesäumten Hafenstadt geschlafen, bevor er weiter Richtung Atacamawüste reiste. Die teils sehr farbigen Gebäude in Valparaíso und deren Architektur gefielen ihm. Sie unterschieden sich sehr von den schlichten und unauffälligen einstöckigen Wohnhäusern der *María Elena*. Nur das Verwaltungsgebäude verfügte über zwei Etagen.

Unterdessen waren Onkel und Neffe an einem Ende der Straße *Latorre* angelangt und standen vor der Kirche *San Rafael Arcángel*. Enrique machte Fito darauf aufmerksam, dass die Kirche eines der ältesten Gebäude der *María Elena* sei. Sie sei im selben Jahr errichtet worden wie die *Pulpería,* die Markthalle und die öffentlichen Bäder und Toiletten, der Wachposten, das Spital und das alte Theater. Auch das Amerikanische Viertel, die kleine Wohnsiedlung *Pasaje Orella* und die Post seien 1926 im Gründungsjahr der *María Elena* entstanden.

Fito erinnerte sich an seinen ersten Besuch in der nahegelegenen Post. Sie befand sich an der *Avenida Prat,* parallel zur *Calle Latorre.* Er war sich vorgekommen wie in einem Museum. Lange war er beim Posteingang vor den goldfarbenen, kleinen Postfächern mit den beiden eingestanzten Sternen darauf stehen geblieben. Dann hatte er an der Theke Briefmarken gekauft und seine Postkarten im etwas angerosteten Standbriefkasten vor dem Postgebäude eingeworfen.

Die beiden Männer spazierten zum *Pasaje Orella.* Hier kam Fito auf seinem Arbeitsweg zum Maschinenraum immer vorbei. Bis jetzt hatte er keine Ahnung gehabt, dass sich hinter dem Eisentor ein kleines Wohnviertel befand. Neugierig trat er hinter seinem Onkel durch das Tor in den Innenhof. Er näherte sich den Fenstern, um durch die Gitterstäbe hindurchzusehen. Die Räume waren sehr klein.

Enrique folgte seinem Neffen und erklärte ihm, dass in den etwa hundert Zimmern zu Beginn nur die ledigen Arbeiter gelebt hätten. Mit der Zeit seien sie von ganzen Familien aus dem südlichen Chile abgelöst worden. Enrique zeigte Richtung Pfefferbaum mitten im Innenhof, darunter befand sich eine hölzerne Sitzbank. Die beiden setzten sich, und Enrique wischte sich mit einem Stofftaschentuch den Schweiß von der Stirn. «Was willst du über mich wissen?» Ein warmes Lächeln huschte über sein Gesicht.

Fito war überrascht. Derart direkte Fragen war er nicht gewohnt. Er brauchte deshalb etwas Zeit, bis er antwortete. «Du hast mir vor kurzem erzählt, dass die 1930er Jahre für das Salpetergeschäft Krisenjahre gewesen seien. Wieso bist du denn damals nicht nach Valparaíso zurückgekehrt?»

Enrique sah zu Boden und begann mit seinem rechten Fuß zu wippen. Das machte er oft, wenn er über seine Vergangenheit redete. Er blickte Fito in die Augen. «Wer sagt denn, dass ich nicht ging? Als das Salpeterwerk *La Palma* geschlossen wurde, das war 1932, zog ich mit meinen Eltern und meiner Patentante nach Valparaíso auf den *Cerro*

Alegre zurück. Das Haus gehört übrigens noch immer mir. Aber wir lebten uns nicht ein, uns fehlte die Wüste.»

Enrique bezeichnete wie alle *Pampinos* das, was sich außerhalb der Wüste befand, als draußen. Obwohl sie in ihrem Mikrokosmos isoliert waren, fehlte es ihnen an nichts. Als die *Palma* 1934 unter dem Namen *Humberstone* wiedereröffnet wurde, ging Enrique mit Eltern und Patentante in die Wüste zurück. Sie waren hoffnungsvoll, obwohl sie wussten, dass die Blütezeit des Salpeters längst vorbei war. Mit funkelnden Augen erzählte Enrique, dass die Regionen Antofagasta und Tarapacá, der Große Norden Chiles, wirtschaftlicher und kultureller Mittelpunkt des Landes gewesen sei, als er als junger Mann im Jahr 1918 in die Wüste aufgebrochen war.

Onkel und Neffe erhoben sich und schritten durch das Tor des *Pasaje Orella*. Sie gingen nach rechts Richtung Hauptstraße. Auf der anderen Seite weiter hinten befand sich das Bahngleis, welches Produktionsanlage und *Campamento* voneinander trennte. Die beiden bogen bei der Hauptstraße rechts ab und spazierten zum Bahnhof. Das weiße Bahnhofsgebäude war Fitos Lieblingsbau in der *María Elena*. Er mochte das geschwungene Dach und die kleinen Türme an jeder Ecke. Es war im neokolonialistischen Stil gebaut, ebenso wie die Kirche *Arcángel San Rafael* und die Schule in der Nähe der *Plaza*.

Als die beiden Männer durstig wurden, machten sie sich zur Markthalle auf, einem gelben Gebäude am äußeren linken Rand einer Straße, die die *Plaza* säumte.

Zu Fitos Erstaunen brachte man ihnen zwei Tassen Tee. Er hatte damit gerechnet, dass sie ein kaltes Bier trinken würden. Enrique glaubte, eine gewisse Enttäuschung in Fitos Blick zu erkennen und lächelte. Sein Neffe würde schon noch merken, dass es nicht von ungefähr kam, dass viele *Pampinos* Tee tranken. Heißer oder warmer Tee kühlte den warmen Körper besser ab als kalte Getränke.

Enrique nahm einen Schluck und zeigte zum blau angemalten Lokal vor ihnen. In der *Peluquería del Sindicato* ließ er sich schon seit Jahren die Haare schneiden. Dann deutete er auf den Laden *Caraman*, wo er seine Schuhe kaufte. Von den Schuhputzern der Markthalle ließ er sie regelmäßig auf Hochglanz bringen. Enrique nahm einen letzten großen

Schluck Tee und schlug vor, nun in die entgegengesetzte Richtung zu spazieren. Auch Fito trank seine Tasse aus, obwohl er Tee noch nie besonders gemocht hatte. Erstaunt stellte er fest, dass er sich erfrischt fühlte.

Vor dem Marktausgang zeigte Enrique nach links. «Die *Pulpería* an der Straßenecke siehst du dir am besten mal allein an, falls du nicht schon drin warst.» Enrique ging nicht gerne in die *Pulperías*, die als Einkaufszentren der Atacamawüste galten, wo man von Lebensmitteln über Kleider bis zu Möbeln fast alles bekam. Er wunderte sich immer über die Menschen, die sich stundenlang in der *Pulpería* aufhielten. Er selbst kaufte lieber in den kleineren Läden ein.

Enrique zeigte seinem Neffen die typischen Häuserblocks des Arbeiterviertels, die *Manzanas* genannt wurden. Fito erkannte schon von Weitem, dass je zwei Gebäude parallel zueinanderstanden und zusammen mit den anderen Reihen bildeten, die von Straßen oder Durchgängen unterbrochen wurden. In Winterthur gab es ähnliche Viertel, sie waren typisch für eine Industrie- und Arbeiterstadt. Gespannt lauschte er Enriques Erklärungen. In der *María Elena* würden die Innenhöfe zwischen den Reihenhäusern meistens über zwei Toiletten verfügen, eine für Frauen und eine für Männer. Manchmal seien für einen ganzen Häuserblock aber nur zwei vorhanden. Erst seit Anfang der 1960er Jahre gebe es in der *María Elena* flächendeckend fließendes Wasser, Toiletten und Duschen.

In unmittelbarer Nähe des Arbeiterviertels befanden sich die sportlichen und kulturellen Einrichtungen der *María Elena*. Enrique wollte seinem Neffen aber zuerst den Ortsteil mit den *Buques* zeigen. Wie im *Pasaje Orella* wohnten dort einst nur die ledigen Arbeiter.

Als die beiden die rechteckigen Häuser begutachteten, begriff Fito, wieso die Gebäude zu ihrem Namen gekommen waren. Ihre rechteckige langgezogene Form erinnerte an große Frachtschiffe. Im langen, engen Raum befanden sich Schlafzimmer und Kochnische. Als Enrique mit seiner Familie 1959 in die *María Elena* gezogen war, stand noch eine riesige Mauer um die *Buques*. Niemand sollte ungesehen herein- und herauskommen. Die *Buques* wurden überwacht, weil sie von Prostituierten aufgesucht wurden, so wie auch die *Calle Prat* und die *Calle*

22

O'Higgins. Da die Arbeiter donnerstags ihren Lohnvorschuss erhielten, kamen die Prostituierten an diesem Tag in die *María Elena*. Mittlerweile war das Viertel zu einem schönen Ort geworden, wo Familien und Alleinstehende durchmischt wohnten. Es verfügte sogar über eine von Bäumen gesäumte Pergola. Fito lachte, als er erfuhr, dass das Sinfonieorchester in den *Buques* seinen Sitz hatte. So änderten sich die Zeiten.

Die beiden Männer spazierten weiter zum peripher gelegenen Amerikanischen Viertel, wo der Direktor und die Angestellten des Werks in sogenannten Chalets lebten. Deshalb nannte man den Ortsteil auch Chalet-Viertel. Es befand sich auf einer kleinen Anhöhe im Nordwesten der *María Elena*. Fito bestaunte die Bäume, Büsche und die kleinen Gärten, die fast rund um die Uhr bewässert wurden. Das Amerikanische Viertel war eine Idylle. Plötzlich verstand er die Zweiklassengesellschaft. Hier oben lebten der Werkdirektor und die Angestellten, die beigefarbene Arbeitsuniformen aus weichem Stoff trugen. Die einfachen Arbeiter in ihren Kleidungsstücken aus festem Jeans hingegen wohnten im unteren Teil des Werks. Die beiden Wohnbereiche wurden von der Rohrleitung getrennt.

«Noch vor einigen Jahren durften sich die Kinder der einfachen Arbeiter nicht in diesem Viertel aufhalten», erklärte Enrique. «Wenn ihr Schulweg durch diesen Ortsteil führte, mussten sie einen Umweg machen.»

Während es im Amerikanischen Viertel schön grün war, herrschte in der restlichen *María Elena* Sand und Staub vor. Deshalb wurde sie spaßeshalber als *María Polvillo* und die Einwohner als *Cometierras* bezeichnet. Der Staub wurde von der Anlage erzeugt, die die Caliche zermalmte. Der Wind hob das Gemisch aus Staub und Sand auf, und dieses wirbelte dann durch das Werk.

Die beiden Männer schlenderten wieder Richtung *Plaza* und kamen an der neuen *Feria redonda* vorbei. Das runde Marktgebäude beherbergte zahlreiche Stände mit Gemüse und Früchten. Fito amüsierte sich über die Kinder, die vor dem Marktgebäude Zelte aus Leintüchern errichteten. Einige Mädchen und Jungen benutzten die Treppe der *Feria* als Rutschbahn. An einem Verkaufstisch wurden kleine Gipsfiguren angeboten. Fito überflog das Angebot und blickte dann zu den beiden

Wassertürmen auf Stelzen. Weil die Sonne ihn blendete, kniff er die Augen zusammen. Er war fasziniert von den ehemaligen Wasserspeichern der *María Elena*, dem Wahrzeichen des Werks.

Enrique war es ein Bedürfnis, seine Führung mit ein paar Sätzen auf einer schattigen Sitzbank der *Plaza* abzurunden. Die *María Elena* gelte als größtes Salpeterwerk der Atacamawüste, begann er. Zusammen mit der *Pedro de Valdivia* sei sie zudem das modernste. In ihrer Blütezeit hätten beide um die vierzehntausend Einwohner gezählt. Armut und Ungerechtigkeit, die man früher mit der Herstellung von Salpeter verbunden habe, seien jetzt kein Thema mehr. Das sei auch dem Guggenheim-Verfahren zu verdanken, der effizientesten und kostengünstigsten Art, um Salpeter zu produzieren. Dadurch sei in der *María Elena* früher viermal mehr Salpeter erzeugt worden als in der nahegelegenen *Chacabuco*. Das ehemals größte Werk der Atacamawüste sei 1940 stillgelegt worden und habe als eines der letzten Werke mit der Shanks-Methode gearbeitet. Während bei diesem Verfahren nur hochwertige Caliche verwendet werden dürfe, könne mit der Guggenheim-Methode das enorme Vorkommen des minderwertigen Rohmaterials genutzt werden. Aber auch die hohen Stromkosten hätten zum frühen Ende der *Chacabuco* beigetragen. Im Gegensatz zur *María Elena* und *Pedro de Valdivia* sei die Sonnenwärme dort nicht genutzt worden.

Während Fito dankbar zu seinem Onkel sah, überlegte sich dieser, mit seinem Neffen bald einmal zur *Chacabuco* zu fahren. Die Infrastruktur war noch erstaunlich gut erhalten, und hinter dem braunen Schornstein der Anlage sah man die schneebedeckten Andenkordilleren. Das Panorama war eindrücklich.

Enrique gähnte. Jetzt war Zeit für eine ausgedehnte Siesta, später würden sie sich ja wiedersehen.

5.

Fito legte sich in seinem Zimmer im *Hotel del Pampino* aufs Bett. Viel mehr konnte er dort auch gar nicht tun. Nicht einmal ein Schreibtisch fand im winzigen Raum Platz. Aber Fito war kein Mensch, der sich von widrigen äußeren Faktoren beirren ließ. Seinen Gedanken konnte man schließlich überall nachgehen.

Er staunte über sein neues Leben. Von außen gesehen war es immer noch dasselbe, aber jetzt fühlte es sich intensiver an. Die Erkenntnis, dass die Gefühle, die er jetzt hatte, diejenigen waren, nach denen er sich fast sein ganzes Leben lang gesehnt hatte, tat weh. Sein eigener Vater hatte ihm emotional nicht viel mitgegeben. Wirklich dankbar war ihm Fito nur für seinen Taufnamen. Er war eine Hommage an Rudolf Diesel, dem Dieselmotor-Erfinder, den sein Vater wie einen Helden verehrte. Und jetzt hatte er seinen Namen, auf den er immer so stolz gewesen war, abgelegt. Weil für ihn sein neuer Name für sein neues, erfüllteres Leben stand.

Durch die vielen Erzählungen über Rudolf Diesel hatte irgendwann auch Fito begonnen, den Deutschen zu bewundern. Rudolf Diesel war zu Beginn seiner beruflichen Laufbahn Kälteingenieur, der Eismaschinen konzipierte und reparierte. Weil er aber lieber über seine künftige Erfindung nachdachte, verlor er bald das Interesse an seinem erlernten Beruf. Diesel wollte einen Motor bauen, der günstig, effizient und leistungsfähig war, und dessen Wirkungsgrad denjenigen der Dampfmaschinen weit übertraf. Im Jahr 1892 hatte er es geschafft. Der Dieselmotor war geboren, und Rudolf Diesel ließ sich seine Erfindung patentieren.

Zusammengepresstes Gas entzündet sich durch die aus dem Druck entstehende Hitze. Bis zu zweitausendfünfhundert Grad Celsius sind möglich, murmelte Fito vor sich hin. Er lächelte, als er sich an die Erdnussöl-Anekdote erinnerte, die sein Vater immer wieder gerne erzählte. Im Jahr 1900 an der Weltausstellung in Paris zeigte Diesel auf, dass man seinen Motor auch mit pflanzlichen Ölen wie Erdnussöl laufen lassen konnte.

Fito streckte sich auf seinem schmalen Bett aus und sah an die Decke. Er dachte an das erste und bis anhin letzte Mal, als er seinen Vater weinen sah. Es war, als dieser ihm von Rudolf Diesels Tod erzählte. Im Jahr 1913 befand sich der Fünfundfünfzigjährige zusammen mit einem Geschäftsfreund auf einem deutschen Postschiff von Antwerpen nach Harwich. Sie hatten vor, in Ipswich an der Einweihung einer neuen Fabrik für Dieselmotoren teilzunehmen. Aber am Morgen stellte man fest, dass Rudolf Diesel die Nacht nicht in seiner Kajüte verbracht hatte. Sein Pyjama lag unberührt auf seinem Bett. Das Meer war in dieser Nacht ruhig gewesen und die Reling zu hoch, als dass man hätte darüber fallen können. Ein Unfall war ausgeschlossen. Zwei Wochen später sei eine Leiche im Ärmelkanal gesichtet worden, die aber nicht geborgen werden konnte. Weil das Wetter an jenem Tag sehr schlecht oder weil die Leiche zu verwest gewesen sei, hieß es. Der wirkliche Grund wurde nie bekannt. Aber den Kleidern der Leiche waren Sachen entnommen worden. Einer von Diesels Söhnen hatte das Brillenetui, die Geldbörse, die Pillendose und das Taschenmesser seines Vaters erkannt.

An diesem Punkt seiner Erzählung hatte Werni geweint. Er bedauerte, dass Rudolf Diesel nur zum Teil miterlebt hatte, wie *Sulzer* mit den langsam laufenden Zweitakt-Schiffsantriebsmotoren im Laufe der Jahrzehnte zum globalen Marktführer aufgestiegen war. Nachdem *Sulzer* die Dieselmotoren in sein Fabrikationsprogramm aufgenommen hatte, begann eine neue Ära der industriellen Entwicklung. Mit der eigenen Weiterentwicklung von Rudolf Diesels Ideen gelang es *Sulzer*, sich einen festen Platz in bestimmten Segmenten zu sichern. Die Firma lieferte große stationäre Einheiten von Zweitakt-Dieselmotoren an Elektrizitätswerke weltweit und stattete Schiffe mit Dieselmotoren als Generatoren für die Stromerzeugung aus.

6.

Ein paar Stunden später saßen sich Enrique und Fito in einem kleinen Lokal, wo sie einen Apéro einnehmen wollten, gegenüber. Fito begann seinem Onkel vom Lizenzkonzept, das Diesel erfunden hatte, zu erzählen. Schon seit Jahrzehnten würden die Lizenznehmer *Sulzer* eine Gebühr entrichten, um selbst Dieselmotoren herstellen, testen, vermarkten und verkaufen zu können.

Enrique horchte sofort auf. Ein Unternehmen, das einen Teil seiner Produktion auslagerte? Das war doch schlecht für die heimische Wirtschaft!

Fito ließ sich vom Unmut seines Onkels nicht beirren und erklärte, dass der Lizenzvertrag in der Regel für eine Zeitdauer von zehn bis fünfzehn Jahren abgeschlossen werde. In dieser Zeit würden die Lizenznehmer von allen *Sulzer*-Neuentwicklungen profitieren. Während der nominellen Laufzeit eines Lizenzvertrags würden meistens zwischen zwei und drei neue Motorentypen entwickelt.

Fito fuhr sich über die Stirn. «Es gibt doch sicher immer wieder Versuche von Lizenznehmern, die von *Sulzer* entwickelten Motoren zu kopieren und das Unternehmen damit zu konkurrieren, oder?»

Fito nickte. «Aber diese Versuche sind bis jetzt erfolglos geblieben.» Da er geahnt hatte, was sein Onkel vom Lizenzwesen halten würde, hatte er sich zurechtgelegt, wie er es verteidigen würde. Man müsse bedenken, fuhr er fort, dass *Sulzer* seine Motoren laufend weiterentwickelt habe. Damit habe die Firma ihr Tätigkeitsspektrum in einem solchen Umfang ausgebaut, dass es der Schweiz irgendwann an Arbeitskräften gemangelt habe. Schon ab den 1945er Jahren habe sich *Sulzer* an der Entwicklung von Projektil-Webmaschinen beteiligt, die effizienter arbeiteten als die herkömmlichen. Um sie in der Schweiz herzustellen, hätte das Unternehmen eine Fabrik bauen müssen.

Aber eine Fabrik ohne die nötigen Arbeiter mache keinen Sinn, bekräftigte Fito. Schließlich habe eine Lizenznehmerin aus den USA damit begonnen, die *Sulzer*-Maschine zu produzieren. Die Einnahmen aus dem Lizenzgeschäft würden direkt in die technisch-wissenschaftliche Forschung fließen.

Fitos Meinung nach war es ein zweckmäßiger Kreislauf, aber Enriques Gesichtsausdruck war noch immer kritisch. Fito lächelte. Sein Onkel war ja nicht der Einzige, der dem Lizenzgeschäft ablehnend gegenüberstand. Vor etwa dreißig Jahren hatte ein Politiker vom Winterthurer Stadtrat verlangt, er solle sich beim Bundesrat dafür einsetzen, Lizenzvergaben, wie sie *Sulzer* tätigte, zu verbieten. Das einzige Land, das die Abgabe von Auslandlizenzen verbiete, sei Hitlerdeutschland, konterten die *Sulzer*-Manager.

Die Lizenzverträge spielten in der Winterthurer Maschinenindustrie schon seit langem eine wichtige Rolle. Die *Schweizerische Lokomotiv- und*

Maschinenfabrik in Winterthur, kurz *SLM* und oft *Loki* genannt, war schon 1909 zur ersten Lizenznehmerin von *Sulzer* geworden.

Fito sah seinen Onkel ernst an. «Um an Motoren forschen zu können, braucht man Geld. Und das Lizenzgeschäft bringt dieses ein.»

Während Enrique nachdenklich nickte, überlegte sich Fito, ob er seinen Onkel überzeugt hatte. Er entschied sich für einen Themawechsel und erzählte von einer japanischen Tradition. Sein Monteurschulkollege Heinz habe sie bei einem Lizenznehmer in Japan miterlebt. Dort werde ein neuer Motor gesegnet, bevor er zum Schiffswerk geschickt werde. Man schreite mit einem Becher Sake um ihn herum und schmiere mit dem Schnaps jede Komponente ein, die ein Problem verursachen könnte. Fito freute sich, als er seinen Onkel lächeln sah.

Die Kellnerin brachte die *Pisco sour*, und Fito erhob sein Glas. «Auf Rudolf Diesel.»

Enrique nickte. «Und auf die Motoren im Allgemeinen. Mit ihnen muss man reden wie mit Frauen, sonst laufen sie dir davon.»

Noch während beide lachten, sahen sie, wie ihnen Lucrecia entgegenkam.

7.

Lucrecia hatte ihren Mann schon überall gesucht. Die Hauptprobe des Theaterstücks war auf 17 Uhr angesetzt, und sie brauchten Publikum. Schon in ihrer Kindheit hatte Lucrecia Dramen und Komödien erfunden und ihren Eltern aufgeführt. An jenem Abend wurde *Der Verdacht* gespielt nach dem Kriminalroman von Friedrich Dürrenmatt. In den Theatern der Atacamawüste wurden auch internationale Theaterstücke gezeigt. Zufällig hatte *Der Verdacht* einen, wenn auch kleinen, Bezug zu Chile.

Fito war es peinlich, dass er das Stück nicht kannte. Enrique fiel auf, dass er errötete. «Da haben wir ja schon wieder eine Gemeinsamkeit, Neffe. Mich hat Kultur nie besonders interessiert. Erst durch Lucrecia habe ich in dieser Beziehung dazugelernt.» Er blickte liebevoll zu seiner Frau. «Liebling, du kannst mit uns rechnen.»

Lucrecia lächelte den beiden Männern zu und eilte wieder zur Tür hinaus. Es ging nicht lange, und sie kam in Begleitung einer jüngeren Frau wieder. Norma spielte im Theaterstück Frau Dr. Marlok. Sie stellte sich als Assistentin des Werkdirektors vor und lächelte.

Etwas unbeholfen, fand Fito. Als die beiden Frauen das Lokal verließen, sah er fragend zu seinem Onkel. «Irgendwie kommt es mir vor, als hätte uns Lucrecia ihre Freundin vorgeführt.»

Enrique machte eine wegwerfende Handbewegung. So war Lucrecia, manchmal etwas ungestüm und impulsiv, aber sie würde nie jemanden bloßstellen. Schon gar nicht eine Freundin. Die beiden Frauen hatten sich in der *Pulpería* kennengelernt und schnell miteinander angefreundet.

Fito wirkte verwirrt auf Enrique. Als sein Neffe gedankenverloren von ihm wissen wollte, welches Stück denn gespielt werde, begriff er. Es war Norma, die seinen Neffen durcheinandergebracht hatte. Vielleicht fing er sich ja wieder, wenn er ihm etwas über das Theaterstück erzählte, Lucrecia hatte ihm letzte Nacht davon berichtet. Es handelte vom sadistischen Schweizer Arzt Fritz Emmenberger, der als Nazi-Arzt Nehle in einem Konzentrationslager ohne Narkose operiert hatte und diese Praxis in einer teuren Schweizer Privatklinik weiterführte, nachdem er einige Jahre lang in Chile gelebt hatte.

Fito war nur mäßig auf das Stück gespannt. Viel mehr interessierte ihn Normas Auftritt. Er wunderte sich selbst darüber, dass sie einen solchen Eindruck bei ihm hinterlassen hatte.

8.

Fito und Enrique standen zusammen mit Hugo und Rosa vor dem Theater, das sich gegenüber der *Plaza* befand. Es war ein würfelförmiges weißes Gebäude im Art-Deco-Stil. Fito sah fasziniert zum einen und dann zum anderen überdimensionalen Werkarbeiter aus Eisen an den beiden Seitenflügeln des Gebäudes. Der Arbeiter auf der linken Seite stützte sich mit seiner linken Hand auf seine Schaufel. Dabei hielt er den rechten Arm angewinkelt an seine Hüfte. Stolz blickte er zum Himmel empor. Der Minenarbeiter auf der rechten Gebäudeseite bohrte ein Loch in den Wüstensand. Beide Skulpturen hatten nackte Oberkörper und waren sich zugeneigt. «Das ist unser Theater *Metro*», hörte Fito plötzlich Rosas Stimme.

Fito runzelte die Stirn. Metro? Was für ein seltsamer Name. Das Theater sei von den Ingenieuren und Architekten des *Metro-Goldwyn-Mayer* Filmstudios konzipiert und gebaut worden.

Fito machte sich nicht viel aus Spielfilmen und zeigte sich unbeeindruckt, was Rosa enttäuschte. Er würde schon noch merken, wie wichtig das Theater für die *Eleninos* war. Obwohl sie vom Rest der Welt abgeschnitten lebten, werde ihnen einiges geboten, fuhr sie fort. Eine der zahlreichen Freizeitaktivitäten sei der Besuch des Theaters, das auch Kino sei. Das *Metro* umfasse achthundertsechzig Quadratmeter. Gleich daneben befinde sich das ehemalige Kulturhaus der *María Elena*, das jetzt Sitz der Industriegewerkschaft sei und als *Sindicato N° 3* bezeichnet werde.

Fito hörte Rosas Ausführungen nur halbherzig zu, im Moment interessierte ihn nur Normas Auftritt. Er versuchte, sich an die Handlung zu erinnern. Es war hoffnungslos, immerzu musste er an Norma denken. Wie alt war sie? Mitte dreißig vielleicht.

Dann kam sie. In ihrem weißen Kittel wirkte sie gleichzeitig vornehm und zurückhaltend. Zunächst schwieg Norma alias Frau Dr. Marlok während des Gesprächs zwischen Kommissar Bärlach und dem Arzt Emmenberger im Operationssaal. Erst auf die Frage des Kommissars, worum es sich bei den beiden rötlichen Pillen handle, die sie ihm gegeben hatte, erklärte sie, dass diese ihn beruhigen würden. Emmenberger würde Bärlach am folgenden Tag untersuchen, um festzustellen, ob seine Krankheit lebensbedrohlich sei.

Dann kam es zu einem Szenenwechsel, sechs Tage waren vergangen. Fito erkannte Norma fast nicht wieder. Als sie ins Krankenzimmer des Kommissars trat, sah ihr Gesicht alt und verschwollen aus. Bärlach konnte seinen Ekel vor ihr nicht verbergen. Dann hielt Frau Dr. Marlok ihren Rock hoch und spritzte sich etwas durch den weißen Strumpf in den Oberschenkel. Darauf nahm sie in aller Ruhe einen Handspiegel aus der Tasche und schminkte sich. Es ging nicht lange, und sie wirkte wieder so schön, frisch, stolz und unnahbar wie bei ihrem ersten Auftritt.

«*Morphium*», riet Bärlach.

«*Das braucht man in dieser Welt.*» Frau Dr. Marlok zog ein Etui hervor und nahm eine Zigarette daraus. Sie streifte ihren rechten Ärmel hoch, auf ihrem Unterarm war eine Ziffer eingebrannt. Von allem unberührt begann sie ihre Geschichte zu erzählen. «*Edith Marlok, Häftling 4466 im Vernichtungslager Stutthof bei Danzig.*» Um nicht zu sterben sei sie, in vergangenen Zeiten Kommunistin, Emmenbergers Geliebte geworden. Obwohl sie um seine Gräueltaten im Konzentrationslager gewusst habe.

Fito war gleichzeitig fasziniert und erschreckt von der Ärztin, der die Menschen offenbar gleichgültig geworden waren, ihren Geliebten miteingeschlossen. Gespannt sah er ihr zu, wie sie Bärlach das Konzept der Klinik erklärte. Sie sei für reiche Menschen geschaffen worden, die so sterben wollten, wie sie gelebt hätten, im Luxus. «*Der Reiche stirbt anders. Er ist kultiviert und klatscht beim Krepieren in die Hände. Das Leben ist eine Pose, das Sterben eine Phrase, das Begräbnis eine Reklame und das Ganze ein Geschäft.*» Was die Reichen in die Klinik führe, sei ihre Hoffnung. Dafür seien sie bereit, eine Operation ohne Narkose über sich ergehen zu lassen. «*Der Chef gibt den Menschen, was sie von ihm wollen, und das sind Qualen.*»

Der Kommissar starrte die Ärztin mit weit aufgerissenen Augen an. «*Diesen Emmenberger muss man doch vernichten!*»

«*Dann müssen Sie die Menschheit vernichten.*»

Norma alias Frau Dr. Marlok trat von der Bühne und ließ Fito, der seit ihrem Auftritt nach vorne gelehnt war, begeistert in seinen Theatersessel zurückfallen.

9.

«Da hast du ja eine gewaltige Metamorphose durchgemacht im Stück», meinte Enrique zu Norma, als nach der Hauptprobe hinter der Bühne angestoßen wurde.

Fito schaffte es, Norma zu ihrem Auftritt zu gratulieren, ohne zu stottern. Er hatte nicht viel Erfahrung mit Frauen. Am liebsten würde er sich allein mit Norma unterhalten, ohne seine Familie im Rücken, die jedes Wort von ihm hören konnte. Es gelang ihm, wenn auch etwas stockend, zu fragen, was sie in die *María Elena* verschlagen habe.

Norma lächelte. «Eine ausgeschriebene Stelle, die gut zu meinem Lebenslauf passte.» Zuvor habe sie zehn Jahre lang als Hilfskraft in der Personalabteilung der *Compañía Salitrera de Tarapacá y Antofagasta* in Iquique gearbeitet.

Als Lucrecia, Enrique, Hugo und Rosa begannen, sich mit anderen zu unterhalten, löste sich Fitos Verkrampfung. «War dein Umzug in die Wüste nicht sehr einschneidend für dich?» Vor einiger Zeit hatte er für *Sulzer* in Iquique gearbeitet. Er hatte die Stadt als sehr lebendig in Erinnerung.

Norma seufzte kaum hörbar. «Manchmal muss man Opfer bringen für sein eigenes Glück. Ich wollte nicht immer nur Assistentin einer Assistentin bleiben. Als sich mir hier die Möglichkeit einer guten Stelle bot, griff ich zu.» Energisch strich sie sich eine Strähne aus der Stirn.

Einen Moment lang glaubte Fito, etwas Trauriges in Normas Augen zu sehen. Als sie von ihrem irischen Großvater väterlicherseits erzählte, strahlten ihre Augen aber schon wieder. Er habe Irland verlassen, um in einer chilenischen Salpetermine zu arbeiten. In welcher, sei nicht überliefert. Dafür sei in der Familie bekannt, dass der Familienname Leighton von den chilenischen Zollbeamten kurzerhand in Leyton abgeändert worden sei. «Es fühlt sich für mich an, als sei ich auf den Spuren meines Großvaters», fügte Norma leise hinzu.

Fito legte sich seinen Satz zurecht. «Machen wir an einem der nächsten Feierabende zusammen einen Spaziergang durch das Werk?»

Norma ließ sich nicht anmerken, was in ihr vorging. «Hol mich doch morgen Abend von der Arbeit ab.» Ihre Stimme klang fest und klar.

Fito überlegte sich, weshalb Norma bei ihrem ersten Aufeinandertreffen einen schüchternen Eindruck auf ihn gemacht hatte. Jetzt kam sie ihm sehr selbstsicher vor.

10.

Es war viel Betrieb in Normas Büro, als Fito am nächsten Tag gegen 18 Uhr dort eintraf. Jedes Mal, wenn er sie begrüßen wollte, klingelte das Telefon. Er blieb an der Theke stehen und beobachtete sie. Ruhig, aber bestimmt gab sie Auskunft, dass der Direktor nicht gestört werden wolle. Morgen sei schließlich auch noch ein Tag. Dann räumte sie ihre Sachen zusammen.

Fito hielt ihr einen Notizblock entgegen, den er auf der Theke entdeckt hatte. «Ist das Stenografie?»

Norma blickte ihn ernst an. «Das ist meine Geheimschrift. Eigentlich bin ich Geheimagentin.» Als sie Fitos verdutzten Gesichtsausdruck bemerkte, tat er ihr leid. Geduldig erklärte sie, dass sie sogar den Einkaufszettel auf Steno schreibe. Sie rieb sich die Schläfen, sie wollte nur noch an die frische Luft. Die beiden einigten sich darauf, ziellos durch die *María Elena* zu schlendern.

Als Norma von Fito wissen wollte, wieso er so gut Spanisch spreche, strahlte er. Komplimente war er nicht gewohnt. Dass eines von Norma kam, freute ihn umso mehr. In der Sekundarschule hatte er Französisch gelernt. Das hatte ihm geholfen, als er als junger Monteur ohne ein Wort Spanisch zu sprechen nach Mexiko gekommen war. Fito arbeitete schon seit Jahren in Südamerika, meistens in stationären Dieselanlagen. Seine Spanischkenntnisse hatte er sich von Tag zu Tag angeeignet. Nach seinem jahrelangen Einsatz in Mexiko wurde er nach Costa Rica geschickt. Als er schließlich nach Chile kam, beherrschte er die Sprache schon gut.

Während die beiden entspannt nebeneinander durch die *María Elena* flanierten, tauschten sie sich auch über Iquique aus. Sie lachten, als sie sich ausmalten, wo überall sie sich hätten begegnen können.

Fito wunderte sich, wie wohl ihm mit Norma war. Es fühlte sich sogar gut an, wenn sie schwiegen.

Auch Norma machte sich ihre Gedanken. Dieser gutaussehende und sympathische Mann hatte bestimmt schon viele Freundinnen gehabt. Mindestens eine in jedem Land, wo er arbeitete. Sie bemühte sich, möglichst neutral zu Fito zu blicken. Sie hatte viele Fragen, traute sich aber nicht, sie zu stellen. Nur eine Frage, deren Antwort sie aber nur mäßig interessierte, schien ihr legitim. «Bist du tatsächlich Ingenieur?» In Chile wurde jemand, der sich um Motoren kümmerte, schnell einmal als Ingenieur bezeichnet. Für Norma spielte es keine Rolle, welchen Beruf Fito erlernt hatte. Es würde nichts an ihren Gefühlen für ihn ändern.

Einen Augenblick lang war Fito irritiert. Vielleicht wäre es Norma ganz recht, wäre er Ingenieur. Die Lateinamerikaner und ihre Statussymbole. Als er das erste Mal mit Ingenieur angesprochen wurde, hatte er sich gewundert. Mittlerweile hatte er sich daran gewöhnt und korrigierte die Leute nicht mehr. «Ich bin Montageinspektor.» Zu seiner Erleichterung wirkte Norma nicht enttäuscht, zumindest ließ sie sich nichts anmerken.

Etwas schüchtern blickte sie zu Fito. «Du lernst bei deinen Einsätzen sicher viele Menschen kennen, oder?» Viele Frauen, hatte sie sagen wollen, aber das schien ihr zu plump.

Fito merkte nicht, worauf Norma hinauswollte. Zu ihrem Erstaunen fing er an zu lachen. Als er sich beruhigt hatte, erzählte er, dass es besonders interessant gewesen sei, mitten in der Wüste auf seinen Onkel zu treffen.

Norma wusste von Lucrecia davon, auch von Fitos Kindheit und Jugend ohne seine leibliche Mutter. Das hatte sie berührt, denn sie selber hatte eine sehr enge Beziehung zu ihrer Mutter gehabt. Ohne leibliche Mutter aufzuwachsen, stellte sie sich schrecklich vor. Mitfühlend sah sie zu ihm. «Wie war es für dich, als deine Mutter plötzlich aus deinem Leben verschwand?»

Die Frage traf Fito unvorbereitet. Sein ganzes bisheriges Leben lang hatte sich kaum jemand für sein Aufwachsen ohne Mutter interessiert. Und jetzt wollte man innerhalb kurzer Zeit dasselbe von ihm wissen, Rosa hatte ihn etwas Ähnliches gefragt. Unsicher sah er zu Norma. Die Wärme und das Wohlwollen in ihren Augen rührten ihn. Diesem Blick zuliebe nahm er sich zusammen. Seine Mutter sei immer wieder weg gewesen von zu Hause, begann er. Für ein paar Wochen oder ein paar Monate, so genau wisse er es nicht mehr. Nur an die Begründung erinnere er sich. Sie sei weggegangen, damit sich ihre Nerven beruhigen konnten. Einmal habe sie einige Monate lang in einer psychiatrischen Klinik in der Stadt Zürich verbracht. Von dort sei sie erholt und heiter nach Hause zurückgekommen. Aber nur ein Jahr darauf sei sie wieder in dieselbe Klinik eingeliefert worden. Von da an seien seine Erinnerungen an seine Mutter nach und nach verblasst. Wenn er sich alle paar Jahre das Foto ansehe, das ihn als Kind auf ihrem Schoß zeige irgendwo im Wald auf einem Baumstrunk, blicke er einer Fremden ins Gesicht.

Norma sah mitfühlend zu Fito. «Deine Mutter ist dir wohl langsam entglitten.»

So hatte er es noch nie betrachtet. Seine zwei Jahre jüngere Schwester Trudy und er hatten die Mutter während Jahren in ihren Ferien und über die Feiertage auf dem Hof ihrer Tante in Unterstammheim gesehen. Aber dann lag sie meistens teilnahmslos im Bett. Dieselbe Tante hatte die Mutter aus der Zürcher Klinik zu sich geholt. Aber irgendwann wurde es ihr zu viel mit ihr. Denn die Mutter schrie oft und war nicht zu beruhigen, und irgendwann begannen sich die Nachbarn zu beschweren. Schließlich wurde sie von Tante und Hausarzt in die psychiatrische Klinik Bodenau am Bodensee eingeliefert. Fito war damals acht Jahre alt. Der Vater eröffnete seinen Kindern in knappen Worten, dass ihre Mutter nun für immer in der Anstalt bleiben würde. Am Anfang erkundigten sich die Geschwister noch regelmäßig nach ihr. Aber irgendwann befahl der Vater, sie nicht mehr zu erwähnen.

Norma nahm Fitos Hände und küsste sie kurz. Sie spürte, dass er zusammenzuckte. Solche Zärtlichkeitsbekundungen war er sich offenbar nicht gewohnt. Norma tat, als bemerke sie nichts und schlug vor, in ihr Lieblingslokal zu gehen.

11.

Da der Werkdirektor für ein paar Tage nach Iquique gereist war, nutzte Norma ihre vorübergehenden Freiheiten. Dazu gehörten auch die verlängerten Mittagspausen.

Um die Mittagszeit stand sie vor dem Maschinenraum und beobachtete, wie Fito und Enrique an einem größeren Motor arbeiteten. Als Fito sie sah, bat er sie, ihm die Zange zu reichen, die sich in ihrer Nähe befand. Norma tat, als würde sie vom Gewicht des Werkzeugs in die Knie gezwungen.

Fito lachte und winkte sie näher herbei. «Die Zangen für die richtig großen Motoren, *die* solltest du mal sehen. Die müsstest du mit beiden Händen umfassen, so schwer sind die.»

Norma ahnte, was sie erwartete. Sie wusste um Fitos Leidenschaft für Motoren. Obwohl sie sich nur mäßig dafür interessierte, gab sie sich erwartungsvoll.

Fito erklärte, beim Motor handle es sich um einen Viertakter. Diese Motorart funktioniere mit voneinander getrennten Arbeitstakten. Er zeigte ihr die beiden oberhalb des Kolbens im Zylinderdeckel eingebauten Ventile. «Vier Bewegungen des Kolbens sind notwendig. Ansaugen, Verdichten, Arbeiten und Ausstoßen. Dabei macht die Kurbelwelle zwei Umdrehungen. Siehst du?»

Norma verdrehte die Augen. Sie hatte es nicht unterdrücken können und erschrak. Aber Fito hatte nichts von ihrer Gefühlsregung bemerkt, im Gegensatz zu Enrique, der sie angrinste. «Bei den Zweitaktmotoren», hörte sie Fito, «werden jeweils zwei Takte gleichzeitig ausgeführt. Zweitakter bestehen aus weniger Bauteilen als Viertakter und sind dadurch leichter. In der Regel haben sie keine Ventile, sondern Schlitze an der Zylinderwand. Der Kolben bewegt sich auf und ab, wenn der Motor in Betrieb ist. So werden die Schlitze abwechselnd verschlossen und wieder freigegeben.»

Normas Begeisterung hielt sich noch immer in Grenzen, aber sie wollte Fito nicht verletzen. Eine ihrer Stärken war, sich schnell in eine Materie hineinzudenken. Schnell hatte sie eine Frage formuliert. «Wenn Zweitakter aus weniger Bauteilen bestehen als Viertakter, sind sie dann günstiger herzustellen?»

Fito nickte und schenkte Norma einen anerkennenden Blick. Ein anderer Vorteil der Zweitakter sei, fuhr er fort, dass deren bewegte Masse kleiner sei als diejenige der Viertakter. Deshalb würden sie mehr Drehzahlen erreichen. Auch die Reparatur sei bei einem Zweitakter günstiger. Aus diesen Gründen sei man in der Maschinenbauindustrie vom Viertakt- auf das Zweitaktsystem übergegangen. Der Motor mache etwa fünfzehn Prozent der Schiffskonstruktionskosten aus, da spiele es schon eine Rolle, ob er kostengünstiger hergestellt und repariert werden könne.

Norma unterdrückte ein Gähnen. Ihr guter Wille und vor allem ihre Konzentration ließen nach, auch weil sie hungrig war. Sie war froh, als Enrique sich ins Gespräch einbrachte.

«Der Motor, den Rudolf Diesel für *Sulzer* entwickelt hatte, war doch ein Viertakt-Dieselmotor, oder?» Norma wich einen Schritt zurück, so als wollte sie Enriques Worten Platz verschaffen.

Fito nickte abermals. Diesel habe einen dezentralen Viertaktmotor gebaut, dessen Antriebe mit kleinen Einheiten versehen seien, führte er aus. Aber der damalige *Sulzer*-Chef Jakob Sulzer-Imhoof habe sich nicht auf Viertakter beschränken wollen, sondern auch auf große Zweitaktmotoren bestanden. Die Dieselmotorenabteilung von *Sulzer* sei übrigens im Jahr 1903 gegründet worden. Ein Jahr später habe die Firma den weltweit ersten umsteuerbaren Schiffsdieselmotor gebaut, der die Schraubenwelle in beide Richtungen antreibe. Dieser Zweitakt-Dieselmotor sei umweltfreundlich, verlässlich, leicht zu unterhalten und zu bedienen, vorhersehbar und zudem nicht zu teuer. An der Weltausstellung 1906 in Mailand habe er großes Aufsehen erregt. Obwohl sich dieser Motor von Anfang an bewährt habe, würden die Schiffe auch mit Viertaktmotoren ausgestattet. Die Viertakter seien beliebt für Fähren und Kreuzfahrtschiffe.

Norma hörte erst wieder richtig zu, als sie sah, wie Fitos Augen funkelten und sein ganzes Gesicht erhellten. «Arbeitskollegen bezeichnen Monteure, die sich wie ich vor allem um Viertakter kümmern, manchmal als Hosensack-Monteure.» Er grinste. «Aber das ist mir egal. Wer auf Viertakter spezialisiert ist, kann ebenso gut riesige Zweitakter reparieren. Jeder, der eine Ahnung von Motoren hat, weiß das.»

Norma lächelte, während sich Fito mit einem Tuch die schmierigen Finger abrieb. Sie sah ihm nach, wie er zum Waschtrog schritt und sich dort sorgfältig die Hände wusch.

12.

Fito und Norma hatten schon am Vorabend vereinbart, dass sie zusammen picknicken würden. Beide trugen etwas dazu bei. Sie spazierten zur *Plaza* und legten die Decke, die Norma mitgebracht hatte, auf den sandigen Boden unter dem Pfefferbaum. Sie packten die gekauften *Empanadas*, den von Norma gemachten *Pebre* und die hart gekochten Eier aus. Fito öffnete die Rotweinflasche, und die beiden stießen auf Normas cheffreien Tage an.

Auf einmal blickte Norma ernst zu Fito. «Deine Mutter ist traurig darüber, dass du und deine Schwester aus ihrem Leben verschwunden seid.»

Fito verschluckte sich und glaubte, sich verhört zu haben. Was sagte Norma da? Hatte sie einen Sonnenstich? Er betrachtete sie besorgt.

Sie aber lachte ihm ins Gesicht und klärte ihn auf. Ihren ausgeprägten sechsten Sinn habe sie schon seit ihrer Kindheit. Irgendwann habe sie verstanden, dass sie Verstorbenen als Kanal diene, um sich mit deren Angehörigen zu verständigen. Manchmal erhalte sie auch Nachrichten von lebenden Menschen, die in irgendeiner Art und Weise in sich gefangen seien. Wie Fitos Mutter.

Bisher war Fito noch niemandem mit übersinnlichen Fähigkeiten begegnet. Eigentlich glaubte er nur das, was er sah. Aber es schien ihm unfreundlich, Normas Worte anzuzweifeln. Sein Gesichtsausdruck jedoch verriet ihn. «Du glaubst mir nicht», hörte er Norma flüstern. Er war froh, dass sie lächelte.

Norma konnte ihm seine Reaktion nicht verübeln. Sie hatte ja selbst lange gebraucht, um diese Seite von ihr ganz anzunehmen. Als Kind hatte ihre Mutter sie immer harsch unterbrochen, wenn sie etwas sagte, das rational keinen Sinn ergab. Unterstützung hatte sie von ihrer Großmutter bekommen, welche dieselbe Gabe besessen hatte. Es war sie, die sie ermutigte, sich so zu akzeptieren, wie sie war. Egal, was ihre Mutter oder sonst jemand davon hielt. Mit der Zeit lernte Norma, ihre Fähigkeit zu nutzen, um anderen zu helfen. Sie begann, den Angehörigen Verstorbener Nachrichten zu überbringen. Tote, die ihr aus irgendeinem Grund unangenehm waren, bat sie zu verschwinden. Für ihre Vermittlertätigkeit verlangte sie nie Geld. Sie sah Fito von der Seite an. Was er wohl über sie dachte?

Fito erkannte in ihrem Blick die Schüchternheit, die er bei ihrer ersten Begegnung wahrgenommen hatte. Ein warmes Gefühl der Zuneigung breitete sich in seinem Körper aus. Er fühlte sich so gefasst und präsent wie selten in seinem Leben. «Man könnte jetzt darüber diskutieren, wer heute mehr vom anderen abverlangt hat. Wohl eher ich mit meinen für dich wohl ermüdenden Ausführungen über Motoren.» Fito lachte und erhob sein Glas. «Auf die Lebenden und die Toten.»

Norma zögerte kurz. «Und ganz besonders auf deine Mutter.»

13.

Lucrecia sorgte sich um ihre Freundin, die wie eine jüngere Schwester für sie war. War Fito ernsthaft an Norma interessiert? Es beunruhigte sie, dass auch Enrique keine Antwort darauf hatte. Sie wusste, dass es ihrem Mann fern lag, Fito aus eigenen Stücken über dessen Liebesleben auszufragen. Deshalb nahm Lucrecia ihm das Versprechen ab, sich mit Fito über Norma zu unterhalten.

Ein paar Tage später fragte Enrique seinen Neffen etwas unbeholfen, wie er zu Norma stehe. Als er Fitos erstaunten Blick sah, errötete er. Er trat seinen Mitmenschen nicht gerne zu nahe. Leben und leben lassen war schon lange seine Devise. Enrique räusperte sich. «Lucrecia möchte wissen, ob du es ernst meinst mit Norma. Sie hat wohl Angst, dass du ihr das Herz brichst.» Enrique seufzte, als er Fitos verständnislosen Blick bemerkte. «Offenbar befürchtet Norma, dass du nach getaner Arbeit in die Schweiz oder sonst ein Land gehst. Und sie dann Geschichte ist.» Enrique bemerkte, dass Fito die Stirn runzelte. Verstand er noch immer nicht? Er räusperte sich nochmals, bevor er weiterredete. «Wenn du es ernst meinst mit Norma, wäre es jetzt an der Zeit, den nächsten Schritt zu machen.»

Fito blickte Enrique fast noch ratloser an. Dieser gab nicht gerne Nachhilfeunterricht in Sachen Liebe. «Mach es mir doch nicht so schwer, Junge. Du könntest Norma wissen lassen, dass sie wichtig ist für dich. Auf jeden Fall solltest du auf ihre Annäherungsversuche eingehen.» Jetzt konnte Enrique nicht anders. Er lachte über den verwunderten Gesichtsausdruck seines Neffen. «Jetzt sag mir bitte nicht, du hättest nichts bemerkt.»

Fito musste an Heinz' Worte denken. Als sie zusammen die Monteurschule besuchten, meinte er einmal, er sei in Sachen Frauen unbeholfen, weil er ohne Mutterliebe aufgewachsen sei. Tatsache war, dass er bis jetzt keine feste Beziehung zu einer Frau eingegangen war. Enriques Gelächter holte ihn aus seinen Gedanken zurück. «Ich fühle mich sehr wohl mit Norma.»

Schnell wurde Enrique wieder ernst. «Wieso näherst du dich ihr dann nicht?»

Fito konnte seinem Onkel nicht mehr in die Augen schauen, weil er sich schämte. Tatsächlich hatte er schon einige Male überlegt, den Arm um Norma zu legen oder ihre Wange zu streicheln. Aber immer hatte ihn etwas davon abgehalten. «Norma fasziniert mich, aber ich kann sie nicht ganz fassen.»

Enrique lachte. «Frauen sind komplexe Wesen, Junge, die meiner Meinung nach nie ganz zu verstehen sind. Aber das ist auch gar nicht nötig. Denn so bleibt das Zusammenleben mit ihnen spannend. Nur Angst vor ihnen darfst du keine haben. Sonst ist an eine Beziehung nicht zu denken.»

14.

Norma und Lucrecia saßen in einem Kaffeehaus und sprachen über die kommenden Theateraufführungen, als Norma das Thema wechselte. Fito sei so anders als die Männer, die sie bis jetzt kennengelernt habe. Er sei gutaussehend und intelligent und trotzdem nicht überheblich. «Wenn ich mich für ein Wort entscheiden müsste, das Fito beschreibt, wäre es *ehrenhaft*.» Norma nickte und hielt einen Moment lang inne. «Ja, das trifft es gut. Fito ist für mich ein ehrenhafter junger Mann.»

Lucrecia pflichtete ihrer Freundin bei. Fito unterschied sich von den meisten Ausländern, die sie kannte. Er wirkte aufrichtig und authentisch. Sie hörte aufmerksam zu, als ihr Norma von der Episode erzählte, die sie vollends von ihm überzeugt hatte. Damals habe sie im Maschinenraum gestanden und auf Fito gewartet. Reflexartig habe sie zu seinem Protokollheft gegriffen. Sie sei davon ausgegangen, dass das Geschriebene vor Fehlern nur so strotzen würde. Weil Fito Ausländer sei und man doch sage, technisch begabte Menschen seien in der Regel sprachlich eher untalentiert. Zu Normas Erstaunen habe sie keinen einzigen Orthographiefehler gefunden. Sein schriftliches Spanisch war genauso gut wie sein mündliches. Obwohl Norma Orthographie- und Grammatikfehler fast körperlich wehtaten, verzieh sie sie Ausländern. Grundsätzlich aber verlor jemand, der unsorgfältig mit der Sprache umging, schnell an Glanz für sie. Umso glücklicher war sie über ihre unverhoffte Entdeckung.

Lucrecia lachte. «Du hast dich also in Fitos Protokollheft verliebt.»

Norma lächelte die Bemerkung ihrer Freundin weg. Natürlich waren es nicht nur seine guten Sprachkenntnisse und seine bescheidene Art, die sie für ihn einnahmen. Was sie besonders beeindruckte, war, dass sich Fito in jedem Land, wo er einen Einsatz antrat, neu behaupten musste. Sie war überzeugt davon, dass die vielen Auslandjahre als Monteur seinen Charakter geprägt hatten. Als letztes Glied in der Produktionskette seines Arbeitgebers war er auf sich allein gestellt. Oft sei er psychologisch und zeitlich unter Druck, hatte er ihr erzählt. Auch wenn seine Entscheidungen nicht immer Zuspruch fänden, dürfe er nicht von ihnen abweichen. Egal, wie groß der Druck sei, der auf ihn ausgeübt werde.

Norma erzählte Lucrecia von der Episode auf dem Containerschiff in Brasilien. Damals habe der Kapitän darauf gedrängt, dass der Dieselmotor spätestens am Tag, an dem das Schiff den Hafen verlassen müsse, repariert sein müsse. Ansonsten drohe eine Konventionalstrafe. Fito habe versucht, ihn davon zu überzeugen, dass dies unmöglich sei. Der Dieselmotor habe immer wieder Aussetzer und sei alles andere als einsatzbereit. Aber anscheinend habe der Kapitän eine Strafe mehr gefürchtet als einen fehlerhaften Motor. Am letztmöglichen Tag habe er auf eigene Verantwortung den Befehl gegeben, den Hafen zu verlassen. Aber noch vor der Copacabana sei der Motor stehen geblieben, und der Anker habe geworfen werden müssen. Norma sah lächelnd zu ihrer Freundin. «Weißt du, was ich meine?»

Lucrecia grinste. «Ich weiß mit absoluter Sicherheit, dass du ganz schön verliebt bist.»

Eine andere Anekdote hatte Norma Fitos sensible Seite aufgezeigt. Der Vorfall hatte sich auf einem deutschen Schiff ereignet, das mit einem *Sulzer*-Dieselmotor angetrieben wurde. Der Motor lief nicht mehr, und der deutsche Mechaniker auf dem Schiff war ratlos. Neben ihm und Fito stand ein großer Teil der Mannschaft. Sie bildete einen Kreis um die beiden und sah ihnen über die Schulter. Fito stellte dem Mechaniker Fragen um Fragen, während er den Motor inspizierte. Irgendwann entdeckte er einen eingedrückten Hebel. Es war offensichtlich, dass der Mechaniker daran herumgemurkst hatte. Allen Umstehenden war jetzt klar, weshalb der Motor nicht mehr lief.

Dem Mechaniker war anzusehen, dass er seine Tränen unterdrückte. Bald wussten alle auf dem Schiff, dass er den Motor unsachgemäß behandelt hatte. Fito hatte Mitleid mit dem unfreiwillig bloßgestellten Mechaniker. Er wusste, dass er in seinem Berufsstolz gekränkt war und sich gedemütigt fühlte.

Norma sprach leise und richtete ihren Blick in die Ferne. Sie wirkte abgerückt. Lucrecia sah ihre Freundin ernst und gerührt an. Norma war eine schlaue Frau. Sie beobachtete und zog aus ihren Beobachtungen ihre Schlüsse. Jetzt war Lucrecia klar, dass ihre Freundin Fito nicht überhöhte. Sie war zurecht verliebt in diesen Mann. Zärtlich strich sie ihr über den Kopf.

Norma sah zu Boden. Als sie wieder aufblickte, hatte sie Tränen in den Augen. «Fito und ich sind noch nicht einmal zusammen, und ich habe schon Angst, ihn zu verlieren.»

15.

Fito wusste, dass er handeln musste. Norma gefiel ihm, und sein Einsatz wäre bald zu Ende. Enrique hatte recht. Sie musste wissen, dass er es ernst meinte mit ihr. Er beschloss, sie zu überraschen und sie im Büro abzuholen. Aber als er dort eintraf, war sie schon weg. Enttäuscht ging er Richtung Maschinenraum. Er atmete erleichtert auf, als er sie vor der verschlossenen Tür stehen sah. Gleichzeitig schlug sein Herz schneller, und er begann oberflächlich zu atmen.

Norma lächelte, als sie ihn bemerkte. Als sie sich in die Augen blickten, war es, als ob ein Uhrwerk in ihren Herzen einrasten würde. Sie kamen einander entgegen und nahmen sich an den Händen. Dann zog Fito Norma sanft zu sich. Ein Kuss besiegelte, was nicht ausgesprochen werden musste.

Zurück in die Zukunft, März 1966

So schnell wie möglich nach Winterthur, dachte Fito, als er wieder aufwachte. Nur noch ein paar Schrauben anziehen und den Testlauf machen. Dann ist Mosambik Geschichte. Er fühlte sich so wie meistens gegen Ende eines Auslandeinsatzes, egal, ob dieser drei Wochen oder vier Jahre gedauert hatte. Er wollte so schnell wie möglich nach Hause. Zurück in den Stollen, wie die *Sulzer*-Angestellten ihr Werk nannten. Jetzt aber war er fast noch ungeduldiger als sonst nach einem Einsatz. In der Schweiz musste er die Weichen stellen für eine gemeinsame Zukunft mit Norma.

«Hast du gut geschlafen?» Fitos einheimischer Arbeitskollege Gil tätschelte ihm liebevoll die Schulter. Dann versuchte er einmal mehr, ihn davon zu überzeugen, noch ein paar Tage anzuhängen, um mit ihm und seiner Familie den *Gorongosa*-Nationalpark zu besuchen. Gil packte Fitos Oberarm, als wollte er ihn zwingen, im Land zu bleiben.

Fito lächelte. «Tut mir leid, Freund, der *Gorongosa* muss warten. Du weißt, warum.»

Gil pfiff die Melodie eines in Mosambik bekannten Liebeslieds und grinste. Zusammen prüften sie den Dieselmotor der Elektrizitätsanlage. Der TAF 36 lief einwandfrei, die Stromversorgung für Nacala war gesichert. Die beiden klatschten.

Am 6. März 1966 bestiegen Fito und Gil den Geländewagen, mit dem sie von Nacala in die Hauptstadt Maputo fuhren. Fito fühlte sich wehmütig. Gil und er waren Freunde geworden, vielleicht würden sie sich nie wiedersehen. Er dachte über den Zufall nach, der ihn nach Mosambik verschlagen hatte. Eigentlich wäre *Sulzer* Lissabon zuständig gewesen für die Installation des zusätzlichen Dieselmotors. Da aber in Lissabon kein Dieselmotorenspezialist aufzutreiben war, hatte Fito einspringen müssen. Wenige Wochen nach seiner Rückkehr aus Chile hatte ihn sein Vorgesetzter in sein Büro zitiert. Fito hatte gehört, wie Toni Brunner etwas gereizt mit den Verantwortlichen in Nacala telefonierte. «Was ist Ihnen lieber? Dass unser Monteur Portugiesisch spricht oder dass er Ihnen den Motor installiert?» Damals war ihm flau geworden in der Magengegend. Jetzt sah er lächelnd zu Gil, der pfeifend am

Steuer saß. Die Kommunikation mit ihm und den anderen Einheimischen hatte schließlich gut geklappt. Sie verstanden sein Spanisch, zumindest das Wichtigste, und Fito lernte schnell ein paar portugiesische Wörter. Bald gewann er ihr Vertrauen.

Gil und seine Arbeitskollegen waren es nicht gewohnt, dass ihnen Ausländer auf Augenhöhe begegneten. Manchmal wurden sie von den portugiesischen Monteuren geschlagen, wenn sie Fehler machten. Als Fito davon erfuhr, verstand er, weshalb er am Anfang den Eindruck gehabt hatte, die einheimischen Arbeiter hätten Angst vor ihm.

Den Rest der Fahrt dachte Fito vor allem an Norma. Sie hatten sich schon über sechs Monate lang nicht gesehen.

2.

Es war Samstagabend, als das Flugzeug aus Maputo in Zürich landete. Fito nahm seinen Koffer vom Band und verließ den Gepäckbereich. Als er in die Ankunftshalle kam, sah er sich im Gegensatz zu anderen Reisenden nicht um. Nach seinen Auslandeinsätzen wartete nie jemand auf ihn. Wie immer schritt er zielsicher in Richtung des roten Stadtbuses, der ihn nach Winterthur bringen würde. Diesmal hatte er zwiespältige Gefühle. Einerseits wollte er so schnell wie möglich nach Hause kommen und sich ausruhen. Andererseits zog es ihm den Magen zusammen, wenn er an seinen Vater und seine Stiefmutter dachte. Für oberflächliche Gespräche fühlte er sich zu müde. Er wollte nur seine Sachen ablegen, duschen, etwas essen und dann ins Bett.

Als Fito die Klingel seines Elternhauses am Stadtrand Winterthurs drückte, öffnete ihm seine Stiefmutter. Sie hieß ihn freundlich willkommen. Sein Vater würde bald nach Hause kommen von einer Kaninchenschau im Liechtensteinischen. Werni traf tatsächlich etwa eine Stunde später ein. Fito hatte schon alles ausgepackt und aß von der Kartoffelsuppe, die ihm seine Stiefmutter zubereitet hatte.

Sein Vater war gut gelaunt. Er hatte den zweiten Platz belegt und zeigte ihm stolz die bronzefarbene Medaille mit dem eingestanzten Kaninchen darauf. «Und du? Gut gereist? Hast ja langsam Übung darin.»

Fito nickte und überlegte sich, wie er es sagen sollte. Nach seiner Rückkehr von der *María Elena* war er wegen des Blitzeinsatzes nach Mosambik nur kurz in Winterthur gewesen. Damals hatte er Norma unerwähnt gelassen. Jetzt sah er seinen Vater ernst an. «Im Salpeterwerk in Chile habe ich eine Frau kennengelernt. Sie heißt Norma.»

Die Stiefmutter seufzte und sah ihren Stiefsohn mit weit aufgerissenen Augen an. «Es war ja nur eine Frage der Zeit, bis du mit einer Ausländerin nach Hause kommst. Und wahrscheinlich erst noch mit einer Katholikin.»

Fito hatte seine Stiefmutter richtig eingeschätzt. Sie hatte sofort ihre Krallen ausgefahren. Zu seiner Überraschung meinte sein Vater, es sei doch gut, dass er eine Frau gefunden habe. Zufrieden zog sich Fito in sein Zimmer zurück. Der für ihn unangenehmste Teil war vorbei. Jetzt stand ihm nur noch das Gespräch mit Toni Brunner bevor. Am Montag würde er ihn um einen baldigen Einsatz in Chile bitten. Fito fühlte sich noch nicht bereit dazu, mit Norma in die Schweiz zu ziehen. Aber zuerst wollte er den Sonntag genießen. Kurz bevor er einschlief, überlegte er, dann durch den Wald zum Bäumli zu spazieren. Von diesem Aussichtspunkt auf dem Goldenberg sah man über die Dächer Winterthurs und die zahlreichen Wälder.

3.

Fitos Blick war auf das *Sulzer*-Hochhaus gerichtet, das im vorigen Jahr erbaut worden war. Es war das größte Hochhaus der Schweiz und wahrscheinlich deshalb innerhalb kurzer Zeit zum Winterthurer Wahrzeichen geworden. Fito beschloss, vom Bäumli aus einen Abstecher in die Stadt zu machen und flanierte den von Rebbergen gesäumten Weg hinunter bis zum Inneren Lind. Dann bog er in die Stadthausstraße ein. Vor dem vom Stararchitekten Gottfried Semper entworfenen Stadthaus blieb er einige Minuten lang stehen. Es war ein fast hundertjähriges stattliches Gebäude, das viel Geld gekostet hatte. Nach seinen Auslandaufenthalten wunderte sich Fito immer wieder über das klassizistische Gebäude mit der riesigen Treppe. Passte dieser Bau zu einer Stadt, in der sechzig Prozent der Menschen in der Maschinenindustrie tätig waren? Fito lächelte, weil er immer wieder zum selben Schluss kam. Ein Tempel der Demokratie in einer Arbeiterstadt, warum nicht.

Fito bog in die Marktgasse ein und fragte sich, wo all die Menschen waren. Dann erinnerte er sich daran, dass sonntags fast alle Restaurants geschlossen waren. Das vergaß er oft, wenn er von einem Einsatz im Ausland zurückkam. Als ihm einfiel, dass das Bahnhofsrestaurant offen sein müsste, ging er Richtung Bahnhof. Am Untertor überquerte er die Straße und befand sich bald vor dem sogenannten Bahnhofsbuffet. Um ihn herum standen viele Italiener, die sich lebhaft miteinander unterhielten. Fito sah zu den Fenstern im ersten Stock und erkannte, dass es Gäste hatte. Plötzlich klopfte ihm jemand von hinten auf die Schulter. Es war Heinz, sein Freund von der *Sulzer*-Monteurschule. «Du hier? Ich dachte, du seist noch in Japan.»

Zusammen stiegen sie fröhlich die Stufen zum Lokal hoch und setzten sich an einen Fensterplatz, von dem sie einen guten Überblick hatten auf den Bahnhofsplatz. Beide freuten sich über die unverhoffte Begegnung. Nachdem sie sich gegenseitig auf den neuesten Stand gebracht hatten, betrachteten sie das Geschehen draußen. Einige italienische Männer unterhielten sich angeregt miteinander, während andere nur rauchten.

Heinz hob sein Kinn hoch. «Mein Vater sagt, die italienischen Gastarbeiter nähmen den Schweizer Männern die Frauen weg.» Beide dachten an die zahlreichen Freundinnen, die Heinz während seiner Auslandeinsätze schon gehabt hatte, und lachten. Heinz war im Ausland nie vorgeworfen worden, er spanne irgendjemandem die Frau aus. Schnell wurden die beiden wieder ernst.

Fito zeigte auf die Menschenmenge. «Ohne sie wären *Sulzer* und andere Schweizer Betriebe aufgeschmissen.»

Tatsächlich waren die italienischen Gastarbeiter, die seit 1945 in die Schweiz kamen, nicht mehr wegzudenken. In der Hochkonjunktur hatte *Sulzer* die Produktpalette im Kesselbau und bei den Textilmaschinen erweitert. Neuerungen waren nötig, um mit der nationalen und internationalen Konkurrenz mitzuhalten. Dank der Gastarbeiter hatte sich die Fläche des Werks Oberwinterthur in den letzten zwanzig Jahren verdreifacht. Von der Hochkonjunktur profitierten aber nur die einheimischen Beschäftigten. Für sie verbesserten sich seit Mitte der 1940er Jahre Arbeitsbedingungen und Sozialleistungen deutlich. *Sulzer* begann Wohnhäuser für sie zu bauen und förderte leichtere Fabrikarbeit für Schweizerinnen.

Mit den Gastarbeitern hingegen hatte man keine langfristigen Pläne. Der Name sagte es ja schon, sie waren nur als Gäste im Land. Sie lebten in einer Unterkunft, die oft über zu wenig Toiletten und Duschen verfügte. Zudem mussten sich mehrere Männer einen viel zu kleinen Schlafraum teilen. Jeweils im November hatten sie für drei Monate in ihr Land zu reisen. Sobald sie auf der Gemeindeverwaltung die Steuern bezahlt hatten, bekamen sie ihre Reisepässe zurück, die man ihnen bei der Einreise abgenommen hatte. Anfang März kehrten sie wieder zurück. Die Ein- und Ausreise hunderttausender Italienerinnen und Italiener erfolgte innerhalb weniger Tage.

Heinz erhob sein Glas und prostete den Italienern auf dem Bahnhofsplatz zu. «Wer hätte gedacht, dass *Sulzer* nach über zwei Jahrzehnten noch immer nicht ohne euch auskommt.»

Fito bedauerte es, dass den ausländischen Arbeitskräften in der Schweiz nicht mehr Wertschätzung aus der Bevölkerung entgegengebracht wurde. Wenn *er* einen Auslandeinsatz antrat, fühlte er sich immer willkommen. Zusammen mit Heinz beobachtete er, wie einige Passanten die Italiener misstrauisch musterten. Vielen Winterthurern missfiel, dass sie sich auf dem Bahnhofsplatz aufhielten. Einmal hatte Fito mit einem jungen Italiener von der Gießerei ein Feierabendbier getrunken. Von ihm erfuhr er, dass er sich mit fünf anderen Kollegen ein kleines Zimmer teilte. Wenn man das wusste, konnte man gut nachvollziehen, dass die Italiener in ihrer Freizeit aus ihren engen Unterkünften raus mussten.

Fito und Heinz unterhielten sich noch eine Weile und verabredeten sich für den nächsten Tag zum Mittagessen. «Bis morgen im Stollen», riefen sie sich draußen fast gleichzeitig zu.

4.

Fitos Herz schlug schneller, als er das Kesselhaus an der Zürcherstraße erblickte. Meistens fühlte er sich freudig aufgeregt, wenn er nach längerer Abwesenheit wieder im *Sulzer*-Areal war. Während er auf der stark befahrenen Zürcherstraße Richtung Haupteingang des Werks fuhr, sah er zu den vielen Backsteingebäuden zu seiner Linken.

Die einstige Großgießerei war ihm der liebste Bau. Es war eine dreischiffige Halle mit regelmäßigen Stützen und großen Fenstern. Deshalb wurde sie auch als Industriekathedrale bezeichnet. Die Backsteingebäude der *Loki* gefielen ihm ebenso sehr. Dazu gehörten die Zahnrad- und Kompressorenwerkstätte, die Industriehalle mit ihrer tempelartigen Frontseite, die Maschinenfabrik mit ihren großflächigen Fenstern, die nach oben mit Halbrundbögen abschlossen, und die Lokomotivmontage, ein Gebäude in der Form einer Bahnhofshalle. Als er ins Areal einbiegen wollte, musste er warten, da gerade eine Kranbahn durchfuhr. Er wünschte, Enrique wäre da und würde sehen, was er sah. Winterthur war eine Industrie- und Arbeiterstadt par excellence!

Die Auslandmonteure wurden immer dort eingesetzt, wo gerade Arbeitskräfte gebraucht wurden. Am liebsten hätte Fito während seiner Zeit in der Schweiz Motoren zusammengebaut, in der Dieselmotorenabteilung arbeiteten nur gelernte Maschinenschlosser. Er bedauerte, dass man als Auslandmonteur nur selten dafür eingesetzt wurde. Oft war er in der *Sulzer*-Halle im Prüfstand, wo die Dieselmotoren getestet wurden. Die Erschütterungen waren bis ins angrenzende Neuwiesen-Viertel zu spüren.

Zuerst meldete sich Fito bei seinem Vorgesetzten Toni Brunner zurück. Da die beiden gut miteinander auskamen, fiel es Fito leichter als gedacht, sein Anliegen vorzubringen.

Toni Brunner wunderte sich darüber, dass Fito so bald wie möglich wieder nach Chile geschickt werden wollte. Er hatte noch keinen Tag in Winterthur gearbeitet und dachte schon über das Weggehen nach. Zudem irritierte ihn Fitos entschlossener und zugleich nachdenklicher Gesichtsausdruck. Dann begriff er. «Ach daher weht der Wind. Du hast eine Frau kennengelernt. Wurde ja auch langsam Zeit, dass es auch dich einmal erwischt.» Toni Brunner lachte und zündete sich eine Zigarette an.

Fito fühlte sich unbehaglich. Weil er nicht wusste, wohin mit seinen Händen, setzte er sich und nickte. Er fand es befremdend, mit seinem Chef über Persönliches zu reden.

«Du weißt so gut wie ich, dass es bis zu acht Monate dauern kann, bis du wieder ins Ausland geschickt wirst.»

Der Satz versetzte Fito einen Stich in der Brustgegend, während Toni Brunner den Kopf schüttelte. Die jungen Monteure waren manchmal so naiv. Das Leben war doch kein Wunschkonzert. Er wollte Fito irgendeine Weisheit mit auf den Weg geben. Weil er ihn resigniert zu seinen Schuhspitzen starren sah, ließ er es sein. Er tätschelte ihm nur sanft eine Wange, als wollte er ihn aufwecken.

Fito atmete kurz durch und sah unsicher auf. «Ich möchte einfach bald wieder mit meiner Freundin zusammen sein, und zwar im lateinamerikanischen Ausland. Es muss nicht unbedingt Chile sein.»

Toni Brunner ahnte, wie viel Mut und Überwindung Fito seine Worte kosteten. Er schätzte ihn als eher introvertierten und schüchternen Menschen ein. Väterlich klopfte er ihm auf die Schulter und versprach, sein Möglichstes zu tun. Fito zog sich seinen Arbeitsoverall über und machte sich zum Prüfstand auf. Er war froh, sich auf seine Arbeit konzentrieren zu können.

Um Punkt zwölf Uhr traf er sich mit Heinz vor dem Anton-Graff-Haus an der Zürcherstraße, wo sich die *Sulzer*-Kantine befand. Schließlich aßen sie nicht wie geplant zu zweit, sondern zu fünft. Alle am Tisch waren Auslandmonteure. Fito war negativ überrascht, als sich die anderen drei, die schon eine Weile dort saßen, als ausgesprochen gesprächig herausstellten. Denn schon beim ersten Bissen forderte ihn sein Sitznachbar auf zu erzählen, was denn *sein* bis anhin extremster Einsatz gewesen sei.

Sofort kam Fito in den Sinn, wie er von einem Moment auf den anderen auf viertausendsechshundert Metern über Meer arbeiten musste. In Südamerika befanden sich nicht wenige Dieselzentralen auf dieser Höhe. Sobald er aus dem kleinen Flieger gestiegen war, hatte er sich dem defekten Motor gewidmet. Die dünne Luft verursachte ihm

50

Schwindel, und sein Kopf brummte. Seinem Körper wurde keine Zeit gegeben, sich an die veränderten Verhältnisse zu gewöhnen.

Fito wandte sich wieder seinem Essen zu und hoffte, nicht mehr direkt angesprochen zu werden. Ein anderer Kollege begann von einer mutmaßlichen Ferienablösung auf Jamaika zu berichten. Bald nach seiner Ankunft in Kingston habe sich herausgestellt, dass die Schweizer Frau des *Sulzer*-Monteurs hochschwanger sei und zurück in die Heimat wolle. Aus der Ferienablösung von zwei Wochen sei ein Einsatz von vier Jahren geworden. Der Arbeitskollege lachte schallend.

Nun ergriff Heinz das Wort. An seinem ersten Arbeitstag in einem Elektrizitätswerk in Nairobi hätte er sich am liebsten gleich davongemacht. Denn je näher er dem Hauptgebäude des Werks gekommen sei, desto klarer habe er den defekten Motor oder das, was von ihm übrig gewesen sei, erkannt. Um das defekte Teil freizubekommen, hätten die einheimischen Arbeiter den Motor auseinandergenommen und einfach alles draußen liegen lassen. Heinz habe fast geweint vor Wut und Ohnmacht, als er ihn in seine Einzelteile zerlegt auf einem Haufen im Schlamm schwimmen gesehen habe. Seine Fassungslosigkeit und sein Ärger von damals waren ihm anzusehen, als er darüber sprach. Die Kollegen nickten mitfühlend, jeder hatte schon etwas Ähnliches erlebt.

Ein anderer Monteur erzählte von seinem ersten Einsatz in Indonesien. Schon bevor er dort angekommen sei, habe er sich Sorgen gemacht, weil er kein Indonesisch gesprochen habe. Toni Brunner habe versucht, ihn zu beruhigen. Ihm gesagt, zwei einheimische Ingenieure hätten in Deutschland studiert und seien mit deutschen Frauen verheiratet. Mit ihnen könne er sich unterhalten, und sie könnten für ihn übersetzen. Er habe aber schnell gemerkt, dass ihm die Ingenieure nichts nutzten, weil sie nicht direkt mit ihm arbeiteten. Er habe keine Wahl gehabt und im Schnellverfahren Indonesisch lernen müssen. Eine Art Hochsprache, die alle verstehen würden. Denn Indonesien bestehe aus verschiedenen Inseln und Ethnien, jede mit ihrer eigenen Sprache. Aber das sei nicht einmal das Schlimmste gewesen. Bei seiner Ankunft in Jakarta habe er eine Art Panikattacke erlitten wegen der Menschenmassen. Noch nie zuvor habe er so viele Leute auf einmal gesehen. Auf dem Weg vom Flughafen zum Hotel und dann von seinem Hotelzimmer aus. Am liebsten wäre er die ganze Zeit im Hotel geblieben. Niemand habe ihn über die unglaublichen Menschenansammlungen informiert.

«Als Auslandmonteure erleben wir eine Menge», fasste Heinz zusammen und stand auf. Fito tat es ihm gleich. Die anderen wollten noch eine Nachspeise zu sich nehmen.

Als die beiden wieder vor dem Anton-Graff-Haus standen, atmeten sie tief durch. Sie lachten, als sie merkten, dass es ihnen gleich erging. Ihnen war frische Luft und Bewegung lieber als Gespräche in der lauten Betriebskantine. Schweigend spazierten sie Richtung St. Peter und Paul-Kirche, von wo aus man die Nordostfassade des *Sulzer*-Hochhauses sehen konnte. Bei der Kirche angekommen, betrachtete Fito das Hochhaus staunend. «Was schätzt du, wie hoch ist es?»

Heinz hatte die Zahlen erst kürzlich irgendwo gesehen. «Zweiundneunzig Meter. In Brasilien habe ich auf einem Frachtschiff gearbeitet, das war so hoch wie das *Sulzer*-Hochhaus. Vierundzwanzig Stockwerke, hätte man das Schiff aufgestellt. Und der Propeller war so schwer wie dreiundsechzig Personenwagen.»

Fito lächelte. Heinz und seine Vergleiche. Ein Gebäude wie das *Sulzer*-Hochhaus konnte nur in der Hochkonjunktur entstehen, überlegte er. Es war kaum zu glauben, dass diese noch immer anhielt. Seit das Unternehmen 1961 unter der Leitung von Georg Sulzer die *Schweizerische* **Lokomotiv- und** *Maschinenfabrik* übernommen hatte, war der Großdieselmotor weltweit zum Vorzeigeprodukt geworden. Obwohl die Öffentlichkeit die Übernahme der *SLM* kritisiert hatte. Konzentration an Kapital und Macht sei nicht im Sinne der freien Wirtschaft, hatte es geheißen. Immerhin sei die *Loki* nicht ins Ausland verkauft worden, hatten Fito und Heinz damals zusammen mit anderen Sulzerianern gekontert. In den vergangenen Jahrzehnten hatte *Sulzer* Dampfmotoren, Webmaschinen und medizinische Apparate hergestellt. Aber dank der Fusion mit der *SLM* war der Handel mit dem Dieselmotor zum Kerngeschäft geworden. Schon lange subventionierten die daraus resultierenden Einnahmen sämtliche Untergeschäfte des Unternehmens. Der Dieselmotor war zum Herzstück von *Sulzer* avanciert.

Gedankenversunken schlenderten die beiden Männer ins Werk zurück. Dort angekommen, streiften sie sich ihren Arbeitsoverall über.

5.

Obwohl sich Toni Brunner für Fito eingesetzt hatte, war ein Einsatz in Chile oder einem anderen Land unmöglich. Fito machte ein enttäuschtes Gesicht, als er seinem Chef gegenüberstand. Aber er sammelte sich schnell, schließlich hatte er sich eine Alternative zurechtgelegt. «Und wenn du mich als Platzmonteur in eine ausländische *Sulzer*-Vertretung schickst?»

Toni Brunner betrachtete Fito von Kopf bis Fuß. Es musste ihm sehr ernst sein mit dieser Chilenin, dass er für sie eine Einkommenseinbuße in Kauf nahm. Als Platzmonteur würde er nur etwa siebzig Prozent des üblichen Lohns erhalten. Dreißig Prozent würden auf ein Konto in der Schweiz überwiesen werden. Sehr weit käme das Paar mit dem ausbezahlten Salär nicht, das mittels Lebenshaltungskostenindex des Einsatzlandes errechnet wurde. Anscheinend wollte Fito keine Zeit verlieren und so bald wie möglich mit seiner Freundin zusammen sein. Toni Brunner lächelte. Zwei Wochen später verkündete er Fito, er könne in zwei Monaten seine Stelle als Platzmonteur in der *Sulzer*-Vertretung in Lima antreten.

6.

Norma war glücklich und erleichtert. Fito hatte Wort gehalten, sie würden ihr Leben gemeinsam weiterleben. Sie informierte Lucrecia über die gute Nachricht, und noch am selben Tag feierte sie den Beginn ihres Lebens zu zweit zusammen mit ihrer Freundin und deren Familie.

Enrique freute sich sowohl für seinen Neffen als auch für sich. In Peru wäre Fito der *María Elena* geografisch um einiges näher als jetzt. Lucrecia schwankte zwischen Freude und Traurigkeit. Ihre Freundin würde ihr fehlen.

Peru

Die *Custer & Thommen,* die unter anderem *Sulzer*-Dieselmotoren verkaufte und Unterhalts- und Reparaturdienste anbot, befand sich mitten
im historischen Viertel Limas in einem modernen Gebäude namens
Atlas.

Fito war bei seinem neuen Vorgesetzten Walter Muñoz in dessen
Büro. «Ich wette darauf, dass du mit einer anderen Frau nach Hause
gehst als mit der, mit der du gekommen bist. Wenn du wüsstest, was
ich schon alles erlebt habe.» Walter Muñoz, der gerade ein Sandwich
verschlungen hatte, polterte mit seiner rechten Hand auf sein Pult und
sah Fito eindringlich an. Dabei merkte er nicht, dass noch ein Stück
Schinken in seinem linken Mundwinkel hing.

Der ruppige Umgangston und Muñoz' schlechte Manieren irritier-
ten Fito. Sollte er auf die abschätzige Bemerkung eingehen? Da Muñoz
unbekümmert weiterredete, beschloss er, sich im Sinne von *Reden ist
Silber, Schweigen ist Gold,* nichts anmerken zu lassen. Außerdem entsprach es nicht seinem Naturell, schlagfertig zu kontern.

Anscheinend wusste sein neuer Vorgesetzter nicht, dass Norma und
er vor einigen Tagen geheiratet hatten. Ein mit einer Arbeitskollegin
Normas verwandter Priester hatte sie in der Wohnung ebendieser Frau
getraut. Fito wunderte sich noch immer, wie schnell Norma alles organisiert hatte. Jetzt, wo sie zusammenlebten, erlebte er immer wieder,
wie geschickt und lebenstüchtig sie war. Norma beeindruckte ihn.
Dank ihrer guten Arbeitszeugnisse hatte sie bald eine Stelle als Assistentin eines Kadermitarbeiters von *Manpower* Peru gefunden. Zusammen verdienten sie genug, um jeden Monat etwas zu sparen. Während
Walter Muñoz über die peruanischen Frachtschiffe referierte, lächelte
Fito, als er an seine Frau dachte. Mit ihr fühlte sich sein Leben anders
an, irgendwie bedeutungsvoller und farbiger.

2.

Während Norma jeden Tag mit dem Lift in den siebzehnten Stock eines Hochhauses fuhr, arbeitete Fito immer an einem anderen Ort.

Am liebsten war er am Hafen von Lima. Alle Schiffe der *Compañía Peruana de Vapores*, die peruanische Handelsflotte, fuhren mit *Sulzer*-Motoren, ebenso die Dampfturbinenschiffe der *Petroperú*, einem peruanischen Erdölunternehmen. An den Meeresgiganten war immer etwas zu reparieren.

Eines Abends trafen sich Fito und Norma nach Arbeitsschluss in einer Bar. Er war aufgeregt, als er sie auf seine erste Probefahrt in Peru einlud. Den *Petroperú*-Tanker hatte er mit RND76-Dieselmotoren ausgestattet. Er strahlte, als Norma einwilligte, an der Probefahrt mit dabei zu sein. Nur ein paar Tage später befanden sie sich auf dem Großschiff. Einige Minuten vor der Abfahrt bat der Kapitän die verwunderte Norma in den Maschinenraum. Fito war schon vorher dorthin verschwunden und kam ihr nun mit einem Bündel in der Hand entgegen. Vorsichtig legte er es in ihre Hände. Es war eine in weißen Stoff umwickelte Glasflasche, um die eine Schnur gebunden war. Norma folgte ihr mit den Augen und erkannte, dass das andere Ende an einem Teil des Dieselmotors festgebunden war.

«Ist eine Frau an Bord, weiht sie die Motoren ein», erklärte der Kapitän. Fito nickte Norma aufmunternd zu.

Norma fühlte sich geehrt und lächelte. Ehrfürchtig umfasste sie die eingewickelte Flasche mit beiden Händen und warf sie etwas zu zögerlich Richtung Motor. Erst beim zweiten Wurf zerschellte sie. Hoffentlich kein schlechtes Omen, ging Norma durch den Kopf. Sie spürte, wie angespannt Fito war. Noch am Vorabend hatte er ihr erklärt, dass Probefahrten manchmal hektisch verlaufen würden. Weil man nie wisse, wie lange sie dauerten und ob alles gut gehe. Obwohl Fito den Motor vor einer Probefahrt gründlich inspizierte, war er beim Crash-Manöver nervös. Bei dieser Übung lief das Schiff volle Fahrt voraus, bis die maximale Drehzahl des Motors erreicht war. Dann legte der Steuermann den Rückwärtsgang ein. Es gab nur zwei Bewegungen, vor und zurück. Erst nach ein paar Kilometern stand das Schiff still. Während des Tests war jeweils die ganze Mannschaft nervös, nicht nur der Monteur. Nur sollte der sich seine Aufregung nicht anmerken lassen, das wurde einem in der Monteurschule schon früh vermittelt.

Schließlich ging alles gut. Außer Norma hatte niemand Fitos Anspannung bemerkt.

Während er konzentriert dem Motor lauschte, genoss sie die Fahrt. Der Tanker fuhr der Küste entlang, das Ziel war Talara im peruanischen Norden an der Grenze zu Ecuador. Fito machte Norma auf die Bojen im Meer und die darumliegenden Schläuche aufmerksam. Auf der Fahrt werde mittels eines unterirdischen Schlauchs Rohöl abgepumpt, erklärte er. Obwohl das Schiff während der Probefahrt nirgends anlege, würden so Dörfer und Städte mit Rohöl versorgt. Norma nickte anerkennend.

Irgendwann legte sich Norma schlafen. Gegen Mitternacht wurde sie von einem lauten Knall und darauffolgendem Gerumpel geweckt. Fito war auf dem Deck, als das scharfe, peitschende Geräusch auch ihn aufschreckte. Kurz darauf begann das Schiff zu wackeln. Von allen Seiten rannten Menschen zu einem bestimmten Ort auf dem Schiff und schrien aufgeregt durcheinander. Fito eilte zur Menschenansammlung und glaubte zuerst nicht, was er sah. Auf dem Deck der *Petroperú* lag tatsächlich der ganze vordere Teil eines Schiffs. «Das mexikanische Frachtschiff ist im rechten Winkel mit uns kollidiert», hörte er einen Matrosen sagen. Als die Umstehenden begriffen, dass die Kollision nur wenige Zentimeter vor dem Maschinenraum der *Petroperú* erfolgt war, stießen die einen kurze Schreie aus oder fluchten. Andere bekreuzigten sich. Hätte es den Maschinenraum getroffen, lägen beide Schiffe in Flammen. Der bleich gewordene Fito schüttelte ungläubig den Kopf. Später stellte sich heraus, dass der betrunkene mexikanische Kapitän für den Unfall verantwortlich war. Die *Petroperú* musste sofort zurück nach Lima zur Reparatur.

Als der Tanker umdrehte, stand Norma zitternd neben ihrem Mann. «Von jetzt an fährst du lieber ohne mich zu einer Probefahrt», flüsterte sie, während sie an die erst im zweiten Versuch zerschellte Flasche dachte.

3.

Sechs Monate später wurde Fito von der *Custer & Thommen* nach Iquitos, einer Stadt mitten im tropischen Regenwald am Amazonas versetzt. Straßen führten keine dorthin. Entweder man reiste über den Fluss oder auf dem Flugweg an. Fitos Einsatz im Dieselkraftwerk, das Strom für Iquitos und Pucallpa produzierte, war auf ein Jahr vorgesehen. Norma war enttäuscht, dass sie ihre Stelle bei *Manpower* aufgeben und sich von ihren Arbeitskolleginnen verabschieden musste. Gleichzeitig war es für sie selbstverständlich, ihrem Mann überallhin zu folgen. Als ihnen in Iquitos eine aus zwei Zimmern bestehende Unterkunft aus Wellblech zugeteilt wurde, wurde ihr aber doch etwas flau im Magen. In diesem Container würden sie leben? Beruhigt stellte sie fest, dass Fito genauso überrascht war wie sie. Bald merkten sie, dass sich der Container tagsüber so stark aufheizte, dass man sich unmöglich darin aufhalten konnte.

Obwohl Fito im Laufe seines Berufslebens schon vieles erlebt hatte, war er an seinem ersten Arbeitstag in der Dieselzentrale schockiert. Die einheimischen Werkarbeiter hatten die acht TAF36-Motore mit Überlast laufen lassen, bis ein Motor Feuer gefangen hatte und die Leitungen explodiert waren. Während ein einheimischer Arbeiter wild gestikulierend den Moment des unausweichlichen Versagens der Motoren schilderte, machte Fito Notizen in sein schwarzes Notizbuch.

Nach einer Woche verkündete ihm Norma, sie habe eine Teilzeitstelle in einem Anwaltsbüro gefunden. Das Anwaltsbüro befand sich an der *Plaza de Armas* in der Nähe der *Casa de Hierro*, einem vom französischen Architekten Gustave Eiffel entworfenen Metallhaus. Fito war erstaunt, dass sich Norma in Iquitos mit einer Selbstverständlichkeit bewegte, als hätte sie schon immer dort gelebt.

Der Anwalt hatte nicht lange überlegen müssen. Mehr noch als ihre Arbeitszeugnisse und Diplome beeindruckten ihn ihr Charisma. Norma war ihm von Anfang an auf Augenhöhe begegnet. Sie trat so selbstsicher auf, dass manche Klienten glaubten, sie sei seine Geschäftspartnerin und nicht seine Assistentin. Schon bald schätzte der Anwalt

Normas präzise und effiziente Arbeitsweise ebenso sehr wie ihre Diskretion und Vermittlerfähigkeit.

Nach der Arbeit ging Norma oft in die Kirche. Dort, im höchsten Gebäude der Stadt, war es schön kühl. Sie genoss die Stille, während sie betete. Wenn sie nicht arbeitete, erledigte sie den Haushalt, kaufte Lebensmittel ein, sah sich die Läden in der Stadt an und knüpfte neue Kontakte. Nach Sonnenuntergang tauschte sie sich mit Fito auf einem Spaziergang über den Tag aus. Meistens hatte sie mehr zu berichten als er. Dafür beklagte er sich regelmäßig über das Klima. Zum ersten Mal lebte er für längere Zeit so nahe am Äquator. An einem Ort, wo es quasi nur eine Jahreszeit gab. Er empfand dies sowohl als unangenehm als auch als langweilig.

4.

Jedes Mal, wenn Fito vor einem ein- oder zweiwöchigen beruflichen Einsatz stand, hatte er ein schlechtes Gewissen. Es kam ihm unangemessen vor, Norma länger als ein paar Tage allein zu lassen. Schließlich waren sie jetzt verheiratet. Deshalb hatte er gemischte Gefühle, als er ihr mitteilte, dass er die folgende Woche in Pucallpa verbringen werde, um die dortige Dieselzentrale in Betrieb zu setzen. Ihm fiel nicht auf, dass sich Normas Gesicht einen kurzen Augenblick lang erhellte.

Norma wusste, was in ihrem Mann vorging, und seine Fürsorge rührte sie. Aber sie war ganz gern ab und zu allein, das waren die Nachbarsfrauen ja auch. Während des letzten Abendspaziergangs vor dem Einsatz in Pucallpa fragte Fito sie zum ersten Mal, ob ihr die Schauspielerei nicht fehle. Nach ihrem Debüt im Theater der *María Elena* sei sie ja regelmäßig auf der Bühne gestanden. Norma lächelte, als sie an diese Zeit zurückdachte. Es hatte ihr Spaß gemacht, immer wieder in andere Rollen zu schlüpfen. Irgendwann war sie fast süchtig danach gewesen. Die Schauspielerei entspannte sie, weil sie ihr eine Distanz zu sich selbst ermöglichte.

Norma sah nachdenklich zu Fito. Zum Zeitpunkt ihres Kennenlernens hatte sie ihr Leben wieder unter Kontrolle. Aber zehn Jahre zuvor hatte sie sich vor ihrem eigenen Schatten gefürchtet. Verschwunden waren ihre Dämonen nicht, das wusste sie. Weil sie sie nicht wecken wollte, redete sie nicht über sie. Fühlte sie sich von ihnen bedrängt, ging sie in die Kirche und betete. Sie sah liebevoll zu Fito. «Das Beten entspannt mich in ähnlicher Weise wie das Schauspielern», antwortete sie schließlich.

Sie nahm seine Hand und drückte sie.

5.

Pucallpa befand sich etwas mehr als eine Flugstunde von Iquitos. Der Himmel war strahlend blau, als Fito aus den Fenstern der alten Douglas DC-3 sah. Das kleine Flugzeug der *Aeroperú* sackte immer wieder hundert Meter in die Tiefe. Obwohl Fito diese Luftlöcher gewohnt war, hatte er mulmige Gefühle. Wahrscheinlich, weil sie ihn an die Schilderungen eines peruanischen Arbeitskollegen erinnerten. Als dieser einmal nach Pucallpa flog, wurden wegen eines Notfalls an Bord die Sauerstoffmasken herausgelassen. Kurz darauf landete das Flugzeug unsanft mitten im Dschungel. Immerhin befand sich der Unfallort in der Nähe eines Dorfs, wo die Verunglückten auf das Flugzeug warten konnten, das sie abholen würde. Um sich von dieser Erinnerung abzulenken, zählte Fito an seinen Fingern ab, zum wievielten Mal er schon in einem dieser Douglas-Flieger saß. Dann fiel ihm ein, was ein Schweizer Arbeitskollege über die Piloten in Indonesien erzählt hatte. Dass sie wahre Künstler seien, die sogar bei Unwetter fliegen würden. Als Fito den Nebenfluss des Amazonas erblickte, der in Pucallpa so breit war wie ein See, entspannte er sich. In einigen Minuten würden sie landen.

Fito hatte Schweißperlen auf der Stirn. In Pucallpa war die Luftfeuchtigkeit genauso hoch wie in Iquitos. Er fühlte sich unruhig, weil er noch keine Unterkunft hatte. Bei Einsätzen in abgelegenen Gebieten mussten sich die Monteure oft selbst eine Bleibe suchen. Fito fragte sich durch und wurde schließlich bei einem Deutschen fündig, der in einer Art Pfahlbausiedlung Zimmer vermietete. Dank seiner Tätigkeit als Montageinspektor verschlug es Fito an Orte, an die er sonst nie gelangen würde. Die Unterkunft des Deutschen war ein solcher Ort. Fito war erleichtert, noch vor dem Einbruch der Dunkelheit ein Dach über dem Kopf gefunden zu haben. Im Gegensatz zu manchen Arbeitskollegen hätte er gerne auf das Adrenalin verzichtet, das seine Arbeit immer wieder mit sich brachte.

Fito schlief so unruhig wie meistens vor dem ersten Tag einer Inbetriebsetzung. Lange grübelte er darüber nach, was alles misslingen könnte. Irgendwann beruhigte ihn der Glaube daran, dass Meister Zufall ihm auch dieses Mal assistieren würde.

Am nächsten Morgen zog er sich seinen Overall mit dem *Sulzer*-Schriftzug über und machte sich auf in die Dieselanlage. Da er dafür den Fluss überqueren musste, bestieg Fito den Einbaum, den der Deutsche für ihn organisiert hatte. Er strahlte, als er über das von der Morgensonne beschienene Wasser gefahren wurde. Diese Art von Abenteuer liebte er.

6.

Obwohl Norma bisher nicht viel gereist war und entsprechend wenig gesehen hatte von der Welt, wirkte sie auf ihre Mitmenschen weltgewandt. Sie nahm Neues selbstverständlich auf und integrierte es in ihr Leben. Ob in der *María Elena*, in Lima oder Iquitos – sie wirkte auf ihre Mitmenschen zufrieden und ausgeglichen. Aber grundsätzlich lebte sie lieber in einer Hauptstadt als in einer Stadt in der Wüste oder am Amazonas. Norma liebte Santiago de Chile, und Lima begeisterte sie. In der Betriebsamkeit und im Menschengewirr fühlte sie sich am wohlsten.

Noch vor fünfzig Jahren war Iquitos das Zentrum der Kautschukgewinnung und des Kautschukhandels. Iquitos wurde als Stadt bezeichnet, was Norma erstaunte. Sie empfand ihren neuen Wohnort eher wie ein Dorf. Nach dem Kautschukboom war Iquitos während Jahrzehnten wirtschaftlich nahezu bankrott. Dann kam der Ort Anfang der 1960er Jahre dank Erdölförderung und Holzwirtschaft zu neuem Leben. Norma war betrübt, als sie feststellte, dass die Indigenen im Stadtteil Belén am Amazonasufer völlig verarmt waren. Anscheinend profitierten sie so wenig vom Rohstoffabbau wie ihre Vorfahren vom Kautschukboom. Letztere waren von den Kautschukbaronen wie Sklaven behandelt worden. Vielleicht war es auch wegen dieser Ungerechtigkeit, dass sich Norma in Iquitos nicht ganz wohl fühlte. Aber sie ließ sich nichts anmerken, weil sie niemanden brüskieren wollte, am wenigsten Fito. In weniger als einem Jahr wären sie sowieso wieder woanders. Sie war mit ihrem Mann hier, nur das zählte. Und langweilig wurde ihr auch am Amazonas nicht. Die Lebensgeschichten der vielen Menschen, die sie hier kennenlernte, erschlossen ihr ständig neue Welten.

Außerdem hatte Norma ganz andere Sorgen. Es belastete sie, dass sie nicht schwanger wurde. Schon vor der Hochzeit in Lima hatten Fito und sie besprochen, dass sie bereit waren für Kinder. Während er die Dinge so hinnahm, wie sie waren, wurde sie mit jeder Monatsblutung ungeduldiger. Irgendwann fühlte sie sich so verzweifelt, dass sie beschloss zu handeln. Deshalb nutzte sie Fitos Einsatz in Pucallpa, um außerhalb von Iquitos einen Gynäkologen aufzusuchen. Anscheinend war er eine Koryphäe auf dem Gebiet der Hormonbehandlungen. Der Anwalt hatte von einigen seiner Mandantinnen nur Gutes über ihn gehört. Nachdem sich Norma mit diesen Frauen unterhalten hatte, war sie überzeugt davon, dass der Gynäkologe auch ihr helfen könnte.

Von ihrem Plan hatte sie Fito nichts erzählt. Erstens wusste sie nicht, was er von einer Hormonkur hielt, und zweitens wollte sie nicht, dass seine Hoffnungen zunichte gemacht würden, sollte die Behandlung nicht anschlagen.

7.

«Ist alles gut?» Fito betrachtete Norma besorgt. Sie standen vor ihrem Wohncontainer, er noch mit seiner Reisetasche über der Schulter. Er war müde von Pucallpa zurückgekommen. Trotzdem bemerkte er, dass Norma bedrückt wirkte. Sie sagte nicht viel und wirkte abwesend.

Schließlich nahm sie sich zusammen und flüsterte ein paar Worte, die Fito beruhigen sollten. Ihren Besuch beim Gynäkologen ließ sie unerwähnt. Der Arzt war nach der Untersuchung und einigen Tests alles andere als zuversichtlich, zuerst musste sie das allein verarbeiten. Fito strich ihr zärtlich über den Kopf und küsste sie. Sie war gerührt und kuschelte sich in seine Arme. So standen sie eine Weile da, bis sie ihn sanft von sich stieß. Sie hatte einer Freundin versprochen, noch vor dem Abendessen zu ihr zu gehen. Ihr Sohn war vor ein paar Tagen mit dem Moped tödlich verunglückt. Da die Freundin von Normas Gabe wusste, Nachrichten von Verstorbenen zu empfangen, erhoffte sie sich eine Botschaft aus dem Jenseits. Worte, die sie trösten würden.

In der Regel wurde Norma für ihre Dienste viel Dankbarkeit entgegengebracht. Ihr selbst gab der Kontakt mit dem Jenseits Kraft und Hoffnung für ihr eigenes Leben.

Abschied und Aufbrüche

In Iquitos war es Frühling, als sich Fito und Norma auf ihre Reise nach Europa vorbereiteten. Frühling – als ob man am Amazonas merkte, welche Jahreszeit gerade war. Fito freute sich auf den europäischen Herbst, auf die noch warmen Tage, auf die in Gelb- und Rottönen verfärbten Blätter der Bäume und auf Wanderungen in den Bergen.

Zuerst würden sie über Lima nach Santiago de Chile fliegen und von dort weiter nach Iquique. Dort wollte sich Norma von ihrem Bruder und ihrer Schwägerin verabschieden und außerdem aussortieren, was sie nach Europa mitnehmen wollte. Sie hatte bei den Verwandten eine Kartonschachtel gelassen mit Kleidern, Büchern, Dokumenten und Fotos. Dann würden sie zur *María Elena* fahren und dort einen Monat lang bleiben, bevor sie über Valparaíso per Schiff nach Genua und von dort auf dem Landweg in die Schweiz reisten.

Aber so weit dachten Norma und Fito noch nicht. Zunächst freuten sie sich auf die Abschiedsfeier in Iquitos mit ihren Freunden und Arbeitskollegen. Das Fest fand draußen statt. Es reihte sich Tisch an Tisch, alle liebevoll gedeckt, und es gab viel zu essen. Die Stadt am Amazonasbecken bot eine enorme Vielfalt an tropischen Früchten und zahlreichen Fischgerichten. Auf einigen Tischen lagen Teller mit Piranhas in allen möglichen Variationen, eine Spezialität der Gegend. Auch Kochbananen und Maniok hatte es im Überfluss.

Norma bestaunte die vielen Gerichte. Die *Tacachos* würden ihr wohl am meisten fehlen. Die gebratenen Kochbananen waren ihr Lieblingsfrühstück. Fito nahm sie morgens auch zu sich, aß aber zusätzlich Speck oder anderes Fleisch dazu. Während sie sich fast vegetarisch ernährte, konnte er sich nicht vorstellen, auf Fleisch zu verzichten. Gegrillte Insekten mochte er auch, vor allem geröstete Ameisen. Obwohl Fito experimentierfreudig war, was das Essen betraf, lehnte er die Larven eines bestimmten Käfers ab, wenn sie ihm angeboten wurden. Auch Schildkröten und deren Eier, die bei den Einheimischen ebenso beliebt waren wie die Larven.

2.

Norma strahlte, als sie über Chiles Atacamawüste flogen. Bald wären sie wieder in der *María Elena*, wo Fito und sie sich kennengelernt hatten.

Fito war etwas irritiert darüber, dass Norma mit keinem Wort zu verstehen gab, dass sie sich ebenso auf Andrés und Lorena freute. Bald würden sie in Iquique landen. Obwohl Norma und er verheiratet waren und zusammenwohnten, beschlich ihn manchmal das Gefühl, vieles seiner Frau sei ihm noch verborgen. Sie beeindruckte ihn immer wieder, besonders mit ihrer Anpassungsfähigkeit. Aber war Norma glücklich? Manchmal glaubte Fito, eine gewisse Traurigkeit in ihren Augen zu erkennen. Bedrückte sie etwas? Und wie würde sie sich in der Schweiz fühlen? Noch befanden sie sich auf dem südamerikanischen Kontinent, hier war Norma heimisch. In der Schweiz war alles anders, angefangen mit der Sprache. Fito war nicht gewohnt preiszugeben, was ihn beschäftigte, und behielt seine Gedanken für sich.

Am Flughafen von Iquique wurde das Paar von Andrés abgeholt. Sie würden eine Nacht bei ihm und Lorena verbringen. Während Fito und Andrés nach dem Abendessen auf der Veranda ein Bier miteinander tranken, zogen sich die beiden Frauen ins Hausinnere zurück. Sie hatten sich so viel zu erzählen, dass sie sich erst lange nach Mitternacht ins Bett legten.

Am nächsten Morgen küsste Fito Norma, die gerade aufwachte, zärtlich. «Du bist einzigartig. Wie machst du das bloß? Du baust mit so vielen Menschen in kurzer Zeit Beziehungen auf, die lange halten. Auch mit Lorena. Obwohl ihr euch eine ganze Weile nicht gesehen habt, geht ihr miteinander um, als hättet ihr euch erst kürzlich getroffen.»

Norma lächelte, obwohl sie eigentlich noch zu müde dazu war. Sie wunderte sich über Fitos Gesprächigkeit so früh am Morgen. Aber er hatte ja auch nicht wie sie die ganze Nacht durchgeredet. Sie gähnte, streckte ihre Arme hoch und setzte sich langsam auf den Bettrand. «So ein Austausch unter Frauen ist die beste Therapie.»

«Therapie wofür?»

«Um dein Herz zu erleichtern, um über dich und das Leben zu lachen. Um dir über einiges klar zu werden. Wenn du über etwas redest, werden dir Dinge bewusst, die vorher verworren waren. Die Freundin zeigt dir ihre Sichtweise auf, du schilderst ihr deine. So bekommt jede ein vollständigeres Bild der Situation.» Norma lachte und stand auf.

Fito sah ihr zu, wie sie zwei Bücher und vier bunte Röcke im Koffer verstaute. Dann steckte sie einige Dokumente und Fotos in eine lederne Aktentasche. «Ist das alles?»

Norma lächelte etwas verlegen und nickte. Die meisten Kleidungsstücke würde sie Lorena schenken. Und die Dokumente und Fotos, die sie nicht mitnahm, überließ sie Andrés. Er durfte damit machen, was er wollte.

Beim gemeinsamen Frühstück waren Fito und Norma freudig aufgeregt. Sie konnten es kaum erwarten, Lucrecia, Enrique und die Zwillinge wiederzusehen. Während Norma nach dem Frühstück im Badezimmer beschäftigt war, saß Fito fertig angezogen auf dem Bett. Irgendwann fiel ihm die halboffene lederne Aktentasche auf dem Schreibtisch auf. Schließlich siegte seine Neugier über sein schlechtes Gewissen. Die Tasche enthielt Normas Schul- und Arbeitszeugnisse, Diplome und einige Fotos. Fito sah sie kurz durch. Auf einigen Schwarz-Weiß-Fotos strahlte ihn eine um einige Jahre jüngere Norma in taillierten Kleidern am Strand von Iquique an. Auf einigen neueren farbigen Fotos war auch er abgebildet. Er lächelte, als er das Bild der Jeep-Ausfahrt mit Freunden sah. Damals waren sie durch die Wüste gefahren, von Oase zu Oase. Norma trug für einmal Hosen und eine Art Baskenmütze. Plötzlich nahm er wahr, dass es ruhig geworden war im Badezimmer. Schnell legte er die Fotos in die Ledertasche zurück. Aber nicht so schnell, dass es Norma nicht gesehen hätte.

«So neugierig kenne ich dich ja gar nicht.» Sie lachte, während er errötete.

Fito brauchte eine Weile, um seine Sprache wiederzufinden. «Die Aktentasche war halboffen, da habe ich hineingesehen. Hast du eigentlich keine Fotos aus deiner Kindheit und Jugend?»

Norma eilte von einem Ort zum anderen, um die restlichen Sachen in den Koffer zu packen. Fito fragte sich, ob sie ihn überhört hatte, und seufzte. Jetzt war keine Zeit mehr für Gespräche. Der Flug nach Calama ging in zwei Stunden, Andrés und Lorena würden sie zum Flughafen fahren. In Calama hatte Enrique ein Auto für sie organisiert, ein Bekannter würde ihnen den Autoschlüssel übergeben.

3.

Norma und Fito strahlten, als sie durch das Eingangsportal der *María Elena* fuhren. Norma kurbelte ihre Fensterscheibe herunter und stieß Jubelschreie in die Wüste hinaus, während Fito lachte. So ausgelassen erlebte er seine Frau selten. Er parkte das Auto vor dem Haus seines Onkels und sah auf seine Armbanduhr. 14 Uhr, genau im Zeitplan. In diesem Moment riss Rosa die Haustür auf und schrie ins Hausinnere: «Sie sind da!» Hugo, Enrique und Lucrecia kamen zur Tür geeilt. «Pünktlich wie eine Schweizer Uhr», witzelte Enrique und umarmte seinen Neffen.

Fito bekam feuchte Augen. Es war das erste Mal in seinem Leben, dass er so ungestüm und herzlich empfangen wurde. Enrique merkte, wie ergriffen sein Neffe war, und tätschelte ihm die Schulter. «So läuft das bei uns, Junge. Wir sind eine Familie, und das zeigen wir auch.» Dann wandte er sich Norma zu. «Wunderbar, dass ihr uns noch besucht, bevor ihr zum alten Kontinent aufbrecht.»

4.

Die Hauptfassade des Hauses, das Fito und Norma gemietet hatten, war der Straße zugewandt. Aber vom Innenhof aus konnte man den Blick in die Weite schweifen lassen. Nur ein paar Meter vom Gebäude befand sich die Kirche *San Rafael Arcángel*. Das war praktisch für Norma, konnte sie sich doch wann immer ihr danach war, dorthin zurückziehen.

Während sie die Sachen aus dem Koffer nahm, wunderte sie sich darüber, dass Fito noch nie in seinem Leben gebetet hatte. Er hatte es ihr gesagt, als sie sich über die Nähe zur Kirche unterhalten hatten. Um zu beten, musste man doch nicht katholisch sein. Es lag bestimmt daran, dass Fito ohne seine leibliche Mutter aufgewachsen war. Wahrscheinlich konnte nur eine Mutter ihrem Kind den Nutzen eines Ge-

66

bets näherbringen. Norma seufzte. Zum Glück störte sich Fito nicht daran, dass sie sich jede Nacht vor dem Einschlafen Gott zuwandte.

5.

Schon von Weitem fiel Fito der Rucksack auf, er hatte Enrique noch nie damit gesehen. Je näher er kam, desto mehr wunderte er sich über den ernsten Gesichtsausdruck seines Onkels. Dieser schlug vor, zuerst an einem ruhigen Ort etwas zu trinken.

Die beiden überquerten die *Plaza* Richtung Markthalle, die im Moment menschenleer war, und setzten sich in einem kleinen Lokal an einen Tisch. Nachdem sie etwas bestellt hatten, öffnete Enrique den Rucksack und nahm etwas heraus. Fito erkannte ein zusammengefaltetes Kleidungsstück. Gespannt sah er zu, wie sein Onkel es ehrfürchtig auffaltete. Zum Vorschein kam eine Jacke, die viele schwarze Flecken aufwies und teilweise zerrissen war. «Diese Jacke gehörte meinem Jugendfreund Giuseppe. Sie hat einiges durchgemacht.»

Überrascht stellte Fito fest, dass sein Onkel feuchte Augen hatte. Gespannt hörte er ihm zu, als er zu erzählen begann.

«Ein paar Jahre, nachdem ich mit meinen Eltern nach Valparaíso emigriert war, wanderte Giuseppes Familie von Italien in die Hafenstadt aus. Als Nachbarskinder verbrachten wir einen Teil unserer Kindheit und unsere Jugend zusammen. Erst als ich achtzehnjährig beschloss, Valparaíso zu verlassen, um in ein Salpeterwerk zu gehen, trennten sich unsere Wege. Während ich eher abenteuerlich veranlagt bin, war Giuseppe ein ängstlicher Typ. Auf jeden Fall hielt er nichts von meinen Plänen. Zudem hatte ihn sein Vater davon überzeugt, in einer Glasfabrik eine Ausbildung zum Glaser zu machen.»

Enrique nippte an seinem *Pisco sour* und erzählte, dass er in einer Bar in Valparaíso einem Schweizer Ingenieur begegnet sei. Von ihm habe er vom Salpeterwerk *Flor de nieve* erfahren, das damals auf kaum einer Karte verzeichnet gewesen sei. In jenem Werk seien Leute darin ausgebildet worden, die einfachen Arbeiter anderer Salpeterwerke zu überzeugen, sich in Gewerkschaften zusammenzuschließen. Enrique atmete tief durch. «Die Gewerkschaften sind eine gute Sache, das fand ich schon immer. Gemeinsam ist es einfacher, sich gegen die schlechten Arbeitsbedingungen zu wehren. Nur zu den Streiks änderte ich meine Meinung. Zumindest zu denjenigen auf diesem Kontinent.»

Fito erinnerte sich daran, dass Enrique mit Unverständnis auf das Schweizer Friedensabkommen von 1937 reagiert hatte.

Traurig sah Enrique zu seinem Neffen. «Zu Beginn bekämpften die Unternehmer jeden Versuch der Arbeiter, sich zu organisieren. Alle entstehenden Gewerkschaften schlugen sie nieder. Aber irgendwann waren die Gewerkschaften so erstarkt, dass sie nicht mehr unterdrückt werden konnten. Als die Arbeiter mit Gesprächen nichts mehr erreichten, begannen sie flächendeckend zu streiken. Es gab so vieles, was ungerecht war. Der niedrige Lohn, die damals überhöhten Preise in der *Pulpería*, die fehlenden Versicherungen und Renten. Die Arbeiter hatten auch genug davon, wie Schachfiguren hin- und hergeschoben zu werden. Ließ die Nachfrage nach Salpeter in Europa nach, wurden sie entlassen. Stieg sie, wurden sie wieder eingestellt.»

Jetzt war es Fito, der einen großen Schluck von seinem *Pisco* nahm. Wieso kehrten die Salpeterarbeiter der Wüste denn nicht einfach den Rücken, wenn sie die Arbeitsbedingungen als so schlecht empfanden?

Enrique erriet die Gedanken seines Neffen und setzte zu einer Erklärung an. «Trotz aller Ungerechtigkeiten verdiente man in der Salpeterindustrie ein Vielfaches mehr als beispielsweise in der Landwirtschaft. Dazu kam, dass die Gewerkschaftsbewegung Anfang der 1930er Jahre die erste Sozialgesetzgebung in Chile hervorgebracht hatte. Dadurch besserten sich die Lebensumstände der Menschen in den Salpeterwerken. Auch in der *María Elena*, *Pedro de Valdivia* und *Chacabuco* wurden die Arbeitsbedingungen menschlicher. Unter anderem war nun gesetzlich verankert, dass die Besitzerin der drei Salpeterwerke, die *Anglo Lautaro Nitrate Company*, ihren Arbeitern akzeptable Wohn- und Arbeitsverhältnisse bieten musste. Die jahrzehntelange Ausbeutung der Arbeitskräfte war vorbei. Als das Kunstgeld, die münzenähnlichen Jetons aus Materialien wie Kautschuk, Nickel oder Hartgummi, flächendeckend abgeschafft wurde, waren die Menschen auch nicht mehr vom Werk und deren Besitzer abhängig.» Enrique sah seinen Neffen traurig an. «Aber all dies war leider nicht ohne Blutvergießen möglich. In über

68

vierzig Prozent der Aufstände griffen Armee und Polizei ein, und die Streiks endeten meistens blutig. In der Schweiz wäre das wohl eher nicht der Fall.»

Fito hatte den Eindruck, dass sein Onkel gedanklich plötzlich ganz woanders war. Enriques Blick war leer, als er auf Giuseppes Jacke starrte. Offenbar rang er um Worte.

«Diese Jacke gehörte wie gesagt meinem Jugendfreund Giuseppe. Er hatte sich ein paar Jahre nach meinem Wegzug aus Valparaíso auf den Weg gemacht, um mich zu finden. Meine Eltern waren besorgt, weil ich mich nicht mehr bei ihnen gemeldet hatte. Niemand wusste, wo in der Wüste ich war. Der Schweizer Ingenieur hatte mir damals eingeschärft, niemandem von der *Flor de nieve* zu erzählen. Durch glückliche Umstände gelangte Giuseppe schließlich ins Salpeterwerk *La Basca*. Und eines Tages trafen wir bei einem Fußballspiel zufällig aufeinander. Von da an sahen wir uns regelmäßig. Am schicksalhaften Tag vor über vierzig Jahren arbeitete ich im Maschinenraum der *Basca* an einem Dieselmotor, als ich merkte, dass sich die Arbeiter auf einen Streik vorbereiteten. Damals war es in vielen anderen Salpeterwerken der Atacamawüste innerhalb kurzer Zeit zu blutigen Aufständen gekommen. Obwohl wir Bewohner der *Flor de nieve* die Weisung hatten, nie an einem Streik teilzunehmen, widersetzte ich mich an jenem Tag. Ich wäre mir sonst wie ein Feigling vorgekommen. Andere zum Streik anstacheln und selbst nicht daran teilnehmen, diesen Widerspruch konnte ich mit meinem Gewissen nicht mehr vereinbaren. Als ich dann Giuseppe dabei beobachtete, wie er sich den Streikenden anschloss, näherte ich mich ihm. Ohne ein Wort zu wechseln, tauschten wir unsere Jacken. In unserer Jugend machten wir dasselbe, wenn der eine für etwas Glück brauchte. Es war ein Aberglaube von uns, der erstaunlich oft funktioniert hatte.»

Enrique lächelte, bevor er wieder ernst wurde. «Diesmal aber brachte der Tausch einem von uns kein Glück. Giuseppe starb wie viele andere im Kugelhagel. Es war ein unfairer Kampf, denn das Militär besaß im Gegensatz zu den Streikenden Waffen. Ich blieb verletzt auf einem Menschenhaufen liegen. Stunden nach dem Massaker fanden mich zwei Freunde und brachten mich in die *Flor de nieve* zurück. Weil ich nicht mehr hinter den Prinzipien des Werks stehen konnte, verließ ich es kurze Zeit später.» Enrique atmete kurz durch und trank seinen *Pisco sour* in einem Zug leer. «Unser Motto war immer *Steter Tropfen höhlt den Stein*. Aber als ich selbst einen Streik miterlebte, und vor allem als Giuseppe starb, begann ich die Dinge von einem anderen Blickpunkt aus zu betrachten. Ich empfand den Gedanken unerträglich, dass Menschen soziale Besserungen mit ihrem Leben bezahlen müssen.»

Fito konnte die Gefühle und Argumente seines Onkels gut nachvollziehen. Mittlerweile hatte er einiges über die Geschichte des chilenischen Salpeters gelesen. So wie er es wahrnahm, waren sich die Geschichtsschreiber darin einig, dass sich die Lebensbedingungen in den Werken vor allem dank der Streiks besserten. Sein Onkel sah dies grundsätzlich wahrscheinlich auch so, nur war ihm zuwider, dass dafür Blut vergossen werden musste. Fito erinnerte sich an die Gespräche mit seinem Vater. Von ihm wusste er, dass Streiks ab den 1860er-Jahren in der Schweiz ebenso wie in anderen Industrieländern West- und Mitteleuropas und auch Nordamerikas zum Alltag gehörten. In der Schweiz erreichten sie einmal 1907 und dann 1918 ihren Höhepunkt. Es wurden Polizei und Militär eingesetzt, und manchmal forderten die Aufstände Tote. Fito sah schüchtern zu Enrique. «Weißt du, Onkel, auch in der Schweiz bezahlten Menschen ihre Ideale mit ihrem Leben. Obwohl die Militärgewalt, die du damals miterlebt hast, damit wohl nicht zu vergleichen ist.»

Enrique stand brüsk auf. «Meiner Meinung nach ist jeder Mensch, der beim Streiken getötet wird, einer zu viel. Wir sehen uns zum Mittagessen wieder.»

Fito blieb überrascht zurück. Er hatte damit gerechnet, dass sie sich noch eine Weile unterhalten würden. Weil es noch relativ früh war, beschloss er, einen Spaziergang durch das Werk zu machen. Norma hatte bestimmt nichts dagegen, etwas mehr Zeit für sich zu haben.

6.

Auf seinem Rundgang sah und hörte Fito Schweine, Gänse, Hühner, Esel, Pferde und Enten. Es erstaunte ihn, dass in der *María Elena* so

viele Haustiere lebten. Eine Wüstensiedlung hatte er sich anders vorgestellt, mehr wie eine Einöde. Er spazierte Richtung Bahnhof im Wes-
ten der *María Elena*, in dessen Nähe sich die Produktionsanlage befand.
Eine Weile lang beobachtete er, wie die Arbeiter den Salpeter in die
Züge verluden. Er staunte über die Menge, die in die Wagons geschüt-
tet wurde. Noch am selben Tag wurde das Nitrat an den Hafen von
Tocopilla verfrachtet.

Fito betrachtete die Arbeiter, die an ihm vorbeigingen. Die Bevölkerung der *María Elena* bestand aus vielen Ethnien, die sich über Generationen hinweg miteinander vermischt hatten. Vor Jahrzehnten waren Chinesen von den peruanischen Palmenhainen in die *María Elena*
gezogen. Zu ihnen gesellten sich die Indigenen der peruanischen und
chilenischen Täler und des Hochlandes, aber auch Nordamerikaner
und Europäer. Die Cuyanos, die Argentinier aus der Provinz Cuya,
kümmerten sich um Pferde, Maultiere und Esel. Die Chilenen stamm-
ten fast alle aus der nördlichen Vierten Region Chiles, vor allem aus
Coquimbo. In der nahe gelegenen *Pedro de Valdivia* hingegen kamen die
meisten Chilenen aus Santiago und dem Süden des Landes.

7.

Als Fito nach Hause kam, befand sich Norma noch im Badezimmer.
Dass man es in Lateinamerika mit der Pünktlichkeit nicht so genau
nahm, daran würde er sich wohl nie gewöhnen. Er hörte Norma ein
Lied summen und begrüßte sie durch die geschlossene Tür.

Als er es sich auf dem Bett bequem machen wollte, spürte er etwas
Kantiges unter seinem Schulterblatt. Es war ein weinroter kartonierter
Ausweis in der Größe einer Visitenkarte. Auf der Vorderseite waren
goldfarben die Worte POR LA RAZON O LA FUERZA, durch die
Vernunft oder die Gewalt, eingestanzt, darüber farbig das chilenische
Wappen. Außerdem REPUBLICA DE CHILE und MINISTERIO
DE JUSTICIA. Fito klappte den Ausweis auf. Auf der linken Seite lä-
chelte ihm Norma auf einem schwarz-weißen Porträtfoto entgegen.
Darunter auf schwarzem Grund stand eine weiß eingefärbte sieben-
stellige Nummer. Auf der rechten Seite der Text *Der unterschreibende Sub-*

Sekretär der Regierung bestätigt, dass Norma Ugarte das Amt der Sekretärin des Justizministers ausübt.

Fito wunderte sich. Der Personalausweis war im Jahr 1963 ausgestellt worden. Norma hatte doch zehn Jahre als Hilfskraft in der Personalabteilung der *Compañía Salitrera de Tarapacá y Antofagasta* in Iquique gearbeitet. Von einer Tätigkeit im Justizministeriums Chiles hatte sie nichts erzählt. Fitos Hand begann zu zittern. Reflexartig steckte er den Ausweis in die Aktentasche, die halb unter Normas Kopfkissen lag, und zog den Reissverschluss ganz zu. Er hatte keine Ahnung, wie er Norma auf den Ausweis ansprechen könnte.

8.

Zu Fitos Überraschung war die Atmosphäre während des Mittagessens mit Enrique und seiner Familie heiter. Es schien, als wollten sich alle nur amüsieren. Man erzählte sich Anekdoten, und es wurde viel gelacht. Es gab Käse- und Fleisch-*Empanadas* mit *Pebre* und Limonade. Später zogen sich Norma und Lucrecia ins Nebenzimmer zurück, und Hugo und Rosa trafen sich mit Freunden.

Fito dachte nach. Einerseits wollte er alles über seinen Onkel wissen. Andererseits war es offensichtlich, dass es Enrique schwerfiel, über seine Vergangenheit zu sprechen. Aber vor kurzem hatte er ihm ja gesagt, er könne ihn alles fragen. Es wunderte ihn, dass Enriques Familie erst vom Familiengeheimnis erfuhr, als sie sich kennenlernten. «Wieso hast du Lucrecia und den Zwillingen nie erzählt, dass du nicht von deinen leiblichen Eltern aufgezogen wurdest?», begann er schließlich. «Und dass du eine Zwillingsschwester in der Schweiz hast?», fügte er zaghaft hinzu.

Enrique atmete tief durch. «Unbewusst habe ich wohl fortgeführt, was mir meine Eltern vorgelebt haben.» Enrique legte seinem Neffen eine Hand auf die Schulter. Seit seine Familie alles über ihn wusste, fühlte er sich viel besser. Auch für Fito wäre es heilsam, wenn er in seinem Leben nichts verdrängen würde, war er überzeugt. «Wenn du wieder in der Schweiz bist, solltest du dieses Paar kontaktieren, das deine

Mutter zu sich genommen hat. Du solltest Margrit kennenlernen und sie in dein Leben zurückholen.»

«Dafür ist es doch jetzt zu spät.» Fito war selbst überrascht, wie schnell die Worte aus seinem Mund gekommen waren. Entsprechend entgeistert sah er seinen Onkel an.

Enrique lächelte. Er verstand Fitos Reaktion, sie waren sich ähnlich. Vielleicht brauchte sein Neffe einfach noch ein wenig Zeit.

9.

Nach außen hin versuchte Norma sich nichts anmerken zu lassen. Aber in der letzten Zeit gab es oft Momente, wo sie sich verzweifelt fühlte. Sie wurde einfach nicht schwanger. Sie erschrak, als Lucrecia sie auf ihren traurigen Blick ansprach. War es so offensichtlich? Sie hatte fast vergessen, wie gut ihre Freundin sie kannte. Sie ließ sich von ihr umarmen und weinte sich bei ihr aus, während sie ihren Worten lauschte. Sie müsse sich in Geduld üben. Man höre doch immer wieder, Kinder würden sich ihre Eltern selbst aussuchen. Ihr Kind lasse sich anscheinend Zeit damit. Das entlockte Norma ein Lächeln. Hätte sie doch nur einen Bruchteil von Lucrecias Zuversicht. Es war ihr bewusst, dass Zeit relativ war. Aber was, wenn sie gar nicht schwanger werden *konnte*? Wie sollte sie das verkraften?

Norma lächelte, als sich Lucrecia laut vorstellte, wie das Kind aussehen könnte. «Fitos dunkle Rehaugen, seine hohe Stirn, dazu dein Teint und deine schwarz gelockten Haare. Das wird schon, meine Liebe.»

Dann fing Norma wieder an zu weinen. Weil Lucrecia keine tröstenden Worte mehr einfielen, schlug sie vor, zusammen in die Kirche zu gehen.

Der Eingang zur Kirche *Arcángel San Rafael* befand sich auf einer Seite des Gebäudes und nicht im Zentrum wie sonst in chilenischen Kirchen. Eine Zeitlang saßen Norma und Lucrecia betend nebeneinander. Dann stupste Lucrecia ihre Freundin an. Sie nahm sie bei der Hand und führte sie zur ersten Station des Kreuzwegs.

Als Norma sie fragend ansah, zeigte Lucrecia auf ein Schild und flüsterte: «Diese Tafel hat der erste Verwalter der *María Elena* zu Ehren seiner Frau Mary Ellen gestiftet. Sie starb 1927, vermutlich noch sehr jung.» Die *María Elena* sei ursprünglich als *Coya Norte* gegründet, aber zu Ehren von Mary Ellen umgetauft worden. «Die Frau soll sehr gläubig gewesen sein und oft hier gebetet haben», flüsterte Lucrecia ihrer Freundin zu. Dann fiel ihr ein, was Norma endgültig auf andere Gedanken bringen würde. Sie würde ihr ihren Arbeitsplatz bei Radio Coya zeigen.

10.

Arm in Arm spazierten die beiden Frauen Richtung *Plaza*. Vor einem Gebäude, das sich in derselben Straße wie das Theater befand, blieben sie stehen. Es war die *Biblioteca Popular* und zugleich Sitz des Radiosenders Radio Coya. Lucrecia führte aus, dass er einst über eine riesige Anlage mit einem leistungsstarken Verstärker verfügt habe. Man habe sie auf ein Fahrzeug gehievt, das im Schritttempo der *Plaza* entlang zum Bahnhof gefahren sei, dann zu den *Buques* und anderen Vierteln und schließlich zum Fußballstadion. So hätten alle Bewohner Radio hören können.

Lucrecia führte ihre Freundin ins Radiostudio, wo sie Hörtheater für Erwachsene produzierte. Sie sah Norma zu, wie sie an die Wände des Studios klopfte und gleichzeitig seine Decke betrachtete. Der Tontechniker erklärte, dass die Wände aus drei Zentimeter dickem Kork bestehen würden und die Decke so konstruiert sei, dass sie nicht widerhalle. An der Wand entdeckte Norma eine gerahmte Schallplatte des Duos Rey-Silva und Arturo Gatica. Sie staunte, als sie erfuhr, dass die bekannten Musiker während ihrer Tournee auch bei Radio Coya Halt gemacht hatten.

Die *Biblioteca Popular*, die das Leben der *Eleninos* seit 1935 bereicherte, war eine Begegnungs- und Bildungsstätte. Lucrecia zeigte Norma den Saal mit Zeitschriften für Kinder, Jugendliche und Erwachsene sowie die Vortrags- und Schulungsräume. In der *Biblioteca Popular* gab es auch eine Nachtschule, wo Kurse in Technik, Schneiderei und Mode angeboten wurden. Nach der Führung war Norma begeistert. Sie war faszinert vom Ort, wo Wissen und Kultur an Menschen jedes Alters vermittelt wurde.

11.

Je mehr Zeit verstrich, desto aufgehobener fühlte sich Norma in der *María Elena*. Eines frühen Morgens kam ihr eine Idee. Es störte sie nicht, dass Fito mit Gedichten nicht viel anfangen konnte. Aber sie fand es schade, dass ihm Pablo Neruda, der große chilenische Dichter, kein Begriff war.

Nach dem Frühstück nahm sie ihre Handtasche und machte sich auf zu Lucrecia. Die Freundin öffnete ihr im Morgenmantel, in einer Hand hielt sie eine Tasse mit dampfendem Kaffee. Zu dieser frühen Morgenstunde hatte sie eher mit dem Briefboten gerechnet als mit Besuch. Norma entging die Überraschung der Freundin nicht. Es war ihr peinlich, nicht noch ein wenig gewartet zu haben. Manchmal ging ihr Temperament mit ihr durch.

Lucrecia lachte nur und bat sie herein. «Was ist denn in dich gefahren, meine Liebe? Der Tatendrang steht dir in den Augen geschrieben, während ich aus meinen noch den Schlaf reibe.» Lucrecia ließ sich gerne von Normas Begeisterung anstecken. Die beiden setzten sich an den Küchentisch. Es war ruhig im Haus, Enrique und die Zwillinge hatten es schon verlassen. Gespannt hörte Lucrecia ihrer Freundin zu. Norma wollte, dass Fito einen Einblick in Pablo Nerudas Schaffen erhielt. Ihr Plan war, mit Lucrecias Hilfe ein Theaterstück über Neruda zu schreiben und es dann zusammen aufzuführen. Sie wollte Episoden von Nerudas Leben zeigen, auch von seiner Jugend im Süden Chiles. Eine der beiden wäre die Erzählstimme, die andere würde Nerudas Gedichte vortragen. Dabei würden sie sich auf diejenigen über die Salpeterwerke beschränken.

Norma kramte ein Blatt mit Notizen darauf aus ihrer Handtasche und faltete es auf. Fito würde erfahren, dass Neruda als Kind Muscheln, Steine und Pflanzen sammelte und leidenschaftlich gerne Bücher über Vogelkunde und Botanik las. Nerudas Jugendzeit in Santiago würde eher nicht thematisiert werden. Unbedingt aber die Jahre, wo er von der chilenischen Regierung verfolgt wurde, seine zahlreichen Verstecke in Chile bei Armen und Reichen während seiner Flucht und seine Zeit im ausländischen Exil. Die Tanzgruppe der *María Elena* könnte die Flucht Nerudas von Versteck zu Versteck betanzen.

Normas Augen funkelten und Lucrecia strahlte. Ruckartig stand sie auf und schritt zielstrebig zum Bücherregal im Wohnzimmer. Sie nahm zahlreiche Bände von und über Pablo Neruda heraus, breitete sie vor Norma auf dem Küchentisch aus und holte Schreibblock und Kugelschreiber. Während sie Richtung Badezimmer ging, begann die Freundin freudig in den Büchern zu blättern.

12.

Fito und Enrique trafen sich wie fast jeden Tag zum Morgenspaziergang beim Pavillon *Odéon* auf der *Plaza*. Obwohl Enrique im Ruhestand war, half er hier und dort immer wieder gerne aus. Auch während der Spaziergänge, wenn ihn jemand um Hilfe bat. Onkel und Neffe verfügten beide über ein gutes technisches Verständnis und handwerkliches Geschick. Wenn sie zusammen über ein technisches Problem nachdachten und es dann gemeinsam lösten, fühlten sie sich einander noch näher.

An jenem Tag aber war Enrique nicht nach Hilfestellungen zumute. Lieber wollte er ungestört mit seinem Neffen reden. Die beiden führten ihr Gespräch auf einer Sitzbank in unmittelbarer Nähe des Pavillons. «Wie fühlst du dich in der *María Elena*?», begann Enrique.

«Ausgezeichnet. Was für eine Frage.» Fito grinste. Für ihn war das Leben in der Wüste noch immer ein Abenteuer. Am meisten genoss er es, Zeit mit seinem Onkel und dessen Familie zu verbringen.

Enrique sah seinen Neffen herausfordernd an. «Könntest du dir vorstellen, für immer hier zu leben?»

Fito glaubte, sich verhört zu haben. Erstaunt sah er zu seinem Onkel. Für immer in der *María Elena* zu leben, habe er nie in Erwägung gezogen, begann er. Weil es nicht infrage komme. Erstens gehöre er in die Schweiz. Er würde die ausgeprägten Jahreszeiten vermissen, in Iquitos sei es ihm so ergangen. Die Berge, das Skifahren und das alpine

Wandern würden ihm fehlen. Und zweitens, wie würde er längerfristig sein Geld verdienen?

Enrique räusperte sich. Lucrecia hatte ihn gebeten, Fito von ihren Befürchtungen zu erzählen. «Lucrecia macht sich Sorgen um Norma. Sie befürchtet, dass sie nicht zurechtkommen wird in Europa. Ein anderer Kontinent, eine andere Sprache, fern von Familie und Freunden. Du weißt schon.»

Fito spürte einen unangenehmen Druck im Brustkorb. Enriques Worte bestätigten ein Gefühl von ihm, das er nicht wahrhaben wollte. In Iquitos hatte sich Norma kein einziges Mal beschwert, weder über das Klima noch über ihre Container-Unterkunft. Aber sich in der Schweiz niederzulassen, war etwas anderes. Andere Mentalität, dunkle Winter. Und das nicht nur für eine begrenzte Zeit, sondern das ganze restliche Leben lang.

Enriques Stimme unterbrach Fitos Gedanken. «Lucrecia sagt mir immer wieder, dass sie keine hilfsbereitere Frau als Norma kenne, aber in gewisser Weise auch keine hilflosere.» Enrique räusperte sich abermals. «Lucrecia meint, Norma könnte sich in Europa verloren fühlen, weil sie dort entwurzelt sei. Und ihre Probleme noch mehr verdrängen, als sie es hier mache.» Den letzten Satz sprach Enrique beinahe flüsternd aus.

Erschrocken sah Fito zu seinem Onkel. Probleme? Norma und hilflos? Enriques Worte verwirrten ihn. Als er Enriques Arm auf seiner Schulter spürte, beruhigte er sich ein wenig.

Enrique umarmte seinen Neffen und spürte dessen schnellen Herzschlag. Seine Worte hatten offenbar etwas ausgelöst. Insgeheim hoffte er, Lucrecias Bedenken würden Fito dazu bringen, seine Pläne zu überdenken. Es wäre ja wirklich einfacher für Norma, wenn sie und Fito in Chile bleiben würden. Außerdem befürchtete Enrique, die beiden nicht wiederzusehen, ließen sie sich tatsächlich in der Schweiz nieder. Nur ein Umstand würde ihn damit versöhnen: Wenn Fito in der Schweiz den Kontakt zu Margrit aufnehmen würde. Enrique legte seine Hand auf den Unterarm seines Neffen. «Wir haben schon einige Male darüber gesprochen, diesmal sage ich es dir klipp und klar. Diese Lotti

Schmid hat dich ausfindig gemacht und aufgesucht. Es ist Zeit, dass du deine Mutter bei den Schmids besuchst. Versprichst du mir das?»

Fito fühlte sich von seinem Onkel unter Druck gesetzt und errötete. «Ich habe doch fast keine Erinnerung an meine Mutter, sie ist wie eine Fremde für mich. Außerdem muss ich mich in der Schweiz zuerst um Normas und mein Leben kümmern. Ich kann dir doch nichts versprechen.»

Enrique seufzte. «Indem du alles so belässt, wie es ist, gehst du den einfachen Weg. Und deine Frau benutzt du nur als Vorwand. In meinem Leben habe ich gelernt, dass man seine Chancen nutzen sollte. Sich einzugestehen, dass man sie verspielt hat, ist eine der bittersten Erkenntnisse, die man als Mensch haben kann.»

Enrique stand von der Sitzbank auf, und Fito tat es ihm gleich. Beide verspürten das Bedürfnis, sich zu bewegen und zu schweigen. Eine Weile lang liefen sie wortlos durch die *María Elena* und betrachteten, was um sie herum geschah. Die Sonne stand noch tief. Viele Menschen erledigten ihre Einkäufe oder gingen auf Ämter.

Wie in allen Salpeterwerken der Atacamawüste fand das soziale Leben in der *María Elena* außerhalb der eigenen vier Wände statt. Fito beobachtete Kinder, die vor den Gebäudeeingängen mit ihrem Spielzeug aus Blech und Holz spielten. Ein Bube und ein Mädchen füllten ein Gemisch aus Kies und Sand in leere Sardinendosen, die an einer Schnur aneinandergereiht waren. Fito erkannte, dass es die Nachbildung einer Salpeterproduktionsanlage war. Andere spielten mit ihren blechernen und hölzernen Lastwagen. Ein Junge rannte dem schmalen blechernen Reifen hinterher, den er mit einer Schnur vor sich herschob.

Irgendwann befanden sich die beiden Männer in der Wohngegend der Bolivianer. Von dort machten sie sich Richtung Bahnhof auf. Als sie beim Bahnhofsgebäude ankamen, zuckten sie zusammen. Laute Blasmusikklänge durchbrachen ihr Schweigen. Enrique machte einen ungläubigen Gesichtsausdruck. Er hatte den Umzug des *Cuadro Blanco* tatsächlich vergessen. Bald zogen unzählige in weiß gekleidete Frauen und Männer, offensichtlich Boden- und Geräteturner, an ihnen vorbei.

Enrique fiel auf, wie Fitos Augen vor Begeisterung strahlten, und ergriff als Erster wieder das Wort. «Der *Cuadro Blanco* ist vor fast zwanzig Jahren als Sportakademie der *María Elena* gegründet worden. Er ist eine legendäre Institution», begann er. Die Turnerinnen und Turner seien im In- und Ausland bekannt und die besten Botschafter des Werks. Zum *Cuadro Blanco* würden neben den Turnern auch Akrobaten und Musikgruppen zählen. Fito lachte laut, als Enrique ihm erzählte, dass früher ein Zirkus und ein Pinguin zur Sportakademie gehört hätten.

In der *María Elena* wurde Fußball, Basketball, Volleyball, Tischtennis und Waterpolo gespielt, wettkampfmäßig geschwommen, geboxt und Rad gefahren. Insgesamt gab es innerhalb des *Cuadro Blanco* neun sportliche Gruppierungen. Wer sich für keine davon erwärmen konnte, besuchte Tanzkurse oder schloss sich einem kulturellen Verein an. Die *María Elena* zählte einunddreißig Klubs und dreizehn soziokulturelle Vereine. Das gesellschaftliche Leben wurde von der Werkbesitzerin *Anglo Lautaro Nitrate Company* organisiert.

Enrique erklärte seinem Neffen, dass der *Cuadro Blanco* gegründet worden sei, um die Bewohner der Salpeterwerke einerseits zu disziplinieren und sie andererseits zu einer Einheit zu machen. Denn die Menschen verschiedener Nationalitäten, die in die Salpeterwerke kamen, unterschieden sich auch durch ihren soziologischen Hintergrund voneinander. «Die *Anglo Lautaro Nitrate Company* möchte, dass wir zufrieden sind und uns gegenseitig mögen. Aber ihr höchstes Ziel ist, dass wir zusammen richtig gut arbeiten.» Enrique lachte.

Fito sah gespannt zu seinem Onkel. «Und was für eine Sportart übst du aus?»

Enrique machte eine wegwerfende Handbewegung. Er war nicht besonders sportlich. Als er mit seiner Familie in die *María Elena* gezogen war, hatte er sich im Scheibenschießen versucht, es aber bald aufgegeben. Die einzige sportliche Aktivität, die er zusammen mit Lucrecia praktizierte, war das Tanzen. Dafür waren die Zwillinge umso sportlicher. Während Rosa in der Frauenmannschaft Basketball spielte, war Hugo Teil der Fußballmannschaft. Enrique versprach Fito, dass sie bald an einen Match gehen würden, am liebsten, wenn die Mannschaft der

María Elena gegen diejenige der *Pedro de Valdivia* antrat. Die Rivalität der beiden Salpeterwerke war legendär und ging über den Sport hinaus. In der Zeitschrift *Pampa* wurden die Werke mittels Statistiken über Herstellungsvolumen, Produktionsausfälle und Anzahl Unfälle laufend miteinander verglichen. Immer ging es darum, wer von den beiden besser abschnitt.

Als Enrique seinem Neffen das Stadion zeigte, blieb dieser mit offenem Mund stehen. Im riesigen Komplex wurden sämtliche Mannschaftssportarten ausgeübt und sogar Schönheitswettbewerbe veranstaltet. Fito sah zu den beiden Feldern mit den Tribünen, die Platz für zweitausend Menschen boten. Während sich Enrique Richtung *Plaza* aufmachte, weil er für Lucrecia Einkäufe erledigen wollte, blieb Fito im Stadion zurück. Er begab sich zu den Bahnen der Leichtathleten, die aus Asche waren. Weil er wissen wollte, wie sich der Belag anfühlte, rannte er ein paar Runden.

13.

Norma genoss die Stille, nachdem Fito gegangen war. Als es klingelte, hatte sie gerade fertig gefrühstückt.

Lucrecia umarmte ihre Freundin stürmisch. «Zieh dich an, wir gehen in die *Pulpería*. Alle Schuhe sind im Sonderangebot, sogar die neue Kollektion.»

Eigentlich wäre Norma lieber zu Hause geblieben, aber sie wollte keine Spielverderberin sein. Schon von Weitem erblickten sie eine lange Menschenschlange vor der Eingangstür der *Pulpería*. Es kam Lucrecia vor wie früher, als sie zusammen mit anderen Frauen frühmorgens vor der *Pulpería* wartete, um ofenfrisches Brot zu kaufen. Auch jetzt standen nur zwei Männer an. Da es vor Jahrzehnten weder Sportvereine, Klubs noch Kulturzentren gab, waren die *Pulperías* damals der einzige Treffpunkt der Frauen.

Die Menschenschlange wurde kürzer, und schon bald standen die beiden Frauen in der *Pulpería*. Während sich Lucrecia zielstrebig zur Schuhabteilung aufmachte, ging Norma in die Stoffabteilung. Sie kaufte ein paar Meter eines pastellfarbenen Seidenstoffs mit Blumen darauf.

80

Danach sah sie sich in der Kleidersektion um, in der Hoffnung, sich von einem Kleid inspirieren zu lassen. Seit ihrer Jugend nähte sich Norma ihre Kleider oft selbst. Ihre Mutter war Schneiderin gewesen und hatte ihr das Handwerk beigebracht. Aber nach nur zehn Minuten eilte sie Richtung Schuhabteilung. Als sie Lucrecia mitteilte, dass sie nach Hause gehe, probierte diese gerade schwarze Schuhe an, die sie fürs Tangotanzen benötigte.

Lucrecia wunderte sich über den Aufbruch ihrer Freundin, war aber zu sehr mit sich selbst beschäftigt, als dass sie nachgefragt hätte.

14.

Norma setzte sich vor den Spiegel im Schlafzimmer und betrachtete sich eingehend. Sie fühlte sich erschöpft. Irgendwann begann sie, Grimassen zu schneiden. Sie bemerkte nicht, dass Fito ins Schlafzimmer trat und sie beobachtete. Als sich ihre Blicke im Spiegel trafen, hörte Norma mit dem Grimassieren auf. Sie hatte Tränen in den Augen.

Fito sah Norma besorgt an. «Was ist passiert?»

«Nichts. Ich habe nur wieder einmal genug von mir.» Von Zeit zu Zeit wurde sie vom Gefühl heimgesucht, dem Leben nicht gewachsen zu sein. Norma hielt sich die Hände vor das Gesicht und begann zu schluchzen. «Alle denken immer, ich sei stark. Dabei stimmt das gar nicht.»

Fito war verunsichert. Worte des Trostes fielen ihm nicht ein, und er spürte, dass Norma nicht berührt werden wollte. Das Einzige, was er tun konnte, war, im Raum zu bleiben und ihr zuzuhören.

Es vergingen ein paar Minuten, und Norma fing sich wieder. «Meine Nerven. Bitte entschuldige meinen Ausbruch.» Sie stand auf, um ins Bad zu gehen. Mit einem frisch gewaschenen Gesicht kam sie zurück, setzte sich vor den Schlafzimmerspiegel und bürstete ihre Haare. Dann schminkte sie sich.

Fito wurde flau im Magen. Norma verhielt sich fast so wie damals als Frau Dr. Marlok im Theaterstück. Vor der Spritze und danach.

Sie spürte seinen Blick. «Es ist alles wieder gut, Liebling. Wirklich.» Mehr sagte sie nicht, obwohl Fito von ihr wissen wollte, was denn vorher schlecht gewesen sei.

Fito war verwirrt und auch verärgert. Wahrscheinlich war es der Ärger, der ihn mutig machte. Er hatte immer auf den richtigen Zeitpunkt gewartet, jetzt schien er gekommen.

«Du warst Assistentin des chilenischen Justizministers?»

Norma sah entgeistert zu ihrem Mann. Hatte er in ihren Sachen gewühlt? Er war doch so korrekt, das passte nicht zu ihm.

«Wieso hast du mir so etwas Wichtiges verheimlicht? Anscheinend hat dir diese Arbeit etwas bedeutet. Sonst hättest du den Ausweis nicht aufbewahrt.»

Ihre Zeit im Justizministerium schien Norma weit weg, überschattet von etwas, das viel einschneidender gewesen war in ihrem Leben. Damals war sie so stolz darauf gewesen, die Stelle nur wegen ihrer Qualifikationen bekommen zu haben. Eigentlich hätte sie Fito gerne aus freien Stücken von ihrer anspruchsvollen Arbeit erzählt. Aber dann hätte sie auch über das andere reden müssen. Sie hatte sich geschworen, ihre Vergangenheit hinter sich zu lassen. Jetzt konnte sie nicht ausweichen, sie musste es sagen. «Mein Vater verließ uns, nachdem er sich in eine andere Frau verliebt hatte.» Norma atmete tief durch und runzelte dann die Stirn. «Mit dieser neuen Partnerin gründete er eine neue Familie. Nach seinem Auszug sah ich ihn nie wieder.» Norma redete leise. Es fiel ihr schwer, die Worte auszusprechen. Sie empfand es noch immer als demütigend, dass ihr Vater ihre geliebte Mutter verlassen hatte.

«Und wo ist der Bezug zum Justizministerium?»

Norma starrte auf ihre Fingernägel. «Als ich in Iquique meine Ausbildung beendet hatte, überzeugte ich meine Mutter davon, dass für uns ein Neuanfang nötig war und dieser in der Hauptstadt erfolgen sollte. Ich war mir sicher, dass wir Frauen dort bald Arbeit finden würden. Und Andrés konnte sein Literaturstudium problemlos in Santiago fortsetzen. Die Wohnsituation war glücklicherweise geklärt. In der geräumigen Wohnung meiner schon seit Jahren verwitweten Tante war genug Platz für uns alle.»

«Dann hast du nie in der *Compañía Salitrera de Tarapacá y Antofagasta* in Iquique gearbeitet?»

Norma sah etwas verärgert zu Fito. Die Tatsache, dass sie ihm nicht alles erzählt hatte, beinhaltete doch nicht, dass sie gelogen hatte. «Erst *nach* der Zeit in Santiago. Von der Assistentin des Justizministers zu einer Hilfskraft, das war nicht einfach. Aber es war die einzige Arbeit, die ich in Iquique gefunden habe.»

«Wieso bist du denn überhaupt wieder nach Iquique gezogen?»

Norma begann zu zittern. Sie hatte keine Kraft mehr, alles zu erzählen. Sie sah Fito in die Augen und spürte, wie sehr sie diesen Mann liebte. Sie ging auf ihn zu, strich ihm über die Wange und küsste ihn. «Mit dir beschreibe ich ein neues Blatt in meinem Leben.»

Viele Gedanken schwirrten durch Fitos Kopf, während er Normas Kuss erwiderte. Vielleicht war es Norma ja ganz recht, in Europa neu anzufangen. Es sah fast so aus, als ob sie vor ihrer Vergangenheit flüchten würde. Fito spürte, wie unvollständig das Bild war, das er von seiner Frau hatte. Sie war nicht nur fröhlich und engagiert. Offensichtlich hatte sie auch ihre Abgründe, gerade hatte er einen Eindruck davon bekommen.

15.

Norma hatte sich bald wieder beruhigt. Sie saß in ihrem Lieblingssessel und blätterte in einem Programmheft. Ihre Stimme klang freudig, als sie Fito an den Besuch der *Filarmónica* erinnerte. Die *Filarmónica* war ein weiträumiger Saal, wo Veranstaltungen stattfanden. Am Abend würde dort ein bekannter Sänger auftreten, der am Vorabend in der *Pedro de Valdivia* gesungen hatte.

Während sich Norma verhielt, als wäre nichts geschehen, brachte Fito keinen Ton heraus. Wenn er seine Frau mit Worten nicht erreichen konnte, dann musste er es auf einem anderen Weg versuchen. Als sie sich vom Sessel erhob, ging er ihr entgegen und umarmte sie. Norma hörte auf zu reden und lehnte sich an ihn. Außer ihren Herzschlägen nahmen sie nichts wahr. Nach einigen Minuten fühlten sie sich einander wieder näher. Aber beide wussten, dass noch etwas zwischen ihnen stand und nur Norma dieses Etwas beseitigen konnte.

16.

Fito, Enrique, Rosa und Hugo saßen in der ersten Reihe des Theaters. Fito war gerührt, als Norma ihm vor dem ganzen Publikum das von ihr und Lucrecia einstudierte Stück widmete. Alle blickten gespannt zur Bühne, als sich der Vorhang langsam öffnete. Auf der Bühne befanden sich ein kleiner Holzstamm und kleinere Holzstücke. Lucrecia und Norma standen jeweils an einem Ende des Vorhangs. Fito stutzte, als er hörte, wie Tropfen auf ein Dach prallten, und sah zu seinem Onkel. «Regen und Holz sind wiederkehrende Themen im Werk von Pablo Neruda», flüsterte dieser.

Zuerst schritt Lucrecia zur Mitte der Bühne und erzählte, dass Pablo Nerudas Mutter eineinhalb Monate nach seiner Geburt an Tuberkulose gestorben sei. Dann gesellte sich Norma zu ihr und rezitierte «*Y como nunca vi su cara, la llamé entre los muertos, para verla…*» – «*Und weil ich nie ihr Gesicht sah, rief ich sie unter den Toten, um sie zu sehen…*»

Fito fühlte einen Stich im Brustkorb. Neruda war ohne seine leibliche Mutter aufgewachsen. Die Erzählstimme berichtete, dass der Dichter seine Stiefmutter verehrt habe. Er habe sie als liebevoll und gütig bezeichnet. Fito wurde es mulmig zumute, als er an die Gefühle seiner Stiefmutter gegenüber dachte. Als er hörte, dass Neruda als Zehnjähriger fasziniert war von Landschaften, Insekten und Blumen, fühlte er sich ihm näher. Als er erfuhr, dass Neruda als Kind schüchtern war und kaum sprach, fühlte er sich ihm verbunden. Auch weil Nerudas Vater offenbar einen ähnlichen Charakter hatte wie sein eigener. Nerudas Vater galt als autoritärer Patriarch, der Eisenbahnen liebte und deswegen Lokomotivführer geworden war. Fito empfand seinen Vater zuweilen als tyrannisch, und er teilte die Leidenschaft für Eisenbahnen mit ihm.

Fito erinnerte sich daran, dass er Norma einmal anvertraut hatte, er könne mit Belletristik und Prosa nichts anfangen. Sie schien ihm abgehoben und weit weg von seinem Leben. Jetzt staunte er. Den beiden Frauen gelang es tatsächlich, eine Verbindung zwischen ihm und Pablo

Neruda herzustellen. Fito lächelte und hörte Lucrecia gespannt zu, als sie weiterredete. «1927 ging Pablo Neruda als Konsul nach Rangun in Burma. Insgesamt fünf Jahre verbrachte er in Asien. Er lernte berühmte Zeitgenossen kennen: Im indischen Kalkutta beispielsweise traf er auf Mahatma Gandhi. 1932 kehrte er nach Chile zurück, um ein Jahr später als Konsul nach Buenos Aires zu ziehen. 1934 wurde er Konsul in Madrid, und 1936 veröffentlichte er sein erstes politisches Gedicht *Canto a las madres de los milicianos muertos.* 1937 kehrte Neruda nach Chile zurück. Als 1938 sein Vater starb, begann er mit dem politischen und historischen Gedichtband *Canto General,* mit dem er seinen Vater ehren wollte. Dann war Neruda ein Jahr Kampagnenhelfer für den Präsidentschaftskandidaten des *Frente Popular* in Chile.»

Als Lucrecia erzählte, dass Neruda 1939 nach Isla Negra gezogen sei, stupste Enrique seinen Neffen an und flüsterte: «Das ist keine Insel, sondern sein Haus direkt am Meer zirka fünfundvierzig Kilometer von Valparaíso. Sein Haus ähnelt einem Schiff, von dem man aus nahezu jedem Winkel das Meer sehen soll.»

Fito nickte und wandte sich wieder Lucrecia zu. Ende 1939 sei Neruda Konsul in Frankreich geworden und für die spanischen Immigranten zuständig gewesen. Er habe dafür gesorgt, dass über zweitausend spanische Kriegsflüchtlinge auf dem französischen Schiff *Winnipeg* nach Chile gelangten. Die Jahre zwischen 1940 und 1950 habe Neruda vorwiegend auf dem amerikanischen Kontinent verbracht. Die Jahreszahlen schwirrten in Fitos Kopf herum. So viel Information, was für ein bewegtes Leben. Dann verkündete Lucrecia, das Theaterstück werde sich nun auf die 1940er Jahre in Chile konzentrieren. 1943 habe sich Neruda dazu entschieden, als Senator zu kandidieren. Sie wandte sich ans Publikum. «Wusstet ihr, dass Neruda ab 1945 kommunistischer Senator der Provinzen Tarapacá und Antofagasta war?»

Ein Raunen ging durch die Sitzreihen. «Natürlich», meinten die einen, «ich habe ihn gekannt», andere. «Im Rahmen seines Wahlkampfs kam er mehrmals zu uns in die Wüste», berichtete eine ältere Frau. Viele saßen mit offenen Mündern da und staunten. Eine Frau meinte: «Er hat eine ganz eigene Art zu sprechen. Ist euch das auch aufgefallen?» Ihr Sitznachbar pflichtete ihr bei. «Man sagt, er rede ähnlich wie die

Mapuche. Neruda ist ja in Temuco im Süden aufgewachsen, wo viele Mapuche leben. Seit seiner Kindheit verehrt er sie. Soviel ich weiß, hat er auch Gedichte über sie geschrieben.»

Norma ergriff wieder das Wort, indem sie eine Pause vorschlug. Natürlich dürfe man im Saal bleiben und einander von den Erfahrungen mit Neruda berichten. Fito sah zu seinem Onkel. Enrique erriet die unausgesprochene Frage und nickte. Auch er war dem etwa gleich alten Neruda persönlich begegnet. Und zwar in *Humberstone*, erzählte er dem staunenden Fito. Damals hätten sie Tee zusammen getrunken. Wie viele *Pampinos* nehme auch Neruda täglich mehrere Tassen davon zu sich. «Neruda hat mir erzählt, dass er unruhige und aufmüpfige Menschen möge. Egal, ob es sich dabei um Künstler oder Verbrecher handle. Da musste ich lachen. Mir gefällt, dass Neruda Gesetzen und alteingesessenen Regierungen und Institutionen kritisch gegenübersteht.»

Fito lächelte. Was sein Onkel schon alles erlebt hatte.

Nach der Pause kam zuerst Lucrecia auf die Bühne und fuhr damit fort, in ihrer neutralen Erzählstimme zu reden. «Neruda hat einmal gesagt, er schreibe politische Poesie, weil er die Tragödie vieler Chilenen am eigenen Leib erlebt habe. Als ein Mann des Volkes ergreift er Partei für die Unterdrückten.»

Plötzlich erhob sich ein älterer Mann. «Ich möchte nur bezeugen, dass Neruda einer von uns ist. Damals, als er von der chilenischen Regierung verfolgt wurde, ist er bei mir in Valparaíso untergekommen. Er hat sich mir gegenüber verhalten, als wäre ich sein Bruder. Oder sein Freund. Von Standesdünkel keine Spur.»

«Bei mir war es genauso», rief eine ältere Frau.

Lucrecia lächelte und knüpfte an das Gesagte an. «Anfang 1948 wurde Neruda vom damaligen Präsidenten Gabriel González Videla verraten. Nachdem Neruda für den Politiker Wahlkampf betrieben hatte, ließ dieser ihn zusammen mit anderen kommunistischen Kabinettsmitgliedern fallen. Gleichzeitig brach der Präsident Beziehungen mit sämtlichen kommunistischen Ländern ab. Neruda sah sich gezwungen, vor der chilenischen Regierung zu fliehen. Zunächst entschied er sich für das Exil im eigenen Land. Auf seiner Flucht schrieb er jeden Tag zwischen sechs und acht Stunden am *Canto General*. Neruda erzählt gerne, dass ihm die Informationen, die er zu einem bestimmten Zeitpunkt für sein Werk benötigte, immer auf wundersame Weise zugefallen seien. Einmal entdeckte er im Haushalt einfacher Leute eine lateinamerikanische Enzyklopädie. Ein anderes Mal lebte er zwei Monate lang bei einer Fischerfamilie, die mit dem Kompendium der Geschichte Amerikas von Diego Barras Arana nur ein einziges Buch besaß. Es war genau dieses Buch, das Neruda zu jenem Zeitpunkt brauchte. Noch während der Flucht konnte er seinen *Canto General* vollenden.»

Jetzt betrat Norma die Bühne. Sie machte sich bereit, einige Gedichte vom *Canto General* vorzulesen. Nerudas zehnter Gedichtband war 1950 in Mexiko veröffentlicht worden. Als Norma zu rezitieren begann, schloss Fito die Augen, um sich besser zu konzentrieren.

Los hombres del nitrato	***Die Männer des Nitrats***
Yo estaba en el salitre, con los héroes oscuros,	*Ich war im Salpeter, mit den dunklen Helden*
con el que cava nieve fertilizante y fina	*mit jenem, der feinen Düngerschnee gräbt*
en la corteza dura del planeta,	*in der harten Kruste des Planeten,*
y estreché con orgullo sus manos de tierra.	*und ich drückte stolz seine erdigen Hände.*
Ellos me dijeron: «Mira,	*Sie sagten mir: «Schau,*
hermano, cómo vivimos,	*Bruder, wie wir leben,*
aquí en Humberstone, aquí en Mapocho,	*hier in Humberstone, hier in Mapocho,*
en Ricaventura, en Paloma,	*in Ricaventura, in Paloma,*
en Pan de Azúcar, en Piojillo.»	*in Pan de Azúcar, in Piojillo.»*
Y me mostraron sus raciones	*Und sie zeigten mir ihre Rationen*
de miserables alimentos,	*miserabler Nahrungsmittel,*
su piso de tierra en las casas,	*ihr Erdboden in den Häusern,*
el sol, el polvo, las vinchucas,	*die Sonne, den Staub, die Raubwanzen*
y la soledad inmensa.	*und die unermessliche Einsamkeit.*

Yo vi el trabajo de los derripiadores,	*Ich sah die Arbeit der Minenarbeiter,*
que dejan sumida, en el mango	*die im Holzgriff der Schaufel*
de la madera de la pala,	*versenkt lassen*
toda la huella de sus manos.	*den ganzen Abdruck ihrer Hände.*
Yo escuché una voz que venía	*Ich hörte eine Stimme, die*
desde el fondo estrecho del pique,	*von der tiefen Enge des Einschlags kam,*
como de un útero infernal,	*wie aus einer infernalischen Gebärmutter,*
y después asomar arriba	*und nachher kam sie oben zum Vorschein*
una criatura sin rostro,	*eine Kreatur ohne Gesicht,*
una máscara polvorienta	*eine staubige Maske*
de sudor, de sangre y de polvo.	*aus Schweiß, Blut und Staub.*
Y ése me dijo: «Adonde vayas,	*Und diese sagte mir: «Wohin du auch gehst,*
habla tú de estos tormentos,	*rede du von diesen Qualen,*
habla tú, hermano, de tu hermano	*rede du, Bruder, von deinem Bruder*
que vive abajo, en el infierno.»	*der unten in der Hölle lebt.»*

Norma sah kurz auf. Es war andächtig still im Theater, nur ein gelegentliches Hüsteln war zu hören. Alle lauschten ihr gespannt, als sie zum nächsten Gedicht überging. Daraus las sie nur eine Strophe.

La gran alegría

Escribo para el pueblo, aunque no pueda
leer mi poesía con sus ojos rurales.
Vendrá el instante en que una línea, el aire
que removió mi vida, llegará a sus orejas,
y entonces el labriego levantará los ojos,
el minero sonreirá rompiendo piedras,
el palanquero se limpiará la frente
el pescador verá mejor el brillo
de un pez que palpitando le quemará las manos,
el mecánico, limpio, recién lavado, lleno
de aroma de jabón mirará mis poemas,
y ellos dirán tal vez: «Fue un camarada.»
Eso es bastante, ésa es la corona que quiero.

Ich schreibe für das Volk, auch wenn es
meine Poesie mit seinen ländlichen Augen nicht lesen kann.
Der Moment wird kommen, wo eine Zeile, die Luft, die
mein Leben aufrüttelte, ihnen zu Ohren kommt,
und dann wird der Bauer seine Augen erheben,
der Minenarbeiter wird lächeln, während er Steine bricht,
der Bremser wird sich seine Stirn wischen
der Fischer wird den Glanz eines Fischs besser sehen,
der zuckend seine Hände verbrennen wird,
der Mechaniker, frisch gewaschen und sauber
wird im Seifenduft meine Gedichte betrachten,
und vielleicht werden sie sagen: «Er war ein Kamerad.»
Das ist reichlich, dies ist die Krone, die ich möchte.

Norma trug noch andere Gedichte und Auszüge aus dem *Canto General* vor. Aber keine ließen Fito so ergriffen zurück wie die ersten beiden. Nach dem Theaterstück klatschten die Anwesenden begeistert. Fito sah zu Enrique, während seine Lippen überdeutlich das Wort *fantastisch* formten. Es war zu laut im Saal, um den anderen zu verstehen. Als die beiden zusammen im Foyer standen, kam Norma mit wehenden Haaren auf sie zu. Sie war voller Adrenalin und stürzte sich übermütig in Fitos Arme. Lucrecia erschien kurz nach ihr und war ebenso ausgelassen. Ihr Wangen waren gerötet, ihre Augen glänzten.

«Ihr wart wunderbar», lobte Enrique und umfasste zärtlich die Hüften seiner Frau.

Fito flüsterte Norma ein *Danke* ins Haar. Ihr Geschenk rührte ihn. Ohne je eine Zeile von Pablo Neruda gelesen zu haben, war er ihm vertraut geworden.

17.

Die ersten Lichtstrahlen hatten Fito und Norma schon lange geweckt. Normalerweise genossen sie es, noch ein wenig liegen zu bleiben und in der morgendlichen Ruhe ihren Gedanken nachzuhängen. Heute aber war es anders. Fito drehte sich von einer Seite auf die andere und vom Bauch auf den Rücken.

Norma konnte keinen klaren Gedanken fassen, weil Fito so unruhig war. Beide fühlten sich bedrückt. Sie wussten, wie sehr ihnen Enrique, Lucrecia und die Zwillinge fehlen würden. Zudem verspürten sie eine Art Lampenfieber. Der Neuanfang in Europa schüchterte Norma jetzt doch etwas ein. Auch Fito wurde mulmig zumute, wenn er daran dachte. Er stand zuerst auf und holte seufzend seine Kleider aus dem Schrank. Die Vorstellung, sich von seiner chilenischen Familie zu trennen, schmerzte.

Als Norma zusammen mit Fito in Valparaíso das Schiff nach Genua bestieg, schien es, als hätte sie einen Schalter in ihrem Gehirn umgelegt. Sie freute sich von ganzem Herzen auf die neue Erfahrung. Ihr neues Leben hatte mit dem Kennenlernen von Fito begonnen. In Europa würde das gemeinsame Leben mit ihm weitergehen.

Winterthur

Norma fühlte sich an ihrem neuen Wohnort sofort wohl. Zu ihrer positiven Gemütslage trug der Gynäkologe bei, der ihr mitteilte, dass sie ein Kind erwarte. Dass sie in der Schweiz von ihrer Schwangerschaft erfuhr, deutete Norma als gutes Omen. Es kam ihr vor, als lägen alle Probleme, alle Hürden, die sie im Leben genommen hatte, weit hinter ihr. Vor sich sah sie eine Fülle von Möglichkeiten. Sie wollte in absehbarer Zeit gut Deutsch reden, schwimmen lernen und später Englischunterricht nehmen. Europa empfand sie als klein und übersichtlich. Das eine oder andere Land würde sie wohl mit Fito bereisen.

Norma hatte in Iquitos bei einem alten deutschen Pater Deutschstunden genommen. Deshalb konjugierte sie schon einige wichtige Verben in der Gegenwartsform und verfügte über einen elementaren Wortschatz. Was sie zwar gewusst, dem sie aber bislang keine Beachtung geschenkt hatte, war, dass in der Deutschschweiz Schweizerdeutsch gesprochen wurde. Es frustrierte sie, trotz ihrer Grundkenntnisse die Menschen in ihrem Umfeld kaum zu verstehen. Aber Norma war kein Mensch, der schnell aufgab. Bald einmal besuchte sie sonntags die katholische Messe in der Herz-Jesu-Kirche, obwohl sie kaum etwas von der Predigt verstand. Es tat ihr gut, sich in der Gesellschaft anderer Gläubigen zu wissen. Bald lernte sie dort zwei Spanierinnen und zwei Lateinamerikanerinnen kennen. Sie erzählten ihr, dass sie in der Migros-Klubschule Deutsch lernen würden. Norma bat Fito, sie dort anzumelden.

Je mehr sie lernte, desto ehrgeiziger wurde sie. Fito staunte, mit welcher Leidenschaft sich seine Frau der deutschen Grammatik widmete und Wörter lernte. Er bewunderte Normas Willen. So bald wie möglich wollte sie auch die Fahrprüfung ablegen, um unabhängiger zu sein. In Winterthur kannte sie sich schon gut aus. Sie schätzte die übersichtliche Größe der Stadt und staunte immer wieder, wie sauber es überall war. Ihr gefiel, dass sie keine offensichtlichen Ungerechtigkeiten oder gar Armut feststellte. Der Wohlstand schien in der Schweiz gleichmäßiger verteilt als an den Orten, wo sie bisher gelebt hatte. Sie fühlte sich entspannt, die Schweiz passte gut zu ihrem Charakter. Obwohl sie oft gemustert wurde, fühlte sie sich willkommen. In der Schweiz war sie eine Exotin, sie wurde aus Interesse oder Neugier genauer angesehen als andere. Norma nahm es niemandem übel. Was sie wunderte war, dass man sie oft für eine Philippinerin oder allgemein für eine Asiatin hielt.

2.

Norma überquerte die Stadthausstraße und lief in großen, schnellen Schritten über den Rathausdurchgang in die autofreie Marktgasse. Auf ihrem Weg zur Sprachschule schritt sie gerne durch die Innenstadt, um sich im Vorbeigehen die Schaufenster anzusehen. Vor denjenigen der *ABM* blieb sie immer einige Sekunden lang stehen. Als sie sich an Fitos Worte erinnerte, lächelte sie. «Alles Billiger Mist – so wird dieses Geschäft in Winterthur auch genannt», hatte er gesagt.

Sie war im neunten Monat schwanger, bald würde das Kind kommen. Als sie spürte, wie seine Fäuste an ihre Bauchdecke trommelten, legte sie ihre Hände auf den Bauch. Sie sah auf ihre Armbanduhr und erschrak. Schon wieder zu spät. Immer wieder vergaß sie, wie wichtig Pünktlichkeit in der Schweiz war. Norma atmete tief durch und lief Richtung Hauptbahnhof. Noch die Unterführung, und sie hätte es geschafft. Als sie vor dem Gebäude an der Ecke der Rudolfstraße und Paulstraße stand, sah sie erneut auf die Uhr. Nur fünf Minuten zu spät. Sie stieg die Treppe hoch, so schnell sie konnte, klopfte an die Tür und öffnete sie. Als Erstes bemerkte sie den vorwurfsvollen Blick der Lehrerin, dann denjenigen ihrer Freundinnen. Als sie sich Olga, Adela, Elisa und Blanca näherte, hörte sie sie tuscheln.

«Sie war wohl wieder am Kirchplatz.»

«Und hat sich auf dem ehemaligen Friedhof mit den unruhigen Seelen unterhalten. Die Sprache der Toten ist wohl universell, was meint ihr?»

Die Freundinnen kicherten.

«Solange sie nicht im Restaurant Walfisch an einem Tischtelefon war, ist doch alles in Ordnung.»

«Oder hat sie wieder mal in der Stoffabteilung der *EPA* die Zeit vergessen?»

«Psssst», mahnte die Lehrerin.

Norma lächelte die Bemerkungen ihrer Freundinnen weg. Sie bereute, Blanca eine Nachricht deren verstorbener Großmutter übermittelt zu haben. Seither wussten die Freundinnen von ihrer Gabe. Es ärgerte sie, dass sie das erste Mal in ihrem Leben deswegen aufgezogen wurde. Als sie den strengen und vorwurfsvollen Blick der Lehrerin auf sich spürte, entschuldigte sie sich stammelnd für ihre Verspätung.

«Sie werden es schwer haben in der Schweiz, wenn Sie nicht lernen, pünktlich zu sein.» In der Schweiz wurde es als unanständig empfunden, zu spät zu kommen. Die Verspätung wurde persönlich genommen, und das ließ man die Zuspätkommenden spüren. Indem man sie ermahnte, ignorierte oder ihnen an einer Veranstaltung sogar den Eintritt verwehrte. Im Sinne von *Wer zu spät kommt, bleibt draußen.*

Norma senkte beschämt ihren Kopf. Sie kam sich vor wie ein zurechtgewiesenes Kind. Ihre kolumbianische Freundin Olga kam ihr zu Hilfe. «Wir werden Norma das Pünktlichsein schon noch beibringen. Uns ist es am Anfang ja genau gleich ergangen. Auch wir haben uns umgewöhnen müssen, aber wir haben es geschafft.» Adela aus Argentinien und Elisa und Blanca aus Spanien nickten. Alle vier waren mit Schweizern verheiratet und hatten zum Teil schon Kinder. Sie waren schon über ein Jahr in der Schweiz, besuchten den Deutschkurs aber erst seit kurzem. Norma lächelte dankbar.

3.

Fito war positiv überrascht, wie reibungslos sich Norma auch in der Schweiz einzufügen schien. Fitos Vater ging respektvoll mit Norma um, während sich die Stiefmutter ihr gegenüber eher kühl verhielt. Norma schien stoisch darüber hinwegzusehen, aber Fito fühlte sich gekränkt. Es tat ihm weh, dass Norma von seiner Familie nicht mit derselben Gastfreundschaft und Liebe überhäuft wurde wie er von seiner chilenischen Verwandtschaft. Außer ihm hatte Norma doch keine Familie in der Schweiz. Je mehr Zeit verstrich, desto mehr bewunderte

Fito seine Frau. Sie war so souverän. Er konnte sich ganz auf seine Arbeit konzentrieren und musste sich nicht um sie sorgen.

Fito und Norma waren gleich nach ihrer Ankunft in der Schweiz in das Mattenbach-Viertel in Winterthur gezogen. Dort stellte *Sulzer* seinen Angestellten eine Wohnsiedlung zur Verfügung. Der Kindergarten befand sich nur ein paar Meter gegenüber. Und der Bach, der dem Viertel den Namen gab, floss in unmittelbarer Nähe. Bald freundete sich Norma mit den Nachbarinnen an, die auch Kinder hatten. Mit den zwei Schweizerinnen über ihnen und der Spanierin unter ihnen. Die Häuser waren neu, viele Sulzerianer begannen ihr Leben als Familie in diesen Wohnblocks. Dieser gemeinsame Nenner brachte die Nachbarn einander schnell näher.

Die Ölkrise bewegte die Welt und damit auch *Sulzer*. Im Unternehmen hatte eine schrittweise Dezentralisierung eingesetzt. Gerade wurde die Firma mit der Einführung von Konzerngruppen neu organisiert. Nun teilten sich vier Manager die unternehmerische Gesamtverantwortung. Fito und seine Arbeitskollegen der Dieselmotorenabteilung beobachteten besorgt, dass sich *Sulzer* zunehmend in der Materialtechnologie engagierte. Diese war die Grundlage für Produkte in der Medizinaltechnik. *Sulzer* war doch ein Maschinenbauunternehmen und kein Technologiekonzern! «*Noch* ist *Sulzer* ein Maschinenbauunternehmen», pflegte Heinz zu sagen.

Fito verreiste immer wieder geschäftlich. Meistens für ein paar Tage, manchmal für zwei Wochen. Am Anfang hatte er ein schlechtes Gewissen, Norma immer wieder allein zu lassen. Aber sie versicherte ihm, dass sie gut zurechtkomme. Die beiden führten ein ruhiges, aber trotzdem abwechslungsreiches Leben. Einen Großteil der Schweiz hatte Fito seiner Frau schon gezeigt, in allen größeren Städten waren sie gewesen. Fito hatte bald gemerkt, dass Norma lieber Städte und Dörfer mit ihm entdeckte, als zusammen zu wandern. Aber das war ihm ganz recht. Er ging gerne allein in die Natur oder auch einmal mit seinen *Sulzer*-Kollegen.

4.

Sonntags unternahm die Familie in ihrem roten VW-Käfer Ausflüge. Oft fuhren sie in den Kanton Thurgau an den Bodensee oder ins Bruderhaus, einem Ausflugsort in einem der zahlreichen Wälder Winterthurs. An einem sonnigen Sonntagvormittag fuhr Fito mit der mittlerweile zweijährigen Rosalie mit dem Bus in einen nahegelegenen Park. Er war nur allein mit ihr unterwegs, wenn Norma in der Kirche war. Lieber war ihm, wenn seine Frau mit dabei war, denn er war mit seinen Gedanken oft woanders. Während der Rückfahrt plauderte Rosalie ununterbrochen mit ihm, was ihn so ablenkte, dass sie nicht rechtzeitig ausstiegen. Sie mussten ein ganzes Stück zurückgehen. Es war Fito peinlich, als Rosalie ihrer Mutter von seinem Missgeschick berichtete. Rosalie konnte sich für ihr Alter schon recht gut ausdrücken. Zu seiner Erleichterung lachte Norma nur.

Es war Abstimmungssonntag. Nach dem Mittagessen hörten Norma und Fito gemeinsam die Nachrichten am Radio. Die Überfremdungsinitiative war gesamtschweizerisch mit vierundfünfzig Prozent verworfen worden. Sie sahen sich erleichtert an. Die vom Zürcher Nationalrat James Schwarzenbach lancierte Initiative wollte, dass der Ausländeranteil in der Schweiz auf maximal zehn Prozent festgesetzt würde. Wäre sie angenommen worden, hätten bis zu dreihundertfünfzigtausend Ausländerinnen und Ausländer die Schweiz verlassen müssen. Norma verstand nicht, wieso sich die Winterthurer Stimmbevölkerung mit 50,6 Prozent für eine Annahme ausgesprochen hatte. Fragend sah sie zu Fito, der sich wenig überrascht zeigte.

Winterthur war eine Arbeiterstadt, die Gastarbeiter waren im Stadtbild sehr präsent. Viele Stimmbürger hatten wohl Angst, irgendwann würden Frauen und Kinder der Gastarbeiter nachkommen und sich für immer in der Schweiz niederlassen.

Norma fand es unfair, dass man die ausländischen Arbeiter anscheinend nur tolerierte. Zum Arbeiten waren sie gut genug. Sie schlug Fito vor, Enrique in seinem nächsten Brief über dieses wie sie fand brisante Thema zu unterrichten. Sie ging zum Küchentisch, um etwas zu holen. Als sie von der Messe nach Hause gekommen war, hatte sie den Briefkasten geleert. Mit einem Brief Enriques in der Hand kehrte sie ins Wohnzimmer zurück.

Norma freute sich, als sich Fitos Gesicht von einem Moment auf den anderen erhellte. Sorgfältig schnitt er den Umschlag mit dem Brieföffner auf. Als er den beschriebenen Bogen herausholte, fielen Zeitungsartikel heraus. Norma half ihm dabei, einen nach dem anderen aufzuheben. Beiden wurde schnell klar, dass in den Artikeln von einem Erdbeben die Rede war. Norma hatte schon einige erlebt, darunter auch stärkere. Chile befand sich am Pazifischen Feuerring, einer Zone extremer seismischer und vulkanischer Aktivitäten. Da bebte die Erde immer wieder, und jederzeit musste mit größeren Erschütterungen gerechnet werden.

Am 31. Mai hatte in der Region der peruanischen Stadt Huaraz die Erde gebebt. Huaraz wurde dabei fast vollständig zerstört. Außerdem begrub ein Bergrutsch die ganze Stadt Yungay unter sich. Fito und Norma erschauderten. In beiden Orten waren sie gewesen. Der nördliche Gipfel des Schneebergs Huascarán war abgebrochen und hatte vierzig Millionen Kubikmeter an Eis, Schlamm und Gestein freigesetzt. Die eineinhalb Kilometer breite Gerölllawine legte in drei Minuten achtzehn Kilometer zurück und begrub gegen halb vier Uhr die Menschen im Schlaf. In Yungay fielen dem fünfundvierzig Sekunden langen Beben fünfundzwanzigtausend Menschen zum Opfer.

Fito blickte ungläubig zu Norma, als sie vom letzten und zugleich stärksten Erdbeben, das sie in Chile erlebt hatte, zu erzählen begann. 1960 hätten sich an mehreren Tagen hintereinander Erschütterungen ereignet. Eine sei vier Minuten lang gewesen, an diese erinnere sie sich besonders gut. Die schweren Beben hätten den Verkehr lahmgelegt, es seien viele Brände ausgebrochen, und die Telefonverbindungen seien unterbrochen gewesen. Die anschließenden Tsunamis hätten enormen Schaden angerichtet, unter anderem auch auf Hawaii, den Philippinen, in Japan und Kalifornien. Plötzlich glaubte Fito zu verstehen, weshalb es Norma und ihren Freundinnen in der Schweiz so wohl zu sein schien. Es hatte mit Sicherheit zu tun und mit politischer Stabilität.

Tatsächlich fühlten sich Norma und ihre südamerikanischen Freundinnen in der Schweiz so wohl wie in einer Art Baumwollkokon, der sie auch vor Naturkatastrophen bewahrte.

5.

Anfang November erwartete Norma ihren Mann mit einem chilenischen Apéro. Sie hatte *Empanadas* gebacken und *Pisco sour* vorbereitet. Als Fito durch den Türrahmen trat, ein paar kleine chilenische Flaggen und den *Pisco sour* erblickte, verstand er. Salvador Allende hatte die Wahl gewonnen, er war Chiles neuer Präsident. Norma reckte eine Faust in die Luft. Ihre große Hoffnung war, Allende würde mit seiner Partei *Unidad Popular* die Ungerechtigkeiten im Land beseitigen und den Graben zwischen Arm und Reich verkleinern.

Fito sagte Norma nichts von seinen Gedanken, er wollte ihre Freude nicht trüben. Über den Sozialismus hatten sie schon viele Diskussionen geführt. Beide kannten den Standpunkt des anderen. Ein sozialistischer Präsident – Fito war skeptisch. Es war nur eine Frage der Zeit, bis Allende die *María Elena* ganz verstaatlichen würde. Seit 1968 gehörte das Werk zu einem Drittel der staatlichen *Corporación Fomento de la Producción*, kurz *Corfo*, und nur noch zu zwei Dritteln der *Anglo Lautaro Nitrate Company*. Das neue Unternehmen nannte sich *Sociedad Química y Minera de Chile*, kurz *Soquimich*.

Fito stand dem politischen Wechsel in Chile kritisch gegenüber, weil er staatliche Unternehmen als schlecht für die Wirtschaft erachtete. Seiner Meinung nach rentierten sie sich nicht. In einem Privatunternehmen gab es für Arbeitnehmende Anreize und Motivationen. Engagierte man sich, konnte man eine höhere Position erreichen und mehr Geld verdienen. Ein staatlicher Betrieb hingegen bot diese Aussichten nicht. Es war sogar noch schlimmer, fand Fito. Die Arbeiter setzten sich weniger ein, weil ihnen die Motivation fehlte. Enrique hatte ihm geschrieben, dass die US-amerikanischen Angestellten der *María Elena* das Werk verlassen hätten, als sich die *Corfo* am Werk beteiligte. Unter anderem hätten sie sich daran gestört, dass ihnen ihr Lohn fortan in chilenischen Pesos ausbezahlt werden würde und nicht mehr in US-Dollars.

Einige Wochen nach Salvador Allendes Wahlsieg traf ein Brief Enriques ein. Der neue Präsident hatte in der *María Elena* bereits ein Zeichen gesetzt: Er hatte die Mauer im Schwimmbecken entfernen lassen. Jetzt sahen sich die einfachen Arbeiter und die Angestellten, wenn sie badeten. Fito und Norma freuten sich darüber. Aber noch viel mehr freuten sie sich, dass Enrique und Lucrecia ihre Einladung, in die Schweiz zu kommen, angenommen hatten. Nicht sofort, aber in absehbarer Zeit.

Enrique, Lucrecia und Margrit, 1972

Zwei Jahre später war es soweit. Schon als das Flugzeug landete, empfand Enrique ein Gefühl von Heimat. Als Baby war er im Schiff von
Genua nach Südamerika gereist, jetzt kam er als älterer Mann im Flugzeug nach Europa zurück. Enrique und Lucrecia befanden sich in der
Gepäckausgabe am Flughafen Zürich. Enrique kam alles unwirklich
vor. Die meisten Menschen, die ihn umgaben, sprachen Schweizerdeutsch. Als er die Sprache seiner Eltern hörte, fühlte er sich auf eine
eigentümliche Weise zu Hause.

Da Enrique ahnte, dass dies seine erste und letzte Reise sein würde
in die Schweiz, hatte er sich eine Liste gemacht mit allem, was er gerne
sehen und erleben wollte. Zuoberst stand der Besuch bei seiner Zwillingsschwester Margrit. Lucrecia drückte Enriques Hand und sah ihn
liebevoll an. Sie wusste, wie wichtig diese Reise für ihn war.

2.

Es war morgens gegen zehn Uhr. Aufgeregt und voller Vorfreude standen Fito und Norma mit Rosalie im Terminal 2. Gespannt sahen sie
zur Schiebetür, die sich öffnete, sobald ein Passagier aus dem Gepäckbereich trat. Endlich kamen Lucrecia und Enrique durch die Schiebetür. Die Verwandten begrüßten sich herzlich.

Bald einmal nahm Lucrecia Norma die Kleine aus dem Arm, um sie
ausgiebig zu betrachten. Die hohe Stirn und die Rehaugen waren von
Fito und der Teint und die schönen gelockten Haare von Norma. Wie
sie es vorausgesehen hatte. Lucrecia überhäufte Rosalie mit Kosewor-
ten und Streicheleinheiten. Sie hatte Fotos von ihr gesehen, aber sie vor
sich zu haben, sie anzufassen und zu riechen, war überwältigend. Die
wiedervereinte Familie schlenderte ins Parkhaus, wo der rote VW-Käfer auf sie wartete. Enrique lächelte, als er sich daran erinnerte, wie
liebevoll ihm sein Neffe einst von seinem ersten Auto erzählt hatte.
Einem weißen VW-Käfer, den er während seines jahrelangen Einsatzes
in Mexiko gehabt hatte. Dem Autotyp war er also treu geblieben.

Während Fito das Gepäck im Kofferraum verstaute, kündigte er an, dass sie am folgenden Tag auf die Schwägalp und von dort mit der Luftseilbahn auf den Säntis fahren würden. Ihm war es wichtig, dass seine Verwandten als Erstes den höchsten Gipfel im Alpsteingebiet sahen. Dann seien sie ein paar Tage im Engadin. Lugano, Locarno, Ascona, Brissago, Genf, Montreux und Lausanne würden sie auch besuchen. Und natürlich den nahegelegenen Rheinfall, Schaffhausen und auch das deutsche Konstanz. Dank seinen Überstunden hatte Fito vier arbeitsfreie Wochen zugute. Einzige Bedingung von Toni Brunner war Fitos Bereitschaft, bei dringenden Einsätzen den Urlaub zu unterbrechen.

Als Enrique von Fitos Plänen hörte, wurde ihm fast schwindlig. Es war ja gut und recht, dass er ihnen so viel zeigen wollte. Aber viel wichtiger für ihn war, seine Schwester zu sehen. Er wollte den Enthusiasmus seines Neffen nicht bremsen, aber er musste es wissen. «Hast du das Ehepaar Schmid in Kenntnis gesetzt über unseren Besuch?»

«Ich musste ihn ein paar Male daran erinnern», antwortete stattdessen Norma halb im Spaß und halb im Ernst.

Fito sah zu Boden. Es ging eine Weile, bis er sich seine Sätze zurechtgelegt hatte. Lotti und Max Schmid seien informiert, und man könne sie jederzeit anrufen und einen Tag für einen Besuch vereinbaren.

Instinktiv sah Enrique auf seine Armbanduhr. «Ruf sie bitte bald an. Wenn ich nicht weiß, wann wir gehen, bin ich unruhig.»

In weniger als einer halben Stunde trafen sie im Mattenbach-Viertel ein. Lucrecia und Enrique wunderten sich darüber, wie ruhig und grün es in der Wohnsiedlung war. Von hier aus konnte man sicher wunderbare Spaziergänge unternehmen. Norma kochte Salzkartoffeln, machte einen Salat und holte diverse Käse aus dem Kühlschrank. Es gab *Gschwellti*, ein typisch Deutschschweizer Gericht. Danach würden Norma, Lucrecia und Rosalie spazieren gehen.

Fito wollte mit seinem Onkel zur *Sulzer*-Gießerei in Oberwinterthur fahren. An jenem Tag würde der dreißig Meter hohe Hochkamin des Kesselhauses, der 1908 gebaut und seit 1969 stillgelegt war, gesprengt. Das wollte er sich nicht entgehen lassen, zumal es der letzte Hochkamin von *Sulzer* war. Erst vor einer Woche waren die anderen drei abgerissen worden.

3.

Noch am selben Abend rief Fito die Schmids an, und der Tag des Besuchs stand fest. Enrique bedauerte, dass er nicht gleich in den nächsten Tagen erfolgen würde. Margrit hatte eine starke Sommergrippe.

Lucrecia und Enrique genossen die Ausfahrten. Sie fanden es spannend, in der italienischen und französischen Schweiz zu sein und in Graubünden, wo man neben Schweizerdeutsch auch Rätoromanisch sprach. Sie waren erstaunt, dass sie diese Sprache teilweise verstanden. Als Fito vorschlug, seine Schwester Trudy im Wallis zu besuchen, willigten sie sofort ein. Trudy wohnte mit ihrem Mann und ihren vier Kindern, die einiges älter waren als Rosalie, in einem abgelegenen Bergdorf. «Das ist ja am Ende der Welt», staunte Lucrecia, als sie die steile und enggewundene Straße zum Dorf hochfuhren. Bei gemeinsamen Wanderungen und Essen kamen sich alle näher.

Fito fühlte und verhielt sich seiner Schwester gegenüber noch immer wie der große Bruder. Er lud Trudy und ihre Familie gerne zum Essen ein. Das war seine Art, ihr seine Zuneigung zu zeigen. Trudy war noch sehr jung, als sie aus dem Elternhaus zog. Es war vielmehr eine Flucht, denn sie verließ es mitten in der Nacht. Weder Vater noch Stiefmutter hatten ihre Liebesbeziehung mit dem katholischen Erwin gebilligt. Jetzt war alles wieder im Lot, aber Trudy reiste trotzdem nur einmal pro Jahr für einen Besuch nach Winterthur.

Im Gegensatz zu Fito erinnerte sie sich kaum an ihre leibliche Mutter. Auch nicht an den Tag, als diese ihre Kinder bei der Hand nahm und mit ihnen nach Unterstammheim lief. Fito sprach immer wieder von dieser Wanderung, auch jetzt, als er mit seinem Taschenmesser Äste für die Cervelats anspitzte, während Trudy die Feuerstelle vorbereitete. Damals waren sie mit der Mutter über drei Stunden unterwegs gewesen.

Trudy wandte sich Enrique zu. «Ich verstehe nicht, wie es einer Mutter in den Sinn kommen kann, mit ihren kleinen Kindern einen so weiten Weg zurückzulegen.»

Enrique meinte, seine Schwester verteidigen zu müssen. «Margrit war doch schon damals krank. Wahrscheinlich handelte sie von außen betrachtet oft unvernünftig.»

Trudy lachte kurz laut auf. «Das könnte man von unserer Stiefmutter auch sagen.»

Fito sah sie fragend an.

«An deinem ersten Schultag hat sie dich barfuß in die Schule geschickt.»

Fito wurde traurig, als er sich daran erinnerte. Wie er sich damals geschämt hatte!

Auch Trudy wurde nachdenklich. In ihrer Kindheit hatten sich die Geschwister oft allein gefühlt. Die Stiefmutter hatte sich nur um ihre nötigsten Bedürfnisse gekümmert, und der Vater war immer beschäftigt gewesen. Wenn er nicht arbeitete, war er bei den Bienen oder stellte filigrane Holzmöbel her. Als Familie hatten sie nur wenig zusammen unternommen. Einmal waren sie von der Schwägalp auf den Säntis gewandert. Von dieser Bergtour gab es ein paar Fotos. Je älter und unabhängiger die Geschwister wurden, desto besser fühlten sie sich. Als sie alt genug waren, organisierten sie ihre Freizeit selbst. Zu zweit oder mit Freunden fuhren sie im Sommer mit ihren Fahrrädern über verschiedene Pässe. Im Winter gingen sie in die nächstgelegene alpine Region und schnallten sich unten am Berg die Tourenskis an.

Während Trudy ein letztes Scheit auf den sorgfältig errichteten Haufen legte, sah sie zu ihrem Bruder. «Du hast wohl mehr unter Vaters Strenge gelitten als ich.»

Fito war überrascht. Sie unterhielten sich kaum über ihre Kindheit und Jugend. Enrique schien wie ein Katalysator zu wirken, wegen ihm wurde längst Vergangenes thematisiert.

Trudy wandte sich an ihren Onkel, der gespannt den Erzählungen der Geschwister gelauscht hatte. «Fito hat sich immer wieder bei mir darüber beklagt, dass ihm Vater nichts beibrachte. Irgendwann fing er damit an, ihm so lange bei einer Tätigkeit zuzusehen, bis er auch ohne

Erklärungen verstand. So hat er unter anderem gelernt, einen Bienen-schwarm einzufangen.» Trudy erzählte auch von der Tante in Unter-stammheim, die eine Zeitlang die Mutter aufgenommen hatte. Dort habe sie sich immer wohl gefühlt. Diese Tante habe mit ihrem Mann zusammen einen Bauernhof geführt. Im Sommer hätten Trudy und Fito bei der Ernte mitgeholfen.

Fito nickte und sah seine Schwester verwundert an. Er hatte sie noch nie so reden hören. Je länger, je mehr erinnerte auch er sich an längst Vergangenes. Nach Trudys Auszug wollte er weg von zu Hause, zumin-dest vorübergehend. Deshalb trat er nach seiner Maschinenschlosser-lehre bei *Sulzer* eine befristete Stelle in Thun im Kanton Bern an. Dort wurde er Mitglied im Schweizer Alpen-Club. Die Kameradschaft und die vielen Wanderungen beschwingten ihn.

Enrique schloss auch seine Nichte bald ins Herz. Aber er verstand nicht, weshalb sie genauso wie Fito kein Interesse daran zeigte, Margrit zu besuchen. In ihren Äußerungen war sie sogar noch klarer als Fito. Sie wolle Margrit nicht sehen, weil sie keinerlei Bindung zu ihr empfin-de. So sehr sich Enrique auch bemühte, die Gefühle von Nichte und Neffe nachzuvollziehen, es gelang ihm nicht.

Norma und Lucrecia waren mit Rosalie und ihren Cousins und Cou-sinen am Bach weiter unten und spritzten sich gegenseitig nass. Es war ein heiteres Geschrei. Die beiden Frauen ließen sich vom Übermut der Kinder anstecken. Als Fito rief, er brauche noch mehr Äste für die Wurstspieße, machten sich die Kinder sofort auf die Suche.

4.

Enrique und Lucrecia genossen das Wallis und vor allem die Begegnung mit Trudy und ihrer Familie. Trotzdem waren sie froh, als sie wieder im vertrauten Winterthur waren. Mittlerweile hatten sie einiges von der Schweiz gesehen. Besonders begeistert war Lucrecia von der vor eini-gen Monaten eröffneten Kunstsammlung *Am Römerholz*. Diese befand sich in einem Waldstück in der Nähe der Lindbergklinik in der damali-gen Villa des Winterthurer Kunstsammlers Oskar Reinhart.

Norma war stolz darauf, in Winterthur zu leben. «In dieser Stadt sieht man, dass die Demokratie als Staatsform tatsächlich funktioniert. Diese Villa, die Kunst für das Volk beherbergt, ist für mich ein gutes Beispiel.» Als sie Lucrecias belustigten Blick bemerkte, hielt sie inne.

Lucrecias Stimme klang sanft, aber bestimmt. «In einem Brief von dir stand, die Schweizer Frauen hätten ihr Stimmrecht erst vor einem Jahr erhalten. Das scheint mir etwas spät für eine Vorzeigedemokratie. In Chile können wir Frauen seit 1949 abstimmen.»

Norma errötete. Ihre Freundin hatte ja recht. Außerdem hatten noch nicht einmal alle Kantone das Frauenstimmrecht eingeführt.

Oft saßen Lucrecia und Norma bis nach Mitternacht zusammen, Gesprächsstoff hatten sie genug. Lucrecia wusste, wie sehr ihre Freundin darunter litt, nicht mehr schwanger zu werden. Sie wusste um deren Sehnsucht nach einer größeren Familie, erkannte aber auch die drohende Überforderung. Rosalie brauchte wie jedes Kind Aufmerksamkeit und Zuwendung. Soweit Lucrecia es beurteilen konnte, gelang es Norma nicht immer, die Bedürfnisse ihrer Tochter zu befriedigen. Sie wollte Norma eigentlich nicht zu nahetreten. Nur Rosalie zuliebe beschloss sie, das Thema anzusprechen. «Ich habe das Gefühl, Rosalie sehnt sich nach mehr Aufmerksamkeit und Liebesbekundungen von dir.»

Normas Gesichtszüge verhärteten sich. Das sanfte Band der Vertrautheit zwischen ihr und Lucrecia schien abrupt durchtrennt. Deutete Lucrecia etwa an, sie sei eine schlechte Mutter?

Lucrecia merkte, dass sich Norma angegriffen fühlte. Sie sah sie sanft an und erzählte von ihren Beobachtungen. Dass Norma und auch Fito manchmal Rosalies Bedürfnisse nicht erkennen würden. So falle ihnen nicht auf, wie sie sich ihnen manchmal nähere und auf halbem Weg enttäuscht wieder zurück in ihr Zimmer gehe. Weil sie merke, dass die Eltern mit ihren Gedanken ganz woanders seien.

Norma war zugleich verletzt und verwirrt. Aber sie vertraute Lucrecias Einschätzung. Sie würde mit Fito reden. Zusammen würden sie darauf achten, aufmerksamer umzugehen mit Rosalie. Und sie nahm sich vor, sich nicht mehr so krampfhaft ein zweites Kind zu wünschen. Jeden Tag würde sie dafür beten, gelassener zu werden und dankbar für das zu sein, was sie hatte.

104

Lucrecia drückte Normas Hand. «Du hast einen guten Mann, ein wunderbares Kind und tolle Freundinnen. Du bist gesegnet und solltest dein Glück genießen.» Lucrecia hatte gelernt, dass es den Lebensfluss behinderte, krampfhaft an einer Vorstellung oder Idee festzuhalten. Viele Menschen benahmen sich so, als wüssten sie genau, was das Beste für sie war. Dabei vergaßen sie diese höhere Kraft, die so viel mächtiger war als der Mensch. Diese Energie, die für Lösungen sorgte, auf die man selbst nie kommen würde. Und die sich oft als die besten herausstellten.

Mittlerweile kannte Lucrecia Normas wichtigste Bezugspersonen, auch Olga, Adela, Elisa und Blanca. Mit den meisten Nachbarinnen wechselte Lucrecia nur freundliche Blicke, weil ihnen die gemeinsame Sprache fehlte. Aber mit der Spanierin Carmen im Erdgeschoß konnte sie sich richtig unterhalten. Auch mit Antonella, die Italienisch sprach und mit ihrer Familie ein paar Wohnblocks weiter entfernt wohnte, verstand sie sich gut. Außerhalb der *María Elena* war Lucrecia bisher nur in Valparaíso und in anderen Dörfern der Atacamawüste gewesen. Sie schätzte die neue Erfahrung, obwohl ihr mit der Zeit die Weite der Wüste und das Gefühl der Abgeschiedenheit fehlte.

5.

Während Lucrecia und Norma mit deren Spanisch sprechenden Freundinnen in einer Teerunde zusammensaßen, fuhren die beiden Männer zu Fitos Elternhaus. Sie hatten abgemacht, dass sie sich zu dritt treffen würden, um sich ausgiebig über *Sulzer* zu unterhalten. Fitos Vater hatte sein ganzes Berufsleben dort gearbeitet und erzählte dem wissbegierigen Enrique gerne darüber.

Werni staunte über Enriques akzentfreies Schweizerdeutsch. Der etwa Gleichaltrige war ihm sympathisch, weil er sich für vieles zu interessieren schien und alles mit wachem Blick betrachtete. Werni freute sich, Enrique dabei zuzusehen, wie er durch den Garten spazierte und sich dabei Blumen und Gemüse ansah. Als Enrique beim Kaninchenstall vorbeikam, nahm er den Schneehasen heraus und streichelte ihn.

Auch die Stiefmutter mochte den Chilenen, der so gut Schweizerdeutsch sprach, obwohl er die Schweiz verlassen hatte, bevor er überhaupt reden konnte. Mit Lucrecia wusste sie weniger anzufangen, weil sie sich nicht mit ihr unterhalten konnte. Und mit Norma, die mittlerweile recht gut Hochdeutsch sprach und Schweizerdeutsch verstand, hatte sie keine Ahnung, worüber sie reden sollte. Sie blieb ihr fremd, und wenn sie ehrlich war, war sie ihr auch irgendwie suspekt. Sie schien ihr zu fröhlich und zu nett. Mit Rosalie wurde sie auch nicht warm. Diesem Wildfang, der wohl vieles von ihrer Mutter geerbt hatte. Die Stiefmutter hatte den Gartentisch gedeckt und brachte eine Karaffe selbstgemachten Holunderblütensirup sowie frische Erdbeeren aus dem Garten.

Auf dem Gartentisch befanden sich Taschenkalender und Bücher. Enrique setzte sich und griff willkürlich nach einem kleinen Buch. Es war die Fabrikordnung aus dem Jahr 1920. Gespannt begann er darin zu blättern. Es ging nicht lange, und er begann zu lächeln. *Zuspätkommende unterliegen einer Buße von zwanzig Rappen pro Viertelstunde. Größere Verspätungen werden mit einer Buße von bis zu einem Viertel des Tageslohns belegt.*

Noch in den 1920er wurden die Arbeiter der Salpeterminen geschlagen oder der Sonne ausgesetzt, wenn sie nach Auffassung ihrer Vorgesetzten nicht hart genug arbeiteten. Enrique sah auf und überlegte. In der Schweiz gab es wohl keine Schläge, zumindest las Enrique im Reglement nichts davon. Und gemäß Werni war es bei *Sulzer* nie zu dieser Form von Gewalt gekommen.

Werni nahm Enrique die Fabrikordnung aus der Hand und blätterte darin. Dann legte er den Zeigefinger auf eine Textstelle. *An Samstagen muss vor Arbeitsschluss jeder Arbeiter die ihm anvertrauten Maschinen und Werkzeuge sowie seinen Arbeitsplatz reinigen und ordnen. Die hierfür bestimmte Zeit wird durch besondere Anordnung festgesetzt.* Er blickte ernst zu Enrique. «Vielleicht wird in der Schweiz vieles schriftlich festgehalten, was in anderen Ländern mit Gewalt geregelt wird.»

Fito wurde nervös. Sein Vater wusste nicht, welche Ungerechtigkeiten Enrique als junger Mann erlebt hatte. Er dachte an das Massaker in der *Basca* und den Tod Giuseppes. Er vermutete, dass Enrique von der Fabrikordnung nicht sonderlich beeindruckt war.

Enrique ahnte, was in seinem Neffen vorging. «Ist schon gut, Junge. Ich kann für mich selbst reden, wenn ich etwas zu sagen habe», flüsterte er auf Spanisch. Dann wandte er sich Fitos Vater zu, der nichts bemerkt hatte. «Hast du Robert Sulzer eigentlich persönlich gekannt?»

Werni war überrascht, dass Enrique dieses Urgestein von *Sulzer*-Patron ein Begriff war. Fito hatte Enrique offenbar von einem der beiden Söhne von Johann Jakob Sulzer-Hirzel erzählt. Er war einer der Brüder, die die *Gebrüder Sulzer* gegründet hatten. «Robert Sulzer habe ich das erste Mal während seines täglichen Rundgangs durch die Firma gesehen», begann er schließlich. «Zuerst war ich etwas eingeschüchtert von seiner stattlichen Erscheinung. Er war groß und gutaussehend, er fiel auf.»

«Wie hat er denn auf dich gewirkt?», wollte Enrique wissen.

Werni zupfte an seinem Schnurrbart, als helfe ihm dies, sich an seine ersten Eindrücke zu erinnern. «Bescheiden und ohne jeglichen Standesdünkel.» Einmal, erzählte er, habe er gehört, wie Robert Sulzer eine Männergruppe wissen ließ, dass Fleiß, Tüchtigkeit, Gewissenhaftigkeit und Verantwortungsbewusstsein die Grundlagen guter Arbeit seien. Ein anderes Mal habe er einen Vortrag von ihm besucht. An eine seiner Äußerungen könne er sich noch gut erinnern: *Als wahre Kunstwerke verlassen die Dieselmotoren die Werkstatt, und als Kunstwerke werden sie von der Kundschaft geschätzt.* Damals seien die Dieselmotoren noch gebaut und nicht fabriziert worden. Werni strahlte. Dann erinnerte er sich daran, dass Robert Sulzer in seinen Lehrjahren bei der Montage dreier riesiger Dampfmaschinen mit dabei gewesen war. Danach habe er bei jeder passenden Gelegenheit respektvoll über den anspruchsvollen Beruf des *Sulzer*-Monteurs gesprochen.

Fito freute sich darüber, wie sein Vater beim Erzählen aufblühte. Obwohl er das meiste kannte, hörte er den Ausführungen gerne zu.

Mit funkelnden Augen erzählte Werni, dass die Nachkommen der Firmengründer ihre Kinder so erziehen würden, dass sie sich mit dem Betrieb und seinen Produkten identifizierten. Das Ziel sei, den Kunden gegenüber ein ausgeprägtes Verantwortungsbewusstsein zu entwickeln. «Von der künftigen *Sulzer*-Spitze wird verlangt, dass sie sich ihr berufliches Wissen von Grund auf erarbeiten. Dazu gehört, dass sich die jungen Erwachsenen regelmäßig im Werk aufhalten und sich dort auch die Hände schmutzig machen.» Kaum ein *Sulzer*-Chef habe Spuren hinterlassen wie Robert Sulzer, das Unternehmen habe ihm viel zu verdanken. Der Aufschwung in den 1950er und 1960er Jahren sei nur dank seiner weitsichtigen Planung in den 1930er Jahren möglich gewesen. Denn Robert Sulzers Ziel sei nicht der kurzfristige Gewinn, sondern das langfristige Überleben gewesen. Deshalb sei der jetzige Firmenchef Georg Sulzer auf gute Voraussetzungen getroffen, als er das Unternehmen im Jahr 1954 übernommen habe.

Plötzlich fiel Werni ein, dass er in einem Ordner Zeitungsartikel abgelegt hatte, die nach dem Tod von Robert Sulzer erschienen waren. Etwas abrupt stand er auf. Fast wäre Enriques Glas vom Tisch gefallen, hätte dieser es nicht geistesgegenwärtig aufgefangen.

Nachdem sein Vater außer Hörweite war, sah Fito seinen Onkel aufmerksam an. «Wie fühlst du dich?»

«Ehrlich gesagt, ich weiß es gerade nicht. Ich höre deinem Vater ja gerne zu. Es ist interessant, mehr über *Sulzer* zu erfahren. Aber…» Enrique hielt inne.

«Aber…?»

«Dein Vater war der Mann meiner Schwester, Fito. Trotzdem hat er sie bis jetzt nicht *einmal* erwähnt. Jetzt, wo wir Männer unter uns sind, hatte ich gehofft, er redet von sich aus über Margrit. Ich an seiner Stelle hätte sie aus Respekt schon bei unserem ersten Treffen angesprochen.»

Enrique stand auf und ging ein paar Schritte, bis Werni ihm mit einem Ordner in der Hand entgegenkam. Sie setzten sich wieder. Werni nahm zwei Zeitungsauschnitte und ein Blatt mit der Ansprache des Vertreters der Angestelltenvereinigung aus dem Ordner. Enrique überflog das Blatt, wobei ihm ein Satz besonders auffiel. *Bei ihm waren richtige Strenge mit Herzensgüte herzlich verbunden, er hatte eine natürliche Menschenfreundlichkeit und war ein einfacher und gütiger Mensch.*

Etwas ungestüm hob Werni einen der Zeitungsartikel auf und streckte ihn Enrique entgegen. «Diesen Nachruf finde ich besonders schön, den musst du lesen. Robert Sulzer war übrigens neunundsiebzig, als er starb. Man sagt, er sei friedlich an seinem Arbeitsplatz eingeschlafen.»

Enrique begann laut zu lesen. «*Er starb jung, und er wäre jung gestorben, wäre er hundert Jahre alt geworden. Diese ewige Jugend ist ein Geschenk der Götter, deren Lieblinge er einer war. Er war bis zu seinem letzten Atemzug tätig und lebensbejahend, bis zum Tod lebendig.*»

Je mehr Zeit verstrich, ohne dass Werni Margrit erwähnte, desto unruhiger wurde Enrique. Wenn Werni über *Sulzer* sprach, konnte er offenbar nicht damit aufhören. Die Mutter seiner Kinder hingegen klammerte er aus, als hätte sie nie existiert. Wenn er wollte, dass Werni über sie sprach, musste *er* den Anfang machen. Gedankenverloren richtete Enrique seinen Blick in die Weite. Gingen alle Menschen respektvoll miteinander um, würde es nicht zu solch unangenehmen Situationen kommen, dachte er.

Werni war überrascht, als sein Gast aufstand und verkündete, er habe Kopfschmerzen und wolle sich die Füße vertreten. Im Gegensatz zu Fito merkte er nicht, wie erschöpft Enrique wirkte.

Enrique durchquerte den Garten und ging Richtung Birke, um dort das Tor zu öffnen. Er betrat das Grundstück mit den Obstbäumen und dem Bienenhaus. Der Boden war uneben, es hatte Löcher, wahrscheinlich das Werk von Maulwürfen und Mäusen. Enrique musste aufpassen, nicht zu stolpern. Die Konzentration tat ihm gut, sein Kopf fühlte sich schon leichter an. Er ging zum Apfelbaum und setzte sich darunter. Dieser Werni war ein sturer Brocken. Dass er nicht von sich aus auf ihn zukam... Dabei war er der Bruder seiner ersten Frau. Der Mutter seiner Kinder! Enrique mochte Werni, aber langsam beschlich ihn der Eindruck, dass er pausenlos über *Sulzer* redete, damit niemand die Gelegenheit bekam, Margrit zu erwähnen. Er brach sich einen Grashalm ab und steckte ihn sich in den Mund. Dann grinste er. Es war ihm bewusst geworden, dass er das erste Mal in seinem Leben auf einer Wiese saß. Inmitten blühender Löwenzähne und vieler anderer Blumen, deren Namen er nicht kannte. Er glaubte, den Holunderbaum zu sehen, aus dessen Blättern Fitos Stiefmutter den Sirup gemacht hatte. Als er die Augen schloss, hörte er Bienen summen und Hunde bellen. Viele Spaziergänger und Hundehalter liefen zügig am Haus vorbei.

Heute würde er es nicht mehr schaffen, Werni auf Margrit anzusprechen. Enrique seufzte. Er wusste, dass er zurück an den Tisch sollte.

Am liebsten würde er die Augen schließen und vor sich hindösen. Dann erblickte er seinen Neffen. Er stand am Holztor und sah besorgt in seine Richtung, dann kam er auf ihn zu.

«Ist alles in Ordnung, Onkel?» Fito reichte ihm eine Hand, um ihn hochzuziehen.

«Heute verschone ich deinen Vater und auch mich. Aber beim nächsten Besuch werde ich die Initiative ergreifen.»

Fito biss sich auf die Lippen. Enriques Worte lösten unangenehme Gefühle in ihm aus. In der Regel versuchte er, Konflikten aus dem Weg zu gehen. Fast vier Jahrzehnte lang hatten er, sein Vater und die Stiefmutter so miteinander funktioniert. Aber jetzt war Enrique da und damit eine andere Dynamik. Er schlug vor, sich noch ein wenig zu Werni an den Tisch zu setzen und dann in die Stadt zu fahren.

Enrique fühlte sich erfrischt von seiner Auszeit und schwor sich, sich vor dem nächsten Besuch bei Werni auf das Gespräch über Margrit vorzubereiten.

Auf dem Tisch befanden sich mittlerweile noch mehr Unterlagen. Werni sah erwartungsvoll zu Fito und Enrique. «Wir waren bei Robert Sulzer stehengeblieben. Er war an der Firmenspitze, als es zum Friedensabkommen kam.» An den Tag des abgewendeten Streiks dachte Werni selten zurück. Jetzt aber kamen ihm die polternden Worte Robert Sulzers in den Sinn. «Mir nichts, dir nichts zu streiken, das kommt doch gar nicht infrage. Bei *Sulzer* wird nicht gestreikt!»

Enrique war einen Moment lang sprachlos. Sulzers Worte wirkten autoritär, fast diktatorisch auf ihn. Er schüttelte den Kopf.

Werni bemerkte Enriques Unverständnis und rechtfertigte den Patron. «Um einen Streik abzuwenden, musste Robert Sulzer entschlossen auftreten. Die 1930er Jahre waren von einer weltweiten Wirtschaftskrise gekennzeichnet. Du hast mir doch erzählt, dass damals der chilenische Salpetermarkt eingebrochen sei und ein Salpeterwerk nach dem anderen geschlossen habe. Auch *Sulzer* bekam den Rückgang der weltweiten Konjunktur massiv zu spüren, Streiks konnte sich die Firma nicht leisten.»

Enrique fuhr sich über die Stirn. «Wahrscheinlich wurde der Streik abgewendet, weil die Arbeiter Robert Sulzer sehr respektierten. Anders kann ich es mir nicht erklären.»

«Auf Robert Sulzer», brummte Werni und nahm einen großen Schluck Holunderblütensirup.

Mittlerweile hatten die Männer Schweißperlen auf der Stirn. Es war ein warmer Tag, sie waren die ganze Zeit über an der Sonne gewesen. In wenigen Schlucken tranken sie den Sirup aus. Dann kündigte Fito an, dass sie aufbrechen würden. Werni nahm ein kleines, schwarz eingefasstes Büchlein vom Tisch und überreichte es Enrique feierlich. Es war ein Geschenk.

Die Stiefmutter war die ganze Zeit über am Unkrautjäten gewesen. Jetzt näherte sich die Frau mit dem langen grauen Zopf und dem Kopftuch den Männern, um sie zu verabschieden. Dann stiegen Fito und Enrique in den roten VW-Käfer und fuhren Richtung Winterthur.

Erst jetzt sah sich Enrique Wernis Präsent genauer an. Es war ein Handbuch für neueintretende *Sulzer*-Angestellte aus dem Jahr 1920. Enrique öffnete das Büchlein aufs Geratewohl. *Die Ferien sollen als Erholung dienen. Es ist untersagt, andere Arbeiten als solche landwirtschaftlicher Natur für Rechnung Dritter während denselben auszuführen.* Die Textstelle im Reglement brachte ihn gedanklich zurück zu seiner Schwester. «Hast du mir nicht einmal gesagt, dass dieses Paar, das deine Mutter zu sich genommen hat, auf einem Bauernhof lebt?»

Fito staunte über Enriques Gedächtnis. Lotti Schmids Mutter hatte ihrer Tochter und deren Mann vor Jahrzehnten den Hof vererbt. Enrique freute sich, dass seine Schwester auf dem Land lebte. Von der Natur umgeben zu sein, war heilsam. Besonders wenn sie so schön war wie in der Schweiz. Fito parkte das Auto an der Seidenstraße. Enrique war erleichtert, als sein Neffe ihm vorschlug, sich die Füße zu vertreten. Es tat gut, sich zu bewegen, wenn man den Kopf voller Gedanken hatte. Nach etwa einhundert Metern tauchten auf beiden Seiten der Straße Villen auf. Enrique bestaunte die stattlichen Bauten und Gartenanlagen. Immer wieder beugte er sich über die Hecken, um möglichst viel zu erspähen. Gleichzeitig hörte er Fitos Erklärungen zu. Die ersten Villen Winterthurs seien im 18. Jahrhundert gebaut worden, als die Fabrikherren, Industriebarone und Händler aus der Innenstadt an den Stadtrand zogen. Enrique lachte. Das klang ja nach derselben Zweiklassengesellschaft in den Salpeterwerken. Die Winterthurer Arbeiter wohnten inmitten von Lärm und Staub, die hohen Herren in der beschaulichen Natur.

Zu Enriques Enttäuschung befand sich die Villa *Obere Halde*, in der Robert Sulzer mit seiner Familie gelebt hatte, nicht an der Seidenstraße, sondern auf einer Terrasse am Rand des Lindbergwalds zwischen den Villen *Römerholz* und *Goldenberg*. Fito schlug vor, in den nächsten Tagen einen Spaziergang dorthin zu machen. Bei dieser Gelegenheit würde er seinem Onkel gerne das Sekundarschulhaus *Lindberg* zeigen, das er besucht hatte. Die beiden Männer kehrten um und kamen wieder am *Lindengutpark* vorbei, der von den Einheimischen *Vögelipark* genannt wurde. Sie setzten sich auf eine Bank, von der aus man sowohl die Villa Lindengut als auch die Vogelvolieren im Blickfeld hatte.

Enrique schloss die Augen und lauschte eine Weile dem Vogelgezwitscher. Dann sah er zur Villa. Das ansehnliche Gebäude beeindruckte ihn weit weniger als die Blumen, Teiche und Bäume auf dem Gelände. Wieder schloss er die Augen und konzentrierte sich auf die Geräusche. Erst als ihm Wernis Geschenk vom Schoß fiel, öffnete er die Augen. Er hob das Büchlein auf und las die Widmung: *Für Enrique – dem Schweizer in der fernen Wüste.*

Enrique ging zum Anfang des Textes. *1834 baute Johann Jakob Sulzer-Neuffert mit seinen beiden Söhnen Johann Jakob Sulzer-Hirzel und Salomon Sulzer-Sulzer vor den Toren der Stadt Winterthur am Weg nach Zürich eine Eisengießerei. 1839 wurde diese ausgebaut und ihr eine mechanische Werkstätte angeschlossen.* Enrique blätterte weiter. Die Illustrationen der Dampfanlagen, Dieselmotoren und Webmaschinen faszinierten ihn. Plötzlich stand er auf und streckte sich. «Zeig mir doch, wo du eine Zeitlang studiert hast. Oder ist das zu weit weg?»

Nur ein paar Minuten später fuhren sie im Auto langsam am Technikum vorbei. Nach zwei Semestern hatte Fito das Studium, das er als zu theoretisch empfunden hatte, abgebrochen. Er war ein mittelmäßiger Student gewesen, weil ihm Leidenschaft und Überzeugung gefehlt hatten. Eigentlich hatte er nie Ingenieur werden wollen, zu gerne packte

112

er selbst mit an. Während Enrique interessiert zum Hauptgebäude blickte, sah Fito auf seine Armbanduhr. Es war höchste Zeit, nach Hause zurückzukehren. Seit einigen Monaten trafen sich die Väter der Mattenbach-Siedlung abends regelmäßig, um am künftigen Spielplatz ihrer Kinder zu arbeiten. *Sulzer* hatte das Gesuch für die Errichtung einer Anlage abgelehnt, stellte aber das erforderliche Material zur Verfügung.

Auf der Baustelle wiesen die handwerklich Begabteren die weniger Talentierten an. Fito stand oft Alfred zur Seite, dem Buchhalter der *Sulzer*-Gießerei in Oberwinterthur. Dieser wohnte mit seiner Frau und Tochter, die etwa so alt war wie Rosalie, im gleichen Wohnblock zuoberst. Die einen arbeiteten an der Rutschbahn, andere am Kletterturm und einige am weichen Holzhackschnitzelboden. Enrique schloss sich den Männern an. Nach so viel Zuhören hatte er Lust, sich körperlich zu betätigen.

6.

Norma und Lucrecia saßen an Antonellas Wohnzimmertisch. Während deren siebenjährige Tochter Ramona mit Rosalie spielte, unterhielten sich die Frauen in einem Gemisch aus Spanisch und Italienisch miteinander. Zuerst sprachen sie über eher Belangloses wie die neuen Nachbarn und die Fortschritte auf dem künftigen Spielplatz.

Dann lenkte Lucrecia das Gespräch auf die vorwiegend italienischen Gastarbeiter von *Sulzer*. Ein Zitat des Schweizer Schriftstellers Max Frisch, das Norma ihr gezeigt hatte, berührte sie. *Ein kleines Herrenvolk sieht sich in Gefahr. Man hat Arbeitskräfte gerufen und es kommen Menschen.*

Lucrecia wollte sich nicht nur die touristischen Sehenswürdigkeiten der Schweiz ansehen, das Bergpanorama genießen oder in den Seen baden. Sie wollte auch hinter die Kulissen blicken. «Stefano und du seid doch als Gastarbeiter in dieses Land gekommen», begann sie. «Wie viel habt ihr dazu beigetragen, dass es der Schweizer Wirtschaft heute so gut geht?» Gespannt blickte sie zu Antonella.

Die Italienerin lachte. Sie mochte Menschen, die die Dinge direkt ansprachen. «Ohne uns wäre *Sulzer* nie zum Unternehmen geworden, das es heute ist. Der breite Mittelstand in der Schweiz ist zu einem großen Teil uns Gastarbeitern zu verdanken.»

Lucrecia dachte an die einfachen Arbeiter der Salpeterwerke, die der chilenischen Regierung und den Werkbesitzern beachtliche Gewinne einbrachten. In Iquique lebten die Salpeterbarone in Villen, die Palästen ähnelten. In der Schweiz hatte sie beobachtet, dass Reichtum nicht oder zumindest viel weniger zur Schau gestellt wurde.

Antonella war zwei Jahre nach Stefano als Gastarbeiterin in die Schweiz gekommen. Eine Freundin aus ihrem Dorf, die schon in der Schweiz war, hatte ihr damals eine Stelle in einem Restaurant vermittelt. Sie erzählte, dass es ein Glück gewesen sei, dass die gemeinsamen Kinder in der Schweiz geboren worden seien. Denn das Recht auf Familienzusammenführung sei erst ab 1965 in Kraft getreten. Erst seitdem würden Gastarbeiterinnen und Gastarbeiter ihre Kinder unter bestimmten Voraussetzungen legal zu sich holen dürfen.

Lucrecia schüttelte ungläubig den Kopf. Fassungslos hörte sie Antonella zu, wie das Gastarbeiter-System in den ersten ungefähr zwanzig Jahren funktionierte. Für Lucrecia war es unvorstellbar, dass Familien den Großteil des Jahres getrennt voneinander verbrachten. Während die Frauen auf den Balkon hinaustraten und sich Antonella dort eine Zigarette anzündete, stürmten Ramona und Rosalie aus der Wohnung. Ein Nachbarskind hatte an der Wohnungstür geklingelt, um draußen im Planschbecken zu baden.

Nachdem Lucrecia und Norma mit ihrem Glas Wein in der Hand die zahlreichen Kräuter auf dem Balkon bestaunt hatten, setzten sie sich. Antonella zog genüsslich an ihrer Zigarette und streckte die Beine bis zur Balkonbrüstung aus. Dann erzählte sie vom Abkommen zwischen der Schweiz und Italien. Der Jahresaufenthalt mit Familiennachzug oder ein Stellenwechsel sei nur unter einer Bedingung möglich: Die Gastarbeiter müssten fünf komplette Zeiträume in der Schweiz verbracht haben. Manche Firmen würden aber die Jahresaufenthalte gezielt verhindern, indem sie ihre Gastarbeiter kurz vor dem vollendeten neunten Monat entlassen würden. Sei eine Zeitperiode un-

114

vollständig, beginne das Zählen erneut. Dann würden Pläne für eine gemeinsame Zukunft wie ein Kartenhaus zusammenbrechen. Antonella kippte die Zigarettenasche elegant in den Aschenbecher. «Ich kenne Familien, deren Kinder illegal in der Schweiz sind, weil die Eltern nicht ohne sie sein wollen. Sie werden von ihren Eltern in der Wohnung versteckt, auch schulpflichtige Mädchen und Jungen. Sie müssen ruhig sein und dürfen nur bei Dunkelheit aus dem Haus.»

Lucrecia, die der Italienerin konzentriert zugehört hatte, war schockiert. Nachdem sie einige Sätze mit Norma gewechselt hatte, um sicherzugehen, dass sie alles richtig verstanden hatte, war ihre Meinung gemacht. Die Schweizer Firmen behandelten die Gastarbeiter wie Menschen zweiter Klasse.

Antonellas Gesichtsausdruck war ernst, als sie fortfuhr. «Ein Gastarbeiter verdient für dieselbe Arbeit durchschnittlich fünfzehn Prozent weniger als ein Schweizer. Auch bei den Sozialversicherungen sind sie schlechter gestellt als die Einheimischen. Viele Italiener und auch Spanier und Portugiesen, die in den letzten Jahren ins Land gekommen sind, empfinden die Schweiz als fremdenfeindlich.» Nach einem Schluck Rotwein erzählte Antonella von den grenzsanitarischen Untersuchungen, die auch sie bei der Einreise in Chiasso über sich ergehen lassen musste. Egal bei welchem Wetter müssten die Menschen halbnackt nach Geschlechtern getrennt Schlange stehen und warten, bis sie an der Reihe seien, begutachtet und abgetastet zu werden.

Norma und Lucrecia sahen ungläubig zur Italienerin. Sie konnten nicht glauben, dass man diese demütigen Leibesvisitationen noch immer machte. Lucrecia hatte nicht damit gerechnet, dass es in der Schweiz so etwas wie eine Parallelwelt gab. Das Land schien ihr so geordnet und gut organisiert. So perfekt. Aber anscheinend war das Leben in der Schweiz nicht für alle so. Sie sah zu Norma und erkannte, dass sie ebenso überrascht war wie sie.

Antonella stand auf und stolperte über ein Tischbein, als sie Richtung Küche ging. Ihr lautes «*Porca miseria!*» brachte alle zum Lachen. Als sie wieder zurückkam, legte sie ein paar *Burda*-Hefte und ein Messband auf den Tisch. In den Zeitschriften hatte sie einige Schnittmuster entdeckt, die sich ihrer Meinung nach für ein Kleid für Lucrecia eigneten.

Sie und Norma wollten der Freundin eines schneidern als Andenken an die Zeit in der Schweiz. Die Leidenschaft für das Nähen, Stoffe und Schnittmuster war Norma und Antonella gemeinsam, auch deshalb verstanden sie sich so gut. Während Lucrecia in den Heften blätterte, nahmen Antonella und Norma an ihr Maß.

7.

Fito hatte eine Vorahnung, als abends um 21 Uhr das Telefon klingelte. Es war Toni Brunner. «So dringend?» Norma, Lucrecia und Enrique, die auf dem Balkon saßen, drehten sich um. Alle erkannten Fitos Überraschung. Schon am nächsten Tag wurde er auf der MS Lausanne erwartet. Der zuständige Monteur für den zweitägigen Einsatz war an Windpocken erkrankt. Fito mochte es nicht, wenn seine Pläne durchkreuzt wurden. Am folgenden Tag wären sie zu den Schmids gefahren. In den letzten Tagen war er in Gedanken viel bei seiner Schwester gewesen.

Enrique ließ sich nicht anmerken, ob er enttäuscht war. Aber als Fito vorschlug, sie könnten ja alle zusammen in die Westschweiz reisen, willigte er nur unter einer Bedingung ein: Der Besuch bei Margrit sollte unmittelbar nach Fitos Einsatz erfolgen. Fito sprach mit Lotti Schmid und holte seine Reisetasche. Wie immer vor einem Einsatz kontrollierte er, ob alles da war. Er nahm ein schwarzes Notizbuch heraus, drei Batterien und eine Taschenlampe.

«Eine Taschenlampe?», fragte Enrique.

Fito nickte. «Die kann lebensrettend sein. Bei einem Stromausfall im Maschinenraum weiß man zuerst nicht, was oben und unten ist. Für einen Monteur gehört ein Blackout zum Schlimmsten, was passieren kann. Wenn man nichts sieht, kann man nichts tun.» Etwas nervös fuhr Fito über den Innenboden der Tasche. Erleichtert stellte er fest, dass die Handblätter mit Vorschriften, Problemen und Lösungen und auch die Tabellenlisten mit den verschiedenen Lagerkombinationen da waren.

8.

Enrique begleitete seinen Neffen auf die MS Lausanne. Es war ihm ein Bedürfnis, Fito zu zeigen, dass ihn dessen Arbeit interessierte. Er wusste, wie wichtig es für ihn war, Wertschätzung zu spüren.

Fitos Einsatz bestand in der Reparatur der beiden 8BAF22-Motoren. Die dieselelektrische MS Lausanne auf dem Genfersee war das erste Schweizer Schiff mit Heißdampfbetrieb und damit wegleitend für die weitere Entwicklung der Schiffskolben-Dampfmaschine von *Sulzer*. Das Motorschiff konnte bis zu eintausendzweihundert Menschen fassen und hatte eine große Seitenfläche. Weil die Hafeneinfahrt im französischen Evian relativ eng war, war das Schiff bei starkem Nordostwind für die Pendlerstrecke nicht einsetzbar.

Während Onkel und Neffe auf dem Schiff waren, machten Lucrecia und Norma mit Rosalie ausgedehnte Spaziergänge durch Lausanne. Die Innenstadt kannten sie mittlerweile schon recht gut. Gerne schlenderten sie durch die Viertel La Cité, Le Bourg, La Palud, Saint-Laurent und Le Pont. Beide Frauen liebten die *Basilika Notre-Dame du Valentin*, die katholische Kirche der Stadt. Nachdem sie Lausannes Altstadt ausgekundschaftet hatten, entdeckten sie die Wege rund um den Genfersee zusammen. Während sie der Seepromenade entlangspazierten, bestaunten sie die imposanten Hotelbauten aus dem 19. Jahrhundert. Sie setzten sich auf eine Sitzbank, während Rosalie von einem größeren Kind begleitet ein paar Meter weiter zum Strand herunterlief und dort Steine in den See warf. Norma und Lucrecia sahen ihr dabei zu und genossen die südländische Atmosphäre.

Lucrecia sah liebevoll zu ihrer Freundin. «Schade, dass deine Eltern Rosalie nicht kennengelernt haben. Das hätte dir sicher viel bedeutet.»

Normas verzog das Gesicht zu einer Grimasse und rutschte etwas weg. Von wegen Eltern. Ab einem gewissen Zeitpunkt hatte sie doch nur noch ihre Mutter. Noch immer verehrte sie sie mit jeder Faser ihres Körpers. «Meine Mutter war eine einzigartige Frau. Was gäbe ich dafür, dass sie noch lebte.»

«Und was ist mit deinem Vater?»

Norma sah ihre Freundin fast abweisend an. «Meine Mutter hat nie schlecht über ihn gesprochen. Offensichtlich hat sie ihn bis zuletzt geliebt. Dafür verabscheuen ich und Andrés ihn umso mehr. Mein Vater war ein Frauenheld, und das war nicht das Schlimmste.» Norma atmete tief durch. «Wenn er trank, schlug er unsere Mutter.»

Lucrecia legte einen Arm um Normas Schultern. Es tat ihr leid, dass ihre Freundin noch immer so wütend war auf ihren Vater. Irgendwann sollte man vergeben können und Frieden schließen. Egal, wie stark man sich verletzt fühlte. Als Norma zu schluchzen begann, nahm sie sie in die Arme.

Nachdem sich Norma beruhigt hatte, sah sie zärtlich zu ihrer Tochter. Sie wollte nicht, dass sie erfuhr, dass ihr Großvater ein Trinker, Schläger und zudem ein Feigling gewesen war. «Als seine zweite Frau ihn verließ, hat sich mein Vater erschossen», sagte sie leise.

Lucrecia sah überrascht zu ihrer Freundin. «Weiß Fito davon?»

Norma verneinte, und Lucrecia verspürte ein beklemmendes Gefühl im Brustkorb. Sie liebte Norma, aber das bedeutete nicht, dass sie immer guthieß, wie sie sich verhielt. Norma war einer der komplexesten Menschen, die sie kannte. Obwohl spirituell und extrovertiert, stand sie sich selbst oft im Weg. In der *María Elena* hatte Norma vielen Frauen kluge Ratschläge erteilt. Aber Lucrecia hatte nie beobachtet, dass Norma sich ihnen anvertraute. Sie schien wenig von sich preisgeben zu wollen. «Würde es dich nicht entlasten, würdest du dich nicht besser fühlen, wenn du Fito alles über deinen Vater erzählen würdest? Ihr habt euch entschieden, gemeinsam durchs Leben zu gehen. Da hat Fito doch ein Recht darauf zu erfahren, was dich bedrückt. Auch Rosalie sollte die ganze Familiengeschichte kennen. Kinder spüren das Unausgesprochene und die daraus resultierende Spannung. Das weiß ich aus eigener Erfahrung.»

Norma putzte sich die Nase und sah erstaunt zu ihrer Freundin.

Lucrecia lächelte. Sie hatte gehofft, dass ihre Worte etwas bewegen würden in Norma. Vor vielen Jahren, als Lucrecia noch ein Mädchen war und Enrique noch keine zwanzig, habe sich Enrique in Lucrecias Mutter verliebt, begann sie zu erzählen. Während die Mutter die Spannung zwischen ihr und Enrique verdrängt habe, habe Lucrecia sie gespürt. Erst als sie ihre Mutter auf Enriques Gefühle angesprochen habe, habe diese mit ihm geredet und alles ins Lot gebracht. «Man muss miteinander diskutieren, Sachen aus dem Weg räumen. Fang damit an, bevor Rosalie unter deiner Vergangenheit leidet. Denn unbewusst nimmt sie deine innere Verfassung wahr, da bin ich mir sicher. Rede zuerst mit Fito und dann mit Rosalie. So findest du deinen Frieden.» Lucrecia wusste, wie sie mit Norma reden musste, damit ihre Worte sie erreichten.

9.

Der Besuch im thurgauischen Scherzingen stand an. Schon als Enrique aufwachte, war er freudig aufgeregt. Das Wissen, dass er seine Schwester sehen würde, erquickte ihn. Zufrieden summte er ein Lied vor sich hin. Das Klingeln des Telefons ließ ihn verstummen. Sein Herz schlug heftiger, als er realisierte, dass Lotti Schmid am Apparat war.

«Ist gut», hörte er Fito sagen. «Wenn Sie meinen. Ich warte dann draußen. Wahrscheinlich gehe ich spazieren. Nein, nein, das sehe ich auch so. Ja, lieber später einmal.» Obwohl Enrique nur Gesprächsfetzen mitbekam, begriff er. Die Schmids gingen davon aus, dass es Margrit überfordern würde, Bruder und Sohn gleichzeitig zu sehen.

Während Fito sichtbar erleichtert war, war Enrique enttäuscht. Es war seinem Neffen noch immer kein Bedürfnis, Margrit gegenüberzutreten. Eine Weile überlegte er, welche Worte angebracht wären. In der letzten Zeit zitierte er gerne Äußerungen von Albert Schweitzer. Enrique betrachtete den Mediziner, Philosophen und Musiker als einen der bedeutendsten Denker der Menschheit. Vor der Abreise in die Schweiz hatte er das von Lucrecia geschriebene und inszenierte Theaterstück über ihn gesehen. Was Enrique am meisten begeistert hatte, waren Albert Schweitzers Gedanken, die im Stück immer wieder zitiert wurden. Diejenigen, die ihn besonders beeindruckt hatten, hatte er sich notiert und auswendig gelernt. Schließlich sagte er: «*Ein glücklicher Mensch besitzt den Mut, der notwendig ist, das Leben nicht zu fürchten und ihm nicht auszuweichen.* Die Gedanken kluger Menschen können uns eine

Stütze sein auf unserem Weg, mein Junge. Oder löst diese Lebensweisheit etwa nichts in dir aus?»

Fito überlegte eine Weile. Einerseits fühlte er sich unangenehm berührt. Andererseits vermittelte ihm das Zitat etwas Hoffnungsvolles. Dann ging er zum Buffetschrank, wo sich unter anderem die Fotoalben befanden. Enrique beobachtete seinen Neffen, wie er eins nach dem anderen durchblätterte. Fito suchte das Foto des Schiffs, auf dem er vor einem Jahr im Hafen von Piräus eine Revision vorgenommen hatte. Auf der MS Lausanne hatte er sich darin erinnert.

Enrique seufzte. Es war ihm nicht danach, sich Fotos anzusehen oder Anekdoten anzuhören. Er war entsprechend erleichtert, als das Telefon klingelte.

«Das ist aber nett», hörten die beiden Männer Norma sagen. «Doch, wir kommen sehr gerne. Außerdem möchte Enrique schon länger Stefano kennenlernen.» In der *Sulzer*-Siedlung luden sich die Paare regelmäßig gegenseitig zum Essen ein, oft spontan. Manchmal rief Norma ihre Nachbarinnen an, wenn sie etwas typisch Chilenisches gekocht hatte.

10.

«*Piacere!*», rief Enrique dem italienischen Paar schon von der Türschwelle aus zu. Antonella und Stefano lachten, während sich Fito und Norma verwundert ansahen. Sie hatten vergessen, dass Enrique bei seinem Jugendfreund Giuseppe und dessen Familie als Kind Italienisch gelernt hatte.

Stefano sah strahlend zu seinen Gästen. «Die Pizza ist noch im Ofen. Wir trinken einen Martini Bianco, wir Männer auf dem Balkon, die Frauen in der Wohnung. Und die Töchter dürfen sein, wo sie wollen.»

Antonella hob zum Spaß eine ausgestreckte Hand an ihre Schläfe, wie eine Soldatin, die salutierte. Lucrecia und Norma lachten. Sie wussten, wer im italienischen Haushalt das Sagen hatte. Stefano war es nicht.

Während sich Antonella nach dem Ausflug nach Lausanne erkundigte, nutzte Enrique den Apéro, um über Stefanos Anfänge in der Schweiz zu erfahren.

«*Sulzer* hat mir und meinen Arbeitskollegen Materialien und Werkzeug zur Verfügung gestellt, die in Italien als veraltet galten. Das sagt einiges darüber aus, wie wir uns behandelt fühlten.» Stefano lachte und prostete den beiden Männern zu. «Die Schweizer Firmen investierten nicht in moderne Maschinen, weil sie nicht mehr Geld als nötig ausgeben wollten. Auch *Sulzer* hatte kein Interesse daran, uns Gastarbeitern die Arbeit zu erleichtern.»

Enrique nickte. «Obwohl die Schweiz mit euch über günstige Arbeitskräfte verfügte, sparte sie, wo sie konnte.»

«Bravissimo, du hast es auf den Punkt gebracht.» Mittlerweile engagierte sich Stefano in der Gewerkschaft und war damit am Puls des Geschehens. Später würde er noch mehr über das Thema sagen, aber jetzt musste er die selbstgemachte Pizza aus dem Ofen nehmen.

11.

Margrit saß in ihrem Schaukelstuhl im Garten und sah über die Blumenwiese. Sie hatte Lotti nicht kommen hören und erschrak, als sie plötzlich auftauchte und sich vor ihr hinkniete. Als sich auch Max ihr näherte und sich ebenfalls niederkniete, wunderte sie sich. «Was ist denn los?», fragte sie die beiden in ihrer eigenen Sprache, die nur das Paar und deren Kinder verstanden. Margrits Sprachzentrum war gestört, wegen der Schizophrenie und der Nebenwirkungen der Schlaf- und Beruhigungsmittel, die ihr während Jahrzehnten verabreicht worden waren. Seit über fünfzehn Jahren nahm sie nur noch die für Schizophrene bestimmten Neuroleptika ein.

«Margrit, wir haben eine wunderbare Nachricht für dich.» Da sie keinerlei Regung zeigte, drückte Lotti Margrits rechte Hand, um einen Augenkontakt herzustellen. Wenn Margrit nicht auf Worte reagierte, dann vielleicht über ihren Körper.

Weil sie noch immer teilnahmslos dasaß, nahm Max Margrits linke Hand. So einfühlsam wie möglich sagte er: «Dein Zwillingsbruder ist in den Ferien hier in der Schweiz. Er wohnt bei deinem Sohn.»

Innerhalb weniger Sekundenbruchteile legte sich ein Schatten über Margrits Gesicht, und sie begann zu zittern. Lotti sah vorwurfsvoll zu ihrem Mann. Sie ärgerte sich, weil er sich nicht an ihre Vereinbarung gehalten hatte. Sie wollten doch nur Margrits Bruder erwähnen. Nach langen Diskussionen waren sie zum Schluss gekommen, dass es Margrit nicht zuzumuten war, mit beiden gleichzeitig konfrontiert zu werden.

Lotti und Max kannten Margrit schon seit über dreißig Jahren. Sie waren überzeugt davon, dass Margrit ihre beiden Kinder nach ihrem Eintritt in die Klinik Bodenau aus Selbstschutz verdrängt hatte. Sie gingen davon aus, dass Margrit in ihrem Leben einige Traumata erlitten hatte. Das erste Trauma war die Trennung ihres Zwillingsbruders gleich nach der Geburt. Weder Mutter noch Schwestern hatten ihm je von ihm erzählt. Erst vor sieben Jahren hatten die Schmids von einer mittlerweile verstorbenen Schwester Margrits die Wahrheit erfahren. Als sie Margrit davon erzählt hatten, hatte sich ihr Zustand langsam gebessert. Sie wurde ruhiger und zufriedener. Der Kummer um den Verlust ihrer Kinder aber war wohl nie verschwunden.

Irgendwann, als ihr Unterbewusstsein das Wissen um ihre Kinder wieder verschluckt hatte, begann Margrit zu lächeln. Sie sah nur noch ihren Zwillingsbruder vor ihrem geistigen Auge. Sie legte ihre Handflächen aufeinander und führte sie zu ihrem Kinn. Es sah fast so aus, als würde sie beten.

12.

Fito hatte mulmige Gefühle, als Enrique darauf bestand, noch vor dem Besuch bei Margrit bei seinem Vater vorbeizugehen. Schon beim Frühstück hatte er gemerkt, wie ernst und schweigsam sein Onkel war.

Freundschaftlich tätschelte Enrique zur Begrüßung Wernis Schulter. Als Fito ins Bienenhaus gehen wollte, hielt er ihn zurück. Als Enrique begann, seinen Vater unvermittelt über Margrit auszufragen, zitterten Fitos Hände. Den Vater direkt auf die Mutter anzusprechen, kam einem Tabubruch gleich. Es war Werni anzusehen, wie unangenehm ihm Enriques Fragen waren. Sein Körper versteifte sich, er stand kerzengerade da. Als er seine Hände in die Hosentaschen steckte, näherte sich Fitos Stiefmutter. Sie hatte gemerkt, dass etwas Außergewöhnliches vor sich ging.

Enrique zeigte sich von ihrer Anwesenheit und ihrem misstrauischen Blick unbeeindruckt. «Was war meine Schwester für ein Mensch, als ihr euch kennengelernt habt?» Die Stiefmutter machte große Augen, während sich Fitos Vater räusperte. Er schenkte seiner Frau einen entschuldigenden Blick und bat sie, ins Haus zu gehen. Widerwillig entsprach sie seiner Bitte.

Die Männer setzten sich an den Gartentisch. Ausweichen war jetzt keine Option, das spürte Werni. «Als Margrit in mein Leben trat, fand ich sie bezaubernd», begann er stockend. Nach Jahrzehnten über Margrit zu sprechen, fühlte sich seltsam für ihn an. «Wir waren nicht mehr jung, als wir heirateten. Wir wussten, was wir taten. Mir war von Anfang an bewusst, dass Margrit anders war als ich. Ich war bodenständig und pragmatisch. Sie eine Träumerin, aber auch eine gute Beobachterin, die mich oft auf Dinge aufmerksam machte, die ich ohne sie nicht gesehen hätte. Eine Zeitlang ergänzten wir uns gut.»

Enrique hatte seinem Schwager aufmerksam zugehört. Als er von ihm wissen wollte, wieso er und die Kinder Margrit nicht mehr besucht hätten, stand Werni ruckartig auf. Dabei fegte er seine Kaffeetasse mit Kaffee darin vom Tisch. Die Fragerei war ihm zu viel geworden. Als das Porzellan mit einem lauten Knall auf dem Betonboden aufschlug, blickte die Stiefmutter besorgt zum Fenster heraus. Sie erkannte, wie aufgeregt ihr Mann war. Wieso nur musste dieser Chilene längst Vergangenes hervorholen!

Enrique ließ sich weder von Wernis Gefühlsausbruch noch von der zerbrochenen Tasse aus der Fassung bringen. «Wieso habt ihr Margrit totgeschwiegen?»

Werni stemmte die Hände in die Hüften. «Margrit war weit weg von uns, das meine ich nicht nur geographisch.»

«Aber sie war nicht tot.»

«Man sagte mir, sie werde nie mehr nach Hause kommen.»

«Du hättest sie mit den Kindern doch besuchen können.»

Fito hatte Mitleid mit seinem Vater. Es war das erste Mal, dass er ihn so aufgebracht erlebte. Gleichzeitig erkannte er seine Chance und ergriff sie auch. «Für Trudy und mich wäre es besser gewesen, wenn wir unsere Mutter ab und zu gesehen hätten. Es wäre natürlicher gewesen. Ich weiß noch, wie Trudy und ich uns am Anfang nach ihr erkundigten und du uns zum Schweigen brachtest.» Fitos Stimme war brüchig geworden, er hatte Tränen in den Augen. Trotzdem fühlte es sich gut und richtig an, seinem Vater seine Gefühle zu offenbaren.

Enrique sah mitfühlend zu seinem Neffen. Er tat ihm leid, aber er freute sich auch für ihn. Endlich sagte er seinem Vater, was er dachte.

Obwohl sich Fito aufgewühlt und unsicher fühlte, fuhr er fort. «Du hättest unsere Mutter nicht totschweigen dürfen. Das war nicht richtig von dir. Sie war krank, aber sie lebte. Enrique hat recht.»

Werni zitterte. Während er sich durch Enriques Äußerungen angegriffen fühlte, verletzten ihn die Worte seines Sohnes. Er brauchte einige Sekunden, um sich wieder zu fangen. «Ich habe gehandelt, wie ich handeln musste. Damals machte man das so. Gebt mir nicht die Schuld für etwas, für das ich nichts kann.»

Enrique hatte gehofft, dass sich sein Schwager wenigstens bei Fito entschuldigen würde. Aber Werni war stur und uneinsichtig.

13.

Während der etwa vierzig Minuten langen Fahrt schwiegen Enrique und Fito. Nach der Ankunft wäre Fito am liebsten gleich spazieren gegangen. Aber Enrique überredete ihn, zuerst das Paar zu begrüßen.

Mit mulmigen Gefühlen klingelte Fito an der Tür. Es war Lotti, die öffnete. Fito bemerkte ihre Überraschung und errötete. «Ich gehe gleich, so wie wir es besprochen haben.» Als Max im Türrahmen erschien, bedankte sich Fito für alles, was das Paar für seine Mutter getan hatte.

Lotti schlug vor, sich eine Weile zusammen an den Gartentisch zu setzen, um sich kennenzulernen. Dann würden sie Enrique zu Margrit ins Haus begleiten. Max holte einen Krug mit selbstgemachter Limonade und vier Gläser. Die Schmids erzählten abwechselnd über Margrits Entwicklung in den letzten drei Jahrzehnten. Es tat Enrique und Fito weh zu hören, wie sehr Körper und Psyche unter den Elektroschockbehandlungen und den jahrelang verabreichten Schlaf- und Beruhigungsmitteln gelitten hatten.

«Was genau wurde denn meiner Schwester diagnostiziert damals?», wollte Enrique wissen.

Max setzte sich seine Brille auf. Er wunderte sich, dass Margrits Ex-Mann nichts erzählt hatte. «Paranoide Schizophrenie. Margrit hatte das Gefühl, ihre ganze Familie hätte sich gegen sie verschworen.»

Fito räusperte sich. «Wieso haben Sie meine Mutter eigentlich aus der Klinik geholt?»

Lotti und Max warfen sich einen zärtlichen Blick zu. Dann begann Lotti zu erzählen. Eigentlich sei es Margrit gewesen, die sie zusammengebracht habe. Max sei damals ein junger Arzt gewesen, der sich aufopfernd um seine Patienten gekümmert habe. Und Lotti habe als junge Frau in der Bodenau ausgeholfen. Beide hätten unabhängig voneinander eine Beziehung zu Margrit aufgebaut. Anderen gegenüber habe sich Margrit abweisend und schroff verhalten, aber in ihrer Gegenwart sei sie umgänglicher geworden.

Lotti nahm einen Schluck Limonade. «Als meine Mutter starb, wurde uns klar, dass wir Margrit bei uns haben wollten.» Max nickte. «Unsere jetzt erwachsenen Kinder mögen Margrit sehr. Balthasar, unser Ältester, steht ihr besonders nahe.»

Fito atmete tief durch und blickte zum Horizont Richtung See. Er war den Schmids dankbar, aber es verletzte ihn, dass deren Kinder seiner Mutter näher waren als er und Trudy.

Enrique drückte die Hand seines Neffen. Er wünschte sich für ihn, dass er und Margrit sich bald begegnen würden. Vielleicht wäre es schmerzhaft, aber er erachtete die Begegnung als nötig, damit sich ein Kreis schließen konnte. Enrique erhob sich und hielt einen Moment lang inne. Es fühlte sich richtig und bedeutsam an, seine Schwester zu sehen.

Margrit wippte unruhig in ihrem Schaukelstuhl hin und her, während sie zum Fenster Richtung See blickte. Sie fühlte, dass etwas Wichtiges bevorstand. Plötzlich spürte sie eine Hand auf der Schulter. Langsam drehte sie sich um und sah einen Unbekannten vor sich. Sie erschrak.

Es beruhigte sie, als sie Lotti und Max im Türrahmen entdeckte. Sie lächelten ihr zu. Da wusste sie, dass alles gut war. Sie betrachtete den Fremden genauer. Plötzlich begann ihr Körper zu zittern. Das widerfuhr ihr manchmal, wenn sie nervös oder unruhig war. Bald erkannte sie in den Augen des freundlich lächelnden Mannes etwas Vertrautes.

Enrique nahm einen Stuhl und setzte sich ihr gegenüber. Er nahm ihre Hände und streichelte sie. Verwundert über diese Geste entfuhr Margrit ein kaum hörbares Seufzen. «Margrit», begann er. Sie horchte auf, die Stimme hörte sich gut für sie an.

Irgendwann verstand sie. Lotti und Max hatten es ihr ja erzählt. Zwillingsbruder, nach der Geburt getrennt, Chile. Weit weg von ihr.

Enrique drückte Margrits Hände. «Ich habe auch Zwillinge, sie sind achtundzwanzig Jahre alt.» Er war ruhig und gefasst und fühlte eine Verbindung zu seiner Schwester. In ihren Augen erkannte er, dass es ihr genauso erging. Es berührte ihn, als sie seine Hand zurückdrückte und gleichzeitig ihren Oberkörper nach vorne neigte. Er beugte sich zu ihr und streichelte vorsichtig ihre Haare. Dann betrachtete er ihre hohe Stirn und dunklen Augen. Sie und Fito sahen sich ähnlich.

Die Geschwister begannen leise zu weinen.

Gerührt beobachteten Lotti und Max, wie Margrit versuchte, sich vom Schaukelstuhl hochzuheben. Enrique half ihr dabei. Noch etwas wackelig auf den Beinen, lehnte sie sich an seinen Brustkorb. Er umarmte sie vorsichtig. Nach ein paar Minuten nahm er etwas aus seiner Hosentasche. Es war eine Halskette mit einem runden, aufklappbaren silbernen Medaillon daran. Er öffnete es vorsichtig. Auf der rechten Hälfte war ein Foto von ihm. «Und hierhin kommt dein Bild», sagte Enrique leise und zeigte auf die linke Hälfte.

Margrit begriff und gab ihrem Bruder zu verstehen, ihr die Kette umzuhängen. Nun näherten sich Lotti und Max. Ohne etwas zu sagen, legten sie ihre Arme um die beiden.

Enrique erzählte Fito nur in groben Zügen von der Begegnung mit seiner Schwester. Er wollte den erlebten Moment für sich behalten. Als Fito im Mattenbach-Viertel das Auto parkte, durchbrach Enrique mit ruhiger und bestimmter Stimme das Schweigen. «Ich möchte bis zu unserer Abreise noch ein paar Male zu Margrit. Diese Treffen müssen reichen bis zu unserem Lebensende.»

14.

Bald einmal begann die Zeit der letzten Male. Als Enrique das letzte Mal bei Margrit war, überkam ihn eine tiefe Traurigkeit.

Der Abschied bei Werni und Fitos Stiefmutter verlief harmonisch. Es war Enrique wichtig, im Guten auseinanderzugehen. Auch in der Siedlung gab es einige Abschiedsessen.

Obwohl die Familie viel Zeit miteinander verbracht hatte, kam die Abreise für alle zu früh. Am Flughafenterminal nutzte Lucrecia die letzten gemeinsamen Momente, um Norma davon zu überzeugen, bald mit Fito zu Margrit zu gehen. Sie war sich sicher, dass es auch Norma guttun würde. Lucrecia wusste ja, wie sehr Norma ihre Mutter vergöttert hatte. Es könnte tröstlich für sie sein, Fitos Mutter in ihrem Leben zu wissen.

Nachdem Enrique in einem Kiosk eine Zeitung gekauft hatte, war der Abschied nicht mehr aufzuhalten. Fito schmerzte die Trennung von seinem Onkel und Lucrecia. Als die beiden nach der Passkontrolle zurückblickten und winkten, hatte er Tränen in den Augen. Zusammen mit Norma und Rosalie beobachtete er von der Zuschauerterrasse aus, wie das Flugzeug mit Enrique und Lucrecia darin auf der Startbahn beschleunigte und dann abhob. Sie sahen ihm nach, bis es in den Wolken verschwand. Dann machten sie sich auf den Heimweg. Sie waren jetzt wieder sich selbst überlassen.

Ungleichgewicht, 1973

Fito saß über seinen Einsatzplan gebeugt in Toni Brunners Büro. In den nächsten acht Wochen erwarteten ihn zahlreiche Einsätze, vier davon im Ausland. Zuerst neunzehn Tage lang die Revision zweier 10TAF48-Motoren samt Instruktion der Einheimischen auf Ibiza. Dann die Reparatur von zwei 8TAG48-Motoren während zehn Tagen in Ceuta. Darauf die Reparatur der vier 8BAF22-Motoren auf der MS Artico während sieben Tagen in Santander. Und zuletzt die Revision des Wendegetriebes am TW24-Motor auf der MS Stolovi an zwei Tagen in Belgrad. Dazwischen Tageseinsätze in Winterthur und Umgebung.

Fito schüttelte den Kopf. Die Zeit mit den Verwandten aus Chile war intensiv und bereichernd gewesen. Kaum waren sie weg, waren auch er, Norma und Rosalie kaum mehr zusammen. Da war es schon wieder, sein schlechtes Gewissen. Obwohl sich Norma noch nie über seine beruflichen Abwesenheiten beklagt hatte, spürte Fito, dass sie nicht glücklich war damit.

2.

Wie jeden Sonntag nach dem Gottesdienst verließ Norma begleitet von Orgelklängen zusammen mit anderen Gläubigen die Kirche. Dabei beobachtete sie, wie ein junger Bursche eine füllige dunkelhäutige Frau anrempelte und sie dabei herausfordernd ansah. Norma wurde wütend. Vor Gott waren doch alle Menschen gleich. Entschlossen ging sie zum Jugendlichen. Er solle sich schämen, flüsterte sie ihm zu.

Die Frau war in etwa so alt wie Norma, hatte dichte schwarze Haare und trug bunte Kleider. Sanft tätschelte sie Norma am Arm. «Danke, aber Ihre Intervention wäre nicht nötig gewesen. Mit solchen Situationen kann ich umgehen.» Die Frau reichte Norma zur Begrüßung die Hand und stellte sich als Irma vor. Zusammen begaben sie sich Richtung Kirchgemeindehaus. Norma fragte sich, ob sie voreilig gehandelt hatte. Manche Menschen wollten nicht verteidigt werden. Aber Irma schien ihr nicht böse zu sein. Ganz im Gegenteil, sie strahlte sie an und lud sie zusammen mit Fito und Rosalie zum Mittagessen ein. Irma hatte Spezialitäten aus ihrer Heimat Barbados vorbereitet. Norma dachte kurz nach. Vielleicht hatte Fito einen Familienausflug geplant, schließlich war Sonntag. Aber Irmas gute Laune wirkte so ansteckend auf sie, dass sie zusagte.

Zielstrebig lief Norma zum Gemeinschaftsgarten der Mattenbach-Siedlung. Wie sie geahnt hatte, erntete Fito gerade Himbeeren. Rosalie spielte in der Nähe mit einem Nachbarskind. Belustigt sah Norma ihrem Mann zu, wie er jede einzelne Beere inspizierte und Insekten darauf wegblies. Als er sie bemerkte, ging sie zu ihm. «Wir haben eine Einladung zum Mittagessen, hier steht die Adresse drauf.»

Fito ließ sich von der Begegnung erzählen. Irma und Patrick Schirmer. Patrick Schirmer, den Namen kannte er doch. Es war ein Kollege von der Monteurschule! Während Norma über den Zufall lachte, staunte Fito über seine Frau. Ihr Freundes- und Bekanntenkreis wuchs von Woche zu Woche. Dass Norma das soziale Leben der Familie organisierte, war ihm recht, und gegen die spontane Einladung hatte er nichts. Nur wollte er, bevor sie sich nach Pfungen aufmachten, sein Herz erleichtern. «Es tut mir leid, dass ich euch in der nächsten Zeit oft allein lassen werde. Schon in vier Tagen muss ich in Ceuta sein.» Besorgt beobachtete Fito, wie ernst Norma wurde.

Norma atmete tief durch. Sie hatte sich immer eingeredet, dass ihr Fitos Auslandeinsätze nichts ausmachten. Schließlich gehörten sie zu seiner Arbeit. Aber wenn Fito länger abwesend war, hatte sie oft dunkle Gedanken und diffuse Ängste. In diesen Momenten bat sie ihre Nachbarinnen, auf Rosalie aufzupassen, damit sie ihre Freundinnen treffen konnte. Das war ihre Art zu verhindern, verrückt zu werden.

Rosalie war jetzt vier Jahre alt. Norma bedauerte, dass sie und Fito sich wegen seiner Abwesenheiten nicht so vertraut waren. Es schien ihr oft, dass er nicht so recht wusste, wie er mit dem Kind umgehen sollte. Aber jetzt hatte Fito die Situation angesprochen. Sie vereinbarten, am Abend ausführlich miteinander zu reden.

3.

Patrick war überrascht, als er seinen ehemaligen Monteurschulkollegen im Türrahmen stehen sah. Sie hatten sich bestimmt fünfzehn Jahre nicht mehr gesehen. Irma wunderte sich kaum darüber, dass die Ehemänner einander kannten. So schnell brachte sie nichts aus der Ruhe. Während sie mit Norma in die Küche ging, begleitete Fito Rosalie in den Garten. Mit einem Bier setzten sich die beiden Männer auf die Hollywoodschaukel und sahen dem Mädchen und den drei Buben beim Spielen zu.

Patrick war erst am Vortag von einem Einsatz in England zurückgekehrt und berichtete Fito darüber. An einer Anlage habe er einen gebrochenen Kolben vom Typ RD90 gezogen und dann die ganze Maschine revidiert. Bald einmal habe er festgestellt, dass auch die Teleskoprohr-Stopfbüchse undicht war. Die beiden Männer fachsimpelten eine Weile, bis Fito ziemlich unvermittelt das Thema wechselte. Er wollte die Gelegenheit nutzen, mit Patrick über das zu reden, was ihn beschäftigte. Dass die Einsätze eigentlich nicht mit dem Familienleben zu vereinbaren waren und er in den nächsten zwei Monaten keine Woche am Stück zu Hause sein würde.

Patrick blickte verwundert zu seinem ehemaligen Schulkollegen. Für ihn waren seine Abwesenheiten kein Problem, es war eher das Gegenteil der Fall. Er brach gerne immer wieder auf, um dem Trubel zu Hause für eine Weile zu entgehen.

Fito stellte sich vor, wie sein Berufsleben in ein paar Jahren aussehen würde. Irgendwann würden die jüngeren Monteure ins Ausland geschickt werden. Er als älterer Monteur würde die Kundenaufträge entgegennehmen und die jungen Monteure organisieren. Gelegentlich würde er selbst ins Ausland reisen, um an einem Motor zu arbeiten, der den Jungen nicht vertraut war. Aber vorwiegend wäre er wohl im Büro. Diese Aussicht gefiel ihm ebenso wenig wie im Moment seine übermäßigen Auslandeinsätze. Vielleicht brachte ihn ja Patrick auf eine Idee, wie er seinem Berufsleben eine neue Richtung geben könnte.

Patricks Augen funkelten, als er zu reden begann. Es fielen ihm sofort einige Tätigkeiten ein, bei denen man nicht mehr so viel reisen musste: Man konnte sich zum Bauüberwacher umschulen lassen und dann bei einem oder mehreren inländischen Lizenznehmern arbeiten. Oder man konnte Baustellen- oder Montageleiter beim Aufbau stationärer Dieselkraftwerke werden. Oder aber man wechselte in die Ersatz- oder Lizenzabteilung oder arbeitete Vollzeit im Prüfstand. Keine der Ideen vermochte Fito zu überzeugen.

Am Abend sahen Norma und Fito das Blatt mit den kommenden Einsätzen durch. «Du bist neunzehn Tage auf Ibiza, das ist lange.» Norma kniff die Augen zusammen. Verschob man den Rückflug nur um zwei Tage, würde die Zeitspanne drei Wochenenden umfassen. «Wir könnten mit dir nach Ibiza kommen.»

Fito war sofort einverstanden. Es war zwar keine Lösung des Problems, aber die Situation würde sich entspannen. Norma war dagegen, dass Fito seine Stelle oder gar seinen Arbeitgeber wechselte. Sie wusste ja, dass er seine Arbeit grundsätzlich mochte. Sie einigten sich darauf, dass sie so oft wie möglich als Familie zu Fitos Einsätzen reisen würden. Noch war Rosalie nicht im Kindergarten und hatte keine Verpflichtungen.

4.

Norma merkte nicht, dass manche Mütter über sie tuschelten. Erst viele Jahre später sollte sie zufällig erfahren, was man sich damals über sie erzählte. Es sei nicht normal, sein Kind so oft ohne triftigen Grund abzugeben. Vor allem, wenn man wie Norma nicht berufstätig sei. Das Gerede würde sie überraschen, aber in erster Linie amüsieren.

Fito hätte nur den Kopf geschüttelt, hätte er davon erfahren. Leben und leben lassen war seine Devise. Außerdem stand er voll und ganz hinter seiner Frau. Das Einzige, was für ihn zählte, war, ihr immer näherzukommen.

Er bedauerte, Normas Mutter nicht kennengelernt zu haben. Schon am Anfang der Beziehung wusste er um das enge Band zwischen den beiden. Da Norma immer wieder von ihr erzählte, fühlte es sich für Fito an, als würde sie noch leben. Die Todesursache seiner Schwiegermutter kannte er nicht, weil Norma grundsätzlich nicht über den Tod ihrer Mutter sprach. Das änderte sich eines Abends im Frühjahr 1973, als Norma in einem Nebensatz erwähnte, die Mutter sei während ihrer Zeit im Justizministerium gestorben.

Erstaunt sah Fito zu seiner Frau. «Bist du deshalb nach Iquique zurückgekehrt?»

Zuerst wirkte Normas Gesichtsausdruck teilnahmslos, dann gequält. Sie errötete und wurde immer wütender. «Mein Vater hat meiner Mutter das Herz gebrochen», sagte sie mit schriller Stimme. «Er hat ihren Tod zu verantworten.» Eigentlich wollte Norma nichts mehr sagen, aber Fitos bestimmter, aber doch sanfter Blick ließ sie weitersprechen. «Meine Stelle zu kündigen, ist mir nicht leichtgefallen, das kannst du mir glauben. Aber damals konnte ich nicht in Santiago bleiben, weil mich alles schmerzlich an den Tod meiner Mutter erinnerte. Mein Bruder konnte wohl besser damit umgehen. Andrés blieb in Santiago und schloss dort sein Studium ab.»

Fito fuhr Norma über die Haare. «Du scheinst deinen Vater mit derselben Intensität zu hassen wie du deine Mutter liebst.»

Norma nickte. «Mein Vater hat mir meine Mutter entrissen. Dafür, und weil er uns einst verlassen hat, verabscheue ich ihn zutiefst.»

5.

Es war Ende 1973. In einem der *Sulzer*-Schulungsräume fand ein Referat über die Grundzüge der Schiffstechnik statt. Eigentlich war der Vortrag für Maschinenbauer gedacht. Aber *Sulzer*-Monteure mussten auch von den Gebieten, die ihres tangierten, eine Ahnung haben.

Als Fito den Raum betrat, sah er Heinz in der zweitvordersten Reihe sitzen. Er hatte die Arme verschränkt und schien ein Nickerchen zu machen. Fito setzte sich neben ihn und betrachtete eher aus Langeweile als aus Interesse seine IWC-Armbanduhr. Es war ein Dienstaltersgeschenk, das er vor zwei Jahren bekommen hatte. Eingraviert waren sein Name und die Worte *In Anerkennung 25-jähriger treuer Dienste.*

Fito wunderte sich, wie schnell die Zeit vergangen war. Schon ein Vierteljahrhundert arbeitete er nun bei *Sulzer*. Rosalie war fünf Jahre alt. Beim Gedanken an seine Tochter schlich sich etwas anderes in sein

Bewusstsein. Er hatte seine Mutter noch immer nicht besucht. Wie meistens, wenn er daran dachte, rechtfertigte er sich selbst gegenüber, wieso es noch zu keinem Treffen gekommen war. Aber wäre Rosalie jetzt nicht im idealen Alter, um ihre leibliche Großmutter kennenzulernen? Bestimmt würde sie jetzt vieles verstehen, wenn man es ihr erklärte. Fito strich sich über die Stirn, als wollte er seine Gedanken wegwischen.

Er dachte an die Rezession, eine Folge der weltweiten Ölkrise. In Winterthur widerspiegelte sie sich in der kontinuierlich sinkenden Bevölkerungszahl. Auch das künstliche Hüftgelenk von *Sulzer* kam Fito in den Sinn. Vor zwei Jahren hatte das Unternehmen sein erstes Implantat aus Metall und Kunststoff hergestellt. Fito sah zu Heinz, der noch immer vor sich hindöste. Sein Freund hatte recht gehabt. Der Wandel von *Sulzer* als Maschinenbaufirma zum Technologiekonzern zeichnete sich immer mehr ab.

Als sich Fito das Hemd zurechtzupfte, knisterte es. Der Brief in der Brusttasche war von Enrique. Vor einer guten Stunde hatte ihm der Briefträger den Umschlag in die Hand gedrückt. Gute Nachrichten standen bestimmt nicht darin. Am 11. September 1973 war es in Chile zu einem Militärputsch gekommen. Salvador Allende war gestürzt und ermordet worden. Mit General Augusto Pinochet an der Macht hatte sich Chile in eine Militärdiktatur verwandelt. Fito konnte es nicht fassen. Vor nur zwei Jahren hatte Salvador Allende diverse Unternehmen verstaatlicht, und jetzt war alles schlagartig anders. Fito war neugierig, was sein Onkel über die neuesten Entwicklungen schrieb. Aber diesen bestimmt wichtigen Brief wollte er zusammen mit Norma lesen.

Während des Kurses hatte er ihn vergessen. Stunden später, als er sich auf sein Fahrrad setzte, fiel er ihm wieder ein. An diesem Tag konnte Fito nicht schnell genug nach Hause kommen. Schon von Weitem erkannte er Norma, wie sie Rosalie und den Nachbarskindern beim Spielen zusah. Er stellte sein Fahrrad beim Unterstand ab und ging zu ihr. Norma nahm ihm den Briefumschlag aus der Hand und rannte lachend die Treppe hoch. In der Küche riss sie ihn kurzerhand auf. Ihr Temperament ließ sie nur selten an den bronzenen Brieföffner aus Peru denken. Als sie auf einem Briefbogen Lucrecias Schrift entdeckte, lächelte sie. Sie küsste das Blatt, drückte es an sich und überflog den Text. Der Teil über Pablo Neruda wäre auch für Fito interessant, deshalb las sie ihn vor.

«Nach offiziellen Angaben ist Pablo Neruda 1973 seinem Krebsleiden erlegen. Es geht aber das Gerücht um, dass er von Pinochets Leuten aus dem Weg geräumt wurde. Du weißt ja, Neruda war eng mit Allende befreundet. Neruda ist fast unmittelbar nach seinem Tod ohne Autopsie auf dem Zentralfriedhof von Santiago beigesetzt worden. Das ist schon auffällig. Nerudas Leibwächter und Fahrer Manuel Araya ist überzeugt davon, dass Neruda vergiftet wurde. Ich versuche jetzt, dir alles möglichst klar zu schildern.

Ein paar Tage nach dem Putsch richtete ein Kanonenboot vor dem Strand von Isla Negra seine Geschütze auf Nerudas Haus. Dieser war deprimiert über den Tod seines Freundes Salvador Allende und die Hinrichtung des Liedermachers Victor Jara. Im Gegensatz zu seiner Frau Matilde und Araya fühlte sich Neruda aber nicht eingeschüchtert. Matilde und Araya beschlossen, ihn aus Sicherheitsgründen in die teure Klinik Santa María *in Santiago zu bringen. Neruda hatte zwar Krebs, aber er war nicht sterbenskrank. Auf jeden Fall bestand kein Anlass für eine Einweisung.*

Er war schon ein paar Tage in der Klinik, als er seinen Fahrer und Matilde darum bat, ihm ein paar Sachen von Isla Negra zu bringen. Als sie dort waren, rief Neruda sie an und bat sie, sofort zurückzukehren. Er fühle sich schlecht, nachdem er eine Spritze in den Magen bekommen habe. Als Araya und Matilde in der Klinik eintrafen, lag Neruda schweißgebadet auf seinem Bett und deutete auf einen rötlichen Einstich auf Magenhöhe. Der wachhabende Arzt trat ins Zimmer und bat Araya, in eine nahe gelegene Apotheke zu fahren, um ein Schmerzmittel zu besorgen. Das war gegen 19 Uhr. Ein paar Häuserblocks weiter wurde Araya von zwei Zivilfahrzeugen gerammt und unter Fußtritten und Schlägen aus dem Wagen gezerrt. Als er auf dem Boden lag, schoss man ihm ins Bein. Dann brachte man ihn ins Estadio Nacional *in Santiago, das vom Militär zu einem Konzentrationslager umfunktioniert worden ist. Victor Jara war dort vor einigen Tagen hingerichtet worden. Araya gelang es, einem anderen Gefangenen einen Zettel zu geben, der für seine Frau bestimmt war. Dort stand, was ihm widerfahren war und welche Vermutungen er hegte. Ich kann dir dies*

alles so detailliert schreiben, weil eine Schwägerin Arayas in der María Elena
lebt und mir alles erzählt hat.»

Fito konnte gar nicht glauben, was sich in Chile abspielte. Während
Norma weinte, ging er in die Küche, um ihr einen Tee zu brauen. Dann
setzten sie sich aufs Sofa. Während Fito Enriques Brief zu lesen begann, lehnte Norma den Kopf an seine Schulter und nippte an ihrem
Tee.

OHNE EHRFURCHT VOR DEM LEBEN HAT DIE
MENSCHHEIT KEINE ZUKUNFT
Albert Schweitzer

Fito lächelte. Zum ersten Mal zitierte Enrique in einem Brief als
Überschrift eine Weisheit.

«Lieber Neffe,
Du erinnerst dich bestimmt noch an das Salpeterwerk Chacabuco. *Noch*
unter Salvador Allende wurde es 1971 unter Denkmalschutz gestellt. Nun halte
dich fest. Die Armee hat auf dem sechsunddreißig Hektaren großen Gelände ein
Konzentrationslager errichtet. Am 10. November wurde es in Betrieb genommen.
Ironie des Schicksals: Der Staatssekretär des Kulturministeriums, derselbe Mann,
der vor zwei Jahren maßgeblich daran beteiligt war, das Werk zum nationalen
Denkmal zu erklären, war einer der ersten Gefangenen. Vierhundertfünfzig
Männern wurden vom Estadio Nacional *in die* Chacabuco *verfrachtet. Mit*
der Zeit sind zahlreiche andere politische Gefangene der militärischen Einheiten in
Santiago, Valparaíso, Copiapó und Concepción dazugekommen. Man bringt die
Menschen in Transportzügen, Schiffen und Militärlastwagen.
Wir hören und sehen immer wieder, wie Militärflugzeuge in rasantem Tempo
über das Lager fliegen. Die Infrastruktur der Chacabuco *passt dem Militär*
offenbar. Vor allem, dass sie schon immer von einer Mauer umfasst war. Die
Armee nutzt die Chacabuco *schon seit einiger Zeit, um in der Umgebung ihre*
Manöver zu machen. Obwohl das ehemalige Salpeterwerk seit 1938 nicht mehr in
Betrieb ist, ist es in einem baulich sehr guten Zustand. Ich glaube, ich habe dir
davon erzählt bei eurem letzten Besuch.

In den kleinen Häusern zwischen Stacheldraht und Minenfeldern sind übrigens auch Prominente eingepfercht. Unter anderem Ángel Parra, der Sohn unserer berühmten Liedermacherin Violeta Parra. Auch er ein Musiker. Ángel ist wegen seiner Nähe zur Partei Unidad Popular *von Salvador Allende festgenommen worden. Lucrecia hat erfahren, dass er in der* Chacabuco *ein Komitee gegründet hat, das kulturelle Aktivitäten organisiert. Ein Mithäftling soll ein Lied von ihm aufgezeichnet und bei seiner Flucht aus dem Lager geschmuggelt haben. Ich hoffe, wir hören es bald.*

Letzte Woche habe ich einen Soldaten kennengelernt, der als Wächter in der Chacabuco *gearbeitet hat. Er hat seine Verwandte in der* María Elena *besucht. Ihm und anderen Wächtern wurde eingeredet, die deportierten Männer seien Schwerverbrecher. Sie merkten aber bald, dass das nicht stimmte. Viele Wächter freundeten sich mit den Gefangenen an. Als die Vorgesetzten davon erfuhren, begannen sie damit, jeden Monat die Aufseher auszuwechseln.*»

Norma und Fito hörten, wie die Haustür aufging und Rosalie die Wohnung betrat. Wahrscheinlich hatte sie Hunger. Meistens musste man sie vom Balkon aus mehrmals rufen, bis sie den Spielplatz verließ.

Rosalie wunderte sich über den ernsten Blick der Eltern.

Norma nahm Fito den Brief aus der Hand und steckte ihn in den Umschlag. «Onkel Enrique hat geschrieben. Jetzt muss ich aber in die Küche, falls es heute noch etwas zu essen geben soll.»

Rosalie bemerkte die Tränen ihrer Mutter.

Während Norma Koriander zerhackte, dachte sie über den einen Satz von Lucrecia nach. *Wenn Fito kein Kind adoptieren möchte, dann musst du das akzeptieren.* Sie bildete sich ein, Lucrecias Stimme zu hören.

Egal, wie sie es drehte. Ihre Freundin hatte recht. Sie konnte Fito zu nichts zwingen. Sie sollte sich endlich damit abfinden, dass ihre Familie nicht wachsen würde.

Krise in der Sulzer-Dieselmotorenabteilung, 1975

Zwei Jahre später befanden sich Fito, Toni Brunner, Heinz und andere Kollegen der Dieselmotorenabteilung in der Montagehalle. Ein Manager der Teppichetage, wie die Sulzerianer den Bereich der leitenden Angestellten scherzhaft nannten, informierte die Belegschaft gerade über die aktuelle Situation.

Mit gemischten Gefühlen hörte Fito zu. Die Bestellungen von Dieselmotoren seien schleichend zurückgegangen, bis sie einen Tiefpunkt erreicht hätten. Die Verantwortlichen hätten keine andere Wahl, als die Produktion massiv zu reduzieren. Viele Dieseler räusperten sich, andere fluchten leise. Der Manager begann lauter zu reden. Er bemühte sich, seine Stimme trotzdem freundlich klingen zu lassen. Um das Gesagte positiv abzurunden, verkündete er, in Winterthur würden bis auf Weiteres jedes Jahr zehn große Dieselmotoren zusammengebaut werden. Auch diese Mitteilung vermochte die Stimmung unter den Anwesenden nicht zu heben.

Fito, Toni Brunner, Heinz und ein paar andere Monteure gingen in die *Sulzer*-Kantine, um die schlechte Nachricht bei einem Kaffee zu besprechen. Ein älterer Monteur meinte, es zahle sich nicht mehr aus, im Binnenland Schweiz große Dieselmotoren herzustellen. Nachdem der Großmotor im Prüfstand getestet worden war, musste er wieder zerlegt werden. Das wussten alle. Die Schweizer Löhne waren hoch und der Transport per Zug und Schiff zu den Meerhäfen kostspielig. Nach Triest waren es vierhundertfünfzig Kilometer, nach Genua fünfhundert und nach Rotterdam sechshundertfünfzig Kilometer. Auch der Import der Maschinenbestandteile, Gussformen und des Stahls war teuer.

Die Diskussion war eröffnet, auch Fito brachte sich ein. «*Sulzer* steht für Qualität, Vertrauen und Zuverlässigkeit. Bis jetzt sind die Kunden bereit, dafür zu bezahlen. Wieso nicht auch weiterhin?» Die anderen nickten und sagten auch, was sie dachten. «Der hohe Kurs des Schweizer Franken hilft uns auch nicht. Die ganze Welt befindet sich in der Wirtschaftskrise.» – «Vielleicht führt die Ölkrise ja zum Zusammenbruch der Schifffahrt und damit des Schiffbaus.» – «Das glaube ich nicht, Schiffe wird es immer brauchen. Ich glaube eher, dass der Schiffbau bald in Länder verlagert wird, wo die Arbeitskräfte günstiger sind. Nach Südkorea, China oder Japan.» – «Bei der Herstellung der Motoren soll möglichst viel Geld eingespart werden.» – «Und Personal. Habt ihr schon gehört, dass bis Anfang der 1980er Jahre zweihunderttausend Gastarbeiter nach Hause geschickt werden sollen? Jetzt, wo man sie nicht mehr braucht, gibt man ihnen einen Tritt in den Hintern.» – «Und was passiert mit unserer Dieselmotorenabteilung? Wie hart wird *uns* die aktuelle Situation treffen?»

Die Stimmung am Tisch war auf dem Tiefpunkt, als Toni Brunner zögernd das Wort ergriff. «Eigentlich ist es meine Aufgabe, euch zu motivieren. Aber ich möchte ehrlich sein.» Die Worte fielen ihm nicht leicht, umso weniger, als er die besorgten Blicke der Monteure auf sich spürte. «Wir müssen damit rechnen, dass die Nachfrage nach Dieselmotoren weiterhin nachlässt. Mir ist zu Ohren gekommen, dass unsere Kaderleute davon ausgehen, dass der Bedarf in absehbarer Zeit auf die Hälfte des letztjährigen sinken wird. Dadurch wird es in den Motorenfabriken und Werften zu Überkapazitäten kommen. *Sulzer* und anderen europäischen Maschinenbauunternehmen droht früher oder später ein ruinöser Preiszerfall.»

Toni Brunners Prognose machte alle sprachlos. Ein junger Monteur traute sich, die Frage zu stellen, die im Raum stand. «Müssen wir uns jetzt eine neue Stelle suchen?»

Alle Blicke richteten sich auf den Vorgesetzten, der trotz allem ein Lächeln zustande brachte. «Ich gehe davon aus, dass unsere Arbeitsplätze nicht gefährdet sind.» Inmitten dieser angespannten Stimmung bat Toni Brunner Fito, anschließend in sein Büro zu kommen. Er werde bald bei *Sulzer* Lima erwartet, der Einsatz werde zwei Monate dauern. Auch das noch, dachte Fito. Seine Abwesenheiten hatten sich in letzter Zeit wieder gehäuft. Weder er noch Norma hatten das Thema angesprochen, aber das Ungesagte belastete beide.

2.

Vor einem Jahr war das Hallenbad Geiselweid eingeweiht worden, das sich in der Nähe der Mattenbach-Siedlung befand. Norma packte zufrieden ihre und Rosalies feuchten Schwimmsachen aus der zusammenschnürbaren marokkanischen Ledertasche. Vor Jahren hatte sie sie auf Ibiza gekauft und zu ihrer Schwimmbadtasche auserkoren.

Während Norma Rosalies Badekleid auswrang, trat Fito von hinten an sie heran. Sie hatte ihn nicht hereinkommen hören und erschrak, als er seine Arme um sie legte. Bald spürte sie, dass ihn etwas belastete. «Ärger im Büro?»

«Es sind keine rosigen Zeiten.»

Norma sah ihren Mann belustigt an. «Im Vergleich mit anderen geht es uns doch bestens.»

Fito lächelte. Norma gelang es oft, Umstände, die er als negativ empfand, zu relativieren. Das tat ihm gut, weil ihm damit ein gewisser Druck genommen wurde. Norma wirkte unbeschwert, wie immer nach ihrem Schwimmunterricht. Es war ein guter Moment, es ihr zu sagen. «Ich muss für zwei Monate nach Lima. Und jetzt, wo Rosalie in den Kindergarten geht, können wir nicht einfach zusammen weg.»

Norma zögerte nur kurz. Durch die Frau eines Bürokollegen von Fito wusste sie mehr als er. Das Paar hatte bei der entsprechenden Behörde ein Gesuch gestellt, um ihren Sohn drei Monate lang vom Kindergarten zu beurlauben. Es war problemlos möglich gewesen. «Vielleicht fliegst du vor uns nach Lima, und wir kommen nach. Aber wir werden bestimmt nicht zwei Monate voneinander getrennt sein.» Sie hielt einen Moment lang inne. «Du hast doch so viele Überstunden. Nach den zwei Monaten könntest du drei Wochen Urlaub nehmen, und wir fahren in die *María Elena*.» Bald werde Enrique fünfundsiebzig, es wäre eine gute Gelegenheit, seinen Geburtstag zusammen zu feiern. Die schon zwei Jahre anhaltende Militärdiktatur hindere sie doch nicht daran, nach Chile zu reisen.

Fito war es gewohnt, dass Norma schneller dachte als er. Trotzdem überraschte sie ihn immer wieder. Nach ein paar Minuten nickte er. Ob sie alle gleichzeitig nach Lima reisten oder ob Norma und Rosalie nachkommen würden, würde sich zeigen. Zuerst würden sie das Gesuch für Rosalie stellen, gerne machte Fito dies nicht. Es widerstrebte ihm, um eine Sonderbehandlung zu bitten. Normas eindringlicher Blick holte ihn aus seinen Gedanken. Er kannte diesen Gesichtsausdruck. Sie würde gleich etwas sagen, das keinen Widerspruch duldete.

«Dein Chef sollte dich nicht mehr für lange Einsätze einplanen. Zumindest nicht, solange Rosalie noch klein ist. Einsätze von ein paar Tagen in der Schweiz sind kein Problem. Aber die wochen- oder gar monatelangen Abwesenheiten sind eine Belastung für unsere Beziehung und unser Familienleben.»

Obwohl er in gewisser Weise vorbereitet war, erstaunte ihn die Bestimmtheit ihrer Worte. Schließlich waren die Pläne gemacht. Norma und Rosalie würden Fito zwei Wochen nach seinem Abflug nach Lima folgen. Mit ihren peruanischen Freundinnen, die meisten Arbeitskolleginnen bei *Manpower*, stand Norma noch immer in Kontakt. Sie freute sich darauf, sie wiederzusehen und ihnen Rosalie vorzustellen.

Peru

Außerhalb Limas entstand ein für die Stadt bedeutendes Elektrizitätswerk. Fito war zufrieden mit dem Fortschritt. In den ersten beiden Wochen ohne seine Familie hielt er sich jeden Tag fast vierzehn Stunden lang auf der Baustelle auf. Nur zum Schlafen ging er in sein Hotelzimmer. Einen Tag bevor Norma und Rosalie ankamen, bezog er eine kleine, aber praktische Wohnung.

Mutter und Tochter lebten sich schnell ein. Nach Feierabend ging Fito entweder nach Hause oder sie trafen sich in einem der zahlreichen Restaurants Limas. Manchmal waren sie bei Normas Freundinnen und deren Familien eingeladen. Sie liebten die frisch zubereiteten Gerichte, die oft Fisch enthielten.

In den letzten Tagen seines Einsatzes zeigte Fito drei einheimischen Arbeitern, wie man das Fundament einer stationären Anlage errichtete. Sein Wissen gab er gerne weiter, besonders wenn es um so etwas Wichtiges wie den Bau des Fundaments ging. Das Betonierhandwerk hatte er während seiner Ausbildung zum Maschinenschlosser erlernt. Schon in seinem frühen Berufsleben stellte Fito Mischungen her und war mit den Steinschrauben vertraut. Die Basis musste einwandfrei sein, kam doch der Dieselmotor darauf zu stehen. «Die Grundplatte muss messerscharf genau aufliegen», erklärte Fito konzentriert, während er mit der Spreizuhr die Kurbelspreizung ausmaß. Während die Peruaner ihm zuhörten, verfolgten sie aufmerksam jede seiner Bewegungen. «Der Beton darf weder zu weich noch zu hart sein. Man braucht viel Fingerspitzengefühl.» Die Aufgabe der Einheimischen war, mit der Wasserwaage sicherzustellen, dass die Platte überall gleich dick war. Fito sah ihnen dabei über die Schulter. «Messerscharf genau», erinnerte er sie ab und zu.

Juan, der Jüngste unter ihnen, seufzte. «Ziemlich aufwändig, diese Arbeit.» Seine Landsleute blickten ihn vorwurfsvoll an. Der Schweizer sollte doch kein schlechtes Bild von ihnen haben.

Aber Fito lachte nur und gab Juan recht. «Das Material ist nicht schrumpffrei. Deshalb müssen wir alles sorgfältig von Hand anpassen. Aber ich kann dich beruhigen. Es ist nur noch eine Frage der Zeit, bis praktischere Werkstoffe auf den Markt kommen. Und uns diese zugegebenermaßen mühselige Arbeit ersparen.» Fito war überzeugt davon, dass es in Zukunft viele technische Neuerungen geben würde, welche die Arbeit des Monteurs erleichterten. Er maß die Betonplatte ab, bis er sie für gut befand. Jetzt musste sie nur noch von Spezialisten abgeschliffen werden.

Als Fito seinen Schweizer Arbeitskollegen Peter auf der Baustelle entdeckte, winkte er ihn heran. Sie wollten sowieso gerade eine Pause machen, und niemand war so gut im Geschichtenerzählen wie Peter. Ihn musste man nicht zweimal bitten, über seine beruflichen Erfahrungen zu sprechen. «Zu den Unfällen könnte ich einiges berichten», fing er sofort an.

Fito sah ebenso erstaunt zu seinem Landsmann wie die drei Peruaner. Am Anfang befürchtete er, dass vor allem Juan, der noch am Anfang seines Berufslebens stand, durch Peters Schilderungen eingeschüchtert werden könnte. Aber dass Unfälle Bestandteil des Berufs waren, war unbestritten. Vielleicht gelang es Peter ja, die Einheimischen zu sensibilisieren, dachte Fito. Je vorsichtiger und sorgfältiger man arbeitete, besonders wenn man unter Druck stand, desto eher vermied man Unfälle.

Peter begann von der Wirbelgehäuse-Explosion eines Zweitakters zu erzählen. «Wie ihr hoffentlich wisst, schützen Klappen und Überdruckventil das Gehäuse vor einer Explosion.» Die drei Südamerikaner nickten. «Durch einen technischen Defekt waren diese Teile beeinträchtigt. In der Folge überhitzte das Kreuzkopflager, und Gase wurden entzündet. Ein Feuerstrahl und mehrere Tote waren die Folge. Meine Aufgabe war, diesen Motor zu reparieren.»

Peter bemerkte Juans entsetzten Blick und wandte sich ihm direkt zu. «Das Unglaubliche an dieser Geschichte kommt erst jetzt, Junge. Während ich am Reparieren war, reichte man mir das Kreuzkopflager. Ich wurde sofort stutzig. Als ich die eingravierte Nummer mit den Angaben auf meinen Tabellenlisten verglich, bestätigte sich mein Verdacht. Die hatten mir tatsächlich das defekte Lager gegeben! Hätte ich nicht aufgepasst, hätte ich das überhitzte Bauteil eingesetzt. Die Folgen möchte ich mir nicht ausdenken.» Juan schüttelte ungläubig den Kopf, während ihm Peter väterlich die Schulter tätschelte. «Solche Sachen geschehen leider immer wieder, Junge. Deshalb ist es so wichtig, dass wir Monteure sorgfältig und konzentriert arbeiten. Wir tragen eine große Verantwortung.»

Dann kam Peter ein Arbeitsunfall in den Sinn, der einem Freund von ihm das Leben gekostet hatte. Während seiner Nachtschicht habe der Monteur mit einem mechanischen Schlüssel mit Kraftvervielfältiger einen Zylinderdeckel angezogen. Dabei sei ihm der Schlüssel entglitten und auf den Kopf gefallen. Der Aufschlag sei so stark gewesen wie ein Kanonenschuss und Peters Freund noch im Maschinenraum verstorben. Peter sah traurig zu seinen Schuhspitzen. «Er war übermüdet, so etwas wäre ihm sonst nicht passiert.»

Die Erzählungen seines Arbeitskollegen weckten Erinnerungen in Fito. Vor ein paar Jahren hatte er dabei zugesehen, wie ein Fünf-Tonnen-Kolben mit einem Bohrkran in den Maschinenraum gehievt wurde, als plötzlich das Seil riss. Es war ein Glück für den Monteurkollegen, der auf den Riffelblech-Konsolen stand, dass der Kolben zuerst auf die Träger fiel und dort in zwei Stücke brach. Das gab ihm Zeit, um zu begreifen und zu reagieren. Er konnte gerade noch ausweichen, bevor der entzweite Kolben mit einem Salto durch das Blech krachte. Damals brauchte Fito eine Weile, um zu erkennen, dass der Kollege nur dank dessen Geistesgegenwart dem sicheren Tod entgangen war.

Juan seufzte abermals. «Man braucht wohl einen guten Schutzengel bei unserer Arbeit.»

Peter blickte nachdenklich zum jungen Peruaner. Vielleicht war es tatsächlich sein Schutzengel gewesen, der ihn schon einige Male gerettet hatte. Er erzählte, dass er einmal auf einem Frachter in Rio de Janeiro damit beschäftigt gewesen sei, den gesamten Motor zu reparieren. In der dritten Woche sei er notfallmäßig auf ein Containerschiff gerufen worden. Währenddessen habe Arturo, der Superintendent, seinen Platz eingenommen. Ausgerechnet an jenem Tag sei im Maschinenraum des Frachters ein Feuer ausgebrochen. Es sei zu einem totalen Blackout gekommen. Zwei Männer hätten es nicht aus dem Maschinenraum geschafft und seien erstickt. Einer davon sei Arturo gewesen, der seine schwangere Frau und seine Eltern zurückgelassen habe. Peters Stimme war brüchig geworden. Er würde nie verstehen, weshalb er an jenem Tag mit dem Leben davongekommen war.

Alle schwiegen, es breitete sich eine unangenehme Stille aus. Die Schweizer sahen sich kurz an. So konnten sie Peters Erzählungen nicht stehen lassen.

«Das Leben als Monteur ist eine gute Lebensschule», begann Fito. «Es wird einem immer wieder vor Augen geführt, dass das, was einem anderen passiert, auch einem selbst passieren kann.»

Peter nickte. «Deshalb lernt man als Monteur, demütig zu sein. Unfälle wird es immer geben, sie gehören zu unserer Arbeit.»

Kintsugi

Enriques Familie hieß Norma, Rosalie und Fito wie üblich mit einer typisch chilenischen Mahlzeit willkommen. Unter anderem gab es *Charquicán* und *Pastél de choclo*, den für Chile typischen Maisauflauf, und *Empanadas*. Zum Anstoßen wurde *Pisco sour* serviert und frisch gepresste Limonade. Rosa und Lucrecia hatten zusammen die Wohnung dekoriert. Überall hingen kleine Wimpel mit dem chilenischen Wappen darauf. Enrique und Lucrecia stellten bald fest, dass sich seit ihrem Besuch in der Schweiz etwas Grundlegendes verändert hatte. Rosalie und Fito unterhielten sich mittlerweile auf Schweizerdeutsch miteinander. Sie lachten, als sie erfuhren, dass Rosalie den Ausschlag dazu gegeben hatte. Als sie in den Kindergarten gekommen war, war ihr offenbar bewusst geworden, dass sie und ihr Vater *richtige Schweizer* waren. Deshalb ergab es keinen Sinn mehr für sie, Spanisch miteinander zu sprechen.

2.

Während Rosalie den Tag mit Rosa verbrachte, gingen Norma und Lucrecia in die *Biblioteca Popular* an einen Vortrag. Lucrecia produzierte schon eine Weile lang keine Hörspiele mehr, dafür hielt sie sich oft im Lesesaal auf. Meistens um dort ihre Lieblingszeitschriften durchzusehen, aber auch, um Leute zu treffen. Und ab und zu besuchte sie Referate. Heute würde ein Journalist aus Calama einen Vortrag über den plötzlichen Tod von Pablo Neruda halten. Wie Manuel Araya, der einstige Leibwächter und Fahrer Pablo Nerudas, stellte er das Ableben des Dichters öffentlich infrage.

Norma war ebenso gespannt auf die Veranstaltung wie Lucrecia. In den Schweizer Medien hatte sie nie gelesen, dass man Nerudas Krebstod anzweifelte. Die beiden Frauen saßen in der ersten Reihe und blickten erwartungsvoll zum Redner.

«Nach seiner Freilassung 1974 war Manuel Araya entschlossen, die Todesumstände seines früheren Arbeitgebers zu untersuchen.»

Ein Mann unterbrach ihn gleich am Anfang. «Manuel Araya glaubt also nicht, dass Neruda seinem Krebsleiden erlegen ist? Neruda hatte doch Krebs. Das weiß doch fast jeder. Wieso soll er nicht daran gestorben sein?»

Sofort befürchteten Lucrecia und andere Anwesende, der Fragesteller könnte ein Militärangehöriger oder sonst ein Spitzel sein. Mit möglichst unbeteiligter Miene sah sich Lucrecia nach dem Mann um. Sie atmete erleichtert auf. Er war kein Denunziant, sie kannte ihn. Beruhigt stellte sie fest, dass sich im Saal nur Menschen befanden, die dieselbe politische Gesinnung hatten wie sie. Sie gab dem Journalisten ein diskretes Zeichen, dass kein Grund zur Sorge bestand. Auch dieser atmete kaum hörbar auf, bevor er weiterfuhr.

«Am Tag nach seinem Tod wäre Neruda mit seiner Frau ins mexikanische Exil geflogen. Sein Plan war, von dort aus mit weltweiter Unterstützung die chilenische Militärdiktatur unter Druck zu setzen. Gonzalo Martínez Corbalá, der damalige mexikanische Botschafter in Chile, hatte Neruda wenige Tage zuvor in der Klinik besucht.»

Einige Zuhörer begannen sich aufgeregt miteinander zu unterhalten. «Neruda ging davon aus, dass Pinochet nach spätestens vier Monaten wieder verschwinden würde», flüsterte jemand so laut, dass es alle hören konnten. – «Neruda war für die neue chilenische Regierung eine Persona non grata», meinte ein anderer Anwesender. – «Lassen wir doch den Journalisten seinen Vortrag halten», ermahnte Lucrecia. «Wir können anschließend miteinander diskutieren.»

Der Journalist bedankte sich mit einem Lächeln. «Nach seiner Haftentlassung besuchte Manuel Araya die Klinik *Santa María*. Er wollte wissen, wer Neruda an dessen Todestag am 23. September 1973 die Spritze gesetzt habe. Denn seiner und auch meiner Meinung nach hat diese zu Nerudas Tod geführt. Arayas Verdachtsindizien verhärteten sich, als man ihm mitteilte, die Krankenakte sei unauffindbar.»

Ein Raunen ging durch das Publikum. Offenbar hörten einige das erste Mal von der Spritze. Die Erläuterungen des Journalisten klangen wie ein Kriminalroman. Alle Augen waren gespannt auf ihn gerichtet.

«Neben der Patientenakte Nerudas fehlte auch die Anwesenheitsliste der Ärztinnen und Ärzte von jenem Tag. Durch Gespräche mit dem Spitalpersonal erfuhr Araya immerhin, dass ein gewisser Dr. Price die Injektion gesetzt hatte. Das Seltsame war, dass damals weder in der

Klinik *Santa María* noch in einem anderen chilenischen Spital ein Dr. Price arbeitete. Aber der Höhepunkt der Ungereimtheiten ist der Sterbeschein der Klinik. Darin steht, Neruda habe an seinem Todestag vierzig Kilogramm gewogen. In seinen letzten Lebenstagen war er jedoch um die einhundertzwanzig Kilogramm schwer. Es gibt genug Menschen, die dies bezeugen können, auch der mexikanische Botschafter. Noch 1973 gab er zu Protokoll, Neruda habe bei seinem Besuch in der Klinik *Santa María* gut ausgesehen und sei bei bester Laune gewesen. Übrigens zweifelt auch Martínez Corbalá Nerudas offizielle Todesursache öffentlich an.»

Nach der Veranstaltung diskutierten viele Anwesende noch eine Weile. Einige wunderten sich über Nerudas Frau Matilde. Im Gegensatz zu seinem Fahrer hatte sie öffentlich keinerlei Misstrauen geäußert über die Todesursache ihres Mannes. Norma stupste Lucrecia an, um ihr zu verstehen zu geben, dass sie gehen wollte.

Die beiden schritten über die *Plaza* und setzten sich auf eine der Sitzbänke nahe der Pergola. «Verglichen mit Chile kommt mir die Schweiz wie ein sicherer Hafen vor», sagte Norma. Sie fühlte sich dort gut aufgehoben, auch wegen ihrer Freundinnen. Einige davon hatte Lucrecia kennengelernt, in den vergangenen drei Jahren waren noch ein paar dazu gekommen. Lateinamerikanerinnen, Spanierinnen, aber auch viele Schweizerinnen. Mit ihren chilenischen Freundinnen unterhielt sie sich nicht mehr über die politische Lage in Chile. Sie klammerten das Thema aus, weil die Diskussionen zu hitzig geworden waren. Sie führten zu nichts, außer, dass sich die Freundinnen zerstritten und mühsam wieder zueinander finden mussten. Denn während die einen chilenischen Freundinnen die Militärregierung scharf verurteilten, standen die anderen voll und ganz hinter Pinochet.

Nur noch Olga erzählte Norma gelegentlich von ihrem Bruder Andrés. Ihm war vorgeworfen worden, seinen Studenten marxistisches Gedankengut zu vermitteln. Weil ihm nichts nachgewiesen werden konnte, war er nicht verhaftet worden. Aber er war zusammen mit Lorena und dem gemeinsamen dreijährigen Sohn auf die Insel Chiloé in den Süden des Landes verbannt worden. Und er durfte nicht mehr als Literaturprofessor arbeiten. Dieses Berufsverbot traf die Familie

147

hart. Die Hauptlast, Geld zu verdienen, lag nun auf Lorena. Sie war Primarlehrerin und zum zweiten Mal schwanger.

Lucrecia seufzte. Es tat ihr leid, dass sich sogar Norma in der fernen Schweiz Gedanken machte, mit wem sie über die Lage in Chile redete und mit wem lieber nicht. Vor einiger Zeit hatten Enrique und sie vereinbart, sich öffentlich mit ihren politischen Ansichten zurückzuhalten. Man ging davon aus, dass jeder zweite Chilene ein Anhänger Pinochets war. Lucrecia und Enrique redeten gerne über Politik, aber nur noch mit Gleichgesinnten. Alles andere war zu anstrengend und vor allem gefährlich.

3.

Fito und Norma unternahmen in der *María Elena* wesentlich mehr zusammen als in Winterthur. Besonders gerne gingen sie in den *Klub der Angestellten*, wo es einen Tanzsaal gab. Am Rande des Raums standen Tische und Stühle. Dort konnte man sich ausruhen, etwas trinken oder Domino spielen. Als sie zum ersten Mal das allein spielende Klavier sahen, erschraken sie. Dann brachen sie in schallendes Gelächter aus.

Im Gegensatz zu Norma fühlte sich Fito auch in den aus verschiedenen Räumen bestehenden *Ranchos* wohl. Auch dort gab es Tanz- und Spielzimmer, zudem Innenhöfe und Außenplätze. Ab und zu ging er in die *Biblioteca popular*, besonders dann, wenn Vorträge gehalten wurden. Wie Norma lernte auch er gerne Neues dazu. Er war positiv überrascht, als er erfuhr, dass in der *Biblioteca popular* technische Kurse für Frauen angeboten wurden.

In einer gewissen Weise erdeten sich Norma und Fito in der *María Elena*. Während sich Fito von seinem Onkel und dessen Familie getragen fühlte, spürte Norma ihre Wurzeln und erkannte gleichzeitig, wie dankbar sie für ihr behütetes Leben in der Schweiz war. Während ihres Aufenthalts erzählte sie Fito, dass die Schweiz ihr mehr entspreche als Chile. Sie möge die Ordnung dort und dass sich die Bürger an die Gesetze halten würden. Fito freute sich darüber, wie Norma von seinem Geburtsland schwärmte. Er glaubte ihr, wenn sie sagte, sie fühle sich wohl dort.

148

Aber insgeheim war er überzeugt davon, dass alles zwei Seiten und damit auch seinen Preis hatte. In Chile und Peru kam ihm Norma präsenter vor als in der Schweiz. Als ob in Südamerika eine andere, stärkere Kraft von ihr ausgehen würde.

4.

Nach dem Frühstück schlug Enrique seinem Neffen und Norma vor, mit ihm zum etwa acht Kilometer entfernten Friedhof *Coya Sur* zu fahren. Er hatte mit dem Gärtner, der sich dort um das Gelände kümmerte, etwas zu besprechen. Der Wohnbereich des Salpeterwerks *Coya Sur* war vor einem Jahr geschlossen worden, aber Salpeter wurde weiterhin dort abgebaut. Wegen der Nähe zum Friedhof hatte man die *Coya Sur*-Einwohner *Comemuertos,* Totenesser, genannt. Die meisten waren zu den *Cometierras* in die *María Elena* gezogen. Genauso wie diese fanden sie ihre letzte Ruhe aber weiterhin im Friedhof *Coya Sur.*

Enrique parkte den Wagen vor einem der beiden Eingangstore. Am anderen Ende des Friedhofs befand sich das zweite Portal. Er schlug vor, sich in etwa einer Stunde dort zu treffen. Fito und Norma nickten, während sie sich umsahen. Der Friedhof war von einer hellblau angestrichenen Wellblechmauer umschlossen. Über ihnen befand sich ein dunkler Holzbogen. Sie traten etwas zurück, um zu erkennen, was in großen, weißen Großbuchstaben darauf stand: COYA 1911.

Es war erst gegen 9:30 Uhr. Die Temperatur war noch angenehm, es ging sogar ein leichter Wind. Während Norma die beiden Wasserflaschen aus dem Auto holte, entdeckte Enrique den Gärtner.

Fito und Norma nahmen sich bei der Hand und begannen ihren Erkundungszug. Sie schlenderten an Gräbern von Chilenen, Peruanern, Bolivianern, US-Amerikanern und Chinesen vorbei. Norma schlug vor, quer über den Friedhof zu gehen und sich treiben zu lassen. Die Gräber unterschieden sich sehr voneinander. Während die einen aus einem einfachen Holzkreuz bestanden, sahen andere aus wie ein Mausoleum. Die Farbe Weiß dominierte und hob sich vom wolkenlosen blauen Himmel ab. Die an den Grabsteinen angebrachten Plastikblumen und Blechkränze bildeten Farbtupfer.

Auf dem Friedhof waren die Überreste von Menschen verschiedener Generationen begraben. Einige Grabstätte wirkten uralt, andere sahen aus, als wären sie eben erst errichtet worden. Die einfachen Holzkreuze mit den zum Teil verrosteten Blechkränzen gehörten zu den älteren Gräbern. Ebenso die Kindergräber, die Laufgitter glichen. Oft befanden sich Puppen und Plüschtiere darin.

Fito kam es vor, als wäre die Zeit zurückgedreht worden, seit sie in der *María Elena* waren. Norma wurde hier immer mehr zur Frau, in die er sich vor fast zehn Jahren verliebt hatte. Die Erkenntnis ließ sein Herz schneller schlagen, und er umarmte sie. Sie löste sich von ihm, um allein von Grab zu Grab zu gehen.

Norma wirkte abgerückt, irgendetwas in ihrer Haltung berührte ihn. Er umarmte sie von hinten, als sie vor einem Grab stand. Als er sie auf den Nacken küsste, drehte sie sich um und betrachtete ihn zärtlich. Jetzt, wo sie wieder in Chile waren, kam es ihr vor, als wären sie sich erst vor kurzem begegnet. Sie empfand es als unwirklich, dass sie sich schon ein Jahrzehnt lang kannten und zusammen eine Tochter hatten. Gerührt nahm sie wahr, wie Fito zärtlich ihr Schultertuch zurechtzupfte, das sich wegen seiner Umarmung verschoben hatte.

Fito sah seine Frau liebevoll an. «Bist du glücklich mit unserem Leben in der Schweiz?»

Norma reagierte schroff, sie fühlte sich angegriffen. «Natürlich bin ich glücklich, was soll die Frage?» Fito sah sie noch immer liebevoll an, und ihr Gesichtsausdruck wurde sofort weicher. «Irgendwie bist du hier mehr du selbst», hörte sie ihn. «Auf jeden Fall bist du so, wie ich dich damals kennengelernt habe.»

Norma ahnte, was Fito meinte. Vor ein paar Minuten hatte sie die Seelen wieder wahrgenommen. Deshalb hatte sie einen Moment lang allein sein wollen und sich von Fito gelöst. In der Schweiz hatte sie damit aufgehört, auf die Stimmen Verstorbener zu hören. Ob bewusst oder unbewusst, wusste sie nicht mehr. Vermisst hatte sie seither nichts. Aber nie hätte sie gedacht, dass sich dadurch ihr Wesen verändert haben könnte. Und noch weniger, dass Fito dies auffiel.

Vor ein paar Minuten war das Tor zur anderen Dimension wieder aufgegangen, einfach so. «Glück ist ein starkes Wort», begann Norma schließlich. «Ich kann dir nur etwas aus ganzem Herzen versichern: Ich kann mir kein besseres Leben vorstellen als das, das ich mit dir und Rosalie lebe.» Während Fito innerlich aufatmete, sah sie ihn zärtlich an. Sie ahnte, wie viel Überwindung es ihn gekostet haben musste, sich nach ihrer Befindlichkeit zu erkundigen. Sie küsste ihn auf die Wange und streichelte seinen Arm. «Danke, dass du mich so nimmst, wie ich bin.»

Fito lächelte, aber Norma sah ihm an, dass er ihr noch etwas sagen wollte.

«In den letzten Jahren hast du mit mir weder über Sorgen noch Probleme gesprochen», begann er und machte eine Pause. Er blickte zu den zahlreichen Sandhügeln. Die Caliche darauf sah aus wie Schnee. «Trotzdem weiß ich, dass dich tief drinnen etwas quält. Erzählst du deinen Freundinnen mehr als mir? Vertraust du ihnen mehr?»

Norma schüttelte vehement den Kopf. Fito wusste doch, dass sie aus ihrem Glauben Kraft schöpfte. Nach einer langen Schweigepause sah sie ein, dass sie ihm eine Erklärung schuldete. «Ich habe dir ja schon gesagt, dass ich nie darüber hinwegkommen werde, was mein Vater meiner Mutter angetan hat.» Norma ging einige Schritte, dann wartete sie, bis Fito sie eingeholt hatte.

Er nahm ihre Hände und sah ihr dabei lange in die Augen. Als sie zu weinen begann, umarmte er sie behutsam.

Nach einer Weile löste sich Norma und stieß ihn sanft von sich weg, um ihm wieder in die Augen sehen zu können. Sie war bleich geworden. «Mein Vater hat sich erschossen, Fito. Als Christin ist das für mich das absolut Verwerflichste. Nicht der Mensch entscheidet, wann sein Leben zu Ende ist. Hätte sich mein Vater früher Gedanken gemacht über seine Handlungen, dann wäre es nicht so weit gekommen. Er hätte meine Mutter nicht verlassen sollen, sie war eine wundervolle Frau. Er hat alles verschuldet.»

Norma hatte noch Tränen in den Augen, als sich ihr Blick langsam veränderte. Schmerz und Verletzlichkeit wichen Bestimmtheit und Strenge. Sie sah Fito eindringlich an. «Rosalie darf nie davon erfahren.»

Fito hielt ihrem Blick stand und schien Normas letzten Satz überhört zu haben. «Hast du deshalb keine Fotos von deiner Kindheit und

Jugend in die Schweiz mitgenommen? Um nicht an deinen Vater erinnert zu werden?»

«Ich habe alles verbrannt.»

Fito nickte. So etwas in der Art hatte er sich gedacht. Er war dankbar, dass Norma sich ihm geöffnet hatte, und umarmte sie nochmals. «Meine Frau ohne Vergangenheit. Meine wunderbare Frau, ein Buch mit sieben Siegeln.»

Norma lächelte. «Jetzt sind es nur noch deren sechs.»

Hand in Hand schritten sie weiter. «In Anbetracht der riesigen Atacamawüste erscheint mir mein Leben im Moment klein und nichtig», meinte sie.

Fito drückte ihre Hand. Irgendwann ließen sie sich los und schritten in ihrem eigenen Tempo von Grab zu Grab. Waren sie in Hörweite, machten sie einander zuweilen auf etwas aufmerksam.

Fito beugte sich über einen alten Grabstein, der horizontal auf der Erde lag. Hier waren tatsächlich die Überreste einer Schweizerin begraben, die in der *María Elena* gelebt hatte. Nachdem er Norma herbeigerufen hatte, lasen sie zusammen die Inschrift. *Emma Steiner, geboren am 27. März 1871 in der Schweiz. Gestorben am 12. August 1945. Erinnerung ihrer Tochter Blanca. María Elena 1945.* Norma und Fito malten sich aus, welche Gegebenheiten Emma Steiner in die *María Elena* verschlagen hatten. Sie spazierten zusammen weiter, bis sie zu einem Baum kamen. Jetzt spendete er noch Schatten, in ein paar Jahren würde er ausgedorrt sein. Man sah ihm an, dass er nicht regelmäßig bewässert wurde. Erschrocken blickte Norma auf ihre Armbanduhr, Enrique wartete bestimmt schon auf sie.

5.

Enrique war irritiert. Obwohl Norma und Fito in seine Richtung sahen, schienen ihre Blicke nach innen gerichtet. Sie hatten wohl die Zeit und damit auch ihn vergessen. Aber dann kamen sie langsam auf ihn zu.

Norma lachte, als sie Enrique lässig an die offene Autotür gelehnt dastehen sah. Es schien ihr, als würde er für erholsame Ferien in der Wüste werben. Auch Fito sah amüsiert zu seinem Onkel, der noch erstaunlich jugendlich aussah. Oft war er sich aus der Entfernung nicht sicher, ob ihm Enrique oder Hugo entgegenkam.

Enrique schnalzte mit der Zunge und machte eine einladende Handbewegung. Fito und Norma stiegen lachend in den Wagen. Während sie zurückfuhren, erinnerte sich Fito an Enriques letzten Brief. Für Fito war unvorstellbar, dass sich nur wenige Kilometer von ihnen ein Konzentrationslager befand. Man vermutete, dass derzeit über dreitausend politische Häftlinge in der *Chacabuco* eingesperrt waren.

6.

Ein paar Tage später wurde Enriques Geburtstag gefeiert. Am Abend trat Lucrecia mit dem Kuchen und fünf brennenden Kerzen darauf, stellvertretend für Enriques fünfundsiebzig Lebensjahre, ins Wohnzimmer. Bevor Enrique die Kerzen ausblies, schloss er die Augen und hielt einen Moment lang inne. Er dachte an seine Zwillingsschwester. «Einen schönen Geburtstag dir, Margrit», flüsterte er.

Nur Norma fiel auf, dass Fito zusammenzuckte.

Als Rosalie im Bett war, setzten sich die Eltern mit einem Tee an den Küchentisch. «Du warst unangenehm berührt, als Enrique deine Mutter erwähnt hat», sagte Norma. Fito sah überrascht auf.

«Wenn du nicht bald handelst, ist es irgendwann zu spät. Du solltest Margrit besuchen. Und ich werde mit dir kommen.»

Fito war verärgert, wie immer, wenn er sich unter Druck gesetzt fühlte. Woher nahm sich Norma das Recht, ihm zu sagen, was er zu tun hatte? Ausgerechnet sie. «Und was ist mit deinem Vater? Wieso hast du nicht Frieden geschlossen mit ihm? Du hast selbst nicht aufgeräumt in deinem Leben und willst mir weise Ratschläge erteilen.» Ohne Alkohol im Blut hätte er sich wohl nicht getraut zu sagen, was er dachte.

Norma erkannte ihren sonst so sanftmütigen Mann kaum wieder. Sie fühlte sich provoziert, ging aber nicht auf Fitos Worte ein. Sie wollte eine Diskussion vermeiden. Also stand sie auf und machte sich direkt ins Schlafzimmer auf. Ihre Tasse ließ sie unberührt stehen. Fito hingegen trank seinen Tee ruhig in kleinen Schlucken aus. Als er ins Bett schlüpfte, war Norma schon im Tiefschlaf. In jener Nacht schliefen die Eheleute in sicherer Distanz zueinander.

7.

Zum nächsten gemeinsamen Mittagessen hatte sich Fito *Pastél de choclo* gewünscht. Lucrecia und Norma hatten das Hackfleisch und die Zwiebeln schon am Vortag angebraten und Rosinen, Oliven und gekochte Eierstücke daruntergemischt. Jetzt füllten sie den pürierten Mais zusammen mit der Fleischmischung in die kleinen Tonpfannen, während Hugo die *Ensalada chilena* zubereitete. Während er die Zwiebeln in Ringe schnitt und seine Augen zu tränen begannen, verriet er Norma, dass er eine Überraschung bereithalte.

Sie kannte Hugo und wusste, wie gerne er andere neckte. Nicht aus böser Absicht, sondern aus Neugier an der Reaktion. Norma wurde nicht gerne überrascht, es war ihr zuwider, ihre Gefühle ungefiltert zu zeigen. *Sie* wollte bestimmen, was sie von sich preisgab und was nicht.

Während des Apéros machte Hugo eine Andeutung. «Ich nehme an, Mutter und Vater haben euch über meine neueste Freizeitbeschäftigung noch nicht aufgeklärt.» Hugo befand sich in einer Phase, in der er über weltweite Bräuche und Rituale las. Er war überzeugt davon, dass man viel über das Leben lernte, wenn man sich über verschiedene Länder und die Sitten der Bewohner informierte. Er erzählte, dass er durch seine verschiedenen Interviewpartner bei Radio Coya Einblick in alle möglichen Themen erhalte. In seiner Freizeit vertiefe er sein Wissen in den Bereichen, die ihn besonders interessieren würden. Er sehe sich gerne in Bibliotheken um und freue sich, wenn er auf etwas stoße, das ihm eine neue Sichtweise erschließe. Hugo nahm einen Schluck von seinem *Pisco sour* und blickte konzentriert zur Decke.

Rosa stupste ihren Bruder am Ellbogen an. «Erde an Hugo. Hörst du mich?»

Er war es gewohnt, von seiner Schwester geneckt zu werden, und lächelte. Genussvoll trank er seinen *Pisco* fertig aus und kündigte an, nach der Hauptspeise über etwas zu berichten, das ihn sehr berührt habe.

154

Während des Essens herrschte eine heitere Stimmung. Die Familie sprach über Gerüchte, die in der *María Elena* kursierten, über ihren Alltag und auch über peruanische Spezialitäten. Die Erwachsenen ließen auch Rosalie zu Wort kommen, meistens hatte sie etwas über ihre neuen Freunde in der *María Elena* zu sagen.

Als die Familie vor den leer gegessenen Tonpfannen saß, blickten alle erwartungsvoll zum lächelnden Hugo.

«Seht euch bitte eure Tonpfännchen genau an. Was seht ihr?»

Rosa verdrehte die Augen. «Essensreste?»

Der Bruder zog eine Augenbraue hoch. «Abgesehen davon.»

Lucrecia kam ihrem Sohn zu Hilfe und betrachtete sowohl das Innere als auch das Äußere der Tonpfanne vor ihr eingehend. «Heute ist wohl mein Glückstag. Mein Tongefäß hat keinen einzigen Riss.»

«Jetzt kommen wir der Sache schon näher.»

«Meine hat ein paar abgewetzte Stellen», meinte Fito.

Norma begutachtete die Pfanne vor ihr. Sie wies ein paar Sprünge auf. «Meine könnt ihr wohl bald entsorgen.»

«Das ist es, jetzt haben wir es.» Hugos Augen funkelten.

«Haben wir was?» Enriques Stimme klang etwas genervt. Er war derjenige der Familie, der am wenigsten Geduld aufbrachte für Hugos Darbietungen und Ausführungen. Aber er beschloss, sich zusammenzunehmen. Sein Sohn hatte ihn schon einige Male positiv überrascht.

«In Japan überlegen sich die Menschen zweimal, ob sie etwas entsorgen, wenn es nicht mehr makellos ist», erklärte Hugo.

Lucrecia lachte laut heraus. «Das macht man doch in vielen anderen Ländern auch. Auch in Chile, wo das Geld nicht auf der Straße liegt.»

Alle außer Hugo lachten. «In Japan gibt es eine Methode für die Reparatur von Keramik- und Porzellangegenständen.»

Rosa sah ihren Bruder spöttisch an. «Unsere Pfannen sind aus Ton, du Depp.»

Lucrecia seufzte. «Müsst ihr immer so grob miteinander umgehen?»

Hugo ließ sich nicht aus dem Konzept bringen. «Was ich euch zu erklären versuche, ist sinnbildlich zu verstehen. Es spielt keine Rolle, ob der beschädigte Gegenstand aus Ton, Lehm, Keramik oder einem

anderen Material besteht. Die Restaurationstechnik, die in Japan angewandt wird, heißt *Kintsugi*.»

Bei diesem Wort wurden plötzlich alle ernst, so als hätte Hugo ein
Zauberwort gesprochen. Als er spürte, dass alle gespannt zuhörten, begann er zu erzählen. Man vermute, dass die japanische Kunst, Zerbro-
chenes wieder zusammenzusetzen, auf das 15. oder 16. Jahrhundert
zurückgehe. Unter anderem sei die Technik vom Zen-Buddhismus beeinflusst worden. Es gehe darum, dass man die achtsam reparierten
Gegenstände nach ihrer Reparatur als schöner und wertvoller empfinde
als in ihrem ursprünglichen Zustand. *Kintsugi* beinhalte einen langen
Prozess in verschiedenen Stufen.

Hugo holte ein Buch, um das Gesagte zu veranschaulichen. Es werde ein besonderer Kitt verwendet, und auf diesen trage man feine
Gold- und manchmal auch Silberpigmente auf. Am Schluss könne der
reparierte Gegenstand ganz anders aussehen. Auf jeden Fall mache die
Restauration ihn spezieller, und deshalb werde *Kintsugi* als Kunst
betrachtet. Hugo zeigte auf die hervorgehobenen Risse auf dem Foto
einer Blumenvase. «Die wirken wie Venen auf mich. Als ob der reparierten Vase wieder Leben eingehaucht worden wäre. Aus einer Ver-
sehrtheit kann etwas Einzigartiges entstehen. Versteht ihr, was ich
meine?»

Norma fühlte sich von Hugos Ausführungen berührt. Sie war so in
sich gekehrt, dass es eine Weile dauerte, bis sie die Blicke der anderen
auf sich spürte. Da merkte sie, dass Hugos Worte im Grunde für sie
bestimmt waren. «Die Schönheit des Versehrten», flüsterte ihr Lucrecia
zu. Die Worte bewegten Norma.

Enrique prostete seinem Sohn anerkennend zu. «Ich finde, das ist
eine schöne Betrachtungsweise.»

Hugo nickte. «Meiner Meinung nach lässt sich *Kintsugi* auch auf
Menschen übertragen. Wer ist noch nie verletzt worden in seinem
Leben? Kein Mensch bleibt während seiner Zeit auf diesem Planeten
unversehrt.» Norma wich Hugos Blick aus, während er weitersprach.
«Entscheidend ist doch, dass man sich mit seinem Schmerz auseinan-
dersetzt. Dass man seine Wunden pflegt und auf seine Narben stolz
ist. Meiner Meinung nach wird man so als Mensch vollständiger. Jeder

156

Tag stellt eine neue Chance dar, um authentischer zu werden und weder sich selbst noch anderen etwas vorzumachen. Echtheit macht Menschen schöner und wertvoller.»

Rosa tätschelte ihrem Bruder anerkennend die Schulter, und Lucrecia sah stolz zu ihrem Sohn. Während Enrique und Fito noch über Hugos Worte nachdachten, hatte Norma Tränen in den Augen. Sie beneidete Hugo um sein Wesen. Er war offen, neugierig und ehrlich. Wahrscheinlich der Inbegriff von authentisch.

8.

Die Idee kam Lucrecia, als sie und Norma zusammen im Wohnzimmer saßen und Radio Coya hörten. Es wurden Liebesgedichte rezitiert aus *Die Verse des Kapitäns* von Pablo Neruda. Das erinnerte sie daran, wie sehr sich Fito damals über das Neruda-Theaterstück gefreut hatte.

Lucrecia schlug vor, ihn erneut mit einem Bühnenwerk zu überraschen. Aber diesmal sollte Rosalie die Hauptrolle darin spielen. Lucrecia hatte Erfahrung im Kinder- und Jugendtheater. Vor vielen Jahren hatte sie im Salpeterwerk *La Palma* eine Kindertheatergruppe gegründet. Als Erstes bestand sie darauf, Rosalie zu nichts zu überreden. Lucrecia wusste, dass Norma dazu neigte, ihre Mitmenschen zu ihrem Glück zu zwingen. War sie von etwas begeistert, wollte sie anderen die Augen öffnen, damit sie dasselbe sahen wie sie.

Norma errötete. Sie wurde nicht gerne ermahnt. Aber Lucrecia war eine Art Autoritätsperson für sie und außerdem ihre engste Freundin. Kritik, die von ihr kam, wies sie nicht gleich zurück. Lächelnd versprach sie, Rosalie zu nichts zu überreden. Als sie erfuhr, dass die Siebenjährige das Mädchen Dorothy im *Zauberer von Oz* verkörpern würde, war sie zuversichtlich. Das Filmmusical mit Judy Garland in der Hauptrolle hatten sie sich schon zweimal zusammen angesehen. Sagte Rosalie zu, würde sich Norma gleich auf die Suche machen nach wunderschönen roten Mädchenschuhen. Und wenn sie dafür bis nach Iquique reisen müsste.

9.

Lucrecia hatte aus *Der Zauberer von Oz* ein etwa einstündiges Theaterstück gemacht, das aus einigen Schlüsselszenen des Gesamtwerks bestand. Sie stand vor dem geschlossenen Vorhang auf der Bühne und kündigte es an. «Der US-amerikanische Autor Lyman Frank Baum war der Ansicht, dass alles Existierende in seiner Essenz mit dem universellen Bewusstsein verwandt ist. Deshalb war er überzeugt davon, dass alle Lebewesen miteinander verbunden sind. Das ist der Grund, weshalb in diesem Stück viele Tiere vorkommen. Ich wünsche euch viel Vergnügen bei meiner Interpretation.»

Norma und Fito waren zuerst überrascht und dann hingerissen von der Darbietung ihrer Tochter. Rosalie bewegte sich auf der Bühne natürlich und gewandt und schien in sich zu ruhen. Im Gegensatz zu den anderen Kindern, die Blumen, Wolken, Schmetterlinge, den Blechmann, den Löwen und die Vogelscheuche verkörperten, war sie nicht verkleidet. Sie trug einen hellblauen Rock, eine weiße Bluse und rote Schuhe, die glitzerten.

Die Zuschauer blickten gespannt zur Bühne. Kurz bevor Dorothy, der Blechmann, der Löwe und die Vogelscheuche die Smaragdstadt Oz erreichten, bekamen sie von einer Art Polizist eine grüne Brille aufgesetzt. Viele Zuschauer lachten. Vor allem die Vogelscheuche sah komisch aus. Entschlossen und hoffnungsvoll setzten Dorothy und ihre Freunde ihren Weg zum Zauberer von Oz fort, der die Stadt regierte. Man erzählte sich, dass er jede Frage beantworten und jeden Wunsch erfüllen könne.

Der Blechmann wünschte sich ein Herz, die Vogelscheuche einen Verstand und der Löwe Mut. Die drei bildeten sich ein, dass sie glücklich sein würden, wenn sie bekamen, was sie begehrten. Dorothys einziger Wunsch war, wieder nach Hause zu kommen. Denn sie war nach einem Wirbelsturm unfreiwillig in Oz gelandet. Die Wünsche ihrer Freunde konnte sie nicht nachvollziehen, da sie ihrer Meinung nach schon besaßen, was sie sich ersehnten. Der Blechmann war ausgesprochen herzlich, die Vogelscheuche hatte ausgezeichnete Ideen, und der Löwe hatte Dorothy in dem Moment, wo er seine Angst überwinden konnte, das Leben gerettet. Im Gegensatz zu ihr fehlte ihren Freunden doch rein gar nichts.

In der nächsten Szene war Rosalie allein. Mit überkreuzten Beinen saß sie auf der Bühne und schilderte dem Publikum, was der Zauberer ihren Freunden gesagt habe. Dem Löwen, dass wahrer Mut darin bestehe, sich der Gefahr zu stellen, obwohl man Angst habe. Der Vogelscheuche, dass sie mindestens so viel Verstand besitze wie die meisten Menschen. Der einzige Unterschied bestehe darin, dass ihr keine Zeugnisse, Diplome oder andere Leistungsausweise ausgestellt würden. Dem Blechmann sagte der Zauberer, er müsse darauf vertrauen, dass er ein Herz habe, obwohl er es nicht sehe. Außerdem lasse sich Liebenswürdigkeit nicht messen.

Dann rief Dorothy ihre Freunde auf die Bühne. Nacheinander setzten sie sich neben sie. Der Blechmann trug eine Uhr in Herzform, der Löwe einen Orden, und die Vogelscheuche hielt ein Diplom in der Hand. Dorothy sah sie herausfordernd an. «Seid ihr jetzt zufrieden? Könnt ihr jetzt an euch glauben?» Die Freunde sahen einander unsicher an. Vor wenigen Minuten waren sie noch so stolz auf die Geschenke des Zauberers gewesen. «Nicht einmal die Worte des Zauberers haben euch überzeugt. Ihr brauchtet tatsächlich einen Gegenstand, um an euch glauben zu können.»

Dorothy wandte sich ans Publikum. «Ist es nicht traurig, wie unnötige Zweifel meine Freunde daran hindern zu erkennen, dass sie schon besitzen, was sie sich wünschen?»

Fito sah zu seiner Frau. Ihre Augen waren genauso feucht wie seine. Als Lucrecia die Bühne betrat, standen Rosalie und die vier anderen Kinder in ihren Kostümen da wie eingefroren. Manchmal, wenn sie jemanden im Publikum erkannten, lächelten sie.

Lucrecia ergriff das Wort. «Wir Menschen nehmen die Welt zu oft durch die Brille unserer Vorurteile wahr. Und was machen wir? Wir lassen uns bescheinigen, dass wir trotz aller Selbstzweifel zu etwas fähig sind. Ein Blatt Papier überzeugt uns davon, dass wir etwas wert sind. Aber sehen wir jetzt, wie es mit Dorothy weitergeht.»

Nun wurde der Scheinwerfer auf das Mädchen gerichtet, und Lucrecia verschwand in der Dunkelheit. Dorothy legte sich eine Hand auf ihr Herz und sagte bestimmt: «Ich möchte einfach nur nach Hause.»

«Du weißt selbst, was du dafür tun musst», erklang Lucrecias Stimme aus dem Dunkeln.

Jetzt kam Rosalies Lieblingsszene, die sie zu Hause immer wieder eingeübt hatte. Norma und Fito sahen ihr gespannt zu. Drei Mal schlug sie die Absätze ihrer Schuhe zusammen. Dann blickte sie zur Decke und rief mit lauter, klarer Stimme: «Es ist nirgendswo so schön wie daheim.» Auf der Bühne erschien eine Rauchwolke, und Rosalie war verschwunden.

Alle klatschten, und viele bekundeten durch Bravorufe ihre Freude am Stück. Fito und Norma sahen sich an und umarmten sich.

10.

Fito war allein zu Hause, als es klingelte. Noch bevor er an der Tür war, hatte Enrique sie aufgestoßen. «Einen schönen guten Morgen Neffe», rief er gut gelaunt. «Ich dachte, wir machen uns wieder einmal einen besonders schönen Tag zusammen.» Zuerst würden sie zusammen *Mote con huesillo* trinken. Enrique wusste, wie gerne sein Neffe das bernsteinfarbene Getränk aus chilenischem Weizen und getrockneten Pfirsichen mochte.

Enrique und Fito sahen den Mann mit seinem mobilen Verkaufsstand und die Menschenschlange davor schon von Weitem. Sie stellten sich hinten an.

«Wie fühlst du dich, Neffe?»

Fito sah seinen Onkel erstaunt an. Es genügte ihm, in dessen Gegenwart zu sein, um sich gut zu fühlen. «Im Moment geht es mir ausgezeichnet.»

Enrique lächelte zufrieden.

Die beiden setzten sich mit ihrem *Mote* auf eine der Sitzbänke auf der *Plaza*. Es roch nach *Cazuela*. In Chile war dies eine Art Schmortopf, der aus Gemüse, Fleisch, Kartoffeln und Reis bestand. Der Geruch kam vom *Rancho Inés*, Enrique zufolge die beste Adresse für *Cazuela* in der *María Elena*. Während die meisten Bewohner mit Gas kochten,

160

feuerte Doña Inés ihren Kochherd noch mit Kohle an. In vergangenen Zeiten sei der Kohlelieferant von Haus zu Haus gegangen, erzählte Enrique. Am Anfang seines Rundgangs seien seine Kleider noch weiß gewesen und dann immer dunkler geworden. Deshalb habe man abschätzen können, wie lange er schon unterwegs gewesen sei.

Während Fito und sein Onkel am Pfirsichkern herumkauten, beobachteten sie die Leute, die vollbeladen aus der Markthalle traten. «Erst als die Kühlboxen für Fleisch und Gemüse in die Salpeterwerke kamen, begannen wir *Pampinos* in größeren Mengen einzukaufen», erklärte Enrique. Mit den sozialeren Arbeitsbedingungen und Wohnverhältnissen in den Salpeterwerken hätten die Bewohner angefangen, sich ausgewogener zu ernähren. Und irgendwann hätten die einfachen Arbeiter, die schließlich körperliche Schwerarbeit verrichteten, sogar viermal pro Tag richtig gegessen.

Fito war die dritte Mahlzeit schon lange bekannt. Die *Once* waren typisch chilenisch und bestanden aus einem Imbiss und Tee. Obwohl Fito den Ursprung des Wortes *Once* kannte, grinste er, als der Onkel zu erklären begann. *Once* sei die spanische Entsprechung für die Zahl elf, und *aguardiente* habe elf Buchstaben. Früher sei der Ausspruch *Haben wir Once!* eine verschlüsselte Art gewesen, um zu sagen, dass es Zeit für einen Likör sei.

Plötzlich sah Enrique auf seine Armbanduhr. Heute war er an der Reihe, Juan das Mittagessen zu bringen. «Jetzt gehen wir einkaufen und dann kurz in die Kirche *San Rafael Arcángel*, Junge. Was du dort sehen wirst, wird dich vielleicht erstaunen.»

Fito wunderte sich schon jetzt. Dass sein Onkel Kirchgänger war, wäre ihm neu. Nachdem sie einige *Empanadas*, ein paar Sandwiche und drei große Wasserflaschen gekauft hatten, gingen sie zum Auto, das in der Nähe der Kirche stand. Fito hatte beobachtet, wie Enrique nach dem Bezahlen zwei in Servietten eingewickelte *Empanadas* und ein Sandwich in seine Westentasche steckte. Jetzt beobachtete er, wie der Onkel zwei Flaschen und einen Teil des Proviants ins Auto legte.

Abgesehen von Enrique und Fito befand sich nur eine alte Frau in der Kirche. Ganz in Schwarz gekleidet, kniete sie auf einer der vordersten Bänke. Als sie Enrique erkannte, nickte sie ihm zu.

Fito folgte Enrique Richtung Altar. Erst dort bemerkte er links davon eine Tür. Der Onkel öffnete sie ganz selbstverständlich und flüsterte «Ich bin's». Fito sah Enrique über die Schulter und entdeckte einen Mann in einem Sessel, der ihn erschrocken anblickte. «Das ist mein Neffe», beschwichtigte Enrique, «alles klar, Juan?»

«Im Gegensatz zu meinem letzten Zufluchtsort ist es hier wie im Paradies.» Juan grinste.

Enrique übergab das Essen und die Wasserflasche. So schnell wie sie gekommen waren, verschwanden sie wieder. Erst im Auto klärte Enrique seinen Neffen auf. Juan sei ein aktiver Unterstützer Allendes gewesen und werde von der Pinochet-Regierung gesucht. In den Salpeterwerken gebe es ein Netzwerk von Menschen, das den politischen Flüchtlingen helfe. Es seien viele, die sich vor der Miliz verstecken würden, um nicht aus dem Weg geräumt zu werden.

Fito machte große Augen. «Bringst du dich nicht selbst in Gefahr?» In seinen Worten schwang Bewunderung mit.

Enrique lächelte. «Manche Dinge muss man einfach tun.» Schon als junger Mann war er überzeugt davon, dass man manchmal klar Position beziehen musste. Jetzt machte er dies, indem er Menschen half, die von der Regierung verfolgt wurden. Enrique schnalzte mit der Zunge und kündigte an, Fito einen Ort zu zeigen, den er sehr möge. Es sei eine lange Autofahrt dorthin, aber sie hätten ja Zeit und Proviant.

Beide genossen es, die Wüstenlandschaft an sich vorbeiziehen zu sehen. Es entspannte sie dabei, ihre Gedanken schweifen zu lassen. Während der etwa achtzig Kilometer langen Fahrt Richtung Nordosten wechselten sie fast kein Wort miteinander. Es war Fito, der die Stille irgendwann durchbrach. «Wohin fahren wir eigentlich?»

«Zu den Geoglyphen von Chug Chug.»

Erst als sie dort ankamen, erzählte Enrique mehr. Bis zu fünfhundert Geoglyphe würden die alten Wege zwischen den Oasen Quillagua und Calama säumen. Die ältesten Erdzeichnungen seien eintausend Jahre vor Christus entstanden.

Fasziniert betrachtete Fito die großflächigen Geoglyphen am Boden und im Felsgestein. Sie zeigten menschliche, tierische und geometrische Figuren. Die eingeritzten Eidechsen, Vögel und Meerestiere lebten in

der Region. Viele Geoglyphe waren riesig, Fito schätzte die Boden-
zeichnung vor ihm auf fünfzehn Meter. Begeistert hörte er den Ausführungen seines Onkels zu, während er mit einem Finger den Um-
rissen nachfuhr. Die Geoglyphe seien von verschiedenen Kulturen
angefertigt worden, unter anderem von den *Atacameños*, der indigenen
Bevölkerung der Region Antofagasta, den *Quechuas* und den indigenen
Völkern aus Tarapacá und Arica.

Nachdem Enrique und Fito gegessen und reichlich Wasser getrunken hatten, schritten sie die Geoglyphen ab. Fito fühlte sich wie in
einem Freilichtmuseum. Es wurde vermutet, dass einige Zeichnungen
Händlern und Lamahirten als Wegbeschreibung gedient hatten. Zwischen der Hochebene und dem Pazifik gab es viele Pfade.

Als die beiden Männer Stunden später in die *María Elena* zurück-
kehrten, leuchteten unzählige Sterne am wolkenlosen Himmel.

Margrit

In der Schweiz war Winter. Nur schon deshalb fiel der Familie das Ankommen schwer. Fito war froh darüber, von einem Tag auf den anderen wieder in seine Arbeit eingebunden und damit abgelenkt zu sein. Enrique und seine chilenische Familie fehlten ihm. Rosalie ging es ähnlich, aber bei ihr äußerte sich der Trennungsschmerz in Melancholie. Norma bemerkte den Trübsinn ihrer Tochter und meldete sie für eine Schnupperstunde im Eiskunstlaufen an. Das würde sie schnell auf andere Gedanken bringen. Tatsächlich war Rosalie mit Freude und Eifer dabei. Noch während der Schnupperstunde stand sie immer sicherer auf den Schlittschuhen. Norma überlegte, was für Stoffe sie zu Hause hatte und was sie noch brauchte, um Schlittschuhkleider für Rosalie zu nähen. Als Norma nach der Stunde erfuhr, dass es auch Kurse für Erwachsene gab, meldete sie sich an.

In diesem Winter war Norma der Motor der Familie. Fito sorgte sich darüber, wie sich die schlechte Wirtschaftslage bei *Sulzer* auswirken würde. Sie freute sich, wenn er mit ihr über seine Befürchtungen sprach. Es tat ihr gut, gebraucht zu werden.

2.

Es war Sonntag. Während Fito in seinem Lieblingssessel saß und in einem Bildband über das Gotthardmassiv blätterte, las Norma in der *SLM*-Werkmitteilung von *Sulzer*. Sie war in einen Artikel über die weltweiten Arbeitslosigkeitszahlen im Jahr 1975 vertieft. *0,3 Prozent in der Schweiz; 12,2 in Irland; 11,9 in Dänemark; 5,7 in Italien; 4,5 in Frankreich; 4,4 in der BRD; 1,3 in Österreich, 9,1 in den USA und 7,1 Prozent in Kanada.* Auf derselben Seite stand, dass der Umsatz des Unternehmens zwischen den Geschäftsjahren 1960/61 und 1975 von 700 Millionen auf 3,28 Milliarden angewachsen sei. Auch die Anzahl Beschäftigter sei markant gestiegen, von 16.220 auf 36.840.

Im Grunde verstand Norma nicht, weshalb sich Fito solche Sorgen machte. Die Schweizer Wirtschaftslage war doch verglichen mit anderen Ländern ausgezeichnet. Obwohl sie sah, dass Fito in den Bildband vertieft war, sprach sie ihn darauf an. Sie kannte ihren Mann gut genug, um zu wissen, dass er sich nicht ärgerte, wenn man ihn bei einer Tätigkeit unterbrach.

Diesmal aber sah Fito nicht einmal auf. «Du musst alles lesen. Nicht nur den Abschnitt mit den Zahlen», antwortete er knapp.

Norma suchte im Text nach Antworten. Da war es, wahrscheinlich meinte Fito das. Gesamtschweizerisch war die Zahl der Beschäftigten in den letzten fünfzehn Jahren von vierundsiebzig auf achtundfünfzig Prozent gesunken.

Etwas widerwillig legte Fito den Bildband weg. Es hatte sich so gut angefühlt, für einige Augenblicke alles um sich herum zu vergessen. Aber er ergriff die Gelegenheit, um Norma zu sagen, was in ihm vorging. «Bei *Sulzer* brodelt es, nur schon die Ölkrise ist eine Bedrohung. Immer mehr Menschen befürchten, dass es zu einem drastischen Zusammenbruch der Schifffahrt und des Schiffbaus kommen könnte. In der Dieselmotorenabteilung sind alle der Ansicht, dass die Schiffe bald nur noch in Südkorea, China und Japan hergestellt werden und nicht mehr in der Schweiz.» Schätzungen zufolge würde die Nachfrage nach *Sulzer*-Dieselmotoren bald auf die Hälfte des aktuellen Bedarfs sinken. Toni Brunner Prognose würde bald Wirklichkeit werden.

Obwohl Fito ruhig schilderte, was ihn beschäftigte, verrieten seine Augen, dass er sich ohnmächtig und hilflos fühlte. Norma setzte sich auf seinen Schoß und legte einen Arm um ihn. Diese Geste der Vertrautheit ermunterte ihn dazu weiterzureden. «Wir werden ermahnt, einwandfreie Arbeit zu leisten, damit die Nachfrage nach unseren Dieselmotoren nicht nachlässt. Als ob wir jemanden bräuchten, der uns sagt, dass wir gewissenhaft zu arbeiten haben.» Das Vertrauen in die Konzernleitung schwand fast von Tag zu Tag. Die Stimmung in der Dieselmotorenabteilung war angespannt, es herrschte Wut und Unverständnis.

Norma strich Fito zärtlich über den Kopf. Jetzt verstand sie ihn besser. «Die oberste Chefetage lenkt von sich und ihrer Verantwortung ab, indem sie euch unter Druck setzt. Das ist nicht die feine Art.»

Fito nickte. Nun wollte er aber die Arbeit vergessen und den Rest des Sonntags genießen. Er schlug einen Ausflug ins Bruderhaus vor, wo sie schon länger nicht mehr gewesen waren. Rosalie beobachtete die Wildschweine dort gerne, und ihn würde die frische Luft und der Spaziergang durch den Wald auf andere Gedanken bringen.

3.

Ab dem Tag, an dem Enrique seinen Schwager direkt auf Margrit angesprochen hatte, veränderte sich das Verhältnis zwischen Fito und Werni. In Fitos Wahrnehmung wurde es widersprüchlicher. Einerseits fühlte er sich von seinem Vater ernster genommen. Aber andererseits spürte er eine größere Distanz zwischen ihnen.

Werni starb in den ersten warmen Frühlingstagen. Die Stiefmutter folgte ihm nur einen Monat darauf. Fito war erleichtert, dass ihm sein Vater den Hausteil schon vor Jahren überschrieben hatte und Trudy ausbezahlt war. Es war alles geregelt.

Da Fito das neue Zuhause nur so lange wie unbedingt nötig unbewohnt lassen wollte, überzeugte er Norma davon umzuziehen, sobald die wichtigsten Umbauten fertiggestellt sein würden. Als die Familie einzog, glich das Haus an manchen Orten noch einer Baustelle. Fito arrangierte sich am besten mit dem Chaos, weil er von Montag bis Freitag tagsüber nicht zu Hause war. Wenn es Norma zu laut wurde, nahm sie das Auto und traf sich mit ihren Freundinnen. Ab und zu ging sie auch nur zu Fitos Tante in den anderen Hausteil hinüber und unterhielt sich eine Weile mit ihr.

Während für Norma das Leben auf der Baustelle ein Alptraum war, war es für Rosalie die neue Schule. Sie war mitten aus der zweiten Primarschulklasse des Schulhauses Mattenbach genommen worden. In der neuen Schule wurde Mengenlehre unterrichtet, was neu für sie war. Sie fühlte sich verloren und dumm. Auch das Leben am Stadtrand von Winterthur war anders als im Mattenbach-Viertel. Jetzt hatte sie zwar viele Felder und Wiesen um sich, aber keine Spielkameraden mehr.

Als Norma ihre Freundinnen das erste Mal zum Tee einlud, fühlte sie sich im Haus angekommen. Voller Freude und Tatendrang gestaltete sie es mit. Vom Kauf der Hollywoodschaukel überzeugte sie Fito schnell. Die waren in Mode und in vielen Gärten anzutreffen. Auch

166

dem Bau der Holztreppe, die das Wohnzimmer mit dem Garten verbinden sollte, stimmte er zu. Zu einem Schwimmbecken hingegen ließ er sich nicht überreden. Es schien ihm übertrieben und der Unterhalt zu aufwändig und unverhältnismäßig. Obwohl Norma Fitos Meinung respektierte, trauerte sie dem Becken lange nach.

4.

Über die Jahre hinweg hatten Norma und Fito immer wieder über Margrit geredet. Während für Fito der geeignete Zeitpunkt für einen Besuch nie gekommen war, spürte Norma immer deutlicher, wie wichtig die Wiederbegegnung zwischen Mutter und Sohn für Enrique war. Eines Tages kam ihr ein Brief Lucrecias zu Hilfe. Sie schrieb, Enrique habe bei einem Sturz mehrere komplizierte Knochenbrüche erlitten und sei in einem Spital in Tocopilla. Die Nachricht brachte Verlustängste und ein Gefühlschaos in Fito hervor. Norma nutzte seine Verunsicherung und Verwundbarkeit, um ihn davon zu überzeugen, Margrit zu besuchen. Enrique wäre außer sich vor Freude, und positive Gefühle seien für seinen Genesungsprozess bestimmt förderlich.

5.

Es war ein schöner Sommertag, als sich Fito, Norma und Rosalie nach Scherzingen aufmachten. Lotti Schmid hatte Fito gesagt, dass Margrit schwächer geworden sei im letzten Jahr. Sie sitze oft summend in ihrem Schaukelstuhl am Fenster, die Hände am Medaillon mit ihrem und Enriques Bild darin. Schon beim Parken sah Fito eine ältere Frau auf einem Schaukelstuhl unter einem Sonnenschirm. Ihm wurde flau im Magen. Lotti und Max Schmid waren über eine Hecke gebeugt und unterhielten sich. Außer ihnen waren noch mehr Personen im Garten, sie stellten sich als Lottis und Max' erwachsene Kinder heraus.

Die Zusammenkunft fühlte sich fast an wie ein Familienfest. Bald ging man zum Du über. Während Lotti ins Haus ging, um etwas zum Anstoßen zu holen, beobachtete Fito, wie sich Balthasar, der älteste der Geschwister, neben Margrit setzte und ihre Hand nahm. Während

Balthasar mit ihr redete, nickte sie immer wieder. Margrit hatte in den Schmids eine neue Familie gefunden. Trotz aller Dankbarkeit betrübte diese Einsicht Fito. Er war froh, dass das Treffen an der frischen Luft stattfand. Gelegentlich schwirrten Bienen und Schmetterlinge an ihm vorbei, er sah ihnen nach.

Schließlich war es Balthasar, der ihn zu Margrit führte. Während sich Fito auf den Stuhl neben sie setzte, ging der junge Mann zu seinen Eltern. Seine beiden Schwestern spielten mit Rosalie, gelegentlich waren ihre vergnügten Schreie zu hören. Fito blickte unsicher zu seiner Mutter. Es irritierte ihn, dass sie ihn offenbar emotionslos ansah. Dann nahm er ein paar Fotos aus seiner Hemdtasche. Es waren die einzigen, auf denen Trudy und er mit seiner Mutter abgebildet waren. Er zeigte auf die Frau auf dem Bild. «Schau, das bist du. Und das bin ich als kleiner Bub. Und das ist Trudy, meine Schwester.»

Zuerst verstand Margrit nicht. Wer war dieser fremde Mann? Zum Glück waren Lotti, Max und die Kinder in der Nähe. Sie sah auf die Fotos. Diese Frau erinnerte sie an jemanden, und das Betrachten der Kinder löste zärtliche Gefühle in ihr aus. Liebevoll strich sie über die abgebildeten kleinen Gestalten und seufzte. Dann sah sie Fito in die Augen. Zuerst erschrak sie, dann wurden ihre Augen feucht. Zitternd nahm sie seine Hand und legte sie auf den Jungen auf dem Bild.

«Du?»

Fito nickte.

Margrit atmete tief durch und legte ihre Hände an ihr Medaillon.

«Darf ich?» Fito näherte sich dem Medaillon, das Margrit zaghaft losließ. Er öffnete es und zeigte auf Enrique. «Ich habe deinen Zwillingsbruder in Chile kennengelernt.»

Margrit nickte.

Fito stand auf, sah sich nach Norma um und rief Rosalie herbei. Bald stand die vereinte Familie vor seiner Mutter. Norma beugte sich zu Margrit und küsste sie auf die Stirn. Dann stellte Fito ihr Rosalie vor. Etwas ungelenk streichelte Margrit ihr über die Wange. Rosalie lächelte und sah zu ihren Eltern, die aufmunternd zurücklächelten. Margrit sprach wenig, und das, was sie von sich gab, verstand Rosalie nicht. Lotti und Max halfen ihr, sich ein wenig mit ihr zu unterhalten. Nach ein paar Minuten drehte sich das Mädchen um und lief zu den Schmid-Schwestern. Während Fito neben Margrit stand, setzte sich Norma neben ihre Schwiegermutter. Sie lehnte sich an sie, während sie eine Melodie zu summen begann. Bald fühlte sie sich der Mutter ihres Mannes verbunden.

Fito wusste nicht so recht, wie er mit seiner Mutter umgehen sollte. Er hatte sich so gefreut, als sie ihn erkannt hatte. Aber irgendwie empfand er die Situation als surreal. Am meisten freute er sich darüber, Lucrecia am Abend anzurufen und ihr zu erzählen, dass das Treffen stattgefunden habe. Es fühlte sich gut an, dass Enrique bald davon erfahren würde.

Beim Abschiednehmen fragte Fito etwas schüchtern, ob er seine Mutter von nun an regelmäßig besuchen dürfe. Zu seiner Überraschung versicherte ihm Max, dass er und seine Frau es sogar begrüßen würden, wenn er bald wieder zu ihnen kommen würde.

6.

Zuerst überlegte Norma, ob sie es Fito erzählen sollte. Er hatte soeben mit Lucrecia telefoniert und wirkte zufrieden.

Als sie bei Margrit gesessen und die Melodie gesummt hatte, hatte sie eine Nachricht von Margrits Vater empfangen. Fito wunderte sich. Er war davon ausgegangen, dass Norma in der Schweiz keinen Kontakt mehr zu Verstorbenen hatte. Auch sie war überrascht, als sie realisierte, dass es ihr nach so vielen Jahren wieder in der Schweiz passiert war. Ihre übersinnlichen Kanäle hatten sich plötzlich wieder geöffnet. Langsam begriff sie, weshalb. Es war wegen der Nähe zu Margrit, sie hatte sich bei ihr geborgen gefühlt.

Norma sah zärtlich zu Fito. «Dein Großvater entschuldigt sich bei dir. Er beschrieb mir seine Traurigkeit als schwarzes Loch, das ihn in seinen Sog gezogen habe. Es tue ihm leid, dass er sich erhängt habe. Obwohl er damals gewusst habe, dass deine Mutter schwanger gewesen sei, habe er einfach nicht anders gekonnt.»

Fito sah verwirrt zu Norma. Bildete sie sich das alles nur ein?

Norma wusste, dass ihr Mann der spirituellen Welt skeptisch gegenüberstand. Vielleicht war seine Haltung ja mit ein Grund gewesen, als
sie vor Jahren entschied, in der Schweiz keine Botschaften von Verstorbenen mehr zu empfangen.

Es kostete Fito Mut, aber schließlich sprach er die Worte aus. «Du
und meine Mutter habt etwas gemeinsam. Das sehe ich erst jetzt. Eure
Väter haben sich das Leben genommen.» Er war sich bewusst, dass er
ein für Norma heikles Thema angesprochen hatte.

Norma biss sich auf die Lippen. Reflexartig wollte sie den Gedanken an ihren Vater verdrängen. Dann nahm sie überrascht wahr, dass
sie keinen Hass empfand. Zum ersten Mal seit langem hatte sie das Gefühl, in sich verankert zu sein. Fito hatte recht. Beide Väter hatten sich
umgebracht, das hatte sie mit ihrer Schwiegermutter gemeinsam.

Chile, 1980

Vor einem Jahr hatte Pinochets Familie die Gemeinde María Elena gegründet, weil sie das Salpeterwerk ganz privatisieren wollte. Die Gemeinde María Elena bestand nun aus der Oasensiedlung Quillagua und der Stadt María Elena. Da María Elena nun der Hauptort der Gemeinde war, würden die *Eleninos* eines Tages über ein Gemeindehaus und einen Bürgermeister verfügen.

Dank des Wissens um die Begegnung zwischen Fito und Margrit hatte sich Enriques Stimmung nach dem Unfall schnell gebessert. Vielleicht erholte er sich auch deshalb erstaunlich bald von seinen Verletzungen. Seit seinem Unfall hatte sich seine Art zu gehen verändert. Dies fiel aber nur den Menschen auf, die ihn gut kannten. Als er Ende 1976 nach Hause entlassen wurde, gab das chilenische Militär gerade das Gefangenenlager *Chacabuco* auf. «Ein Schandfleck weniger», war Enriques Kommentar. Jetzt, vier Jahre später, freute er sich auf den Besuch aus der Schweiz. Er hatte nicht damit gerechnet, dass er Fito und dessen Familie wiedersehen würde. Besonders freute ihn, dass sie zusammen seinen achtzigsten Geburtstag feiern würden.

Jedes Mal, wenn Enrique an die vor einigen Monaten verstorbene Margrit dachte, spürte er einen Druck auf dem Brustkorb. Seit ihrem Tod fühlte er sich seltsam unvollkommen. Eigentlich war ihm nicht danach, seinen Achtzigsten zu feiern. Aber wenn die gesamte Familie an seinem Geburtstag anwesend war, sahen die Dinge anders aus. Rosa und Hugo waren ausgezogen und lebten mit ihren Partnern zusammen. Zum ersten Mal würden Fito und seine Familie bei ihm und Lucrecia wohnen. Auch auf dieses Zusammenleben freute sich Enrique sehr.

Rosalie und Norma strahlten, als sie in Calama aus dem Flugzeug stiegen. Im Gegensatz zu Norma mochte Fito den warmen Wind nicht besonders. Vermutlich spürte Normas Körper instinktiv, dass er zurück bei seinen Ursprüngen war. Vielleicht ging es Rosalie ähnlich, und sie wurde sich hier ihrer chilenischen Wurzeln bewusst. Denn auch ihr schien die Hitze nichts auszumachen. Zusammen schritten sie mit ihrem Gepäck zum Flughafenparkplatz. Dort befand sich das Auto, das

Enrique für sie organisiert hatte. Als sie Richtung María Elena fuhren, erinnerte sich Fito daran, wie ausgelassen sich Norma jeweils während der Fahrten durch die Wüste verhielt. Der einzige Unterschied war jetzt, dass auch Rosalie durch das offene Autofenster schrie.

2.

Enrique hatte *Charquicán* gekocht. Damit wollte er Fito an das erste gemeinsame Essen erinnern, als sie noch nicht wussten, dass sie verwandt miteinander waren. Die Familie war vollzählig, auch Rosa und Hugo waren gekommen. Obwohl sie sich lange nicht gesehen hatten, brauchten sie keine Angewöhnungszeit aneinander.

Der zwölfjährigen Rosalie wurde zum ersten Mal bewusst, dass ihre Familie erst in María Elena komplett war. Dieses Gefühl von Vollkommenheit hätte sie gerne immer gehabt. Rosa und Hugo empfand sie wie ältere Geschwister. Sie hatten immer viel Spaß zusammen, besonders, wenn sie nur unter sich waren. Mit Hugo und Rosa konnte Rosalie ihre wilde Seite ausleben. Die Geschwister waren anders als die Erwachsenen, die sie kannte. Sie schienen nicht lange nachzudenken, bevor sie etwas machten, und waren für alles zu haben.

Bei ihnen gab sich Rosalie so, wie sie war. Sie wusste, dass sie weder von Hugo noch von Rosa zurechtgewiesen wurde, wenn sie zu laut war oder etwas sagte, das sich nicht gehörte. Rosa und Hugo waren frei in ihrem Denken und Handeln. Das war es, was Rosalie als befreiend empfand, obwohl sie es so nicht hätte ausdrücken können. War sie mit ihnen zusammen, fühlte sie sich unbeschwert und glücklich. Sie hatte beobachtet, wie Lucrecia und Enrique ihre Kinder zuweilen neckten. Aber nie, dass sie sie zurechtwiesen oder gar kritisierten. Rosalie hing auch sehr an Enrique und Lucrecia, weil sie sich von ihnen verstanden und geliebt fühlte. Sie empfand es als entspannend, sich nicht überlegen zu müssen, wie sie sich verhalten musste, um jemandem zu gefallen.

Rosalie wollte gerade aufstehen vom Wohnzimmertisch, als Enrique ihren Vater fragte, wie es ihm beruflich gehe. Sie spürte, dass die Stimmung zu kippen drohte. Als ihr auffiel, wie gespannt Hugo und Rosa auf eine Antwort warteten, beschloss sie, noch etwas sitzen zu bleiben.

In der Schweiz zog sie sich meistens zurück, wenn ihre Eltern begannen, über *Sulzer* zu reden. Dann war der Vater entweder aufgebracht oder missmutig, während die Mutter sich bemühte, ihn zu besänftigen. Es war fast wie ein Theaterstück, das sie sich immer wieder ansehen musste. Sie wusste immer, was gleich passieren würde. Rosalie grinste und war erleichtert, dass es niemand bemerkte. Sie ging davon aus, dass sich ihr Vater wie üblich kurzfassen würde. Zu ihrem Erstaunen lag sie diesmal falsch.

«Die Weltlage ist unsicher, das spüren wir auch in Winterthur. Wir sind mitten in einer Rezessionswelle. Unsere Kunden halten sich mit ihren Bestellungen zurück, natürlich vor allem bei teuren Investitionen. Wir haben immer wieder Kurzarbeit, und die Firma nimmt Aufträge zu Verlustpreisen an, um unsere Arbeitsplätze zu schützen.»

Rosalie verstand nicht alles, aber sie wusste, dass ihr Vater besorgt war. Sie beobachtete, wie Enrique einen Schluck *Pisco sour* nahm. «Und was ist die Strategie von *Sulzer*? Das Unternehmen hat doch hoffentlich eine.»

Der Vater lachte. «Das wollen wir doch hoffen. Es heißt, das Know-how für die Herstellung einfacherer Produkte werde bald an Länder mit bedeutend niedrigerem Kostenniveau als demjenigen der Schweiz abgegeben. Hoch technologisierte Fabrikate sollen aber weiterhin in der Schweiz entwickelt werden.»

Noch bevor Enrique seine nächste Frage stellen konnte, bat Rosalie, nach draußen gehen zu dürfen. Was sie gehört hatte, reichte ihr. Zu ihrer Freude schlossen sich ihr Hugo und Rosa an. «Bleibt nicht zu lange weg», hörten die drei Lucrecia rufen. In etwa einer halben Stunde gebe es Nachspeise.

3.

Enrique fragte sich, ob er Fito zu früh auf sein Berufsleben angesprochen hatte. Vielleicht hätte er damit warten sollen, bis sie allein waren. Er hatte niemanden vergraulen wollen, schon gar nicht während des ersten Wiedersehens nach vier Jahren. Aber jetzt war es zu spät und sein Neffe und er mitten im Gespräch. Lucrecia und Norma waren vor ein paar Minuten in die Küche verschwunden.

Als Enrique wissen wollte, wie die Stimmung in der Dieselmotorenabteilung sei, fuhr sich Fito mit einer Hand über die Stirn. Kurz vor der Abreise nach Chile seien er und seine Arbeitskollegen in der Montagehalle zusammengerufen worden, begann er. Dort habe ihnen das *Sulzer*-Management mitgeteilt, dass sich neue Tanker, Schüttgutfrachter und Containerschiffe auf den Markt drängen würden. Dieser exponentiellen Nachfrage nach Schiffsdieselmotoren sei der Fabrikationsort Winterthur nicht mehr gewachsen.

Enrique schüttelte den Kopf. *Sulzer* war doch ein Traditionsunternehmen. Die Vorstellung, dass die Firma ihre Dieselmotoren in Billigländern produzieren ließ, gefiel ihm ganz und gar nicht. Fito und seinen Arbeitskollegen auch nicht, aber es blieb ihnen nichts anderes übrig, als die Situation zu akzeptieren: Es rentierte sich nicht mehr, in Winterthur Dieselgroßmotoren herzustellen. Deshalb war *Sulzer* seit einigen Monaten nur noch Lizenzgeberin.

«Es ist eine Geldfrage, wieder einmal», fasste Enrique zusammen.

Fito nickte. «Natürlich geht es ums Geld, letztlich geht es immer darum. In einem Land wie Südkorea ist der Marktpreis von Dieselgroßmotoren niedriger als der Produktionspreis in der Schweiz. Die in Winterthur produzierten Maschinen kosten mindestens zehn Prozent mehr als im fernen Ausland hergestellte.»

Enrique erinnerte sich daran, dass sich Fito und er vor Jahren über das Lizenzwesen unterhalten hatten. Abstreiten konnte man nicht, dass *Sulzer* darin über einen immensen Erfahrungsschatz verfügte. Er wusste von Fito, dass schon seit Jahren über neunzig Prozent der *Sulzer*-Dieselmotoren in Lizenz hergestellt wurden. Trotzdem schmerzte es ihn, dass das Unternehmen die Produktion nun ganz ausgelagert hatte. Er sah fragend zu seinem Neffen. «Findest du diese Entwicklung nicht auch bedenklich?»

Fitos Wangen waren gerötet, als er nickte. «Im Moment fühlen wir uns wie Marionetten. Wir können nichts tun, außer zu warten und die Geschehnisse zu verfolgen. Die Arbeiter der Stahlgießerei werden als Erste ihre Arbeit verlieren. Was mit uns passiert, steht in den Sternen.»

Der Winterthurer Stadtrat versuchte, das *Sulzer*-Management dazu zu bringen, die Arbeitsstellen in der Stahlgießerei zu erhalten. Aber die Dieseler wussten, dass der Kostendruck für *Sulzer* und viele andere Schweizer Unternehmen im Moment zu stark war. Eine glückliche Wende war unwahrscheinlich.

«Und was ist mit den Gastarbeitern in der Gießerei? Immerhin ist Stefano nicht betroffen.» Enrique sah seinen Neffen besorgt an.

«Die Arbeiter wissen noch nichts Genaues, weder über ihre beruflichen Aussichten noch über irgendwelche Sozialpläne.» Fito stand auf und streckte sich.

Auch Enrique erhob sich und tätschelte Fitos Arm. «Leider entwickeln sich die Dinge nicht immer in die Richtung, die wir uns erhoffen. Uns dagegen zu wehren, ist anstrengend und zudem sinnlos.»

4.

Während sich Enrique und Fito im Wohnzimmer miteinander unterhielten, befanden sich Norma und Lucrecia im Innenhof. Lucrecia nahm ihre Freundin in den Arm. «Es freut mich so, dass wir alle wieder zusammen sind. Rosalie ist so gewachsen. Sie hat irgendwie Charakter bekommen.»

Norma verdrehte die Augen. «Manchmal zu viel Charakter. Wir geraten oft aneinander.»

«Weil ihr euch so ähnlich seid. Das merkt man jetzt, wo sie älter ist.»

Norma sah ihre Freundin überrascht an. «Findest du? Also ich wäre meiner Mutter nie so frech gekommen. Rosalie ist manchmal geradezu unverschämt, zumindest zu mir. Sie weiß genau, wie sie mich aus der Fassung bringen kann. Fito gegenüber verhält sie sich vernünftig und sanft.» Das Zusammensein mit Lucrecia weckte Erinnerungen an früher. Damals gestand sie sich nicht ein, dass sie mit Rosalie überfordert war. Vor allem in der Zeit, als Fito immer wieder ein bis zwei Monate lang abwesend war. Norma hatte sich allein gelassen gefühlt in einem für sie fremden Land, dessen Sprache sie noch nicht gut beherrschte. «Ich erkannte meine Bedürfnisse nicht, Lucrecia. Erst rückblickend stelle ich fest, wie schwierig diese Zeit für mich war. Vielleicht auch für

Rosalie. Ich weiß noch, wie abwesend und traurig ich damals war. Die Kleine konnte mich wohl nicht erreichen, weil ich nur funktionierte.»

Lucrecia sah mitfühlend zu ihrer Freundin. «Ich nehme an, es war verwirrend für Rosalie, dass sie dich nur zu Hause so erlebte.»

«Was meinst du mit *so*?»

«Ich kann mir vorstellen, dass sie nicht verstand, wieso du außerhalb eurer Wohnung anders warst. Das warst du doch, oder?»

Norma überlegte eine Weile. Lucrecia hatte recht. Wenn sie die Haustür aufmachte und eine Nachbarin sah, konnte sie von einem Moment auf den anderen fröhlich sein. Auch wenn ihre Freundinnen zu Besuch waren. Nur wenn sie mit Rosalie und Fito allein war, verbarg sie nicht, wie sie sich wirklich fühlte.

Lucrecia wusste, dass Normas Beziehung zu Rosalie nicht unbeschwert war. Aber sie war überzeugt davon, dass es für kaum etwas jemals zu spät war. «Du könntest Rosalie doch *jetzt* von deinen damaligen Gefühlen erzählen. Offenheit und Ehrlichkeit könnten euch einander näherbringen.»

Norma presste die Lippen zusammen. So einfach war es nicht. Vor allem, wenn man als Mutter widersprüchliche Gefühle für sein Kind hegte. Unsicher blickte sie zu Lucrecia. «Es fällt mir schwer, Rosalie so zu akzeptieren, wie sie ist. Dabei weiß ich doch, dass eine Mutter ihr Kind bedingungslos lieben müsste. Aber irgendetwas habe ich immer an ihr auszusetzen.» Es lief immer genau gleich ab: Norma kritisierte Rosalie, diese schmetterte ihr etwas zurück und rannte wutentbrannt davon.

Lucrecia sah ihre Freundin liebevoll an und wählte ihre Worte mit Bedacht. «Rosalie ist ein Teil von dir. Vielleicht bist du deshalb so streng mit ihr.»

«Weil ich mich selbst nicht ausstehen kann?» Norma lachte etwas schrill.

Lucrecia schüttelte erschrocken den Kopf. «Das meinte ich nicht. Du bist streng mit ihr, weil du es auch mit dir bist.» Rosalie würde immer mehr ihren eigenen Willen entwickeln und auch durchsetzen, davon war Lucrecia überzeugt. Das gehörte zum Erwachsenwerden, ebenso die gelegentlichen Reibereien zwischen Kindern und Eltern.

Während ihres Besuchs in der Schweiz hatte Lucrecia manchmal beobachtet, wie Rosalie ihre Mutter provozierte, wenn sie sich bedrängt oder unverstanden fühlte. Niemand kannte die Schwächen der Mütter so gut wie ihre Töchter, das wusste Lucrecia aus eigener Erfahrung. Rosalie rächte ihre verletzten Gefühle, indem sie Norma zur Weißglut trieb.

«Ich frage mich, wie es sein wird, wenn Rosalie in die Pubertät kommt», durchbrach Norma die Gedanken ihrer Freundin.

Lucrecia lächelte. Für sie erforderte die Kindererziehung eine Mischung aus Geduld und Loslassen. Und vor allem einen guten Filter. Man tat nicht gut daran, die Worte zorniger Kinder und Jugendlicher ernst und schon gar nicht persönlich zu nehmen. Es war zielführender, möglichst entspannt mit ihnen umzugehen. Vor allem musste man der Versuchung widerstehen, sie verändern zu wollen. Denn das führte auf beiden Seiten zu einem Teufelskreis aus Ärger, Wut und Ohnmacht.

Norma hingegen vertrat die Haltung, dass man Kinder zurechtweisen musste, wenn nötig mit harten Worten und weniger harten Schlägen. Lucrecia hoffte, Norma und Rosalie würden zueinanderfinden. Aber Norma war die Mutter, und als solche konnte nur sie die Voraussetzungen dafür schaffen. Rosalie brauchte eine Vertrauensbasis, die eine gute Beziehung zu ihrer Mutter ermöglichte. Lucrecia beschloss, das Thema zu wechseln und fragte, was Norma in den letzten Jahren erlebt und was sich in Winterthur seit ihrem Besuch vor fünf Jahren verändert habe. In Briefen konnte man sich nicht über alles in Kenntnis setzen.

Norma lächelte. Lucrecia kannte sie gut. Sie wusste, wann es genug war, mit ihr über etwas zu diskutieren. Seit einem Jahr sei die ganze Stadt autofrei, antwortete sie. Das sei auch schon alles. Und was sie erlebt habe? Zum ersten Mal in ihrem Leben habe sie an einer Demonstration teilgenommen, und zwar ihrer argentinischen Freundin Adela zuliebe. Die Manifestation sei ein Protest gegen die Lieferung einer Schwerwasseranlage von *Sulzer* an die argentinische Militärdiktatur gewesen. Die Frage Lucrecias, was Fito von ihrer Teilnahme gehalten habe, ließ sie unbeantwortet. Sie sah ihre Freundin nur verschmitzt an. Natürlich hatte sie ihm nichts davon erzählt.

Als Lucrecia wissen wollte, wie es für Norma gewesen sei, als Margrit starb, sah Norma gedankenverloren zum Himmel. «Es war fast so, als hätte ich zum zweiten Mal meine Mutter verloren.»

5.

Ein paar Tage später liefen Lucrecia und Norma frühmorgens in Sportbekleidung zur *Plaza*. Lucrecias Arzt hatte sie dazu angeregt, Sport zu treiben, vor allem Konditionstraining. Üblicherweise startete sie ihre Runde auf der *Plaza*. Von dort joggte sie zum Bahnhof und dann der Hauptstraße entlang, um links wieder Richtung Zentrum abzubiegen. Dann lief sie im größtmöglichen Bogen zu den Wassertanks und über einen Umweg zurück zur *Plaza*. Diese Strecke legte sie dreimal wöchentlich in gemächlichem Tempo zurück. Norma betrachtete sich nicht als besonders sportlich, obwohl sie regelmäßig schwamm und im Winter Schlittschuh lief. Nie hatte sie das Bedürfnis verspürt zu joggen.

Nach der Runde war sie wegen der ungewohnten Tätigkeit erschöpft. Sie ruhte sich auf einer Sitzbank der *Plaza* aus und rieb sich die Schienbeine, während Lucrecia in die Markthalle ging, um etwas zu trinken zu holen. Mit zwei Gläsern Limonade kehrte sie zurück.

Norma blickte gespannt zu ihrer Freundin. Nun wollte *sie* wissen, was sich in María Elena verändert habe, besonders seit Pinochet an der Macht sei.

«Seit etwa zwei Jahren kommen die Prostituierten nicht mehr zu uns.»

Norma verschluckte sich an ihrer Limonade. «Was haben denn *die* mit Pinochet zu tun?»

Lucrecia lachte. «Einiges. Nach dem Putsch gegen Allende begannen Pinochets Soldaten, in den *Buques* die einfachen Arbeiter zu verhören. Oft nahmen sie sie auch fest. So wurden die Prostituierten vertrieben.» Lucrecia sah sich vorsichtig um, ehe sie weiterredete. «Ich finde es schlimm, dass in María Elena bald die Pinochets das Sagen haben.»

178

Norma kam ihr Leben in der Schweiz einmal mehr beschützt und geordnet vor. Das Einzige, was ihre Idylle störte, war, dass sich Fito immer wieder wegen *Sulzer* sorgte. In seinen Augen schien das Unternehmen auseinanderzufallen. Vor der Abreise nach Chile hatte er ihr zum ersten Mal gesagt, die Lage sei dramatisch. Obwohl sich Norma ernsthaft darum bemühte, konnte sie Fitos Ängste nicht nachvollziehen. Ja, vielleicht würde ihm gekündigt werden. Aber die Schweiz war doch kein Land, das seine Menschen fallen ließ, wenn sie die Arbeit verloren.

Plötzlich erkannte sie, dass sie mit ihrem Familienleben so glücklich war wie noch nie zuvor. Es war harmonischer geworden, seit Fito vor vier Jahren seine Reisetätigkeit reduzieren konnte. In der Regel machte er nur noch ein- bis zweitägige Montageeinsätze in der Schweiz und war höchstens viermal im Jahr eine Woche lang im europäischen Ausland unterwegs.

6.

Obwohl Rosalie viel mit ihrer Mutter zusammen war, fühlte sie keine wirkliche Verbundenheit zu ihr. Es ärgerte sie, dass ihr Norma oft zu verstehen gab, dass sie ihre Ruhe haben wollte. Besonders, wenn sie sich abends die Talkshow *Cristina* ansah.

Cristina Saralegui war eine bekannte US-kubanische Moderatorin. Die teils heftigen Auseinandersetzungen unter den Gästen lenkten Norma von ihrem Alltag ab und entspannten sie. Rosalie konnte mit der Unterhaltungssendung aus Miami nichts anfangen. Sie sah sich lieber Spielfilme oder Serien mit ihrer Mutter an, besonders an Wochenenden und Feiertagen. Durch das gemeinsame Fernsehen fühlte sie sich Norma etwas näher.

Beobachtete Rosalie ihre Mutter mit deren Freundinnen, schien sie ihr wie ausgewechselt. Norma war dann quirlig und wirkte präsent. Rosalie mochte es nicht besonders, wenn die Freundinnen ins Haus kamen. Der Ablauf war immer derselbe. Sie wurde zwecks Begrüßung ins Wohnzimmer gerufen und ließ sich dort küssen und drücken. Als sie noch im Mattenbach-Viertel lebten, ging sie bei gutem Wetter nach draußen, wenn die Frauen kamen. Wenn es regnete oder kalt war, verbrachte sie ein paar Stunden bei einem Nachbarskind. Im Haus, wo sie jetzt wohnten, konnte sie den Freundinnen nicht so leicht entfliehen. Da war zwar der Garten, aber dort wäre Rosalie allein. Deshalb blieb sie meistens in ihrem Zimmer und drehte das Radio auf, wenn die Freundinnen der Mutter zu Besuch waren.

Rosalie fühlte sich in María Elena geerdeter, verstandener und auch geliebter als in der Schweiz. Die chilenischen Verwandten kritisierten sie nicht, sondern überhäuften sie mit Liebe und verbrachten viel Zeit mit ihr. Schon bei der Ankunft hatte Rosalie verkündet, dass sie bei Rosa wohnen würde. Rosa und Rosalie, das passte doch gut zusammen. Manchmal stellte sie sich vor, dass sie für immer, zumindest bis sie erwachsen war, bei Rosa bleiben würde. Aber dann würde sie ihre Eltern nicht mehr sehen. Das wollte sie nicht, denn trotz allem waren sie ihre beiden Säulen im Leben.

Lucrecia hatte Rosalie gefragt, ob sie Lust habe auf einen kleinen Gastauftritt in einem Theaterstück. Sie hatte dankend abgelehnt. Es machte sie glücklich, keine Verpflichtungen zu haben und in den Tag hineinzuleben. Manchmal begleitete sie Rosa in die Bibliothek und sah ihr zu, wie sie Bücher kategorisierte und reparierte. Zuweilen half sie ihr dabei, auch beim Reinigen des Lesesaals. Manche betrachteten Rosa als die Seele der Bibliothek. Rosalie fand diesen Vergleich treffend. Wie viele *Eleninos* konnte auch sie sich die Bibliothek nicht ohne Rosa vorstellen.

Manchmal saß Rosalie bei Hugo im Studio von Radio Coya, während er seine Sendungen moderierte. Sie empfand ihn wie einen großen Bruder. Er neckte sie und brachte sie oft zum Lachen. Einmal wurde sie von ihm interviewt. Er fragte sie über ihr Leben aus in der Schweiz, über die ausgeprägten Jahreszeiten und ihre Freizeitaktivitäten.

7.

Rosalie freute sich auf den Ausflug, den Enrique für sie und ihre Eltern organisiert hatte. In Enriques Auto fuhren sie Richtung *Coya Sur.* In der Nähe des Friedhofs parkte der Onkel das Auto und führte sie zu den *Pozos solares. Sonnenbrunnen,* überlegte Rosalie. Hörte sie einen für sie neuen spanischen Begriff, übersetzte sie ihn sofort ins Deutsche. Das machte ihr Spaß und war eine Art Spiel. «Komm mal, Rosalie.» Die tiefe Stimme ihres Onkels riss sie aus ihren Gedanken. Er erklärte ihr, dass die Menschen in der Atacamawüste schon vor über hundert Jahren entdeckt hätten, wie man Salzwasser in Trinkwasser verwandle. «Schau mal zum Himmel. Was siehst du?»

Rosalie zögerte. Neckte sie ihr Onkel wieder einmal? Aber da er sie ernst ansah, beantwortete sie seine Frage. «Er ist blau, und es hat keine einzige Wolke.»

«Ganz genau.» Enrique lächelte. «Bei uns ist keine einzige Wolke am Himmel, und das jeden einzelnen Tag im Jahr. Die Sonne scheint während vieler Stunden mit ihrer ganzen Kraft. Dadurch lässt sie das Salz verdampfen und macht so das Salzwasser trinkbar.»

Rosalie nickte und bemühte sich zu lächeln. Sie wollte ihren Onkel nicht enttäuschen, aber sie interessierte sich nicht sehr für Naturwissenschaften. Lieber beobachtete sie Menschen und achtete dabei auf deren Körpersprache. Sie fand es spannend, Regungen zu entdecken, die etwas verrieten. Ebenso vergnügte es sie, Misstöne in Gesprächen herauszuhören.

Sie hatten sich von den *Pozos solares* entfernt und befanden sich nun unter einem halboffenen weiten Zelt. Enrique hatte Getränke und einen Imbiss organisiert. Es war wie beim Onkel und der Tante zu Hause, bald bildeten sich zwei Zweiergruppen. Rosalie war in der Nähe der beiden Männer. Als diese begannen über *Sulzer* zu reden, entfernte sie sich von ihnen. Auf dieses Thema hatte sie nun wirklich keine Lust. Auch ihre Mutter und Lucrecia, die mittlerweile mit ihren Gläsern am anderen Ende des Zelts standen, waren in ein Gespräch vertieft. Über etwas Wichtiges schienen sie nicht zu sprechen, die beiden kicherten viel. Rosalie trat aus dem Zelt und setzte sich unter den einzigen Baum.

Er war halbverdorrt, spendete aber noch Schatten. Sie würde warten müssen, bis die Erwachsenen bestimmten, wieder zurückzufahren. Sie nahm sich vor, das nächste Mal zu fragen, wohin der Ausflug ging, bevor sie sich ihrer Familie anschloss.

8.

Fito war dankbar, in seinem Onkel einen so guten Zuhörer zu haben. In der Schweiz machte er vieles mit sich selbst aus. Im Betrieb unter den Arbeitskollegen wurde zwar diskutiert, aber sie drehten sich oft im Kreis. Die Situation wurde nicht besser, wenn man immer wieder von denselben Problemen sprach.

Bei seinem Onkel empfand Fito Erleichterung, wenn er über etwas sprechen konnte, das ihn beschäftigte. Auch jetzt, als er zu reden begann, erging es ihm so. «Als ich als junger Mann meine Maschinenschlosserlehre bei *Sulzer* begann, ging ich davon aus, dass ich mein ganzes Berufsleben lang dortbleiben würde, wie schon mein Vater und Großvater.» Im Moment aber sei sein Plan ins Wanken gekommen, weil er den Führungskräften nicht mehr vertraue. Es sei nicht nur die Befürchtung, seinen Arbeitsplatz zu verlieren. Was ihm noch mehr zusetze, sei die mangelnde Information. Dass der Bau der Dieselmotoren ausgelagert worden sei, könne er nachvollziehen. Aber was würde noch folgen?

Enrique kratzte sich an der Stirn. «Glaubst du etwa, *Sulzer* könnte seine Dieselmotorenabteilung verkaufen?»

«Es wäre eine logische Folge.»

Enrique dachte eine Weile nach. Eigentlich befanden sich Fito und dessen Arbeitskollegen in einer ähnlichen Lage wie die Bewohner von María Elena. In einigen Jahren würde das Werk vollständig privatisiert sein. Dann würde der *Soquimich* wohl kaum mehr etwas daran liegen, durch soziale Aktivitäten das Gemeinschaftsgefühl aufrechtzuerhalten. Der künftigen Alleineigentümerin war es egal, wie sich die *Eleninos* dabei fühlten. Sie würde sich nicht mehr um das Wohl der Bewohner kümmern, nur noch das Kapital zählte. Im besten Fall würden die *Eleninos* von der *Soquimich* freundlich toleriert werden.

182

«Vom Kollektiv zum Individuum», flüsterte Enrique. Da ihn sein Neffe fragend ansah, führte er aus. «Durch Entscheidungen anderer werden wir auf uns selbst zurückgeworfen. Ihr bei *Sulzer* und wir in María Elena. Vom Kollektiv zum Individuum. Verstehst du?»

Fito nickte. Er war überrascht, dass ihn Enriques Worte beruhigten. Den aktuellen Zustand zu benennen, nahm ihm irgendwie die Bedrohung.

Der Austausch mit seinem Onkel tat Fito gut und lenkte ihn von seinen eigenen Sorgen ab. Erst die Gespräche mit Enrique machten ihm klar, inwiefern die vollständige Privatisierung das Leben der *Eleninos* verändern würde. In absehbarer Zeit wäre María Elena ein Ort auf einem Firmengelände und würde deshalb von der chilenischen Regierung kein Geld mehr erhalten.

Damit die vollständig privatisierte María Elena eines Tages überhaupt als Ort funktionieren konnte, war der Verband *Edilicia* gegründet worden. Der Trick bestand darin, dieser Körperschaft als Leihgabe Gebäude und Grundstücke des öffentlichen Bereichs zu überschreiben. Nur so würde der künftige Bürgermeister von María Elena veranlassen können, dass in *Plazas*, Sportstadien, Kulturzentren und anderes investiert wurde.

9.

Vor lauter Langeweile war Rosalie eingeschlafen. Sie streckte sich, als sie aufwachte, und setzte sich wieder aufrecht hin. Als sie zu ihrer Rechten sah, lachten Norma und Lucrecia gerade über etwas. Als sie sich Fito und Enrique zuwandte, fiel ihr deren veränderte Gestik auf. Sie vermutete, dass sie nicht mehr über *Sulzer* sprachen. Vielleicht redeten sie über ihre Großmutter Margrit, überlegte Rosalie. Wenn sich die Erwachsenen über sie unterhielten, hörte sie ihnen gerne zu.

Seit dem ersten Besuch bei Margrit war die Familie jeden zweiten Sonntag nach Scherzingen gefahren. Für Rosalie waren die Besuche bei ihrer Großmutter eine Mischung aus Ritual und Ausflug gewesen. Manchmal saß sie bei ihr und malte. Viel tollte sie mit dem kleinen Hund der Schmids im Garten herum. Dabei beobachtete sie oft, wie der Vater hilfesuchend zur Mutter schielte, wenn er bei Margrit saß. Dann ging es nicht lange, und Vater und Mutter tauschten Plätze. Im Gegensatz zum Vater konnte die Mutter stundenlang bei Margrit sitzen.

Rosalie näherte sich dem Zelt und den beiden Männern unauffällig. Den Rücken gegen das Zelt gerichtet, setzte sie sich und lauschte dem Gespräch. «Ich hätte viel früher zu ihr gehen sollen. Du hattest recht. Vielleicht hätte ich mich dann noch mit ihr unterhalten können.»

Rosalie fiel auf, wie unsicher die Stimme des Vaters klang. «Über das müssen wir jetzt nicht mehr diskutieren», sagte der Onkel. «Aber ich bezweifle, dass du dich viel besser mit ihr hättest verständigen können. Die Schmids brauchten Jahre, um Margrits Geheimsprache zu verstehen.» Geheimsprache – das klang spannend für Rosalie. Sie hatte die Kinder der Schmids immer darum beneidet, dass sie Margrit verstanden, egal wie undeutlich sie redete.

Rosalie ahnte, wie unangenehm ihrem Vater das Gespräch war. Sie stellte sich vor, wie er seine Hände zuerst in die Hosentaschen steckte und dann in seine Hüften stemmte, als wüsste er nicht wohin damit. Das machte er, wenn ihm nicht ganz wohl war. «Das Wichtigste ist doch, dass ihr euch begegnet seid», meinte Enrique besänftigend. «Würdest du dich nicht schlechter fühlen, hättest du Margrit gar nie aufgesucht?» Er hatte nicht vergessen, wie viele Male er Fito dazu aufgefordert hatte, sie zu besuchen. Trotzdem lag es ihm fern, seinen Neffen in dessen Zerrissenheit zu bestätigen.

Jetzt erhob sich Rosalie und ging zum Haupteingang des Zelts, wo sie ihren Kopf hineinstreckte. Die beiden Männer sahen einander an. «In diesem Fall würde ich mir wohl noch mehr Vorwürfe machen.» Der Onkel legte dem Vater einen Arm um die Schulter. «Quäl dich nicht, Junge. Was vorbei ist, ist vorbei und kann nicht mehr geändert werden. Mach dir nicht immer dieselben zermürbenden Gedanken. Du hast deine Mutter wiedergesehen, und sie hat Norma und Rosalie kennengelernt. Nur das zählt.»

«Kennengelernt. Das ist übertrieben.» Die Stimme des Vaters klang traurig. Rosalie sah ihn zum ersten Mal so verletzlich.

Enrique erhob seinen rechten Zeigefinger. «In diesem Leben ist nicht alles greifbar, mein Lieber. Nicht alles spielt sich über Worte ab. Margrit hat dich gespürt. Sie wusste, dass du ihr Sohn bist. Nur das zählt.»

Rosalie hatte wie ihr Vater Tränen in den Augen.

Zweiter Teil

1981 bis 1989

Personenglossar

Daniel und Hans	Fitos Bürokollegen
Alfred	Buchhalter in der *Sulzer*-Gießerei
Pierre Borgeaud	ehemaliger *Sulzer*-Chef
Fritz Fahrni	ehemaliger *Sulzer*-Chef
Gérard Bally	Direktor der *Sulzer*-Dieselmotorenabteilung, später CEO der *New Sulzer Diesel*
Peter G. Sulzer	Sohn von Georg Sulzer und Generaldirektor der *New Sulzer Diesel*. Nachfolger von Gérard Bally. In diesem Roman Peter Sulzer genannt

Krisenjahre

Seit 1981 investierte *Sulzer* nur noch in erfolgsversprechende Produkte wie Textilmaschinen und Pumpen. In Brasilien, Mexiko und England entstanden entsprechende Fabriken. Bei den Gasturbinen hingegen wurden die Geschäftstätigkeiten massiv eingeschränkt. Immer wieder kam es zu massiven Umstrukturierungen und Entlassungen.

Georg Sulzer trat 1982 vom Verwaltungsratspräsidium zurück, von den Aktionären mit einer stehenden Ovation gefeiert. Er hatte die Auslandgeschäfte und die Restrukturierung der Maschinenbaubranche im Inland vorangetrieben. Unter seiner Leitung war *Sulzer* beträchtlich gewachsen, auch durch die Übernahme der *SLM*, *Burckhardt* und *Escher Wyss*. Der Personalbestand in der Schweiz umfasste nun etwa fünfzehntausend Mitarbeitende.

Der Dieselmotor, das ehemalige Herzstück von *Sulzer*, verkaufte sich auch wegen seiner technischen Nachteile nicht mehr gut. Im Schiffbau wurden weniger Brennstoffverbrauch und niedrigere Drehzahlen zur Verbesserung des Propulsionswirkungsgrades verlangt. Die Leistung der konstruktiv einfachen *Sulzer*-Zweitakt-Dieselmotoren mit Umkehrspülung genügte nicht mehr. Inzwischen war *Sulzer* dem Hauptkonkurrenten *Burmeister & Wain* aus Kopenhagen technisch unterlegen. Deshalb brachte das Unternehmen im selben Jahr, als Georg Sulzer in Rente ging, längsgespülte langhubige Zweitaktmotoren auf den Markt. Aber nur ein Jahr darauf kam die nächste Ölkrise.

2.

Im Februar 1984 wurde angekündigt, dass die Gießerei Oberwinterthur den Stahlguss aufgeben würde. Siebenhundert Stellen waren betroffen.

Stefanos Reaktion auf die Nachricht hallte noch lange in Fito nach. «Diese Nacht- und Nebelaktion zeigt, was von uns gehalten wird. Zuerst heben sie die Kurzarbeit auf, und dann wollen sie uns ganz loswerden.» Ein *Landbote*-Redakteur betitelte seinen Artikel mit *Der Schock ist in Winterthur ein stiller Gast*. Damit erinnerte er die Leserschaft daran, dass die Winterthurer Textilmaschinenfabrik *Rieter* schon im Jahr zuvor Personal entlassen hatte.

1984 war auch das Jahr, in dem *Sulzer* mit verschiedenen Veranstaltungen sein einhundertfünfzigjähriges Bestehen feierte. Aber Fito und vielen anderen Sulzerianern war nicht nach Feiern zumute. Wegen finanzieller Verluste war es einmal mehr zu massiven Restrukturierungen gekommen. Die Ölkrise hielt an, und die neuen langhubigen Zweitakter funktionierten nicht einwandfrei. Die Dieseler wunderten sich nicht darüber, ihrer Meinung nach waren sie überstürzt entwickelt und hergestellt worden.

3.

Es war Mai. Vor ein paar Tagen war in Winterthur das Technorama, ein interaktives Wissenschaftszentrum, mit der Sonderausstellung *Sulzerzeit 1834 bis 1984* eröffnet worden.

Auch der Flughafen Zürich würdigte *Sulzer* mit einer Ausstellung, die sich Fito bereits angesehen hatte. Sie bestand vorwiegend aus Vergrößerungen Schweizer Plakate aus der Belle Epoque und zeigte die ersten wirtschaftlichen und technischen Höhepunkte von *Sulzer* um die Wende vom 19. zum 20. Jahrhundert auf. Vor seinem Abflug nach Ankara im Terminal B hatte Fito zufällig einige Gartenstühle entdeckt, die im 19. Jahrhundert in der *Sulzer*-Gießerei gegossen worden waren.

Fito freute sich, dass ihn Rosalie an die Sonderausstellung begleitete, die in den Kanal einer Klimaanlage eingebaut war. Darin wurden mit fünf Arbeitsplätzen aus der Zeit zwischen 1834 und 1984 wichtige Phasen der Firma dargestellt.

Der aluminiumverkleidete Korridor, der die Besucherinnen und Besucher durch die Ausstellung führte, erinnerte Rosalie an eine Geisterbahn. Das nachgebaute Esszimmer der Gründerfamilie Sulzer-Neuffert gefiel der Sechzehnjährigen wesentlich besser. Auf dem Tisch befand sich eine Porzellanschüssel, und im Holzofen loderte ein Feuer. Sechs Szenenbilder veranschaulichten den Weg vom kleinen Familienunternehmen zum Weltkonzern.

Während sich Rosalie die Räume interessiert ansah, wirkte Fito gelangweilt. «Gefällt dir die Ausstellung nicht, Papi?»

Fito sah erstaunt zu seiner Tochter. Er hatte nicht damit gerechnet, dass man ihm seinen Missmut ansah. «Es stört mich, dass man hier nichts über die aktuellen Schwierigkeiten von *Sulzer* erfährt. Immerhin hatte die Firma letztes Jahr einen Verlust von fast sechsundsechzig Millionen Franken. Der Istzustand müsste hier doch auch thematisiert werden, oder?» Fitos Stimme klang genervt.

Rosalie verstand ihren Vater. Aber sie sah die Ausstellung durch ihre Augen und war gerührt. Die Szenenbilder suggerierten, dass *Sulzer* nur dank seiner Mitarbeitenden zum Unternehmen werden konnte, das es heute war.

Als sie ihrem Vater ihre Eindrücke schilderte, glich sein verkrampftes Lächeln einer Grimasse. «Klar waren es die Arbeiter, die *Sulzer* groß gemacht haben. Es sind immer die Arbeiter. Wertschätzung dafür haben wir aber schon lange nicht mehr erhalten, ganz im Gegenteil.»

4.

Am folgenden Morgen, es war ein Sonntagvormittag, war Fito allein zu Hause. Norma war in der Kirche und Rosalie bei einer Freundin. Er hatte es sich in einem Sessel gemütlich gemacht und las die Zeitungsartikel über die Sonderausstellung.

Ungewöhnlich, unkonventionell, originell und anspruchsvoll sei sie, schrieben die Journalisten. Fito atmete tief durch und legte die Zeitungen beiseite. So konnte es nicht weitergehen. Er musste ein Ventil finden für seinen Unmut und seine fast schon chronisch schlechte Laune. Er holte Schreibpapier und Stift und setzte sich an den Küchentisch. Etwas zaghaft begann er, einen Brief an Enrique zu verfassen. Er sah immer wieder hoch, um sich seinen nächsten Satz zurechtzulegen. Briefe zu schreiben, fiel ihm nicht leicht. Aber neben den kostspieligen Telefonanrufen waren sie die einzige Möglichkeit, um mit seinem Onkel in Kontakt zu bleiben.

Lieber Onkel,

*ich entschuldige mich schon jetzt, falls dieser Brief zu negativ ausfällt. Ich
fühle mich nicht besonders und habe das Bedürfnis, dir zu schreiben. Natürlich
geht es um die Firma. Es gab Zeiten, wo jeder dritte Familienvater bei* Sulzer
*arbeitete. Dieselmotoren und Textilmaschinen, Lokomotiven und Pumpen,
Turbinen und Klimaanlagen trugen den Namen* Sulzer *in die Welt hinaus. Der
Motor für die erste Diesellokomotive der Welt entstand nach den Plänen der
Gebrüder* Sulzer. *Die Firma war für viele Menschen nicht nur Verdienstquelle,
sondern Lebensinhalt. Man arbeitete nicht «bei* Sulzer*», sondern «bei Sulzers».
Der sogenannte* Schwarze Donnerstag, *wo uns mitgeteilt wurde, dass in der
Gießerei Oberwinterthur um die siebenhundert Arbeiter ihre Stelle verlieren wür-
den, blieb bis jetzt ohne Reaktionen. Keine Demonstration, nichts. Du kennst
mich, ich bin alles andere als ein Aktivist. Aber ich finde es bedauerlich, dass die
Winterthurer dem Untergang von* Sulzer *einfach nur zusehen. Befände sich der
Hauptsitz der Firma in Zürich, würden die Menschen vielleicht auf die Straße
gehen.*

Fito überlegte kurz, ob das Wort *Untergang* zu übertrieben klang. Er
beließ es, weil es zu seiner Stimmung passte.

*Wir Sulzerianer befürchten, dass noch mehr Stellen abgebaut werden. Unser
Grundgefühl ist, dass nichts mehr sicher ist. Wir haben alles für das
Unternehmen gegeben. Und jetzt kommen wir uns vor wie Spielbälle, die von der
Geschäftsleitung aus dem Feld geschossen werden. Alle denken, die Entlassungen
in der Stahlgießerei seien nur der Anfang. Stefano ist nicht betroffen, jedenfalls bis
jetzt nicht. In der Gießerei herrschen Nervosität und Traurigkeit. Das wundert
niemanden. Wo soll denn ein fünfzigjähriger, ungelernter Ausländer noch eine
Stelle finden? Oder ein fast Sechzigjähriger? Hier läuft etwas gewaltig aus dem
Ruder, Onkel. Das ist nicht mehr die Firma, wo ich meine Lehre gemacht habe.
Wie es mit der Dieselmotorenabteilung weitergeht, weiß auch niemand.
Gesundheitlich geht es uns gut.
Dein Fito*

Fito fühlte sich jetzt tatsächlich besser.

Als Norma von der Kirche nach Hause kam, sah sie, wie Fito den Brief in den Umschlag steckte. Das erinnerte sie daran, dass am Vortag ein Brief Enriques angekommen war. Sie hatte ihn auf ihren Nachttisch gelegt, um Fito beim Zubettgehen damit zu überraschen. Dann hatte sie das Schreiben vollkommen vergessen.

Fito überflog den Teil des Briefs, wo Enrique vom schwelenden Grenzkonflikt zwischen Chile und Argentinien sprach. Die *Chacabuco* sei zum *größten Pulverfass der Wüste* geworden. Lieber widmete sich Fito den Schilderungen von Enriques Alltag und den Anekdoten über Rosa und Hugo. Er mochte die humorvolle Erzählart seines Onkels, sie heiterte ihn auf.

5.

Plötzlich verstand Norma, woran Fito litt. Sie erkannte, dass er befürchtete, seine berufliche Identität zu verlieren. Fito identifizierte sich mit *Sulzer* und war stolz darauf, seit seiner Lehre dort zu arbeiten. Jetzt hatte er Angst, dass alles auseinanderbrechen würde. Irgendwie verstand sie ihn, dass er in dieser Stimmung keine Lust auf das große *Sulzer*-Jubiläumsfest hatte. Trotzdem war sie enttäuscht, als er sich in der Mitarbeiterumfrage vor einem Jahr für das Zwanzig-Franken-*Goldvreneli* und damit gegen das Fest ausgesprochen hatte. Fito empfand es als geschmacklos, in ungewissen Zeiten ein großes Fest zu veranstalten. Die Mehrheit der Sulzerianer aber hatte für die Feierlichkeiten gestimmt.

Der Verzicht auf die Feier am Abend fiel Fito leicht. An der Jubiläumsbesichtigung der *Sulzer*-Werke in Oberwinterthur jedoch hätte er gerne teilgenommen. Auch die Heizungs- und Klimatechnikausstellung hätte ihn interessiert, ebenso die Tonbildschauvorführungen und die diversen Ausstellungsobjekte im Kleindieselbau.

Als Ausdruck eines stillen Protests blieben er und andere gleichgesinnte Dieseler sämtlichen Festlichkeiten fern.

6.

Fito saß mit Norma am Küchentisch und ging die verschiedenen Artikel durch, die über das Jubiläumsfest geschrieben worden waren. Es waren sechzehntausend Festbesucher, darunter Mitarbeitende, Pensionierte, Aktionäre und Begleitpersonen. Es spielten sieben Orchester in sieben Zelten auf. Fito überflog große Teile der Artikel, ihn interessierten die Ansprachen. Beispielsweise diejenige von Pierre Borgeaud, dem Westschweizer Direktor des *Sulzer*-Konzerns. Von Fito bekam der gebürtige Waadtländer keine Sympathiepunkte dafür, dass er seine Rede auf Schweizerdeutsch gehalten hatte. Es kam ihm vor, als habe sich Borgeaud damit nur anbiedern wollen.

Die Zeilen, die ihm auffielen, las er Norma vor. «*Den Entschluss, die Schmiede und die Stahlgießerei zu schließen, haben wir gewiss nicht leichten Herzens gefasst. Ich weiß sehr wohl, dass wir in den letzten Jahren und Monaten hohe Anforderungen an Ihre Verständnisbereitschaft gestellt haben.*» Fito blickte vielsagend zu seiner Frau, zog eine Augenbraue hoch und las weiter. «*Die Großbearbeitungshalle, in der wir uns jetzt befinden, ist einst für die mechanische Bearbeitung von Großdieselmotoren errichtet worden. Wie Sie alle wissen, sind unsere Sorgen mit dem Dieselmotorenbau in Winterthur noch nicht ganz ausgestanden.*»

Fito atmete tief durch. Niemand wusste, was noch kommen würde, nicht einmal die Vorgesetzten. Genau diese Ungewissheit war das Problem. Die Befürchtung, *Sulzer* könnte seine Dieselmotorenabteilung in absehbarer Zeit an ein anderes Unternehmen verkaufen, hatte Fito gewiss nicht zum ersten Mal. Aber noch nie zuvor schien sie ihm so real.

7.

Norma war dreiundfünfzig Jahre alt. Noch immer stand sie Neuem offen gegenüber. Seit kurzem besuchte sie in Zürich einen Literaturklub lateinamerikanischer Frauen. Sie genoss den Austausch mit ihren Mitmenschen. Auf die meisten wirkte sie fröhlich, intelligent und sympathisch. Da sie eine aufmerksame Zuhörerin war und gute Ratschläge erteilte, vertrauten sich ihr noch immer viele an. Sie hingegen war weiterhin sehr selektiv, wem sie wie viel von sich erzählte.

Wenn ihre Gedanken um ihren Vater kreisten und alte Wunden aufrissen, sprach sie nur mit Fito darüber. Neben Lucrecia war er der Einzige, der ihre ganze Familiengeschichte kannte.

Norma war dankbar dafür, dass Rosalie ihnen keine Probleme bereitete. Sie ging gerne zur Schule, hatte viele Freundinnen, war fröhlich und lebhaft. Zu lebhaft manchmal, fand Norma, zumindest ihr gegenüber. Auf eine in ihren Augen harmlose Bemerkung hin konnte das Mädchen so aufbrausend sein. Manchmal war Rosalie unmöglich zu ihr und provozierte sie.

Fito hielt sich aus diesen Streitereien meistens heraus. Nur wenn Norma ihn dazu aufforderte, redete er ein Machtwort mit Rosalie. Sie sah auf ihre Armbanduhr. Bald kam Fito nach Hause. Er hatte am Vormittag angerufen und angekündigt, dass er gute Neuigkeiten habe.

8.

Fito hatte den Auftrag bekommen, im Hafen von Valparaíso die sechs BAH29-Motoren auf der MV Makedonia Star zu reparieren. Der dreiwöchige Einsatz war bis Mitte Dezember vorgesehen. Die gute Nachricht bestand darin, dass Norma und Fito zusammen reisen würden. Rosalie, die dann noch keine Schulferien hatte, könnte ihnen um den 20. Dezember folgen.

Norma klatschte vor Aufregung in die Hände. Sie freute sich darauf, das Haus zu sehen, in das Enrique vor Jahrzehnten als Baby mit seinen Eltern und seiner Patentante eingezogen war. Wenn es niemand der Familie für sich beanspruchte, wurde das Haus auf dem *Cerro Alegre* vermietet. Seit ein paar Monaten lebten Rosa und Hugo mit ihren Partnern dort. Die Zwillinge waren dieses Jahr vierzig geworden und beschenkten sich mit ein paar Monaten Luftveränderung. Das Haus war groß genug, um auch Norma und Fito zu beherbergen. Nach Rosalies Ankunft würden alle zusammen nach María Elena fahren.

Valparaíso

Die Lage im Land war angespannt. Seit 1980 galt in Chile die neue, vom Militär geschriebene Verfassung. Die politischen Aktivisten, die gegen die Regierung kämpften, verschwanden regelmäßig. Aber wenn man wie Fito und Norma den Demonstrationen und sonstigen Aufständen aus dem Weg ging, konnte man unbehelligt durch das Land reisen. Wegen der politischen Situation kamen aber nur wenige Ausländer nach Chile. Fito und Norma fielen vor allem die jungen ausländischen Rucksacktouristen auf, die während Wochen oder Monaten das Land erkundeten.

Das Viertel *Cerro Alegre* war in den letzten Jahren touristisch geworden. Sobald man durch die Haustür trat, gab es viel zu sehen. Restaurants, Läden und viele Menschen, die sich ihren Weg durch die Gassen bahnten.

Es war das erste Mal, dass Fito und Norma in einer Wohngemeinschaft lebten. Das Gefühl war so neu, dass sich beide an ihre Kennenlernphase erinnerten. Während Fito tagsüber im Hafen arbeitete, half Norma im Haushalt und Garten mit und erkundete Valparaíso. Enrique hatte sie auf das Bücherregal in der Dachkammer hingewiesen, dem einstigen Arbeitszimmer seines Vaters. Dort befand sich das Buch, das seine Mutter und Patentante während des Einlebens in Valparaíso begleitet hatte. Es war das Tagebuch von María Graham, einer Britin, die einige Zeit in Südamerika gelebt hatte. Norma blätterte es interessiert durch, legte es dann aber beiseite. Lieber ließ sie sich von ihrer Intuition leiten. Sie hatte vor, sich in Chile mehr zu bewegen als in der Schweiz. Valparaíso bestand aus vielen besiedelten Hügeln. Wenn man die Aufzüge nicht benutzte, konnte man seine Ausdauer trainieren.

Dass Chile eine Diktatur war, vergaß man in Valparaíso fast. Beinahe täglich fand irgendwo ein Konzert statt. Viele Künstler zog es in die Hafenstadt, zahlreiche farbige Graffitis zierten die Hausfassaden. Für viele stellte die Stadt eine Oase des Friedens und der Freiheit dar. Norma verspürte Genugtuung, als sie erfuhr, dass Salvador Allende in Valparaíso geboren worden war. Es schien ihr, als wäre die Unbeschwertheit, die die Menschen dort genossen, seine stille Rache. Zumindest in seiner Geburtsstadt sollte es den Menschen gutgehen. Auch Norma fühlte sich im farbigen Valparaíso geborgen. Nur an den vielen Hunden, die durch die Stadt streunten und überall ihr Geschäft verrichteten, störte sie sich.

2.

Norma befand sich in einem Lokal bei einer Tasse Tee und verfasste ihre Einkaufsliste in Stenografie, während ihre Gedanken immer wieder abschweiften. Sie vermisste Rosalie. Zugleich gestand sie sich ein, dass sie die Beziehung zu ihr möglicherweise verherrlichte, jetzt, wo sie geographisch voneinander getrennt waren. Norma hatte sich das Muttersein leichter und vor allem harmonischer vorgestellt. Innig und entspannt war ihre Beziehung nur in Rosalies ersten fünf Lebensjahren gewesen. Die Entfremdung hatte wohl mit dem Kindergarten begonnen, als Rosalie selbstständiger wurde.

In den letzten Jahren war die Beziehung noch komplizierter geworden. Wahrscheinlich hatte es auch mit den beiden Kulturen zu tun. Auf jeden Fall gerieten sie, je älter Rosalie wurde, desto öfter aneinander. Norma seufzte. Trotz allem liebte sie ihre Tochter über alles. Ihr erster und letzter bewusster Gedanke am Tag galt immer ihr. Als sie wieder etwas auf ihrer Einkaufsliste notierte, stand plötzlich ein älterer Mann vor ihr. Er war hinter ihr gesessen und hatte sie eine Weile lang beobachtet.

«Sie sind nicht von hier, oder?» Die Haltung, die Kleidung, etwas in Normas Blick und nicht zuletzt ihr Spanisch, als sie mit der Kellnerin sprach, ließ ihn die geäußerte Vermutung anstellen. Außerdem sprach sie ein gepflegtes Spanisch und verschluckte die Konsonanten im Gegensatz zu den meisten Chilenen nicht.

«Wenn Sie meinen, dass mein permanenter Wohnsitz außerhalb Chiles ist, gebe ich Ihnen recht. Aber ich bin gebürtige Chilenin.»

Alejandro stellte sich Norma als emeritierter Literaturprofessor vor, dessen Frau aus Valparaíso stammte. Wegen der politischen Lage lebten die beiden vorwiegend in der Hafenstadt, hatten in Santiago aber noch eine kleine Wohnung. Sie benutzten sie wenig, weil das Leben in Valparaíso im Moment angenehmer war als in der Hauptstadt. Alejandro hatte sich schnell ein Bild von Norma gemacht. Mitte fünfzig, geschmackvoll gekleidet, gebildet, selbstbewusst, sympathische Ausstrahlung. Eine Frau mit Stil, souverän und stark. Aber da war noch mehr, und genau das interessierte ihn. Was ihn schon seit jeher faszinierte, waren Brüche, und den Bruch, den er bei Norma wahrnahm, hatte er vorhin in ihrem Blick erhascht. Es lag etwas Trauriges und Verletzliches hinter ihrer vordergründigen Fröhlichkeit.

Norma musterte Alejandro und kam zum Schluss, dass er ein intellektueller, korrekter und sympathischer Mann war. Sie lud ihn ein, neben sich Platz zu nehmen. Die beiden bestellten noch ein Getränk und unterhielten sich angeregt miteinander. Zu ihrer Überraschung stellte sich heraus, dass Alejandro Normas Bruder kannte. Er und Andrés hatten in derselben Universität in Santiago Literatur unterrichtet.

Norma war verunsichert. Worüber konnte sie mit Alejandro reden, worüber nicht? Sie konnte ja nicht ausschließen, dass er ein Spitzel war. Fito würde sie bestimmt auslachen, sagen, sie habe eine blühende Fantasie. Ein Literaturprofessor in Pension stelle doch keine Gefahr dar. Aber Norma war immer noch Chilenin. In der Schweiz mochten die Dinge so sein, wie sie schienen, in Chile war es anders. Sie sah sich Alejandro aufmerksam an. Sein Blick hatte etwas Unschuldiges, Reines. Aber davon konnte sie sich nicht täuschen lassen. Lucrecia hatte ihr schon zu oft erzählt, dass Spitzel viele Gesichter hätten. Manchmal die engelhaftesten, die man sich vorstellen könne.

Norma beschloss, vorsichtig zu sein. Zwar erzählte sie Alejandro, dass Andrés mit seiner Familie auf Chiloé lebe, verschwieg ihm aber auf seine Frage hin den wahren Grund. «Meine Schwägerin Lorena hat auf Chiloé eine kranke Mutter, um die sie sich kümmern möchte», hörte sie sich stattdessen sagen. Sie staunte, wie leicht ihr die Notlüge gefallen war.

Dann dachte sie an Andrés. Fito hatte angeregt, einen Abstecher nach Chiloé zu machen. Er mochte ihren Bruder, außerdem hatten sie die beiden Kinder von Andrés und Lorena noch nie gesehen. Aber Norma hatte Fitos Angebot ausgeschlagen und ihm schließlich von der telefonischen Unterhaltung mit dem nachfolgenden Zerwürfnis erzählt. Sie hatte Andrés quasi dazu aufgefordert, Lorena im Haushalt zu unterstützen. Sie fand es ungerecht, dass er im Bett lag und Bücher las, während Lorena den Ofen einfeuerte, kochte und putzte. Lorena konnte doch nicht alles machen. Unterrichten und sich nachher um Kinder und Haushalt kümmern. Andrés' Reaktion war harsch. Sie solle sich nicht in Dinge einmischen, die sie nichts angingen, fuhr er sie an und legte den Hörer auf. Seither hatten sie nichts voneinander gehört. Obwohl Norma darunter litt, wollte sie nicht den ersten Schritt machen. Zuerst musste sich Andrés bei ihr entschuldigen.

Norma fühlte sich plötzlich matt. Schon wieder eine Baustelle in ihrem Leben.

Alejandro war Lorena an verschiedenen Festen der Universität begegnet, dabei hatten sie sich immer miteinander unterhalten. Er erinnerte sich noch gut daran, dass ihre Mutter in der Seenregion im Süden des Landes wohnte. Nicht auf Chiloé. Er vermutete, weshalb Norma nicht ausführlicher über ihren Bruder redete. Man traute sich nicht, alles zu sagen, musste seine Worte abwägen. Es waren seltsame, unmenschliche Zeiten.

Irgendwann lächelte Norma und steckte ihn damit an. Beide beschlossen für sich, Andrés künftig aus ihren Gesprächen auszuklammern und die Gesellschaft des anderen einfach zu genießen. Da Alejandro überzeugt davon war, dass sich auch seine Frau gut mit Norma verstehen würde, lud er sie und Fito am nächsten Tag zum Abendessen ein. Norma sagte erfreut zu.

3.

Rosalie wurde, je näher ihre Abreise nach Chile rückte, desto froher. Sie fühlte sich zwar wohl bei der Familie ihrer Freundin Kathrin, aber es war ihr zu laut dort. Und sie vermisste ihren eigenen Raum. Kathrin hatte zwei jüngere Schwestern, die Rosalies Aufmerksamkeit für sich beanspruchten. Es gab viele Zänkereien und Eifersüchteleien. Am Anfang empfand sie die Zeit ohne ihre Eltern als Abenteuer, aber irgendwann begann sie die Tage bis zu ihrer Abreise zu zählen. Als die drei Wochen um waren, fuhr Kathrins Mutter sie zum Flughafen.

Für den langen Flug hatte Rosalie viele Bücher eingepackt. Sie fühlte sich erwachsen und ruhig, ihre Mutter hatte ja alles organisiert. Am Flughafen in Santiago würde ein älterer Mann auf sie warten. Er hieß Alejandro und würde in der Ankunftshalle ein Kartonschild mit ihrem Namen hochhalten.

4.

Alejandro war gespannt auf Normas Tochter. Hatte sie eine ähnliche Ausstrahlung wie ihre Mutter? Er erkannte sie sofort, als sie in die Ankunftshalle trat. Ihr einnehmendes Lächeln fiel ihm zuerst auf.

Während der Fahrt nach Valparaíso unterhielten sie sich gut. Rosalie war ihm sympathisch, aber sie war zurückhaltender als Norma.

Als sie zusammen in das Haus auf dem *Cerro Alegre* traten, sah er zu, wie Norma auf Rosalie zuging und sie umarmte. Rosalie war sichtlich überrascht und versteifte sich. Sobald sie Rosa erblickte, löste sie sich von ihrer Mutter. Alejandro bemerkte Normas traurigen Blick, als sie zusah, wie sich Rosa und Rosalie stürmisch begrüßten.

Rosalie und Camilo

Vor einem Jahr hatten die Verantwortlichen der staatlichen *Corfo* zusammen mit dem *Soquimich*-Direktor und Pinochet-Schwiegersohn Julio Ponce Lerou den Privatisierungsprozess von María Elena vorangetrieben. Auch in der *Coya Sur* war jetzt vieles anders. Nach dem Wegzug der Bewohner vor drei Jahren war die Produktionsanlage modernisiert worden. Der Turm mit der Uhr, das ehemalige Wahrzeichen des Werks, war abgebaut und vor zwei Monaten in Tocopilla auf einem kleinen Platz neben einer Schule eingeweiht worden.

Rosalie war glücklich. In María Elena schien alles miteinander zu verschmelzen, hier schien das Leben im Fluss. Nirgendwo sonst erlebte sie ihre Eltern so entspannt. Wie üblich war der Vater oft mit Enrique zusammen und die Mutter mit Lucrecia. Onkel und Tante kamen Rosalie wie zwei Magnete vor, die ihre Eltern anzogen. Wie sie gab sich auch Rosalie den in María Elena herrschenden Kräften hin. Auch diesmal wohnte sie bei Rosa, obwohl jetzt deren Partner dort lebte. Am liebsten war Rosalie mit Rosa allein oder zu dritt mit Hugo. Den Partnern der beiden versuchte sie aus dem Weg zu gehen.

An einem Samstagnachmittag saß Rosalie mit einem Buch in einem Bistro, während sie auf Rosa wartete. Bald würde sie von der Bibliothek zurückkommen, und in einer Stunde würden sie sich im Theater die Premiere eines Spielfilms ansehen. «Ist hier noch frei?» Es ging eine Weile, bis Rosalie merkte, dass die Worte ihr galten. Sie sah in ein braun gebranntes freundliches Jungengesicht. Camilo war zwar schon achtzehn Jahre alt, aber sein Gesicht hatte noch knabenhafte Züge. Den Stimmbruch hingegen hatte er schon hinter sich. Die Männerstimme, die von einem Jungen kam, verwirrte Rosalie. Ohne etwas zu sagen, nickte sie und zeigte auf den freien Stuhl neben ihr.

«In den letzten Tagen habe ich dich einige Male bei Rosa ein- und ausgehen gesehen. Wir sind sozusagen Nachbarn. Warst du nicht schon vor ein paar Jahren hier?» Camilo gab ihr ein Küsschen auf die Wange.

Rosalie hatte noch keinen Ton gesagt. Sie war es nicht gewohnt, von älteren Jungs angesprochen, geschweige denn geküsst zu werden. Dass Camilo älter sein musste als sie, sah sie auch an seinen Bartstoppeln.

Er benahm sich so natürlich und gelassen, dass sie sich bald entspannte. Nachdem er sie über ihre Familie ausgefragt hatte, erzählte er von seinen Eltern und älteren Geschwistern und noch einiges mehr. In Erinnerung an seine kubanischen Wurzeln habe man ihn nach dem Freiheitskämpfer Camilo Cienfuegos benannt. Er sei im selben Jahr und im selben Monat geboren, als Salvador Allende Präsident des chilenischen Senats geworden sei. Seine Eltern hätten große Hoffnungen in Allende gesetzt.

Camilos Gesichtsausdruck war ernst, was Rosalie verunsicherte. Für Politik hatte sie sich bis jetzt nicht interessiert. Sie wusste nur, dass ihre Eltern Augusto Pinochet ablehnten. Dann lächelte Camilo und zeigte Richtung Tür. Rosalie war erleichtert, Rosa zu erblicken. Gleichzeitig bedauerte sie, dass sie und Camilo nicht mehr allein waren. Sie wunderte sich über ihre widersprüchlichen Gefühle.

Rosa stutzte nur kurz, als sie die beiden Jugendlichen zusammen am Tisch sitzen sah. Sie war gerührt von Rosalies vor Aufregung geröteten Wangen.

2.

Nach dem ersten Treffen im Bistro sahen sich Camilo und Rosalie regelmäßig. Er schien alles über sie wissen zu wollen. Und Rosalie erlebte das erste Mal, dass jemand so interessiert an ihr war. Camilo wirkte aufrichtig, und seine dunklen Augen strahlten viel Wärme aus. Sie erzählte ihm von Ereignissen und Gedanken, die sie niemandem zuvor anvertraut hatte. Versuchte sie, an etwas vorbeizureden, weil es ihr unangenehm oder peinlich war, hakte er nach.

Rosalie sprach auch von den Streitereien und Gehässigkeiten zwischen ihr und ihrer Mutter. Camilo gab ihr das Gefühl, alles sagen zu können, ohne beurteilt zu werden. Als sie auf einer Sitzbank auf der *Plaza* saßen und Limonade tranken, erzählte Rosalie, wie sie als Kind mit anderen Kindern des Mattenbach-Viertels in einem Laden Süßigkeiten gestohlen habe. Es sei eine Art Mutprobe gewesen, die damals bei Kindern und Jugendlichen beliebt gewesen sei. Sie selbst habe sich damals einen Schokoladenriegel angeeignet. Unglücklicherweise habe ihre Mutter sie dabei ertappt und vor dem Filialleiter bloßgestellt. Sie habe sich verraten gefühlt. Dann schilderte Rosalie, wie sie als etwa Zehnjährige mit jüngeren Kindern im Regen getanzt habe und ihre Mutter sie harsch dazu aufgefordert habe, sofort ins Trockene zu kommen. Damals sei sie so enttäuscht gewesen, dass ein für sie unbeschwerter und glücklicher Moment jäh unterbrochen worden sei. «Manchmal habe ich das Gefühl, zwischen meiner Mutter und mir ist eine Mauer. Ich bin oft wütend auf sie, und ich glaube, sie kennt mich nicht wirklich.» Sie sah zu Camilo, der keine Miene verzog.

«Die Medaille hat immer zwei Seiten. Was machst du denn gerne mit deiner Mutter?»

Rosalie dachte kurz nach. «Filme sehen und Diktate schreiben.»

«Machst du Witze?»

Rosalie schüttelte den Kopf. Vor etwa acht Jahren hatte ihr Norma den ersten spanischen Text diktiert. Rosalie hatte es von Anfang an Spaß gemacht, weil sie es wie ein Spiel empfand. «Wahrscheinlich hat mir meine Mutter die Liebe zu Sprachen vererbt.»

Camilo sah Rosalie triumphierend an. «Na siehst du, das ist doch was Positives. Hast du auch Erinnerungen, die weiter zurückgehen?»

Rosalie musste länger überlegen, bis es ihr einfiel. Sie war um die vier Jahre alt und mit ihren Eltern auf Ibiza. Sie stand am Meeresufer, es war Sommer, und sie trug einen türkisfarbenen Badeanzug. Das Wasser war durchsichtig, es hatte viele Steine. Sie zeigte auf einen größeren weißen Stein, den sie aufheben wollte. Der Vater erklärte, dass er wohl zu tief im Sand stecke. Trotzdem ermunterte er sie, es zu versuchen. Rosalie ging in die Knie, umfasste den Stein mit beiden Händen und versuchte mehrmals, ihn aufzunehmen. Als sie merkte, dass er sich nicht bewegen ließ, drehte sie sich, noch nach vorne gebeugt, lachend zu ihrem Vater um. Dabei wirbelten ihr die Haare ins Gesicht. Genau in diesem Moment drückte Fito auf den Auslöser. Wahrscheinlich erinnerte sie sich deshalb so gut an dieses Erlebnis.

Rosalie erzählte Camilo auch von den Wanderungen und Ausflügen mit ihrem Vater. Es sei vor allem die Ruhe, die sie mit ihm genieße. Aber auch, dass er offenbar auf all ihre Fragen eine Antwort habe. Für alles, was mit Natur, Geschichte oder Geografie zu tun habe, habe er eine Erklärung. «Irgendwann habe ich gemerkt, wieso mein Vater so viel weiß. Er beobachtet viel und macht sich dann seine Gedanken. Das möchte ich auch einmal können.»

Noch nie zuvor hatte Rosalie jemandem so viel von sich preisgegeben wie eben Camilo. Sie hatte das Gefühl, genug geredet zu haben. «Und du?»

«Was *und ich*?» Camilo grinste.

«Was ist mit *dir*? Was hast *du* zu berichten? Jetzt bist du dran.» Sie stupste ihn an.

Camilo lächelte und begann zu erzählen.

3.

Fito fiel der Abschied besonders schwer. Enrique war jetzt vierundachtzig Jahre alt. Er war ein vitaler Mann, der mindestens zehn Jahre jünger aussah. Trotzdem befürchtete Fito, ihn nicht wiederzusehen. Auch Norma und Rosalie empfanden Abschiedsschmerz.

In der Schweiz kam es Rosalie vor, als wären sie und ihre Eltern einzelne Atome, die ziellos umherschwirrten. Sie tröstete sich damit, dass dies ja der Normalzustand war und sie sich wieder daran gewöhnen würde. Wenn Rosalie an die Zeit in Chile zurückdachte, wurde sie wehmütig. Von Camilo erzählte sie niemandem, nicht einmal ihren Freundinnen. Sie wusste, dass sie sonst eine Kettenreaktion von Fragen in Gang setzen würde. Sie zog es vor, ihre Erinnerungen an Camilo und die gemeinsam verbrachten Momente wie einen wertvollen Schatz zu hüten.

Umherschwirrende Atome, 1988

Im Frühling wurde Rosalie zwanzig Jahre alt. Sie befand sich im dritten Semester ihres Sprachstudiums und wollte Sprachwissenschaftlerin werden. Die Linguistik faszinierte sie. Es war ein Gebiet, wo es ihrer Meinung nach immer etwas zu erforschen gab. Schließlich waren Sprachen lebendig und veränderten sich laufend.

Durch das Studium war María Elena in den Hintergrund gerückt. Wenn Rosalie an ihre Verwandten und Camilo dachte, fühlte sie sich von ihnen abgeschnitten. So als befänden sie sich auf einem anderen Planeten oder in einer Parallelwelt. In den letzten vier Jahren waren es vor allem ihre Bücher, die ihr Geborgenheit gaben. Noch immer fuhr sie auf ihrem Fahrrad bei Regen, Nebel oder Schnee in die Bibliothek. Hatte sie einen Roman zu Ende gelesen, legte sie ihn wehmütig beiseite. Die Protagonisten blieben eine ganze Weile lang bei ihr, so vertraut waren sie ihr geworden.

Aber Rosalie hatte auch ganz reale Freunde. Sie war beliebt, weil sie empathisch und zugänglich war. Besonders wohl fühlte sie sich mit den Freundinnen, die eine italienische Herkunft hatten. Wahrscheinlich verband sie das Südländische miteinander. Durch sie lernte Rosalie die italienischen Liedermacher kennen, die in den 1980er Jahren auch in der Deutschschweiz erfolgreich waren und regelmäßig im Radio gespielt wurden. Sie machten Rosalies Herz leichter und erfüllten es mit Lebensfreude. Weil sie sich schon seit Jahren zusammen mit ihrer Mutter Spielfilme auf dem italienischsprachigen Landessender ansah, verstand sie die Musiktexte nahezu vollständig.

In den ersten beiden Jahren nach ihrem Kennenlernen schrieben sich Rosalie und Camilo regelmäßig. Es waren auf beiden Seiten lebendige Texte, die in erster Linie um ihren Alltag und ihr Befinden kreisten. Sie schrieben sich, welche neuen Menschen in ihr Leben getreten waren, was sie gefreut oder genervt und welche Filme sie gesehen hatten. Mittlerweile hatte sich ihre Freundschaft durch die Distanz abgekühlt. Manchmal las Rosalie einen älteren Brief Camilos, um sich ihm näher zu fühlen.

Rosalie saß an ihrem Schreibtisch und dachte an Camilo. Wahrscheinlich wegen der Musik, die im Radio gespielt wurde. Es lief *Caro amico ti scrivo* von Lucio Dalla. Während sie mitsang, kam ihr eine Idee. Sie würde für Camilo eine Kassette aufnehmen mit ihren italienischen Lieblingsliedern. Sie nahm ein Blatt Papier und einen Kugelschreiber und begann die Titel der Lieder aufzuschreiben, die ihr gefielen. *Sincerità* von Riccardo Cocciante, *Il tempo se ne va* von Adriano Celentano, *Questo piccolo grande amore* von Claudio Baglioni sowie *Gente di Mare* und *Gloria* von Umberto Tozzi.

Rosalie blickte aus dem Fenster. *Inamorati*, *L'italiano* und *Serenata* von Toto Cutugno gehörten unbedingt auch auf die Kassette. Ebenso *Non succederà più* von Adriano Celentano und Claudia Mori, *Azzurro* und *Soli* von Adriano Celentano, *Vita spericolata* von Vasco Rossi und vielleicht *Sono sole canzonette* von Edoardo Bennato.

Die Lieder waren wichtig für Rosalie, weil sie ihr guttaten. Aber würde Camilo dasselbe empfinden, wenn er sie hörte? Dass dem nicht so sein könnte, beunruhigte sie. Rosalie drehte die Musik auf und begann zu tanzen, während sie laut mitsang.

2.

Norma buk einen Kuchen. Am Nachmittag würden ihre Bridge-Freunde vorbeikommen. Einmal wöchentlich trafen sie sich abwechselnd bei jemandem zu Hause. Fito hatte den Bridgetisch vom Dachboden geholt und im Wohnzimmer aufgestellt.

Während sie die Zutaten zusammenmischte, kreisten ihre Gedanken um Rosalie. In den letzten Jahren hatten sie sich noch weiter auseinandergelebt. Oder sie hatten nicht zueinander zurückgefunden, beides fühlte sich genauso schmerzhaft an für Norma. Wie man eine gute Mutter wird und das auch bleibt, bringt einem niemand bei, dachte sie, während sie die Backform mit dem Teig darin in den Ofen schob.

3.

In der letzten Zeit fuhr Fito samstags oder sonntags in die Berge. Oft wanderte er allein, um seinen Geist zur Ruhe kommen zu lassen. Die Bergwelt berührte ihn jedes Mal aufs Neue, wahrscheinlich fühlte er sich nirgendwo sonst so glücklich und frei. Wenn er auf einem Berggipfel stand, war er von der Erhabenheit der Natur ergriffen. Oft fuhr er ins Alpsteingebiet. Die Wanderung von der Schwägalp zum Säntis machte er mehrere Male in der Wandersaison.

Fito war vor zwei Stunden losgewandert. In dieser Zeit hatte er sich nur auf die Natur und den Weg konzentriert. Gelegentlich unterhielt er sich mit Wanderern, die seinen Weg kreuzten. Beim Gasthaus Tierwis beschloss er, eine Pause zu machen. Er blickte über die Appenzellerhügel und dann zum Tödi, Palü und Piz Bernina. Als er zum Grenzkopf sah, begann er über die angespannte Situation bei *Sulzer* nachzudenken. Der Dieselmotor hatte sich zum Verlustgeschäft entwickelt. Mittlerweile wurde nur noch jeder zwanzigste Motor in Winterthur gebaut. Während das Lizenznehmernetz des mächtigen Konkurrenten *Burmeister & Wain* zunehmend wuchs, gab es für *Sulzer* kaum neue Wettbewerbsvorteile. Fito und seine Arbeitskollegen beobachteten die Schachzüge der Verantwortlichen mit wachsender Skepsis.

Vor kurzem hatte *Sulzer* die US-amerikanische Firma *Intermedics* erworben. Man sagte, der Kauf sei eine der wichtigsten Übernahmen in der Geschichte des Konzerns. In den letzten Jahren war es im Maschinenbau zu vielen Käufen und Verkäufen gekommen, man verlor leicht den Überblick. Tito Tettamanti, Rechtsanwalt und selbsterklärter Kapitalist, war nun Aktionär bei *Sulzer*, *Saurer* und *Rieter*, den Traditionsunternehmen im Schweizer Maschinenbau. Mittlerweile fokussierte sich der Dieselmotorenbereich offiziell auf Forschung und Entwicklung und auf den Verkauf von Lizenzen für den Motorenbau.

Während Fito sein erfrischendes Rivella genoss, erinnerte er sich an den Spätsommer 1986. Damals war das letzte Hochseeschiff, das Containerschiff Norasia Al-Mansoorah, mit einem *Sulzer*-Dieselmotor ausgestattet worden. Fito hatte den Transport nach Kiel organisiert.

Er seufzte, als ihm die neueste interne Mitteilung in den Sinn kam. Ende Jahr würde der letzte Dieselmotor im Werk Winterthur gebaut. Es war ein Auftrag der *Bahamas Electricity* für ihr Elektrizitätswerk *Clifton Pier*. Fito sah wieder über die Hügel Richtung Süddeutschland. Um sich von seinen deprimierenden Überlegungen abzulenken, überlegte er sich, was er in den letzten Jahren als positiv empfunden hatte.

Winterthurs Bevölkerungszahlen waren seit 1973 endlich gestiegen. Die Stadt zählte jetzt um die sechsundachtzigtausend Einwohner. Und die Altstadt war abgesehen vom Neumarkt seit fast zwei Jahren autofrei. Mehr fiel ihm nicht ein.

Fito stand auf und freute sich auf das letzte Stück der Wanderung. Der Weg von der Tierwis zum Säntis war anspruchsvoll, die Route führte über die felsigen Gratrücken des Grauschopfs. Da gab es keinen Platz für trübe Gedanken.

4.

In ein paar Monaten würde Enrique seinen achtundachtzigsten Geburtstag feiern. Er war bei guter Gesundheit und fühlte sich kräftig. Es ärgerte ihn, wenn sich in etwa gleichaltrige Bekannte und Freunde Krankheiten und Gebrechen einbildeten, die sie früher oder später dann auch hatten. Wieso sollte man plötzlich gesundheitliche Probleme bekommen, wenn man einen gesunden Lebenswandel pflegte? Wenn man sich ausgewogen ernährte und ausreichend bewegte? Viel mehr brauchte es laut Enrique nicht, um gut zu altern. Disziplin vielleicht noch.

Während Enrique wie jeden Tag die von seiner Physiotherapeutin empfohlenen Übungen machte, versuchte er, sich an seine Lieblingszitate über das Alter zu erinnern. *Mit den Jahren runzelt die Haut, mit dem Verzicht auf Begeisterung aber runzelt die Seele*, und *Niemand wird alt, weil er eine bestimmte Anzahl von Jahren gelebt hat. Menschen werden alt, wenn sie ihre Ideale verraten.* Enrique lächelte. Manchmal fühlte er sich noch wie der Achtzehnjährige, der 1918 wagemutig in die Atacamawüste aufbrach.

Enrique dachte an Fito. Als sie sich 1972 in der Schweiz voneinander verabschiedet hatten, befürchtete er, ihn nie wiederzusehen. Jetzt, sechzehn Jahre und einige Wiederbegegnungen später, stand wieder ein Besuch von ihm und seiner Familie an. Und das zu einem für Chile so entscheidenden Zeitpunkt. Am 5. Oktober würde das chilenische Volk darüber abstimmen, ob Pinochet weiterhin an der Macht blieb.

Enrique hatte Fito davon überzeugt, wegen des Plebiszites Ende September anzureisen und nicht wie die letzten Male erst im Dezember. So würden er, Norma und Rosalie noch einiges von den Vorbereitungen sehen und die aufgeregte Stimmung in María Elena und im ganzen Land miterleben.

María Elena

Rosalie hatte zwiespältige Gefühle. Einerseits freute sie sich darauf, Camilo wiederzusehen. Andererseits machte es sie nervös. Seit sie von der Reise wusste, sehnte sie sich nach ihm. Es zog im Unterleib, und manchmal kribbelte es. Die für sie neuartigen Gefühle waren nicht unangenehm, aber sie machten sie unruhig. Außerdem kreisten ihre Gedanken. Wie wäre das Wiedersehen? Wäre Camilo überhaupt in María Elena? Er studierte bestimmt in Iquique. Und wenn sie sich sahen, würde sie ihn noch genau gleich mögen? Und er sie?

Vor ein paar Monaten hatte sie ihm die Kassette geschickt, bis jetzt hatte sie nichts von ihm gehört. Wäre sie gefragt worden, hätte sie sich für eine Reise im Dezember ausgesprochen. Weil dann Sommer war in Chile und sie Weihnachten und Neujahr lieber in María Elena feierte als in der Schweiz. Ihr gefielen die vielen bunten Lichter und die fröhliche Atmosphäre. Aber die Eltern entschieden, wann sie nach Chile reisten, schließlich bezahlten sie ihr den Flug. Als sie sich trotzdem über das Abflugdatum beklagte, meinten die Eltern nur, das anstehende Plebiszit werde auch für sie ein Erlebnis sein. Rosalie hoffte nur, Camilo würde wegen dieser Abstimmung nach María Elena kommen.

2.

In Chile waren seit dem Jahr 1975 einhundertsechzig Korporationen, sechzehn Banken und über dreitausendsechshundert Salpeterwerke sowie Anlagen der Agroindustrie und Landwirtschaft privatisiert worden. Im Jahr 1988 war auch María Elena vollständig privatisiert. Der Ort gehörte nun ganz der *Soquimich*, die sich mittlerweile meistens *SQM* nannte. Die meisten Gebäude und Grundstücke gehörten dem Unternehmen und nicht mehr dem chilenischen Staat. María Elena war jetzt offiziell eine Ortschaft in einem Privatgelände.

Wie es die *Eleninos* vorhergesehen hatten, gab es für die *SQM*-Manager keinen Grund mehr, Veranstaltungen durchzuführen. Sie waren in den letzten vier Jahren immer weniger geworden. Als Reaktion darauf zogen sich die Bewohner in ihre Häuser zurück. Das war eine ganz neue Erfahrung, hatte sich ihr Leben doch immer außerhalb ihrer eigenen vier Wände abgespielt. Viele merkten erst jetzt, wie klein, eng und in welch schlechtem Zustand ihr Zuhause war, und wie wenig Privatsphäre es bot. Als die Gebäude von María Elena unter der sozialistischen Regierung Salvador Allendes noch ganz dem Staat gehörten und auch während der langen Übergangsphase bis zur vollständigen Privatisierung, empfanden sie die Bewohner als ihr Eigentum.

Jetzt aber wurde ihnen immer wieder vor Augen geführt, dass sie nichts besaßen. Manchen *Eleninos* wurde das Haus weggenommen, damit *SQM*-Arbeiter dort wohnen konnten. Immerhin wurde den Betroffenen eine andere Unterkunft zugewiesen. Es war deutlich zu spüren, wer in María Elena das Sagen hatte. Die Beständigkeit, die die *Eleninos* über Jahrzehnte lang gewohnt gewesen waren, war dem Gefühl gewichen, im eigenen Wohnort nur geduldet zu sein.

Auch für die Arbeiter hatte sich einiges verändert. Sie arbeiteten täglich zwölf Stunden, und das sieben Tage am Stück. Die neuen Schichten ließen keine Freizeit mehr zu. Die Belegschaft rotierte permanent. Jeden Tag kamen neue Arbeiter ins Salpeterwerk, während es andere verließen. Jeder wusste, dass er ersetzbar war. Die Zeit der sicheren Arbeitsplätze und Gewerkschaften war vorbei. Man kannte nur die Kollegen der eigenen Schicht. Man fuhr mit ihnen Bus, frühstückte zusammen und nahm das Mittag- und Abendessen mit ihnen ein. Die meisten gaben fast kein Geld aus in María Elena. Sie arbeiteten, aßen und schliefen dort, das war alles.

3.

Während des Willkommensessens sagte Enrique, dass María Elena gerade den schmerzhaften Übergang vom Dorf zur vorübergehenden Wohnstätte von *SQM*-Arbeitern erlebe. Und Lucrecia schilderte, wie sie die Stimmung nach der vollständigen Privatisierung empfand. «Viele *Eleninos* fühlen sich deprimiert und orientierungslos. Früher standen uns so viele Vereine und Klubs zur Verfügung. Jetzt wissen viele nichts mehr mit sich anzufangen.»

Norma und Fito dachten an die Zeit zurück, wo sie so viel unternommen hatten in María Elena. Jetzt herrschte eine kulturelle Einöde, und viele *Eleninos* standen unter Schock.

Weil Lucrecia etwas dagegen unternehmen wollte, hatte sie den *Bürgerverein María Elena* gegründet. Die Mitglieder trafen sich einmal wöchentlich und besprachen, wie das Gemeinschaftsgefühl wiederhergestellt werden könnte. Lucrecia erzählte, dass es im Moment die Bereiche *Kultur, Unterhaltung für Kinder* und *Weiterbildung* gebe. Die letzte Person, die der Gruppe beigetreten sei, schreibe gerade die Legenden nieder, die man sich in María Elena schon seit Jahrzehnten erzähle. Jemand sei damit beschäftigt, eine Liste mit allen historischen Gebäuden zu erstellen, die eine baldige Renovation nötig hätten. Und im Moment werde jemand gesucht, der als Schnittstelle zwischen *Eleninos* und *SQM*-Verantwortlichen fungiere. Jemand, der die Firma über die Aktivitäten des Vereins informiere und so bestenfalls Verständnis schaffe für die Bedürfnisse der *Eleninos*.

Nach dem Essen setzten sich Lucrecia und Norma auf das Sofa, um dort weiterzureden. «Eine junge Frau und deren Freund, die vor kurzem unserem *Bürgerverein* beigetreten sind, regen an, den Tourismus zu fördern», begann Lucrecia. Sie seien überzeugt davon, dass viele Chilenen interessiert daran wären, den Mikrokosmos einer Wüstensiedlung kennenzulernen. Aber die Mehrheit im Verein sei der Ansicht, der Gedanke sei verfrüht. Auch sie teile diese Meinung, zuerst müsse man sich schließlich um sein eigenes Wohl kümmern, bevor man für María Elena werbe. Nicht wenige Familien würden wegziehen, weil sie keine Perspektive mehr sähen. Die Ladeninhaber der kleinen Geschäfte würden diese Wegzüge schmerzlich spüren.

«Ist dies das eigentliche Ziel eures Vereins?», unterbrach Norma Lucrecias Ausführungen. «Anreize zu schaffen, damit die Leute bleiben? Vor allem die Jungen brauchen wohl eine Motivation, um nicht anderswo ihr Glück zu suchen.»

Lucrecia errötete. Der Verein war kurzfristig gegründet worden mit dem pragmatischen Ziel, zusammen Freizeitaktivitäten zu organisieren. Ein Leitbild oder etwas Ähnliches gab es nicht, aber das würde sich jetzt ändern. Lucrecia stand auf, um Stift und Papier zu holen.

Dank Normas Fragen gelang es ihr, die Situation aus der Adlerperspektive zu betrachten. Der Wegzug der *Eleninos* war ein Verlust für die Gemeinschaft. Je mehr Menschen mit einer ähnlichen Vergangenheit blieben, desto stärker war der Zusammenhalt. Denn zusammen bildeten sie eine kollektive Identität und damit ein kollektives Gedächtnis. Und dieses musste unbedingt erhalten werden. Genau das war die Vision des *Bürgervereins!* Das Leben in María Elena attraktiver zu gestalten war nur ein Mittel, um die *Eleninos* von der Abwanderung abzuhalten. Lucrecia machte sich freudig aufgeregt Notizen.

Als sie wieder zu Norma aufsah, erzählte sie ihr stolz, dass der Verein schon einen Erfolg erzielt habe, und zwar die unmittelbare Schließung der *Pulpería*. Nach der vollständigen Privatisierung hätten sie die *SQM*-Verantwortlichen sofort abschaffen wollen. Aber der Verein habe einen Aufschub erreicht. Dabei habe das Hauptargument überzeugt: Die *Eleninos* bräuchten Zeit, um sich an die Preise außerhalb der *Pulpería* zu gewöhnen. Zudem müssten sie lernen, mit Bargeld umzugehen. Viele hätten sich die Käufe in der *Pulpería* während ihres bisherigen Berufslebens vom Lohn abziehen lassen.

Inamorati

Rosalie war erleichtert, als sie von Rosa erfuhr, dass Camilo in María Elena war. Aber an ihrer Nervosität änderte die gute Nachricht nichts, eher im Gegenteil. Es war ihr peinlich, dass sie ihm damals die Kassette mit den italienischen Liedern geschickt hatte. Mittlerweile hoffte sie, dass sie unterwegs verlorengegangen war und Camilo deshalb nicht darauf reagiert hatte. Vielleicht aber fand er die Lieder lächerlich und hatte sich deshalb nicht gemeldet. Vielleicht hatte er sich mit seinen Kollegen sogar lustig gemacht über sie und ihren Musikgeschmack.

Rosalie saß mit Rosa auf einer Bank im Park und trank ihre Limonade in kleinen Schlucken.

«Camilo ist übrigens noch hübscher geworden», meinte Rosa. Sie kannte Rosalie gut genug, um zu wissen, dass sie im Moment nur ihn im Kopf hatte.

Rosalie errötete. «Vielleicht erkennt er mich ja gar nicht mehr.»

Rosa lächelte, winkte Richtung Markthalle und rief Camilos Namen. Rosalie pochte das Herz bis zum Hals, als er in ausladenden Schritten auf sie zukam. Rosa stand auf und verabschiedete sich mit einem Grinsen.

Je näher Camilo kam, desto langsamer wurde sein Schritttempo. Es beruhigte Rosalie, dass er schüchtern wirkte. Als er bei ihr war, stand sie auf. Die beiden lächelten sich an, bis Camilo seine Arme um sie legte. Vor Aufregung zitterte sie am ganzen Körper. Dann entdeckte sie ihre Mutter, die Lucrecia auf ihrer Joggingrunde begleitete. Sie wärmten sich auf der gegenüberliegenden Seite der *Plaza* auf. Rosalie stieß Camilo sanft von sich weg und zeigte in Richtung der beiden Frauen.

Er folgte ihrem Finger und grinste. «Du willst nicht, dass deine Mutter uns zusammen sieht? Du wirst dich nicht immer vor ihr verstecken können.»

Obwohl Rosalie das wusste, war sie froh, diesmal den Blicken ihrer Mutter entgangen zu sein. Sie wollte, dass dieser Moment nur ihr und Camilo gehörte. Nach der unterbrochenen Begrüßung setzten sie sich auf die Sitzbank. Am Anfang war Rosalie noch aufgeregt, aber Camilo verhielt sich so natürlich, dass sie sich entspannte. Sie erzählten sich das

Wichtigste der vergangenen vier Jahre. Irgendwann versicherte ihr Camilo, dass die Redewendung *Aus den Augen, aus dem Sinn* nicht auf sie beide zutreffe.

Die beiden fanden bald wieder zueinander.

2.

Ihre Joggingkleider benutzte Norma nur in Chile mit Lucrecia. Sie war froh, dass Lucrecia mittlerweile nicht mehr rannte, sondern nur noch schnell ging. So konnten sie sich immerhin miteinander unterhalten.

Lucrecia gehörte zu den wenigen Menschen, die von Normas Zerwürfnis mit ihrem Bruder wussten. Sie wusste, dass die Situation die Freundin belastete. «Habt ihr euch noch immer nicht versöhnt?»

Norma räusperte sich und schüttelte den Kopf. «Es fühlt sich nicht gut an, keinen Kontakt mehr mit Andrés zu haben. Es tut mir auch leid wegen Lorena, mit der ich mich so gut verstehe. Aber ich sehe nicht ein, weshalb ich den ersten Schritt machen sollte.»

Lucrecia sah ihre Freundin entgeistert an. «Ich weiß nicht, wer von euch beiden sturer ist.»

Norma lächelte. Mittlerweile hatte sie akzeptiert, dass in ihrem Leben nicht alles so war, wie sie es sich wünschte. Seit sie aufgehört hatte, andere um ihr vermeintliches Glück zu beneiden, ging sie entspannter durch ihr Leben. Sie glaubte nicht mehr, dass das Leben anderer Menschen so perfekt war, wie es auf den ersten Blick schien. Jeder Mensch erlebte doch Enttäuschungen und Verletzungen.

Die Frauen machten in der Nähe der beiden Wassertanks einige Dehnübungen. Dabei sah Lucrecia liebevoll zu Norma. «Das Leben ist mal leichter und mal schwerer. Aber wir können immer etwas tun, um ihm eine Richtung zu geben. Wenn dir dein Bruder wichtig ist, dann warte nicht darauf, dass er auf dich zukommt.»

Norma sah ihre Freundin überrascht an, während sie sich den Schweiß von der Stirn wischte.

3.

Hugo moderierte im Tonstudio von Radio Coya wie jeden Werktag zwischen zehn und elf Uhr morgens das Hörer-Wunschkonzert. Manchmal riefen auch Arbeiter oder Angestellte der *SQM* an und wünschten sich ein Lied. Üblicherweise unterhielt sich Hugo mit den Anrufern, bevor er den gewünschten Titel spielte. Gerade plauderte er mit Antonio, der bei der *SQM* angestellt war. «Woher kommen Sie ursprünglich, Antonio?»

«Aus Valdivia.»

«Und wie fühlen Sie sich bei uns?»

Antonio wurde verlegen und kam kurz ins Stocken. «Ich arbeite ja nur hier.»

Hugo bekam fast jedes Mal dieselbe Antwort auf seine Frage. Kaum ein *SQM*-Angestellter hatte eine Beziehung zum Ort. Neben dem Restaurantpersonal gehörte Hugo zu den wenigen, die ab und zu mit den Leuten der *SQM* sprachen. Manchmal erkundigte er sich, was ihnen am meisten fehle in María Elena. Die einen vermissten Familie und Freunde, die anderen ihre eigenen vier Wände, wieder andere sportliche Aktivitäten. Wenn jemand über Sport sprach, erwähnte Hugo den *Cuadro Blanco* und die vielen Sportvereine, die es früher in allen Salpeterwerken gegeben hatte. Die meisten Anrufer reagierten überrascht und ungläubig. Hugo hoffte, dass die *SQM*-Arbeiter irgendwann in irgendeiner Form mehr eingebunden sein würden.

Irgendwann hatte er Camilo am Draht, der sich ein Lied für Rosalie wünschte. Hugo sang mit und wippte mit den Füßen, während er das Lied laufen ließ. *Inamorati, inamorati.* Hatte er da etwas nicht mitbekommen? Waren Rosalie und Camilo etwa ineinander verliebt?

4.

Rosalie drehte das Volumen des Radios höher auf. Dieses Lied kannte sie doch. Sie errötete, und ihr wurde warm. Dann begann sie zu strahlen. Die Kassette. Er hatte sie bekommen. Sie lächelte und lief Richtung *Plaza*. Kurz davor bog sie ab, um in das Lebensmittelgeschäft von Camilos Vater zu gehen. Es war eine Art Tante-Emma-Laden.

Camilo war am Auffüllen der Gestelle, als er sie entgegenkommen sah. «Du hast es gehört.» Er lächelte sie an und war erleichtert, dass es geklappt hatte. Er wusste, dass Rosalie um diese Zeit meistens zu Hause war und gerne das Wunschkonzert hörte. Rosalie fiel Camilo in die Arme, und er wirbelte sie herum. Schließlich legte er seine Hände auf ihre Hüften, während sie ihre Arme um seinen Hals schlang. «Schön, bist du wieder hier», flüsterte er und gab ihr einen Kuss.

Camilo studierte in Iquique Wirtschaftswissenschaften. War er in María Elena, half er oft im Laden seines Vaters aus. Er und alle Studierenden im Land waren einige Tage vor dem 5. Oktober in ihren Heimatort gereist. Wie viele andere junge Erwachsene beteiligte sich auch Camilo aktiv an der Nein-Kampagne. Er wollte andere dazu ermuntern, Augusto Pinochet nicht für weitere acht Jahre ins Amt zu wählen. Auch er war der Ansicht, sechzehn Jahre an der Macht seien genug. Er löste sich sanft aus der Umarmung. «Komm, ich zeige dir etwas.»

Camilo war immer davon ausgegangen, María Elena nach seinem Studium definitiv zu verlassen. Lange glaubte er, es würde dort keine berufliche Zukunft für ihn geben. Aber in den letzten Tagen hatte er neue Freundschaften geschlossen. Mit Studenten, die wie er anderswo lebten, aber auch mit Einheimischen. Durch die vielen Gespräche und Begegnungen schloss er nicht mehr kategorisch aus, nach seinem Studium in María Elena zu leben. Vorausgesetzt natürlich, Pinochet würde nicht wiedergewählt werden.

In einer Art Scheune, etwa zweihundert Meter hinter der *Feria redonda*, blieben Camilo und Rosalie stehen. «Hier verfassen wir Flugblätter und organisieren Diskussionsabende. Hast du den Fernsehwerbespot zur Nein-Kampagne gesehen?»

Rosalie nickte. Sie sah den tanzenden jungen Mann auf der Brücke vor ihrem geistigen Auge, dazu viele verschiedenfarbige Blumen und einen Regenbogen. Die Botschaft von Pinochets Gegnern war, dass ohne Pinochet an der Macht die Freude nach Chile zurückkehren würde. Rosalie erinnerte sich an ein Gespräch mit Enrique und ihrem Vater. Der Onkel hatte ihr erklärt, dass wohl jeder zweite Chilene Pinochet unterstütze. Das hatte sie zuerst überrascht, schließlich wusste sie, dass er ein Diktator war. Aber ihr Vater, der sich gerne mit Geschichte beschäftigte, zeigte ihr auf, weshalb Hitler, Mussolini und Franco auch noch lange nach ihrem Tod Anhänger hatten. Mindestens etwas Gutes, was der betreffende Diktator gemacht hatte, fiel fast jedem ein. «Manche Menschen sind überzeugt davon, der Zweck heilige die Mittel», hatte der Vater gesagt.

Rosalie hatte damals das Gefühl, die Redewendung das erste Mal richtig verstanden zu haben. *Der Zweck heiligt die Mittel* suggerierte für sie, dass es lobenswert war, auch etwas moralisch Verwerfliches zu tun, wenn damit etwas vermeintlich Gutes herbeigeführt wurde. Und genau deswegen schauten viele Menschen weg oder begrüßten es sogar, wenn Diktatoren Menschen umbringen ließen, die ihnen unbequem waren.

Irgendwann blieb Camilo über Nacht bei Rosalie. Rosa kannte Camilos Eltern und wusste, dass sie liberal eingestellt waren. Nicht so konservativ wie Rosalies Eltern, die von Camilos Übernachtungen nichts wissen durften.

Obwohl diese nur aus langen Gesprächen, Gekicher, Zärtlichkeiten und Küssen bestanden.

Ja oder nein

Fito und Enrique liefen Richtung *Plaza*. In der Markthalle würden sie sich etwas zu trinken holen und sich dann in die Pergola oder auf eine der Bänke setzen. Enrique war mit seinem Spazierstock unterwegs. Lucrecia drängte ihn dazu, nicht mehr ohne aus dem Haus zu gehen.

Fito war froh darüber, dass es seinem Onkel grundsätzlich gut ging. Enrique war wichtig für ihn, durch ihn fühlte er sich verankerter im Leben. Und nur ihm vertraute er auch seine unausgereiften Gedanken an. «Ich frage mich, ob ich mir eine neue Stelle suchen sollte, trotz meiner neunundfünfzig Jahre», begann er.

Enrique fuhr sich über die Bartstoppeln und überlegte, mit welcher Redewendung er seinem Neffen antworten könnte. «*Ein freier, denkender Mensch bleibt nicht dort stehen, wo der Zufall ihn hinstößt.* Ein Ausspruch von Albert Schweitzer. Vielleicht ist es ja gut, wenn du aktiv wirst.»

Fito sah seinen Onkel entgeistert an. Er hatte damit gerechnet, dass er ihm riet, bei *Sulzer* zu bleiben und durchzuhalten bis zur Pensionierung. Seit einigen Monaten sah sich Fito die Stelleninserate in den Zeitungen genauer an, an zwei erinnerte er sich noch. Servicemechaniker bei *Atlas Copco* und Servicemonteur bei *Elektro Hug*. Bis jetzt hatte er sich nicht dazu durchringen können, sich irgendwo zu bewerben. Trotz der Ungewissheit, die ihm zusetzte, konnte er es sich nicht vorstellen, bei *Sulzer* zu kündigen. Denn eine Kündigung würde für ihn einem Verrat gleichkommen, sowohl am Unternehmen als auch an seinen Arbeitskollegen und wahrscheinlich auch an sich selbst. Traurig sah er zu seinem Onkel. «Ich fühle mich schon lange nicht mehr wohl bei der Arbeit. Und gleichzeitig bringe ich es nicht fertig, das sinkende Schiff zu verlassen.»

Enrique nickte verständnisvoll. Fito war offenbar einem Teufelskreis von Überlegungen ausgesetzt.

Fito erzählte von seinem ehemaligen Monteurschulkollegen. Heinz habe schon vor zwei Jahren gekündigt und lebe jetzt mit seiner Frau Susanne im Zürcher Oberland. Zusammen mit ihr betreibe er einen Biobauernhof. Sie hätten sich auf Biofleisch spezialisiert, würden aber auch selbstgemachten Käse, Marmelade und Kräuter verkaufen. Eigentlich sei der Hof der Lebenstraum von Heinz' Frau. Aber da es Heinz bei *Sulzer* ungemütlich geworden sei, habe er beschlossen, Susanne bei der Verwirklichung ihres Traums zu helfen. Gemeinsam würden sie jetzt ihre Ideen weiterentwickeln. «Obwohl die beiden momentan noch rote Zahlen schreiben, hat Heinz noch nie so glücklich und zufrieden auf mich gewirkt.»

Enrique lächelte. «*Glücklich sind diejenigen, denen die Jahre des Wirkens reichlicher zugemessen sind als die des Suchens und Wartens.* Diese Äußerung von Albert Schweitzer trifft auf deinen Freund zu.»

Es deprimierte Fito, dass er im Gegensatz zu Heinz keinen realistischen Plan B hatte. Gerne würde er einem Förster im Wald helfen, das hatte er sich immer als schöne Aufgabe vorgestellt. Aber das war eher ein Vorhaben für nach der Pensionierung, denn viel Geld verdiente man damit nicht.

Dann kam ihm das Interview mit Fritz Fahrni, dem neuen Chef des *Sulzer*-Konzerns und Pierre Borgeauds Nachfolger, in den Sinn. Der Artikel in der *SULZER INFO* war eine Bilanz von Fahrnis ersten hundert Tagen im Amt. Die große Schwachstelle in der Firma war die ungenügende Ertragslage. In den Bereichen Kältetechnik und Dieselmotoren hatte *Sulzer* im vergangenen Jahr erneut keine positiven Renditen erarbeitet. Fahrni zufolge würden in der Schweiz nur noch Produkte hergestellt werden können, die keine hohen Personalkosten verursachten. Fito sah zu seinem Onkel und freute sich, dass dieser ihm konzentriert zuhörte. «Erinnerst du dich an Tito Tettamanti? Ich habe dir von ihm geschrieben.»

Enrique nickte und schüttelte angesichts der Neuigkeiten den Kopf: Während der eineinhalb Jahren, in denen der Tessiner *Sulzer*-Aktionär gewesen sei, sei es zwischen ihm und der Konzernleitung immer wieder zu Reibereien gekommen. Der Geschäftsmann habe mehr Mitbestimmungsrechte gefordert und die Geschäftsführung kritisiert. Irgendwann hätten sich die Meinungsverschiedenheiten negativ auf den Kurs der *Sulzer*-Aktien ausgewirkt. Schließlich habe Tettamanti seine zehntausend Aktien zu je sechstausendachthundert Franken verkauft. Gekauft habe er sie zu zweitausendsiebenhundert Franken. Nachfolger des Tessiners sei der Unternehmer und Multimillionär Werner K. Rey, der als Finanzgenie bezeichnet werde. Dreißig Prozent der *Gebrüder Sulzer* würden nun ihm gehören. Immerhin habe sich mit dem Rückzug von Tito Tettamanti der *Sulzer*-Aktienkurs beruhigt. Fito sah unsicher zu seinem Onkel. «Magst du noch mehr hören?»

Enrique lächelte. «Nur zu.» Er wusste, dass sich sein Neffe gerade das Herz bei ihm erleichterte.

Fito erinnerte sich an die interne Mitteilung an das Montagepersonal. Die *SLM* wurde neu organisiert. Ziel war, die Konkurrenzfähigkeit auf dem internationalen Markt zu stärken. «Nichts bleibt an seinem Platz, Onkel. Alle werden dauernd herumgeschoben.»

Enrique schenkte seinem Neffen einen mitfühlenden Blick, dann lächelte er. «Passiert denn gar nichts Positives mehr in deiner Firma?»

Fito stutzte, dann dachte er ernsthaft nach. Am Anfang berichtete er noch verhalten, aber als er in den Erzählfluss kam, funkelten seine Augen. Er freue sich immer, wenn er lese oder höre, wo überall *Sulzer*-Dieselmotoren gebraucht würden. Vor ein paar Monaten habe die griechische *Public Power* bei *Cegielski*, einem polnischen Lizenznehmer von *Sulzer*, fünfzehn sechs- und neunzylindrige Dieselmotoren RTA58 bestellt. Der Zweitakt-Kreuzkopfmotor sei für den Grundlastbetrieb der Kraftwerke auf Chios, Kreta, Lesbos, Paros, Samos und Siros bestimmt. Vielleicht werde er sich nächstes Jahr das Kraftwerk auf Kreta ansehen.

Enrique war zufrieden und beruhigt. Offensichtlich war Fitos Leidenschaft für seinen Beruf noch nicht erloschen.

Während ihres Gesprächs waren regelmäßig *SQM*-Fahrzeuge an ihnen vorbeigefahren. Plötzlich wurde Fito melancholisch. Er erinnerte sich an die Umzüge des *Cuadro Blanco* und die Darbietungen der Athleten. Früher war hier so viel Leben, jetzt sah man kaum noch Kinder vor der Haustür spielen. Er bekam feuchte Augen, was Enrique nicht entging.

Der Onkel stieß den Neffen sanft mit dem Ellbogen an. «Die Zeiten ändern sich, Junge. Und alles verändert sich mit der Zeit. Das Leben ist Veränderung, das ist nun einmal so. Wenn du das nicht akzeptierst, leidest du.» Enrique lächelte und begann ein Lied zu summen. «Kennst du das?»

Fito nickte. Wer in Chile kannte das Lied von Mercedes Sosa nicht? *Cambia, todo cambia, cambia, todo cambia.* Alles verändert sich. Fito schämte sich, dass ihn sein Onkel so sentimental erlebte. Deshalb wechselte er schnell das Thema. «Was ist eigentlich mit Juan?»

Enrique sah seinen Neffen fragend an. Er hatte keine Ahnung, von wem er sprach.

«Der Mann, der sich in der Kirche versteckte. Vor unserem Ausflug zu den Geoglyphen hast du ihm Wasser und *Empanadas* gebracht.»

«Ach *der* Juan.» Enrique lachte. «Das ist ja schon über zehn Jahre her. Ich glaube, dieser Juan wohnt mittlerweile in Iquique. Seither sind viele Juans durch unsere Kirche und andere Verstecke gegangen.»

Fito sah beschämt zu Boden. Sein Onkel und er lebten in verschiedenen Realitäten, wurde ihm einmal mehr bewusst.

Enrique ahnte, was in seinem Neffen vorging. «Dir muss nichts peinlich sein, schon gar nicht vor mir.» Um ihn abzulenken erzählte er, die *SQM*-Arbeiter würden dreihundertfünfzigtausend Pesos, etwa dreihundert Schweizer Franken, und andere Anreize erhalten, falls sie am 5. Oktober Ja stimmten. Wer sich jedoch gegen Pinochet ausspreche, werde entlassen.

2.

Schließlich stimmten vierundvierzig Prozent der Stimmbevölkerung Ja und sechsundfünfzig Prozent Nein. Die *SQM* entließ sechshundert Arbeiter. Die ersten Präsidentschafts- und Parlamentswahlen nach der Diktatur würden drei Monate vor Ablauf von Pinochets Amtszeit erfolgen. Pinochet und seine Militärjunta waren noch ein Jahr an der Macht, so wollte es die Verfassung.

Dann nahte der Abschied. Rosalie hatte ihren Koffer aufs Bett gelegt und war am Packen, während Rosa ihr zusah. «Ich hoffe, wir sehen uns nicht erst in vier Jahren wieder. Jetzt, wo du in Camilo verliebt bist, stehen die Chancen für ein baldiges Wiedersehen ja ganz gut, oder?» Sie lächelte und drückte Rosalie an sich.

Der Ausverkauf beginnt, 1989

Fito kam früher als üblich nach Hause. Als er durch die Haustür trat, erkannte er, dass Norma in Hörweite war. «Es ist so weit. Jetzt geht es los.»

Sie kam ihm sofort aus dem Wohnzimmer entgegen. «Was geht los?»

«Der Ausverkauf von *Sulzer* beginnt.»

Es war Ende März. In der Dieselmotorenabteilung hatte die Ankündigung des Verkaufs für große Aufregung gesorgt. *Sulzer* hatte vor, seine Dieselmotorenabteilung an die *MAN*-Tochter und Konkurrenzfirma *MAN B&W Diesel* in Augsburg zu verkaufen. Die Verantwortlichen beider Unternehmen gingen davon aus, dass die deutsche Dieselmotorenbaufirma und die *Sulzer*-Dieselmotorenabteilung nur zusammen überleben konnten. Trotz aller Vorwehen kam die Nachricht vom geplanten Verkauf ihrer Abteilung für die meisten Mitarbeiter überraschend. Von der Übernahme ausgeschlossen war die Maschinenfabrik der *SLM*, die unter anderem Dieselmotorenkleinteile herstellte. Ihre rund zweihundert Beschäftigten blieben bis auf Weiteres im Auftragsverhältnis für das neue Unternehmen tätig.

Norma bemerkte, wie deprimiert Fito war. Gleichzeitig fragte sie sich, was der Verkauf für die Familie bedeutete. Mussten sie jetzt etwa nach Deutschland ziehen? Der Gedanke gefiel ihr nicht, zum Glück beschwichtigte Fito sofort. Toni Brunner habe versichert, dass die Arbeitsplätze in Winterthur erhalten blieben, falls die Dieselmotorenabteilung eines Tages von *Sulzer* ausgegliedert werden würde.

Fito kam die letzte Pressemitteilung in den Sinn, wo ein *MAN*-Manager zitiert wurde. *Wir möchten den ausgezeichneten Ruf von* Sulzer *in der Dieseltechnik nutzen und mit den Aktivitäten von* MAN B&W *verbinden. Aber dazu sind wir auf den vorbehaltlosen Einsatz der bisherigen* Sulzer-*Mitarbeiter angewiesen. Besonders wichtig ist uns der Erhalt der traditionell hochstehenden Serviceleistungen für die Kunden und Lizenznehmer in aller Welt.*

Fito seufzte. Es war immer dasselbe. Ständig wurde man ermahnt, sein Bestes zu geben. Dabei hatte er während seines Berufslebens doch nie etwas anderes getan. Und das, ohne je dazu aufgefordert worden zu sein.

2.

Am nächsten Morgen wartete Fito den Briefträger ab. Noch unter dem Fahrradstand blätterte er hastig den *Landboten* durch, bis er den gewünschten Artikel vor sich hatte. *Dieselgeschäft brachte nur noch Verlust.* Die Schlagzeile missfiel Fito. Das klang ja so, als machte man die Dieseler für das Defizit verantwortlich. Als ob mangelnder Arbeitseinsatz für das Abstoßen des Dieselmotorengeschäfts verantwortlich wäre! Fito atmete tief durch und überflog den Artikel. 1988 betrug der Umsatz des Dieselmotorenbereichs fünf Prozent des Konzernumsatzes. Das waren 23,4 Prozent weniger als im Vorjahr. Der Journalist schrieb, die Lage sei schon vor einem Jahr aussichtslos gewesen, vor allem wegen des Preisdrucks der japanischen und koreanischen Anbieter.

Fito legte die Zeitung sorgfältig zusammen und klemmte sie auf den Gepäckträger seines Fahrrads. Die restlichen Berichte würde er im Büro lesen. Seine Arbeitskollegen würden bestimmt dasselbe machen. Er beschloss, seinen Arbeitsweg an der frischen Luft zu genießen. An der Situation konnte er nichts ändern. Er hatte keine andere Wahl, als sie durchzustehen. Manchmal fielen ihm Redewendungen ein, die Enrique gerne verwendete. Vor allem diejenigen von Albert Schweitzer. *Niemand kann vor seiner Zeit davonlaufen,* kam ihm jetzt in den Sinn. Er lächelte.

Vor den Haupteingängen von *Sulzer* sah er viele Angestellte, die entweder Zeitung lasen oder sich lebhaft miteinander unterhielten. An einer Lifttür bemerkte er einen Zettel, er erkannte die Schrift seines Bürokollegen Daniel. *Bye-bye Sulzer. Musste das sein? Wir sind traurig. Die DM-Abteilung.* Fito bekam weiche Knie. Die Dieselmotorenproduktion, der einstige Stolz von *Sulzer,* war am Ende. Es war ein Trauertag.

Als er ins Monteurbüro trat, waren Toni Brunner, Hans und Daniel über ihre Zeitungen gebeugt. Fito holte sich einen Kaffee und setzte sich an sein Pult. Zuerst las er den Titel des Berichts über die Reaktion der Arbeitnehmerorganisationen. *Verunsichert und unter Schock.* Fito nickte nachdenklich. Ein passender Titel, der den Gemütszustand der Dieseler treffend in Worte fasste. Der Journalist schrieb von der *Aushöhlung des Produktionsstandorts Winterthur.* Der Christliche Metallarbeiter-

226

verband kritisierte die Informationspolitik von *Sulzer*, die bei den Mitarbeitenden Unsicherheit und Misstrauen säen würde.

Auch einige Sulzerianer wurden zitiert. Während die einen von einer befriedigenden Lösung sprachen, bezeichneten andere den Verkauf der Dieselmotorenabteilung als Armutszeugnis. Es waren diese Mitarbeiter, die sich frustriert und ernüchtert fühlten. Einige beschrieben die *Sulzer*-Führungskräfte als schwach und nicht risikofreudig. Wer investiere, gehe ein Risiko ein. Wer einen Geschäftsbereich verhökere, gehe diesem aus dem Weg. Auch *Sulzers* Geschäftspolitik in den späten 1970er Jahren wurde infrage gestellt. Als damals der Hauptkonkurrent *Burmeister & Wain* vor dem Konkurs gestanden und einen Käufer gesucht habe, hätten die *Sulzer*-Verantwortlichen kein Interesse gezeigt. Dafür habe damals *MAN* zugegriffen, und jetzt mache sich die Tochterfirma die *Sulzer*-Dieselmotorenabteilung zu eigen.

Toni Brunner rief sein Team samt Sekretärinnen zusammen und lud alle auf einen Kaffee in die Kantine ein. Der Tag entwickelte sich in etwa so, wie Fito es sich vorgestellt hatte. Es wurde nicht viel gearbeitet, was sich für die Dieseler wie eine Art Rache am *Sulzer*-Management anfühlte. Einige dachten laut darüber nach zu kündigen, andere gaben ihrem Ärger und ihrer Ohnmacht Ausdruck. Das Mittagessen wurde auf Toni Brunners Einladung im Restaurant *Goldenberg* eingenommen.

Die nächsten Tage im Büro gestalteten sich zäh. Die Aussprachen zwischen den Mitarbeitenden, dem Leiter der Dieselmotorenabteilung und dem Personalchef führten nur immer wieder zu neuen Fragen. Deshalb kündigte Letzterer an, die Angestellten könnten ihn an einem festgesetzten Tag allein oder in kleinen Gruppen in seinem Büro aufsuchen. Er würde dann nach bestem Wissen und Gewissen versuchen, Antworten auf alle brennenden Fragen zu geben.

3.

In der folgenden Woche kam der nächste Schock. Gewerkschafter und Arbeiter befürchteten, *Sulzer* würde auch die *SLM* verkaufen. Der Sekretär der Maschinenbaugewerkschaft kündigte an, bei den Sitzungen mit dabei sein zu wollen. Diesmal wolle er aus erster Hand erfahren, was die Manager planten. Fito war froh, aus dem Büro zu kommen. Das erste Mal seit fünf Jahren hatte er einen Einsatz auf einem Schiff, und zwar auf der MV Montreux.

Bald wurden neue Umstrukturierungen angekündigt, auch die Presse schrieb darüber. Fito las einen Artikel im Büro. *Wie werden all die Männer und Frauen mitmachen, die unmittelbar an ihren Arbeitsplätzen betroffen sind? Hunderte davon werden gerade umgekrempelt. Vielen weiteren steht alles erst noch bevor. Dass dies Angst macht, muss man verstehen. Und Angst kann nicht für gute Arbeitsmoral sorgen.* Fito seufzte und sah zu seinen Bürokollegen. «Habt ihr diesen Artikel schon gelesen?»

Daniel nickte, und Hans' Gesicht war vor Wut gerötet.

Hans überflog den Artikel nochmals und las laut vor: «*In der Firma selbst engagierte Arbeitnehmervertreter anerkennen immerhin eine gute, kontinuierliche Information durch die Geschäftsleitung und großzügige Sozialpläne.* Von wegen gute Kommunikation! Und das Beste kommt zum Schluss: *Aber auch ein gut unterrichteter Verlierer ist ein Verlierer. Diese Rolle spielt auf die Dauer niemand gern.* In den Augen der Öffentlichkeit sind wir also Verlierer.» Hans schlug mit der Faust auf sein Pult.

228

I.H.R.

Norma war mit Hans' spanischer Frau befreundet und wusste, dass sich ihre Männer ähnlich fühlten. Hans ging es vielleicht ein wenig besser als Fito, weil er zwei Jahre älter war und früher pensioniert werden würde. Fito aber war zu alt, um den Betrieb zu wechseln und zu jung, um das Erwerbsleben hinter sich zu lassen. Norma bedauerte, dass Fitos letzten Berufsjahre nicht unbeschwert waren. Das hatte er nicht verdient. Sie konnte ihm nur zuhören und ihn daran erinnern, Enrique zu schreiben.

Im Mai und Juni arbeitete Fito mehrmals bei der Feinweberei *Elmer* in Wald. Das Zürcher Oberland war ihm von seinen zahlreichen Wanderungen vertraut. Er mochte die idyllische Landschaft, wo bei guter Wetterlage hinter den vielen Hügeln die Alpenkette zu sehen war. Bei der Demontage der beiden HD19-Motoren vergaß Fito den geplanten Verkauf der Dieselmotorenabteilung. Auch beim anschließenden Besuch bei Heinz dachte er nicht daran. Erst das interne Schreiben, das er in der ersten Juniwoche auf seinem Pult vorfand, erinnerte ihn. Der Übertritt in die neue Firma war auf den 1. Juli 1989 vorgesehen.

2.

Rosalie war nur so oft wie unbedingt nötig an der Universität. Sie besuchte lediglich die für ihren Studiengang obligatorischen Vorlesungen und Seminare. Den Kult um gewisse Professoren konnte sie nicht nachvollziehen. Sie versuchte, die Faszination zu verstehen, die viele ihrer Kommilitoninnen für einen französischen Literaturprofessor hegten. Die Tatsache, dass er in seinem Gebiet als Koryphäe galt, genügte doch nicht, um ihn anzuhimmeln und seinen Vorlesungen so offensichtlich entrückt zuzuhören. Ja, der Professor war welt- und wortgewandt, adrett gekleidet und charmant. Aber das, worüber er dozierte, las Rosalie lieber zu Hause nach und ersparte sich so den Weg nach Zürich.

Viele fühlten sich wohl in Rosalies Gegenwart. In jeder Vorlesung und jedem Seminar freundete sie sich mit jemandem an. Während der

Vorlesungen schweiften ihre Gedanken oft zu Camilo ab. Sie vermisste ihn. Im letzten Brief hatte sie ihm geschrieben, dass sie sich überlege, ihr Studium in Chile weiterzuführen. In Tocopilla oder in Iquique. Manchmal dachte Rosalie sogar über einen Studienabbruch nach. Eine weniger drastischere Möglichkeit wäre, es zu unterbrechen. Rosa hätte sicher nichts dagegen, wenn sie bei ihr wohnte.

Rosalie erzählte nur Camilo von ihren Beweggründen, weil sie davon ausging, dass nur er sie verstand. Rosalie liebte die Schweiz. Dort war sie geboren, das Land war ihre Heimat. Aber es kam ihr vor, als müsste sie sich dort ständig zurücknehmen. Weil sie zu schnell dachte, beim Reden Denkschritte ausließ und ihr dann viele nicht folgen konnten. Oder weil sie lauter lachte als die anderen. In ihrem Geburtsland spürte sie den Puls des Lebens nicht, weil sie nicht ganz hineinzupassen schien.

Rosalie wusste um die Sorgen ihres Vaters. Sie erkannte in seinem Blick, wenn es ihm nicht gut ging. Normas Gemütszustand konnte sie weniger gut deuten. Mit dem distanzierten Verhältnis, das sie zueinander hatten, hatte sie sich schon lange arrangiert. Früher wünschte sie sich häufig, eine andere Mutter zu haben. Sie sehnte sich nach einer innigen und harmonischen Mutter-Tochter-Beziehung. Wenn sie die Zimmertür hinter sich und vor Norma zuschlug und die Musik laut aufdrehte, schrie sie es laut heraus.

Irgendwann hatte Rosalie erkannt und akzeptiert, dass Norma ihr nicht geben konnte, wonach sie sich sehnte. Deshalb distanzierte sie sich von ihr. Schon seit Jahren fand sie Geborgenheit vor allem in ihren Büchern. Und sowieso war sie ja jetzt alt genug, um selbst auf sich aufzupassen. Sie hatte sogar den Führerschein.

Es wunderte Rosalie, dass ihre Mutter ausgerechnet jetzt ihre Nähe suchte. Oft schlug sie vor, zusammen etwas zu unternehmen. Rosalie ging nur selten darauf ein. Schließlich hatten sie keine Basis, nichts worauf sie eine bessere und engere Beziehung zueinander aufbauen konnten. So zumindest kam es ihr vor.

3.

Rosalie saß über ein Buch gebeugt auf der Holztreppe im Garten, als ihr Fito den Arm tätschelte. Während es sich Norma gerne in der Hollywoodschaukel gemütlich machte, saßen Vater und Tochter am liebsten auf der Holztreppe. Aus ihrer Lektüre gerissen, blickte Rosalie erschrocken auf. Wäre sie von ihrer Mutter unterbrochen worden, würde sie sich jetzt ärgern. Ihrem Vater aber nahm sie kaum etwas übel.

Bald sah sie das Blatt in seiner Hand. Es war eine auf Englisch verfasste Pressemitteilung. Rosalie begann zu übersetzen. Die neue Gesellschaft übernahm am 1. Juli 1989 alle aktuellen Dieselgeschäfte der *Gebrüder Sulzer*. Direktor in der Schweiz wurde Gérard Bally, der aktuelle Leiter der Dieselmotorenabteilung. Zusammen mit fünfundzwanzig Lizenznehmern in achtzehn Ländern würde die neue Firma für ihren Kundendienst über ein umfassendes weltweites Netzwerk verfügen.

«Nicht viel Neues», meinte Fito schließlich trocken. «Von diesen internen Mitteilungen und sonstigen Informationen habe ich langsam die Nase voll. So kann man doch nicht arbeiten.»

Rosalie nickte, ihre Augen noch immer auf die Pressemitteilung gerichtet. Da war noch eine wichtige Information, wie ihr schien. «Die künftig von der neuen Gesellschaft entwickelten, gebauten und vermarkteten Dieselmotoren werden weiterhin als *Sulzer*-Dieselmotoren bezeichnet.»

Fito zog die Augenbrauen hoch und machte eine wegwerfende Handbewegung. «Fragt sich nur, wie lange noch.»

Manchmal kam ihr der Vater vor wie ein trotziges Kind, wenn sie ihm die Mitteilungen übersetzte. Aber grundsätzlich fühlte Rosalie mit ihm. «Warum lässt du dich denn nicht schon jetzt pensionieren? Du bist doch sechzig. Du und Mama könntet dann so lange wie ihr wollt nach Chile und die Zeit mit der Familie genießen.»

Fito schüttelte den Kopf. Die Jugend. Wenn es so einfach wäre, mit sechzig in Pension zu gehen. Das sei nur mit einer beachtlichen Renteneinbuße möglich, erklärte er. Er habe keine Wahl, fünf lange Arbeitsjahre würden noch vor ihm liegen.

Rosalie sah ihren Vater nicht gerne den Umständen ausgeliefert. Gerne würde sie erleben, wie er eine gute Lösung für sich fand, alle Hindernisse aus dem Weg räumte, das Schicksal austrickste und seinen eigenen glücklichen Weg ging. Sobald das Wetter besserte, würde sie ihm eine gemeinsame Wanderung in den Bergen vorschlagen. Dort ging es ihrem Vater immer gut. Rosalie beobachtete Fito gerne dabei, wie er auf einem Gipfel stehend die Berglandschaft betrachtete. Dann sah er aus wie ein staunendes Kind, das zum ersten Mal etwas Wunderschönes entdeckte.

4.

Fito nahm das Mitarbeitermagazin *Horizonte* mit nach Hause. Es war das erste Heft nach dem angekündigten Verkauf der Dieselmotorenabteilung an *MAN*. Er setzte sich damit auf die Holztreppe und fing an darin zu blättern, bis er fand, was er suchte.

Da war es, das mit *Der Diesel-Entscheid* betitelte Interview mit Generaldirektor Peter Sulzer. Fito ärgerte sich über dessen Äußerungen und glaubte ihm nicht alles. Peter Sulzer falle es schwer, sich *Sulzer* ohne den Produktebereich Dieselmotoren vorzustellen. Im Interview bestritt er, man habe die Mitarbeitenden nur ungenügend und zu spät über den Verkauf an *MAN* informiert. Man könne ja nur über Resultate in Kenntnis setzen, nicht über aktuelle Verhandlungen.

Fito erinnerte sich an das interne Informationsblatt *TATEN UND DATEN*. Nur Großbuchstaben und nichts dahinter, wie dieses Interview. Natürlich hatten die Verantwortlichen immer eine Antwort parat. Nur keine Blöße geben, nur nichts zugeben.

Fito blätterte weiter bis zum Artikel *Was sagen die Mitarbeiter zum Diesel-Entscheid?* Dieser Stimmungsbericht aus der Dieselmotorenabteilung interessierte ihn schon eher. Als er sich darüber beugte, hörte er Rosalies Schritte. Er sah nur kurz auf, als sie sich mit einem Buch neben ihn setzte. Fito begann konzentriert den Artikel zu lesen. Am meisten war er auf die Zitate der Mitarbeiter gespannt.

Er konnte fast jede Bemerkung nachvollziehen. Ein Kollege war damit einverstanden, dass im Dieselmotorenmarkt etwas geschehen musste. Aber die getroffene Lösung kritisierte er, weil sie seiner Meinung nach zum Nachteil der Dieseler ausfiel. Jemand meinte, das Vertrauensverhältnis zwischen Geschäftsleitung und Mitarbeitern sei in den letzten Jahren immer wieder strapaziert worden. Ein anderer stellte sarkastisch fest, es sei doch erstaunlich, wie kurzfristig sich die Strategie des Konzerns gewandelt habe. Noch vor drei Jahren habe der damalige Verwaltungsratspräsident in einem Interview erklärt, ein Unternehmen müsse bereit sein, auch schlechte Zeiten durchzustehen. Und ausgerechnet jetzt, wo sich der *Sulzer*-Dieselmotor einer ausgezeichneten Marktstellung erfreue, werde der ganze Bereich verkauft.

Mit der Aussage eines Kollegen identifizierte sich Fito besonders. *Wir haben unser Produkteimage, den weltbekannten* Sulzer-*Diesel, in einer Summe von Tausenden von Dienstjahren aufgebaut. Jetzt wird uns ein Teil der Basis entzogen, indem uns nicht erlaubt wird, den Namenszug* Sulzer *in der neu zu gründenden Gesellschaft zu führen. Wie wirkt das auf unsere Kunden? Wir werden als namenlose Firma fast wieder bei Null beginnen müssen.* Ein Mitarbeiter kritisierte Konzernleitung und Verwaltungsrat. Die Krise sei eine Chance gewesen, die sie nicht zu nutzen gewusst hätten. Die Manager hätten doch einen Weg finden müssen, aus dem reichlich vorhandenen Diesel-Know-how Kapital zu schlagen!

Jemand meinte, man könne der aktuellen Unternehmensleitung nicht für alles die Schuld geben. Vielleicht werde ja jetzt geerntet, was andere gesät hätten. Fito überflog einige Kommentare, um dann einen gleich ein paar Male zu lesen: *Leider hat man in den letzten zehn Jahren das Selbstvertrauen von uns Mitarbeitern untergraben, weil nur noch die Konkurrenz zum Maß aller Dinge erhoben wurde, statt sich auf unsere eigenen Stärken zu besinnen. Heute sind viele von uns frustriert, da wir offensichtlich unseren Auftrag und die an uns gestellten Anforderungen nicht zu erfüllen vermochten.* Fito sah zur Föhre, die er erst vor kurzem gepflanzt hatte, und atmete ein paar Male tief durch.

Rosalie fiel auf, wie aufgewühlt ihr Vater war. Während er über das Heft gebeugt war, hatte er immer wieder den Kopf geschüttelt und geseufzt. Da sie sich sowieso nicht mehr auf ihren Roman konzentrieren konnte, sprach sie ihn an. «Was liest du denn da?» Sie machte eine entsprechende Handbewegung, und ihr Vater reichte ihr das Magazin.

Der Stimmungsbericht faszinierte sie. «Du wirst hier nicht zitiert, oder? Die Anfangsbuchstaben deines Vor- und Nachnamens stehen jedenfalls nirgends.»

Fito verneinte. Als seine Kollegen interviewt wurden, war er wahrscheinlich in der Feinweberei in Wald beschäftigt. Verwundert sah er zu seiner Tochter. So interessiert hatte er sie noch nie etwas lesen sehen, das ihn betraf.

«Wieso sind eigentlich nur die Initialen abgedruckt und nicht der vollständige Name? Stehen deine Kollegen nicht zu ihrer Meinung?»

Fito runzelte die Stirn. Die Naivität der Jungen. «Keiner würde offen und ehrlich seine Meinung sagen, wenn sein Name darunter stehen würde.»

Rosalie nickte etwas verschämt. Darauf hätte sie auch selbst kommen können. Diese Leute waren bestimmt genauso frustriert und wütend wie ihr Vater. Sie gab ihm das Heft zurück, und er sah sich die Initialen genauer an. Irgendwann schüttelte er den Kopf, und seine Stirn legte sich in Falten. «Ich kann die Buchstaben keinem Kollegen zuordnen», meinte er schließlich.

Etwas brüsk nahm ihm Rosalie das Magazin aus der Hand. Sie überflog den Artikel nochmals und widmete sich dann den Initialen. Irgendwann kam sie auf die Idee, den Fließtext auszublenden und die Initialen in der Reihenfolge, wie sie waren, aneinanderzureihen. Rosalies Wangen glühten vor Aufregung, als sie sich wieder ihrem Vater zuwandte. «Hier ist eine Mitteilung versteckt.»

Fito sah seine Tochter verständnislos an.

«Reih' die Initialen aneinander, eine nach der anderen.»

«I.H.R.A.R.S.C.H.L.O.E.C.H.E.R.R. «Ihr Arschlöcher?» Fito blickte ungläubig zu Rosalie. Er war sprachlos. Er öffnete seinen Mund, brachte aber keinen Ton heraus.

Rosalie war zugleich aufgeregt und fasziniert. Auf zwei Worte heruntergebrochen verrieten die aneinandergereihten Initialen, was die Dieseler von den Managern und Entscheidungsträgern hielten. Rosalie begann zu lachen.

Fito ließ sich anstecken und tippte sich an die Schläfe. «Ihr Arschlöcher. So etwas kann man ja nicht sagen.»

«Schon gar nicht in einer Mitarbeiterzeitung.»
Vater und Tochter lachten eine ganze Weile lang.

5.

Als Fito am folgenden Tag ins Büro kam, war er gespannt darauf, ob seine Arbeitskollegen die getarnte Botschaft im Text bemerkt hatten. Bald stellte er fest, dass einige die Mitarbeiterzeitschrift am Vorabend gar nicht nach Hause genommen hatten. Diejenigen, die lachten und miteinander tuschelten, wussten Bescheid. Amüsiert beobachtete er, wie ein Kollege mit dem Magazin in der Hand auf die Initialen zeigte und der Kollege neben ihm vor Überraschung einen kurzen Schrei ausstieß. Es wurde viel gelacht an jenem Tag.

Intern blieb der Streich ohne Konsequenzen, und wer dafür verantwortlich war, wussten wohl nur wenige. In der *Horizonte*-Redaktion hieß es, jemand außerhalb der Redaktion müsse die Initialen verfälscht haben. Gleichzeitig wurde versichert, die Zitate seien authentisch.

Irgendwie erfuhr der *Landbote* vom Vorfall und berichtete darüber. In derselben Zeitungsausgabe bezeichnete der Stadtpräsident den bevorstehenden Verkauf der Dieselmotorenabteilung nostalgisch gesehen als traurigen Verlust, aber wirtschaftlich betrachtet als Entscheid der Zeit. Der Sekretär der Maschinenbaugewerkschaft sprach vom ausblutenden *Sulzer*-Konzern und von fehlendem Pioniergeist.

6.

Am 1. Juli 1989 fanden Fito und seine Arbeitskollegen ein internes Schreiben von Gérard Bally in ihrem Postfach vor. *Sehr geehrter Herr* war vorgedruckt, der jeweilige Nachname von Hand eingesetzt. Fito wurde übel, als er es schwarz auf weiß vor sich sah. Die Dieselmotorenabteilung war offiziell aus dem *Sulzer*-Konzern ausgegliedert. *Sulzer* hatte tatsächlich sein Herz weggegeben.

Unwohlsein

Norma bereitete ihre Teerunde vor, nur noch die Torte fehlte. Es war Adelas Geburtstag, sie würde ihr eine *Milhojas* machen, ein in Südamerika beliebtes Blätterteiggebäck mit Milchkaramell. Als Norma den Wohnzimmertisch deckte, sah sie Enriques Brief. Fito hatte ihn am Vorabend gelesen und dort liegengelassen.

Schon seit Jahren begann Enrique seine Briefe mit einer Redewendung. Gewöhnlich las ihr Fito den Satz vor, manchmal diskutierten sie darüber. Gestern hatte er den Brief nicht einmal erwähnt. In der letzten Zeit war er mit seinen Gedanken oft woanders. Norma las nur das Zitat. *Der moderne Mensch wird in einem Tätigkeitstaumel gehalten, damit er nicht zum Nachdenken über den Sinn seines Lebens und der Welt kommt.* Da war etwas Wahres dran, dachte sie.

Das Jahr 1989 war bis jetzt das turbulenteste, das sie in der Schweiz erlebt hatte. Im Januar musste Elisabeth Kopp, die erste Bundesrätin der Schweiz, zurücktreten. Norma unterhielt sich mit ihren Freundinnen ausgiebig darüber. Sie waren überzeugt, dass eine Art moderne Hexenjagd gegen Elisabeth Kopp lief. Ein Telefonat war zu einem politischen Skandal heraufstilisiert worden. Die Bundesrätin hatte ihren Mann angerufen, um ihn zum Rücktritt aus dem Verwaltungsrat einer Firma zu bewegen, die möglicherweise in Geldwäscherei verwickelt war. Da Elisabeth Kopp an einer Strafnorm gegen Geldwäscherei arbeitete, konnte ihr Mann bei diesen Gerüchten doch nicht im Verwaltungsrat dieser Firma bleiben, waren sich Norma und ihre Freundinnen einig. Auch sie hätten ihre Männer angerufen.

Der Bundesrätin, die sich keiner Schuld bewusst war, wurde Amtsgeheimnisverletzung vorgeworfen. Während Norma den Blätterteig knetete, dachte sie an den Fichenskandal. Als man den Fall Kopp untersuchte, wurde die *Parlamentarische Untersuchungskommission* eingesetzt. Eine ihrer Aufgaben bestand darin, die Datensammlungsaktivitäten der Bundesanwaltschaft zu untersuchen, die diese nach eigenen Angaben zwecks Staatsschutzes betrieb. Dabei deckte die Kommission auf, dass auch über einfache Bürgerinnen und Bürger auf einer Art Registerkarte Buch geführt wurde. Über jene, die in kommunistische

236

Staaten reisten, an einer Demonstration teilnahmen oder in den Augen der Regierung aus anderen Gründen verdächtig waren. Dank der Kopp-Geschichte kam ans Licht, dass sowohl Bundes- als auch Polizeibehörden seit dem Jahr 1900 rund neunhunderttausend Fichen angelegt hatten. Darin waren über siebenhunderttausend Personen und Organisationen erfasst.

Norma lächelte, als sie sich an den Kommentar ihrer Freundin Blanca erinnerte. *No hay mal que por bien no venga*, hatte sie pragmatisch festgestellt. Etwas Schlechtes bringe auch immer etwas Gutes hervor. Durch den Fall Kopp sei die Fichenaffäre aufgedeckt worden. Als Norma ein Ziehen in der Darmgegend verspürte, atmete sie ein paar Male tief durch. Sie nahm sich vor, nichts von der *Milhojas* zu essen.

2.

«Was hat das zu bedeuten?» Fito wurde flau im Magen, als er den Leitfaden zur Arbeitslosenversicherung auf seinem Pult liegen sah.

Hans, der ihm gegenübersaß, lachte über Fitos Reaktion. «Keine Angst, wir sind nicht gefeuert. Einige Kollegen haben von der Personalabteilung verlangt, uns gründlich zu informieren. Das Resultat liegt vor dir.»

Zuerst wollte Fito den Leitfaden zerknüllen und in die Schachtel mit dem Altpapier werfen. Er legte ihn dann aber in eine Klarsichtmappe, man konnte ja nie wissen.

Ein paar Tage später wurden die Sulzerianer per internem Schreiben informiert, dass das deutsche Kartellamt Mitte August seinen Entscheid fällen würde. Das Amt war die letzte Instanz, die der Fusion mit MAN zustimmen musste. Bis alle Verträge abgeschlossen waren, bat Gérard Bally die Dieseler, sich auf ihre Arbeit zu konzentrieren. Hans zerknüllte die Mitteilung und warf sie zielsicher in den Papierkorb. Er und Fito lachten.

Am Tag darauf fuhr Fito allein auf die Schwägalp. Nachdem er das Auto geparkt hatte, schnürte er sich die Wanderschuhe. Er lief Richtung Säntis und vergaß für ein paar Stunden alles, was ihn belastete und ärgerte.

Der 19. August begann für die Dieseler mit einer großen Überraschung. Das deutsche Kartellamt lehnte die Übernahme der *Sulzer*-Dieselmotorenabteilung durch die *MAN*-Gruppe ab. Und zwar wegen der Monopolstellung, die der deutsche Maschinenbaukonzern durch den Zusammenschluss erlangt hätte. Das Problem war der Großdieselmotorenbereich für Meerschiffe der beiden Unternehmen. Während *Sulzer* achtunddreißig Prozent des Weltmarkts für Zweitakter abdeckte, waren es bei *MAN* dreiundfünfzig. Zusammen hätte die neue Firma am Zweitaktmotorengeschäft einen Marktanteil von über neunzig Prozent erreicht.

In der Dieselmotorenabteilung war die Stimmung angespannt. «So viel Lärm um nichts», brummte Fito. – «Nichts als heiße Luft», Hans. Toni Brunner stellte pragmatisch fest, dass die Suche nach einem Käufer in die nächste Runde gehen werde. «Jetzt sind wir wieder auf Null. Sich darüber aufzuregen, bringt nichts.» Die meisten wollten sich aber nicht beruhigen lassen. Jetzt würde alles wieder von vorne anfangen. Die Spekulationen, die langsamen und zermürbenden Zwischenschritte.

Sechs Tage später nahm Fito ein auf Englisch verfasstes Dokument nach Hause. Er war am Unkrautjäten, als er Rosalies Fahrrad hörte. Er ging sofort ins Haus, um das Schreiben zu holen.

«Die Entscheidung ist nicht definitiv», fasste Rosalie zusammen.

«Wie, nicht definitiv?»

Rosalie zeigte mit einem Finger auf eine Textstelle. «Hier steht, dass *MAN* und *Sulzer* den Beschluss des Kartellamts nicht akzeptieren. Beide Firmen sind noch immer überzeugt davon, dass gute Gründe für einen Zusammenschluss der Ressourcen und Aktivitäten sprechen.»

Fito schüttelte ungläubig den Kopf.

Rosalie begann zu grinsen, weil sie ahnte, wie ihr Vater auf die folgenden Sätze reagieren würde. «*Unterdessen bitten wir euch, eurer Arbeit mit der üblichen Hingabe und Gewissenhaftigkeit nachzugehen. So unterstützt ihr die Geschäftsleitung dabei, dass unsere Lizenznehmer und Kunden weiterhin an unsere Dieselmotorenabteilung und unsere Produkte glauben.*»

Zuerst verdrehte Fito die Augen. Dann brach er zu Rosalies Überraschung in lautes Gelächter aus.

3.

Es war der letzte Samstag im August. Bevor Fito Richtung Zentralschweiz fuhr, nahm er wie gewohnt den *Landboten* aus dem Briefkasten. *Nein zum Dieselverkauf. Sulzer und MAN rufen das deutsche Wirtschaftsministerium an,* stand auf der Titelseite. Das Theater ging tatsächlich weiter. Das Wirtschaftsministerium in Bonn war die einzige Instanz, die den Entscheid des Bundeskartellamts aufheben konnte. Fito legte den *Landboten* zusammen mit den Wanderschuhen in den Kofferraum und fuhr Richtung Mythen in die Innerschweiz. Er freute sich darauf, den ganzen Tag allein in der Natur zu sein und nahm sich vor, die Arbeit und alles, was damit zusammenhing, zu vergessen.

Etwa einen Monat später lag die Kopie der Kündigung eines Servicemonteurs auf Fitos Pult. Er sah zu seinem Arbeitskollegen. «Wären wir fünfundzwanzig Jahre jünger, würden wir auch kündigen.»

Hans nickte. «Darauf kannst du wetten.»

Der November war ereignisreich. Am 9. November fiel die Berliner Mauer, und die Sowjetunion begann auseinanderzubrechen. Die Welt schien Kopf zu stehen. Im selben Monat übergab die *Parlamentarische Untersuchungskommission* ihren Fichenbericht der Öffentlichkeit. Zudem demonstrierten viele Bürger vor der entsprechenden Volksabstimmung für die Abschaffung der Schweizer Armee. Schließlich stimmten zwei Drittel der Stimmbevölkerung gegen die Armeeabschaffungsinitiative.

Mitte November ging bei *Sulzer* ein Gerücht um. Sollte die Fusion mit *MAN* tatsächlich scheitern, sei die finnische *Wärtsilä*, seit 1954 Lizenznehmerin für *Sulzers* Viertaktmotoren, an der Dieselmotorenabteilung interessiert. *Wärtsilä* führe die vor allem auf Ozeanschiffen eingesetzten *Sulzer*-Dieselmotoren nicht im Sortiment und habe deshalb ihr Interesse bekundet. Fito war der Ansicht, dass *Sulzer* mit seinen Zweitaktern die *Wärtsilä*-Produktpalette gut abrunden würde.

Im Dezember teilte das *Sulzer*-Management mit, dass die Industrieanlagen im Zentrum Winterthurs aufgegeben würden. Fast gleichzeitig informierte Winterthurs Stadtrat, dass man Fördermaßnahmen beschlossen habe, um den Standort Winterthur für andere Unternehmen attraktiv zu machen.

Fito hatte genug vom Jahr 1989. Er hoffte, das Beste würde erst noch kommen. Denn Mitte Dezember würden Norma, Rosalie und er nach Chile reisen. Das Wissen darum hatte ihm in den vorhergehenden Monaten Kraft und eine gewisse Zuversicht verliehen.

Herzklopfen

Als Vater, Mutter und Tochter in María Elena ankamen, fühlte sich jedes Familienmitglied befreit. Es war, als ob sich ihr Rucksack mit ihren Sorgen darin auf wunderbare Weise in Luft auflösen würde. Camilo, der noch immer in Iquique studierte, war am Vorabend nach María Elena gekommen. Rosalie wurde unruhig, wenn sie an das Wiedersehen mit ihm dachte. Jetzt, wo sie ihm geographisch näher war, sehnte sie sich nach ihm. Sie wollte ihn endlich sehen, spüren, riechen. Norma und Fito fiel nicht auf, wie Rosalie errötete, wann immer sie an Camilo dachte.

Die Familie fuhr direkt zu Enrique und Lucrecia, wo sie zum Mittagessen erwartet wurde. Genau als Fito den Motor abstellte, öffnete Lucrecia, die Kochschürze um ihr Kleid gebunden, die Haustür. Zuerst umarmte sie Norma, beide Frauen weinten vor Freude. Als Rosa und Hugo hinauskamen, rannte Rosalie ihnen entgegen. Nur Fito stand allein da und sah erwartungsvoll Richtung Tür. Bevor er seinen Onkel erblickte, hörte er dessen Stimme. «Ein alter Mann ist doch kein Schnellzug.» Fito lächelte und ging seinem Onkel entgegen. Rosa und Lucrecia hatten *Pastél de choclo* gekocht, zudem gab es Fitos Lieblingsgericht *Charquicán*. Enrique legte eine Schallplatte mit chilenischer Volksmusik auf. Er wusste, dass sein Neffe diese genauso gerne hörte wie er. Es war ein herzerwärmendes Wiedersehen.

Nachdem die wiedervereinten Familienmitglieder über eher Belangloses geredet hatten, brachten sie einander auf den neuesten Stand. Enrique begann mit den guten Nachrichten. Die in der *Chacabuco* vorsorglich errichteten Schuppen mit Kriegsgeräten für eine allfällige Invasion in Nordargentinien seien mittlerweile verrostet. Der Grenzkonflikt sei zu einem unblutigen Ende gekommen.

Eine weitere positive Neuigkeit war, dass in drei Monaten die ersten chilenischen Präsidentschaftswahlen nach Pinochet durchgeführt werden würden. Weniger erfreulich war, dass nur etwa die Hälfte der Bevölkerung diesem Ereignis hoffnungsvoll entgegensah. Die andere Hälfte bedauerte es, Pinochet bald nicht mehr an der Macht zu wissen. Die chilenische Gesellschaft war noch immer gespalten.

«Immerhin ist das Lebensgefühl in diesem Land dieses Jahr viel besser geworden», meinte Rosa. «Ich zumindest fühle mich unbeschwert und befreit.» Sie erhob ihr Glas, und alle stießen auf Chiles Zukunft an.

2.

Rosalie konnte nicht warten bis nach dem Essen. «Ist er schon in María Elena?», flüsterte sie Rosa zu.

«Camilo?», fragte diese laut heraus, während Rosalie das Blut ins Gesicht schoss und sie die Blicke der anderen auf sich spürte.

Während Rosa grinste, sahen Norma und Fito ihre Tochter verwundert an. «Hast du noch Kontakt zu diesem Jungen?», wollte Norma wissen. «Ich dachte, euer Briefverkehr sei eingeschlafen.»

Rosalie murmelte etwas Unverständliches, und Lucrecia wechselte schnell das Thema. Rosa flüsterte Rosalie ins Ohr, Camilo komme später bei ihnen vorbei.

Rosalie war entsprechend aufgeregt, als sie sich auf den Heimweg machten. Rosa hatte im Moment keinen Partner, worüber Rosalie ganz glücklich war. Sie mochte es nicht, wie es bei ihrem letzten Besuch der Fall war, einen Mann in Unterhosen durch das Haus streifen zu sehen. Nachdem Rosalie mehrmals gegähnt hatte, legte sie sich aufs Sofa. Sie war müde von der langen Reise und hatte das Gefühl, der Boden wanke unter ihren Füßen. Zudem hallte noch immer der Motorenlärm der Flugzeugturbinen in ihren Ohren nach. Als es klingelte, stand sie sofort auf und eilte zur Tür. Etwas unbeholfen stand Camilo mit einem kleinen Strauß Blechblumen vor ihr. Rosalie blickte ihn schüchtern an.

Rosas Stimme erlöste die beiden. «Komm rein, Camilo. Oder bist du zur Salzsäule erstarrt?» Während sich Rosalie und Camilo an den Wohnzimmertisch setzten, ging sie in die Küche, um Kaffee zu machen. Rosalie fuhr liebevoll über die sorgfältig angemalten Blüten des Blechstraußes. Blumen, die nie verwelkten, was für ein schönes Geschenk.

Als Rosa den dampfenden Kaffee auf den Tisch stellte, war die Stimmung zwischen den jungen Erwachsenen gelöster. Gerührt beobachtete Rosa, wie sie sich einander durch vermeintlich zufällige Berührungen annäherten.

3.

Camilo saß vor einer Tasse Kaffee am Frühstückstisch seiner Eltern und träumte vor sich hin. Er hatte nicht wirklich damit gerechnet, dass Rosalie und er eines Tages ein richtiges Paar werden würden. Gefallen hatte sie ihm schon immer. Aber von Anfang an war klar gewesen, dass sie viele Kilometer voneinander trennten. Wahrscheinlich waren sie deshalb nicht weitergegangen. Aber jetzt hatten sie miteinander geschlafen.

Camilos Mutter strich ihrem Sohn über den Kopf und verkniff sich einen Kommentar. Sie wusste von Rosalie und musste nur eins und eins zusammenzählen. Viel hatte Camilo ihr nicht erzählt von dieser jungen Frau. Aber genug, um zu wissen, dass er in sie verliebt war. Sie erinnerte sich, wie Camilo zärtlich über Rosalies Briefe strich, wenn er sich unbeobachtet fühlte. Camilos Mutter wusste, dass ihr Sohn an der Universität in Iquique immer wieder einmal ein Techtelmechtel mit einer Mitstudentin hatte. Aber in Rosalie war er offenbar verliebt.

Camilo und Rosalie trafen sich auf der *Plaza* und setzten sich auf eine Parkbank. Rosalie schmiegte sich an ihn. Schon von Weitem war zu erkennen, dass sie ein Paar waren. Das sah auch Norma auf ihrem Weg zur Markthalle, wo sie Gemüse für das Mittagessen besorgen wollte. Während sie Richtung Parkbank starrte, setzte sich Rosalie auf und blickte ihrer Mutter direkt in die Augen. Für beide stand für einige Momente die Zeit still. Rosalie hielt den Atem an. Dann nahm sie Camilos Hand und zog ihn mit sich. «Da ist meine Mutter», flüsterte sie. «Diesmal habe ich ihrem Blick standgehalten. Aber es ist mir schon peinlich, dass sie mich so gesehen hat.»

«Wie *so*?»

Rosalie errötete. «Mit einem Mann halt.» Seit letzter Nacht sah für sie alles anders aus. Sie hatte den Schritt gewagt, ohne abschätzen zu können, wie es ausgehen würde. Es fühlte sich gut an, Verantwortung für sich zu übernehmen. Zum Glück war es insgesamt schön gewesen.

Ungewohnt und ein wenig schmerzhaft, aber doch schön. Sie hatte sich Camilos Körper eingehend angesehen und ihn berührt. Dann machte er dasselbe mit ihrem Körper. So fingen sie an. Jetzt war sie wohl erwachsen.

4.

Norma kam etwas durcheinander von der Markthalle zurück. Zwei, drei Sachen hatte sie vergessen einzukaufen. «Ich habe Rosalie mit diesem Jungen gesehen.»

Lucrecia war am Zwiebelschälen. Ihre Freundin sprach wohl von Camilo. Als sie Normas Blick sah, erschrak sie zuerst. Sie schien ihr von sich selbst entfremdet, ihr Gesichtsausdruck wirkte fast ein wenig irr. Dann lächelte Lucrecia. «Ja und?»

«Ich mag es nicht, wenn sich meine Tochter in der Öffentlichkeit so vertraut zeigt mit einem Mann. Wir sind doch nur zu Besuch hier. Ich will nicht, dass jemand sagt, Rosalie sei ein leichtes Mädchen.»

Lucrecia sah ihre Freundin ernst an. «Deine Tochter ist volljährig. Außerdem wird hier niemand schlecht über sie sprechen. Und wenn doch, sollte dich das unberührt lassen. Meine Liebe, du musst Rosalie nicht kontrollieren. Lass sie los, lass sie ihre eigenen Erfahrungen machen. Und kümmere dich nicht darum, was andere denken oder sagen.»

Norma verzog das Gesicht zu einer Grimasse, stöhnte und legte sich die Hände auf den Unterleib. Dann hielt sie die Luft an und zählte im Kopf. Das half manchmal.

Lucrecias Stirn legte sich in Falten. «Hast du Schmerzen? Hast du deswegen deine Turnschuhe und Sportsachen nicht mitgenommen?»

Norma nickte. Sie hatte gar nicht an die Sportsachen gedacht beim Packen.

«Warst du schon beim Arzt?»

Norma schüttelte den Kopf. An das gelegentliche Unwohlsein hatte sie sich gewöhnt. Die Schmerzen kamen oft, wenn sie sich über etwas aufregte.

«Dann mache ich bei Alberto einen Termin für dich ab. Er ist unser Hausarzt und ein ausgezeichneter Allgemeinmediziner.»

Norma stand langsam auf und ging ein paar Schritte. «Ist das neu?» Sie zeigte mit einer Hand auf einen eingerahmten Spruch, während sie mit der anderen die Darmgegend massierte. *Harmonie und Kraft ist nur in unserem Leben, wenn das Äußere ist wie das Innere.*

5.

Camilo und Rosalie verbrachten viel Zeit miteinander. Irgendwann begann sie ihn über seine Zukunftspläne auszufragen. Ob er in Iquique bleiben oder nach seinem Studium nach María Elena zurückkehren würde. Er wisse es selbst noch nicht, zuerst wolle er die Präsidentschaftswahl abwarten. Und dann noch eine Weile beobachten, wie sich das Leben unter dem demokratisch gewählten Präsidenten entwickle.

Rosalie wurde nachdenklich. Ihr gefiel es in María Elena. Aber sie wusste, dass sich das Leben für die *Eleninos* anders anfühlte. Offenbar sah sie vieles wie durch eine andere Brille. Während die *Eleninos* María Elena als Dorf betrachteten, kam sich Rosalie vor wie in einer Stadt. Schließlich lebten dreizehntausend Menschen dort. Diese gegensätzliche Wahrnehmung derselben Realität war ihr als Erstes aufgefallen.

Camilo sah Rosalie herausfordernd an. «Und was ist mit dir?»

«Was soll mit mir sein?»

Camilo lächelte. «Könntest du dir vorstellen, nach deinem Studium nach Chile auszuwandern? Deine Briefe lassen dies vermuten.»

Rosalies Augen funkelten. Sie hatte Lust, Camilo zu provozieren. «Wieso sollte ich das?» Als sie bemerkte, dass er zusammenzuckte, fügte sie sanft hinzu: «Alles ist möglich.»

Rosalie hatte zwei Bücher über Sprachwissenschaft nach Chile mitgenommen, eines davon hatte sie dabei. Sie war überrascht, als Camilo es durchblätterte und wissen wollte, was sie an der Sprache so fasziniere. Das hatte sie noch niemand gefragt.

Sie liebte so vieles an der Sprache. Die Entwicklung, die Einflüsse, die Grammatik und ganz allgemein den Wortreichtum. Und natürlich die Nuancen, wie man sich ausdrücken konnte. Im Moment befasse sie sich mit der Wirkung von Worten, erklärte sie. Jeder Mensch entscheide sich bewusst oder unbewusst für Wörter, die möglichst genau ausdrücken sollten, wie er über etwas denke. Man habe die Möglichkeit zu entscheiden, was für eine Färbung man seinen Sätzen geben wolle. Man könne Terrorist oder Freiheitskämpfer sagen, je nach dem, wie man die Person, um die es gehe, empfinde. Oder je nach dem, welche Gefühle man beim Zuhörer auslösen wolle.

Camilo sah zum Horizont und dann überrascht zu Rosalie. Bis jetzt hatte er sich über solche Sachen keine Gedanken gemacht. «Da ist ja viel Psychologie im Spiel», meinte er.

«Und auch Manipulation.»

Rosalie sprach von Lehnwörtern aus anderen Sprachen, unter anderem vom Adjektiv *tabu*, das vom Tongaischen, einer polynesischen Sprache, entlehnt war. Obwohl Camilo von den neuen Erkenntnissen der Kopf brummte, hörte er Rosalie gespannt zu. Er hatte keine Ahnung gehabt, dass sowohl die Vorsilbe *ex* als auch die Nachsilben *able* und *ible* lateinischen Ursprungs waren.

Je mehr Rosalie redete, desto mehr fiel ihr ein. Die Skandinavier hätten ihre linguistischen Spuren auf den Britischen Inseln hinterlassen, die sie im neunten und zehnten Jahrhundert belagerten, erzählte sie. Die englischen Pronomen *they*, *their* und *them* seien Lehnwörter aus dem Skandinavischen. Ebenso viele englische Wörter, die mit *sc* oder *sk* beginnen würden, wie *scare*, *skirt*, *skin*, *sky*.

Nach dem Kurs konnte Camilo Rosalies Leidenschaft für Sprachen nachvollziehen. Zärtlich küsste er ihren Nacken. Rosalie genoss Camilos Liebkosungen und freute sich, dass er sich für das, was sie so begeisterte und liebte, ernsthaft interessierte.

246

Humberstone

Seit Fito in María Elena war, entspannten sich sein Körper und Geist zunehmend. Dafür sah Enrique nicht mehr so vital aus. Seine Kondition hatte in der letzten Zeit merklich nachgelassen, er wurde bald einmal atemlos. Statt viel zusammen zu spazieren wie üblich, unternahmen Onkel und Neffe jetzt mehr Streifzüge im Auto. Oft saßen sie auch auf einer der Sitzbänke auf der *Plaza* und sahen sich die Fotos an, die Fito mitgebracht hatte. Meistens tranken sie dabei eine Limonade oder einen *Mote con huesillo*.

An einem besonders heißen Tag betrachteten sie im Schatten eines Baums Fotos von Fitos Wanderungen. Enrique bewunderte die schroffen Formationen im Alpsteingebiet mit dem Säntis im Hintergrund und schwelgte in Erinnerungen. Er hatte die Luft dort geatmet und die von der Sonne aufgeheizten Steine berührt. Vom wilden Maderanertal im Kanton Uri war er fasziniert, ebenso vom ursprünglichen Muotathal im Kanton Schwyz und auch vom Maggia- und Verzascatal im Tessin mit den einfachen Steinhäusern. Plötzlich legte Enrique seinem Neffen die Hand auf den Arm. «*Jeder Tag im Leben ist ein neuer Versuch, es besser zu machen und dir treuer zu werden. Jeder sollte sein Leben so leben, wie er es möchte. Aber am Lebensende sollte man im Reinen mit sich sein.*» Er lächelte.

Fito sah überrascht auf. Je länger, desto öfter zitierte Enrique Auswendiggelerntes. Und immer häufiger machte er sich einen Spaß daraus, mit einem Sprichwort oder einer Redewendung zu antworten. Als ihm Fito vom *verrückten Jahr 1989* erzählte, meinte Enrique nur: «*Glück hängt nicht vom Angenehmen ab. Man kann glücklich sein in unglücklichen Umständen und umgekehrt.*» Fito staunte über die Fähigkeit, sich so viele Weisheiten zu merken. Auch auf die Frage, was seinem Onkel dabei geholfen habe, in so guter Verfassung älter zu werden, antwortete dieser mit einem Zitat: «*Das große Geheimnis ist, als unverbrauchter Mensch durchs Leben zu gehen. Solches vermag, wer nicht mit den Menschen und Tatsachen rechnet, sondern in allen Erlebnissen auf sich selbst zurückgeworfen wird und den letzten Grund der Dinge in sich sucht.*»

2.

Enrique war ein Mensch, der den Tatsachen ins Auge sah. Es machte ihm zu schaffen, dass er sich nicht mehr so kräftig fühlte. Die Gleichgewichtsprobleme störten ihn am meisten. Immerhin war sein Geist klar, und er brauchte zum Lesen keine Brille, dafür war er dankbar.

Über die Jahre hinweg hatte ihn Fito immer wieder darum gebeten, mit ihm nach *Humberstone* zu fahren. Fito wusste ja, dass er etwa dreißig Jahre lang dort gelebt hatte. Als Fünfundzwanzigjähriger kam er damals ins Werk, als es noch *La Palma* hieß. Enrique arbeitete dort als Assistent des Direktors. Seine Eltern und seine Patentante folgten ihm später, bald darauf kamen Lucrecia und deren Mutter nach. Und vor fünfundvierzig Jahren wurden Hugo und Rosa dort geboren.

Weil Enrique seit der Stilllegung von *Humberstone* kein Bedürfnis verspürt hatte, dorthin zurückzukehren, war er bisher nie auf Fitos Wunsch eingegangen. Auch Hugo und Rosa waren seit dem Wegzug nicht mehr an den Ort zurückgekehrt, wo sie ihre Kindheit und einen Großteil ihrer Jugend verbracht hatten. Nun freute sich Enrique, seinen Neffen mit einem Ausflug nach *Humberstone* zu überraschen. Vielleicht würden sie einen Abstecher in die *Santa Laura* machen. Die beiden Werke waren seit 1960 unbewohnt und 1970 zum Nationalen Monument erklärt und für den Tourismus zugänglich gemacht worden. Dreihundertachtzig Kilometer trennten *Humberstone* und María Elena voneinander, das entsprach fast vier Stunden Autofahrt. Enrique borgte sich einen Lieferwagen von einem Freund, so fanden alle bequem darin Platz.

3.

Norma war zu Hause geblieben, weil sie sich nicht wohl fühlte. Dafür waren Fito, Rosalie, Hugo und Rosa voller Vorfreude. Nur Lucrecia und Enrique wurden immer schweigsamer, je näher sie dem ehemaligen Salpeterwerk kamen. In der *Palma* hatten sie zusammengelebt, in *Humberstone* waren sie als Paar zusammengekommen.

Hugo und Rosa waren euphorisch und plauderten fast ununterbrochen miteinander. «Glaubst du, meine Lieblingsschaukel steht noch auf der *Plaza*?» – «In welchem Zustand wohl das Stadion ist?» Irgendwann wurden auch sie nachdenklich und schwiegen. Was, wenn sie ihr Werk gar nicht wiedererkannten, weil es nur noch eine Ruine war? Die Geschwister öffneten die Autotür zuerst. Sie spürten, dass ihre Eltern noch eine Weile brauchten.

Rosa und Hugo begannen zusammen mit Rosalie das Werk zu erkunden. Auf Rosalie übte die Geisterstadt eine eigentümliche Faszination aus. Sie wirkte wie eine Filmkulisse auf sie. «Hier ist die Post», hörte sie Hugos Stimme aus einem Gebäude und folgte ihr. «Und hier gingen wir zur Schule», rief Rosa, die ganz in der Nähe zu sein schien. Viele Gebäude und Möbel waren stark abgenutzt, und es bröckelte vielerorts. Aber man erkannte den einstigen Wohnort in der Ruine.

Schnell war Rosalie bei Rosa und ging mit ihr von Schulbank zu Schulbank. Der Holzboden knarrte unter ihren Schritten, ab und zu setzten sie sich an ein Pult. Dann zeigten die Geschwister Rosalie die Kirche. Beim Jesus am Kreuz blätterte die Farbe ab, ebenso der Putz an den Wänden. Als sie ins Theater traten, das auf den Holzstühlen und der Galerie Platz für fast fünfhundert Leute bot, entdeckten sie Enrique, Lucrecia und Fito auf der Bühne. Sie wirkten wie eingerahmt vom roten Samtvorhang. Enrique und Lucrecia erzählten Fito gerade von den legendären Filmpremieren und Auftritten bekannter Künstlerinnen und Künstler.

Als Lucrecia Rosalie erblickte, richtete sie ihre Worte direkt an sie. «Man sagt, hier spuke es.» Lucrecia dachte an Norma. Bestimmt würde sie in diesem Raum die Seelen spüren, die keine Ruhe fanden.

«Es spukt nicht nur hier», ergänzte Enrique. «Auch in anderen ehemaligen Salpeterwerken werden regelmäßig Geister gesichtet.»

Die Geister machten für Rosalie alles noch faszinierender. Nach dem gemeinsamen Besuch des Theaters trennten sich die Wege der Familienmitglieder erneut. Hugo und Rosa waren zu aufgeregt, um sich dem langsamen Tempo ihres Vaters anzupassen. Außerdem blieb dieser immer wieder, in seine Erinnerungen versunken, stehen. Rosa schlug vor, ins Haus des Verwalters zu gehen, sie war noch nie darin gewesen.

Zielsicher liefen die Geschwister mit Rosalie zum Verwaltungsgebäude. Die Zwillinge staunten über die Größe der Zimmer und die freistehende Badewanne. Dann drängte Hugo darauf, zum Stadion zu gehen. Während die Frauen dort auf die Zuschauertribüne kletterten, blieb Hugo unten und schwelgte in seinen Erinnerungen.

Rosalie mochte *Humberstone*. Besonders das Innere der Gebäude regte ihre Fantasie an. Immer wieder schloss sie die Augen und stellte sich vor, wie es früher war. Bis zu viertausend Menschen gleichzeitig hätten im Werk gelebt, erzählte ihr Hugo. Rosalie malte sich aus, wie sich Rosa und Hugo als Kinder und Jugendliche im Schwimmbecken vergnügten, auf der *Plaza* Fangen spielten, ihre Runden um den Pavillon drehten und ins Kino gingen. Jetzt wirkte die *Plaza* in der Mitte des Werks verloren, die Bäume darauf waren vollkommen verdorrt.

Während die drei Jüngeren ziellos durch *Humberstone* streiften, befanden sich die drei Älteren nach wie vor im Theater. Unterdessen saßen sie auf den harten Holzstühlen. Enrique erinnerte sich an die mexikanischen Filme, die er sich als junger Mann im Theater der *Flor de nieve* mit seiner damaligen Freundin Luz angesehen hatte. Das Werk oder das, was davon noch übrig war, befand sich nur wenige Kilometer ostwärts. Von der Liebesgeschichte mit Luz wusste kaum jemand, nicht einmal Lucrecia. Tempi passati, ging Enrique durch den Kopf. Die Zeiten, wo er als junger Mann glaubte, etwas bewirken zu können, waren längst vorbei. Er dachte kaum an seine Vergangenheit, aber in *Humberstone* wurden seine Erinnerungen an die Oberfläche gespült. Er wischte sich über die Stirn und schlug vor, die Produktionsanlage zu besichtigen.

Dort lagen überall auf dem Boden verrostete Maschinenteile herum, es war ein Durcheinander. Enrique schüttelte den Kopf, der Verfall schmerzte ihn. Als er zur *Casa de Yodo* sah, dem Ort, wo einst Jod hergestellt wurde, traute er seinen Augen nicht.

Dem Mann, der über einen Motor gebeugt war, fiel der Drehmomentschlüssel aus der Hand, als er Enrique erkannte. Er sprang auf und kam ihm entgegen. «Bist du es, alter Freund?»

Manuel war als fliegender Händler in die *Flor de nieve* gekommen und bis zu deren Stilllegung dort geblieben. Er war einiges jünger als Enrique und lebte seit Jahren im fünfzig Kilometer entfernten Iquique. Seit sich ihre Wege getrennt hatten, hatten sie nie mehr voneinander gehört. Manuel erzählte, dass er zu einer Gruppe Menschen gehöre, die regelmäßig nach *Humberstone* komme. Er und die anderen wollten verhindern, dass das Werk immer mehr verfiel.

Mittlerweile waren Lucrecia und Fito zu den beiden Männern gestoßen, Manuel begrüßte auch sie herzlich. «Ihr glaubt nicht, was hier alles wegkommt. Die Leute stehlen wie die Elstern. Wenn ich könnte, würde ich hier wohnen. Aber hier hat es weder Strom noch Wasser, und ziemlich allein wäre ich auch.» Manuel lachte. Er berichtete vom Vorhaben ehemaliger *Humberstone*-Bewohner, ein Museum aus dem Werk zu machen, um es so vor dem vollständigen Zerfall zu bewahren.

Enrique und Manuel umarmten sich und verabschiedeten sich voneinander, ohne Telefonnummern oder Adressen auszutauschen. Verwundert sah Fito zu seinem Onkel. Dessen Blick genügte, um zu verstehen. Tempi passati.

Aufregung

Die beiden Frauen saßen im Warteraum. Lucrecia wollte wissen, was mit Norma los war. Im besten Fall waren die Beschwerden psychosomatischer Natur. Vielleicht war die Ursache ein gutartiges Magengeschwür, aber vielleicht war es auch etwas Ernstes. Während sich Norma matt fühlte, pochte Lucrecias Herz aufgeregt. Gleichzeitig hatte sie das Gefühl, ihre Freundin beruhigen zu müssen. «Alberto ist nicht nur ein ausgezeichneter Arzt, sondern auch ein herzlicher Mensch. Du wirst ihn mögen.» Norma und Enrique rühmten Alberto als erfahrenen Arzt mit einem guten Gespür für auf den ersten Blick unklare Krankheitsbilder.

Norma lächelte. Die Fürsorge ihrer Freundin rührte sie. Aber am liebsten wäre sie jetzt irgendwo, wo sie dem Wirbelsturm nicht ins Auge sehen müsste.

Alberto tastete ihren Unterleib ab und stellte viele Fragen. Ob sie Krämpfe habe, ob die Beschwerden zu jeder Tageszeit gleich seien, seit wann sie sie schon habe, wie es mit dem Essen gehe, was ihr guttue und was nicht, wie sie schlafe. Norma gab bereitwillig Auskunft und fühlte sich gut aufgehoben. Nach der Untersuchung blickte Alberto ernst zu den beiden Frauen. Er empfahl eine Darmspiegelung, und zwar so bald wie möglich.

Als Norma und Lucrecia die Arztpraxis verließen, war die Stimmung gedrückt. Lucrecia umarmte ihre Freundin. «Das Wichtigste ist, dass du diese Darmspiegelung machst. Wenn du weißt, was du hast, kannst du dich darauf einstellen.»

Norma hätte nicht sagen können, ob Lucrecias Worte sie ermutigten oder beängstigten.

2.

«Wie war eigentlich dein erstes Mal?» Rosa sah Rosalie herausfordernd an. Sie saßen am Frühstückstisch und hielten die Tassen mit dem dampfenden Kaffee darin in den Händen.

«Wie war *was?*»

Rosa zwinkerte mit den Augen. «Du hast schon richtig gehört. Wie war es mit Camilo?»

Rosalie lächelte. «Ist das nicht Privatsache?»

«Eigentlich schon. Aber mir kannst du alles erzählen.» Rosa lachte. Ihr erstes Mal habe sie mit einem Nachbarsjungen gehabt, begann sie. Sie seien erst fünfzehn gewesen, also weit jünger als Rosalie jetzt, und hätten experimentieren wollen. Damals sei es Rosa unangenehm gewesen, vor allem danach. Eine ganze Weile habe sie der Gedanke begleitet, lieber noch etwas gewartet zu haben.

Rosalie lächelte verunsichert. Als sie fünfzehn war, beschäftigte sie sich noch mit Barbie-Puppen. In knappen Worten erzählte sie, wie sie ihr erstes Mal empfunden hatte. Danach nahm Rosa sie in den Arm. Genauso sollte es sein, sie freute sich für Rosalie.

«Und was ist mit *dir*?» Da Rosa sie verständnislos ansah, redete Rosalie weiter. «Die Frauen in María Elena sind in der Unterzahl, das sieht jeder. Durch die Männer der *SQM* erhöht sich die Wahrscheinlichkeit, dass dir einer gefällt, doch beträchtlich.»

Rosa grinste. «Die Augen mache ich schon nicht zu, wenn ein *SQM*-Typ meinen Weg kreuzt.» Mehr wollte sie zum Thema nicht sagen. Rosalie musste ja nicht wissen, dass sie bei jedem Anlass die Männer eingehend inspizierte. Ihr sollte keiner durch die Lappen gehen. Sie gehörte nicht zu den *Eleninas*, die zwischen Misstrauen und Erwartungen schwankten, was die *SQM*-Männer betraf. Wenn die Chemie stimmte, war der Fall für Rosa klar. Plötzlich stand sie auf, sie musste noch einiges vorbereiten. Am Abend gab ein *SQM*-Angestellter, der in seiner Freizeit *Rancheras* sang, ein kleines Konzert mit fröhlichen mexikanischen Liedern.

Hugo hatte ihn während eines Wunschkonzerts kennengelernt und sich mit ihm angefreundet. Wenn sich ein interessantes Gespräch ergab, lud er seine Zuhörer jeweils ins Studio ein. Die Arbeiter der *SQM* kamen auf einen Kaffee in ihrer Pause oder nach Arbeitsschluss vor dem Abendessen zu ihm. Hugo erkannte schnell, dass viele Männer offen dafür waren, sich während der Arbeitswoche auf andere Gedanken bringen zu lassen und sich zu amüsieren. Machte ein *SQM*-ler Hugo einen Vorschlag für ein kulturelles Ereignis, leitete dieser die Idee an

Rosa weiter. Darauf sprach sie mit den Arbeitern und organisierte die Veranstaltung.

Lucrecia und Enrique standen ihren engagierten Kindern stets wohlwollend und hilfsbereit zur Seite. An der Tatsache, dass María Elena einer Firma gehörte, war nichts zu ändern. Den Transformationsprozess ihres Wohnorts konnte niemand aufhalten. Aber nur zusehen, wie sich vieles in den Augen der Bewohner zum Negativen veränderte, wollte Enriques Familie auch nicht.

3.

Die Aufregungen begannen während Enriques Geburtstag. Schon nach den *Empanadas* fand das entspannte Zusammensein ein jähes Ende. Enrique fühlte sich plötzlich unwohl, ein Schwächeanfall wurde vermutet. Den Rest des Tages verbrachte er auf dem Sofa. Fito war die meiste Zeit in seiner Nähe und wechselte ab und zu ein paar Worte mit ihm.

Am letzten Tag des Jahres fühlte sich Enrique, der sich standhaft weigerte, Alberto aufzusuchen, wieder gesund genug, um am Familienabendessen und den darauffolgenden Festlichkeiten auf der *Plaza* teilzunehmen. Es waren alle Familienmitglieder dabei, als das Feuerwerk über dem Wüstenhimmel erstrahlte. Rosalie war mit Camilo gekommen, aber nicht etwa wegen des Spektakels. Der Krach war ihr zuwider, ebenso der Rauch, der die Sterne verdeckte. Rosa hatte sich mit Jaime, einem leitenden *SQM*-Angestellten auf der *Plaza* verabredet. Das erste Rendezvous der beiden wollte sich Rosalie nicht entgehen lassen. Als sie beobachtete, dass Jaime Rosas Hand nahm und sie sich ihm nicht entzog, stupste sie Camilo an. «Schau mal, wie sie strahlt.»

Camilo nickte. «Ich wette, dieser *SQM*-ler bekommt bald einen direkten Bezug zu unserer Gemeinde.»

Die beiden lachten. Rosalie war nicht nur wegen Rosa aufgeregt. In neun Tagen war die Rückreise geplant, aber sie würde bleiben. Noch wusste niemand von ihrer Entscheidung, nicht einmal Camilo. Am folgenden Tag, wenn sie beim Mittagessen auf das neue Jahr anstießen, würde sie es allen sagen.

Fito machte sich Sorgen um Enrique, obwohl dieser zufrieden neben ihm stand und fasziniert zum Himmel blickte. Norma wiederum sorgte sich um ihre Gesundheit und die anstehende Darmspiegelung. Sie bereute es, ihr Unwohlsein in den letzten Monaten heruntergespielt und Fito nichts vom Arztbesuch bei Alberto erzählt zu haben. Aber nach Enriques Schwächeanfall schien ihr auch kein guter Zeitpunkt, um mit Fito über ihre Gesundheit zu reden. Im Flugzeug oder spätestens in der Schweiz würde sie ihn über alles aufklären.

Dritter Teil

1990 bis 2000

Turbulenzen

Fito stand noch immer unter Schock. Enrique war in der Nacht vom 2. Januar gestorben, Rosalie war in Chile geblieben, und Norma war krank. Heute war sein erster Arbeitstag im Jahr 1990, es ging zurück in den Stollen. Wie viel kann ein Mensch aushalten, fragte er sich, als er sich zur Bushaltestelle aufmachte.

Zehn Tage später fuhr er mit dem Fahrrad zur Arbeit, den *Landboten* auf den Gepäckträger geklemmt. Es war ein Artikel darin, der ihn interessierte. Als er ins Büro trat, unterhielten sich Hans und Daniel gerade darüber.

«Peter Sulzer hat seine Meinung geändert. Die Fusion mit *MAN* oder einer anderen Firma sei eventuell doch nicht die einzige Möglichkeit für das Überleben des Dieselmotorenbaus in Europa», sagte Hans.

Daniel erhob einen Zeigefinger. «Aber er erachtet sie immer noch als beste Lösung, und da gebe ich ihm recht. Es leuchtet ein, dass zwei in Europa konkurrierende Firmen jede für sich allein nicht mehr lange gegen die japanische Konkurrenz bestehen kann.»

Fito setzte sich und las den Artikel durch. Im Bonner Wirtschaftsministerium hatte am Vortag die Anhörung zur angestrebten Fusion von *Sulzer* und *MAN* stattgefunden. Als Toni Brunner ins Büro trat, begannen die Männer miteinander zu diskutieren. Der Vorgesetzte meinte, ein Veto des Wirtschaftsministers könne für *Sulzer* auch positiv sein. Die anderen sahen ihn fragend an. «Die neusten Zahlen zeigen, dass sich die Dieselmotorenabteilung letztes Jahr erfreulich entwickelt hat. Der Umsatz stieg um fast fünfzig Millionen auf rund dreihundert Millionen Franken. Unter diesen Voraussetzungen könnte *Sulzer* in neuen Verkaufsverhandlungen einen höheren Preis fordern.»

Daniel, Hans und Fito pflichteten ihm bei. Wie alle Mitarbeitenden der Dieselmotorenabteilung wussten auch sie, dass es mit dem Dieselmotorenbereich nach über zehn Jahren wieder aufwärts ging. Wegen der weltweit guten wirtschaftlichen Konjunkturlage und dank der in die Jahre gekommenen Tankerflotte. Die Nachfrage nach neuen Schiffen würde über einige Jahre anhalten.

Fito wartete eine Weile, bis er seinen Kollegen von seinen Überlegungen erzählte. «Das Grundproblem ist doch, dass für einen guten Umsatz nicht die Zahl der verkauften Motoren entscheidend ist, sondern die verkaufte PS-Leistung. Unsere langsam laufenden Dieselmotoren müssen für die modernen Containerschiffe unbedingt stärker werden.»

Toni Brunner klopfte Fito auf die Schulter. «Jetzt müssen wir die Nerven behalten. Egal, was kommt.»

Am 25. Januar fanden die Dieseler eine interne Mitteilung auf ihrem Pult vor. Das Wirtschaftsministerium lehnte den Zusammenschluss von *MAN* und *Sulzer* ab. Fito und seine Arbeitskollegen waren erleichtert. Jetzt herrschte endlich mehr Klarheit. «Spätestens jetzt müssen die *MAN*-Manager unsere Dieselmotorenabteilung verlassen», meinte Hans trocken, während Daniel einen Lachkrampf bekam.

Einen Tag später besprachen die Arbeitskollegen das Interview mit Peter Sulzer im *Landboten*. Darin machte der Generaldirektor unmissverständlich klar, dass sich die *Gebrüder Sulzer* weiterhin von ihrem Dieselgeschäft trennen wolle. Neu war, dass sich die Manager eine Partnerschaft mit der *Sulzer*-Dieselmotorenabteilung in der Juniorposition vorstellen konnten. Da das Dieselgeschäft nicht mehr zur Firmenstrategie von *Sulzer* passe, erklärte Peter Sulzer, müsse der führende Partner die Verantwortung übernehmen. Der ideale Teilhaber sei ein Konzern, der Dieselmotoren entwickle, fabriziere und als Schiffsbauer auch selbst verwende.

Einen Tag darauf berichteten die Medien, die weltweit achthundertfünfzig Stellen der *Sulzer*-Dieselmotorenabteilung seien für ein Jahr gesichert. So lange reiche der Arbeitsvorrat. Der Sekretär der Maschinenbaugewerkschaft forderte, die Zeit der Ungewissheit so rasch wie möglich zu beenden. Denn diese führe zu Kündigungen, die den Fortbestand des Betriebs gefährden würden.

2.

Noch nie zuvor hatte Norma die winterliche Kälte als so unangenehm empfunden. Sie hatte keine Lust auf Schlittschuhlaufen, und im Hallenbad war ihr unwohl. Überhaupt unternahm sie viel weniger als sonst, immer öfter fühlte sie sich motivationslos. In ein paar Wochen war der Termin beim Gastroenterologen. Wegsehen und Verdrängen ging nicht mehr.

Sie saß am Küchentisch und fühlte sich unruhig. Ein paar Male strich sie sich über ihre welligen Haare, so als wollte sie sie langziehen. Das half ihr manchmal dabei, einen klaren Kopf zu bekommen. Norma empfand eine eigentümliche Leere. Erstaunt stellte sie fest, dass es ein vertrautes Gefühl war, das sie aber schon sehr lange nicht mehr gehabt hatte. Wie lange nicht mehr? Sie musste einige Minuten lang überlegen. Seit der Vater die Familie verlassen hatte. Natürlich. Vielleicht war diese Art Vakuum in ihr nie ganz verschwunden, überlegte sie. Vielleicht war es durch ihre Aktivitäten und all den externen Impulsen nur überdeckt worden. Jetzt, wo sie fast nichts mehr unternahm, spürte sie die Leere regelmäßig. Auch den Schmerz über die distanzierte Beziehung zu Rosalie.

Trost fand Norma im Notizbuch, das ihr Lucrecia beim Abschied geschenkt hatte. Obwohl es ihrer Freundin nach Enriques Tod selbst nicht gut ging, hatte sie ihr bis zum letzten Moment gezeigt, wie sehr sie sich um sie sorgte. Dankbar öffnete sie das Notizbuch, das sie als eine Art Tagebuch benutzte. Aufzuschreiben, was ihr durch den Kopf ging, auch längst Vergangenes, half ihr dabei, Ordnung zu schaffen. Außerdem beruhigte es sie.

Zuerst las Norma wie immer das Zitat von Albert Schweitzer auf der ersten Seite. Lucrecia hatte es in ihrer schönsten Schrift aus Enriques Heft abgeschrieben.

Viele Menschen wissen, dass sie unglücklich sind. Aber noch mehr Menschen wissen nicht, dass sie glücklich sind.

Norma seufzte, während sie bis zum Ende der beschriebenen Seiten blätterte. Dort setzte sie den Kugelschreiber an. *Als ich Enrique aufgebahrt sah, stellte ich mir vor, ich würde dort liegen. Ich schob den Gedanken sofort beiseite. Wenn ich jetzt daran denke, kommen mir die Tränen. Auch, weil ich befürchte, dass Rosalie nicht sehr traurig sein wird, wenn ich nicht mehr da bin.* Norma wischte sich eine Träne weg. Sie wusste, dass Selbstmitleid niemandem half. *Ich muss jetzt stark sein. Vor allem für Fito. Wenn auch ich sterbe, ist er allein. Und er hat ja noch nicht einmal Enriques Tod überwunden.*

Es war Darmkrebs. Im Anfangsstadium, aber es war Krebs. Norma schwankte zwischen Erleichterung und Angst. Jetzt konnte sie ihre Beschwerden einordnen, und sie war in Behandlung. Aber sie wusste nicht, was auf sie zukommen würde. Anfang März sollte der bösartige Tumor entfernt werden, erst dann würde man sehen, ob auch andere Organe befallen waren.

Zwei Wochen nach der Diagnose ging Norma an eine Bridgerunde. Sie weihte ihre Mitspieler ein über das, was ihr bevorstand, und erntete mitleidige Blicke. Gleichzeitig bot man ihr während der Pause und nach dem Spiel Esswaren an, die ihr nicht guttaten. Sie solle ein wenig davon essen, es werde schon nichts passieren. Norma beschloss, vorläufig nicht mehr an den Spielnachmittagen teilzunehmen und niemandem mehr von ihrer Krankheit zu erzählen. Sie bat auch Fito darum, nicht darüber zu reden. Nur mit ihren engsten Freundinnen Olga, Adela, Blanca und Elisa traf sich Norma ab und zu. Noch nie hatte sie sich so allein gefühlt, und noch nie zuvor hatte sie ihre Mutter so vermisst. Auch Lucrecia fehlte ihr sehr.

3.

Fito war erleichtert. Der Tumor hatte vollständig entfernt werden können, und die Krebszellen hatten nicht gestreut. Fito hatte einige Sorgen, aber diejenige um Norma war seine größte. Natürlich vermisste er Rosalie. Und ihre Entscheidung, in María Elena zu bleiben, konnte er nicht wirklich nachvollziehen. Aber sie war erwachsen. Es blieb ihm nichts anderes übrig, als die Dinge so zu akzeptieren, wie sie waren.

Trotzdem hatte er gemischte Gefühle. Insgeheim hoffte er, Rosalie würde in einigen Monaten in die Schweiz zurückkehren und ihr Studium wieder aufnehmen. Gleichzeitig tröstete es ihn, dass jetzt, wo Enrique nicht mehr lebte, seine Tochter in María Elena war. Dadurch war sein Bezug zu Chile immer noch gleich stark wie zu Enriques Lebzeiten.

4.

Im Büro war die Stimmung angespannt. Die Ungewissheit war zur lästigen Begleiterin geworden. Fito wollte seinen beruflichen Sorgen weniger Raum geben. Das müsste ihm doch nicht so schwerfallen, redete er sich ein. Schließlich gab es im Moment Wichtigeres in seinem Leben. Außerdem war seine Pensionierung absehbar und eine Entlassung unrealistisch. Er nahm sich vor, sich nicht mehr so viel zu ärgern und zumindest seinen Verdruss nicht nach Hause zu nehmen. Wenn er morgens auf sein Fahrrad stieg, erinnerte er sich regelmäßig an einen Ausspruch Enriques, der ihn immer aufheiterte. *Das Leben ist wie Fahrrad fahren. Man muss sich ständig vorwärtsbewegen, um nicht das Gleichgewicht zu verlieren.*

Fito arbeitete gerne mit den jungen Monteuren zusammen, aber wenn er dringend einen Mann brauchte, begann die Odyssee. «Ich habe eine Freundin, ich kann nicht übers Wochenende weg.» – «Ich bin in den Ferien und kann sie doch nicht abbrechen.» – «Ich bin erkältet.» In seiner Jugendzeit hätte sich Fito nie getraut, einen Einsatz abzulehnen. Schon gar nicht, wenn es sich um einen Notfall handelte. Offenbar hatten sich die Zeiten auch in dieser Hinsicht geändert.

Fito seufzte, während er an einem Stelleninserat feilte. Es war nicht einfach, junge Monteure für die Dieselmotorenabteilung von *Sulzer* zu gewinnen. Wer wollte schon eine Stelle antreten, ohne zu wissen, für welche Firma man künftig arbeiten würde? Zu Fitos Erleichterung trafen immer ein paar Bewerbungen ein. Er las, was er geschrieben hatte: *Selbstständiger und kompetenter Nachwuchsmonteur gesucht. Reisen im In- und Ausland. Sprachgewandter Berufsmann. Abgeschlossene Lehre als Maschinenmechaniker.*

Als Hans bemerkte, wie schnell Fito das Inserat aufgesetzt hatte, reichte er ihm einen Zettel mit ein paar Angaben darauf. «Machst du das für mich? Hatte eine unruhige Nacht. In der Pause spendiere ich dir dafür einen Kaffee.»

Fito lachte und nickte. An Tagen, wo er nicht in der entsprechenden Stimmung war, übernahm Hans seine Stelleninserate. Manchmal hatte auch er schlechte Nächte, vor allem wegen seiner Alpträume. Entweder träumte er, dass er sich an der Wählscheibe des Telefons die Finger wunddrehte. Es gelang ihm einfach nicht, die Telefonnummer des Monteurs einzustellen. Oder dann eröffnete ihm der junge Berufsmann im Traum, weshalb er unabkömmlich sei. Dann musste er von einem Moment auf den anderen selbst nach Südamerika, Afrika oder Asien reisen. Natürlich missglückte alles, was missglücken konnte. In einem anderen Alptraum wusch er sich vor der Mittagspause seine ölverschmierten Hände. Obwohl er rieb und rieb, blieben sie schmierig und schwarz.

Fito sah sich Hans' Notizen an. Sie brauchten einen Nachwuchsmonteur für Hochseeschiffe und stationäre Anlagen. Er überlegte kurz und schrieb: *Muss über eine abgeschlossene, mechanisch ausgerichtete Lehre verfügen. Nach einer gründlichen firmeninternen Ausbildung Reisen im In- und Ausland.*

Hans las den Text und nickte. «Kurz und knackig. Jetzt gehen wir Kaffee trinken.»

Nach Arbeitsschluss beschlossen die Freunde, auf ein Bier ins Restaurant Gotthard in der Nähe des Bahnhofs zu gehen. Auf dem Weg dorthin kamen sie auf der Marktgasse an einem improvisierten Büro vorbei. Dort boten vier parteilose St. Galler kostenlos Formbriefe an, mit denen man sich bei der Kantonspolizei Zürich und der Bundesanwaltschaft über seine allfälligen Ficheneinträge informieren konnte.

The blond at my office

Manchmal staunte Rosalie darüber, wie natürlich sich ihr Leben in María Elena anfühlte. Seit der Abreise ihrer Eltern lebte sie während einer Wochenhälfte bei Rosa und der anderen bei Lucrecia. Noch immer half sie ihr dabei, Sachen von Enrique in Kisten und Taschen zu räumen. Eine Armbanduhr, Kleidungsstücke und einige Fotos hatte sie für ihren Vater auf die Seite gelegt.

Camilo war wieder in Iquique an der Universität, kam aber fast jedes Wochenende nach María Elena. Rosalie wusste noch nicht, ob sie ihr Studium irgendwann abschließen würde. Immer wieder kam ihr der Gedanke, dass man nicht studieren musste, um gebildet zu sein. Es genügte doch, Bücher zu lesen.

Für Sprache und alles, was damit zusammenhing, begeisterte sie sich nach wie vor leidenschaftlich. Sie war überzeugt davon, dass die meisten Menschen die Wirkung der Sprache unterschätzten. Worte lösten etwas aus, das hatte sie ihre Mutter indirekt schon früh gelehrt. Man konnte andere Worte wählen als *Du hast es versaut*, wenn man fand, dem anderen stehe die neue Frisur nicht. Zum Beispiel *Ein neuer Stil, warum nicht. Falls du dich nicht daran gewöhnst, ist es auch nicht schlimm. Deine Haare wachsen, schon in einer Woche siehst du anders aus.* Rosalie war immer davon ausgegangen, dass ihre Mutter sie mit ihrer Wortwahl verletzen wollte. Das hatte zu einem Kreislauf gegenseitiger Provokationen geführt. Aktion, Reaktion.

Rosalie war besorgt, als Fito anrief und sagte, Norma gehe es nicht gut. Sie wusste sofort, dass es ernst war. Ihrem Vater lagen Dramatik und Übertreibungen fern.

Als Norma operiert wurde, zündete sie eine Kerze für sie an. Als der Anruf kam, der Eingriff sei gut verlaufen und die Prognose gut, atmete sie auf.

Es vergingen keine vier Wochen, und Rosalie hielt einen Brief ihrer Mutter in der Hand. Norma schrieb, dass es ihr gut gehe, nur schwach fühle sie sich noch. Mit ihren Freundinnen habe sie sich noch nicht getroffen. Sie nähe viel und erhole sich zu Hause. In den nächsten fünf

Jahren müsse sie sich alle sechs Monate einer Computertomografie unterziehen, um zu kontrollieren, ob alles gut sei.

Rosalie überlegte sich, ob ihre Mutter und sie je zueinander finden würden. Hatten sie überhaupt noch die Gelegenheit dazu, jetzt, wo sie in Chile lebte? Wie schön wäre es, eines Tages eine wahrhaftige Verbindung zu ihrer Mutter zu spüren! Vielleicht stellte die geografische Distanz ja auch eine Chance dar. Manchmal sprach Rosalie mit Camilo über die Beziehung zu ihrer Mutter. Camilo empfand Norma als sympathisch und interessant. «Der Schein trügt», sagte ihm Rosalie einmal. Es ärgerte sie, dass nur *sie* um die beiden Gesichter ihrer Mutter zu wissen schien. Nicht einmal ihrem Vater fiel offenbar auf, wie anders sich Norma zu Hause verhielt. Aber vielleicht störten ihn die verschiedenen Gesichter der Mutter ja auch nicht.

Rosalie ärgerte sich, wenn Norma anders wurde, sobald sie sich in den eigenen vier Wänden befand. Als falle dann ein Schleier von ihr ab. Diese Unstimmigkeit hatte Rosalie ihr ganzes bisheriges Leben lang verwirrt und wütend gemacht. Unter anderen Menschen erlebte sie Norma fröhlich, gesellig, sozial und empathisch. Zu Hause aber schien sie ihr müde, in sich gekehrt und unnahbar. Manchmal kam es Rosalie vor, die Mutter lade zu Hause nur ihre Batterien auf. Unter anderem, indem sie sich abends ihre Lieblingstalksendung ansah. Nachmittags legte sich Norma oft mit einem Rosenkranz aufs Bett und betete. Oder sie setzte sich an die Nähmaschine in der Küche. War sie zu Hause und hatte keinen Besuch, wollte sie vor allem Zeit mit sich selbst verbringen.

Rosalie nahm den anderen Briefbogen zur Hand. Auch ihr Vater hatte ihr geschrieben, in kurzen klaren Sätzen. Von seinen Ausflügen, vom Wetter in der Schweiz, nur ein bisschen von *Sulzer* und seiner Arbeit. Er ließ sie wissen, er empfinde es als tröstlich, dass sie dort sei, wo einst Enrique gelebt habe. Das heiße aber nicht, dass er sie nicht vermisse. Es freute sie, dass der Vater seine Gefühle offenbarte.

Rosalie legte die Briefe weg und griff zum Notizheft. Rosa hatte sie dazu angeregt, in der Bibliothek einen Kurs über Sprache zu leiten. Zuerst hatte sie sie davon überzeugen wollen, ein Theaterstück über Sprache zu schreiben und es dann selbst aufzuführen. Aber Rosalie konnte sich nicht vorstellen, allein auf der Bühne zu stehen und zu referieren. Die Idee einer Art Workshop hingegen gefiel ihr. Schließlich meldeten sich zwei Männer und fünf Frauen dafür an. Rosalie holte ihre Bücher aus Rosas Büchergestell und begann den Kurs vorzubereiten.

2.

«Das Englische kennt nur den neutralen Artikel. Man unterscheidet nicht zwischen *die* und *der*. «Wie übersetzt ihr den Satz *The blond at my office*?»

Die Teilnehmenden sahen einander verunsichert an. Sie hatten sich doch nicht für einen Englischkurs angemeldet.

Rosalie biss sich auf die Lippen. Vielleicht hätte sie ihr Seminar anders eröffnen sollen. Aber der Satz war einfach, außerdem wollte sie damit nur etwas aufzeigen. So schnell würde sie nicht aufgeben. «Was glaubt ihr, ist hier von einem Mann oder einer Frau die Rede?»

«Man weiß es nicht», traute sich der ältere Mann.

Rosalie nickte, er hatte ja recht. «Von wem ist eher die Rede, von einem Mann oder einer Frau?», formulierte sie ihre Frage präziser.

Betretenes Schweigen.

Ihr blieb nichts anderes übrig, als sich selbst zu antworten. «Wohl eher von einer Frau. Bei einem Mann würde man nicht von der Haarfarbe sprechen, um ihn zu beschreiben. Man würde vielleicht vom Langen oder Dicken reden, aber nicht vom Blonden.»

«Wieso denn nicht?», warf der junge Mann ein. «Ich jedenfalls würde auch einen Mann so beschreiben. Hier, wo die meisten dunkelhaarig sind, sticht ein Blonder doch heraus.»

Rosalie war irritiert. Dann war es ihr peinlich, dass sie sich zu wenige Gedanken gemacht hatte. Es kam auf den Kontext an, wie so oft. «Stellt euch bitte vor, dass der Satz in den USA gesagt wird. In einem Land, wo man nicht auffällt, wenn man blond ist.» Jetzt lächelte sie.

«Ach so», rief eine Frau. «Dann ist natürlich von einer Frau die Rede. Man spricht ja auch von der Brünetten oder der Rothaarigen. Bei einem Mann bezieht man sich eher nicht auf seine Haarfarbe.»

Rosalie nickte. Der Beispielsatz zeigte auf, dass sich Sexismus in der Sprache widerspiegelte.

Sie erzählte, dass es unglaublich viele Sprachen gebe auf der Welt, aber nur acht am verbreitetsten seien. Sie sprach von Lehnbegriffen aus anderen Sprachen, die ihren Weg ins Spanische gefunden hatten. *Yacht* aus dem Dänischen, *Quartz* aus dem Deutschen oder *piano* aus dem Italienischen. Besonders fasziniert waren ihre Zuhörer, als sie über die arabischen Lehnwörter referierte. Aus dem Arabischen kamen Wörter, die mit Mathematik und Chemie zu tun hatten, wie *algebra*. Auf diesem Feld waren die Araber wegweisend.

Aber auch sonst gebe es im Spanischen viele arabische Lehnwörter, führte Rosalie aus, und zwar ganz alltägliche wie *almohada, alfombra, taza* und *persiana*. Die Teilnehmenden staunten, als sie erfuhren, dass über viertausend arabische Wörter ihren Weg ins Spanische gefunden hatten. Manche, wie *barbecue, guitar* und *ranch* kamen erst über das Spanische ins Englische. Und einige Wörter erlangten über die Zeit eine andere Bedeutung. Wie das englische Wort *holiday*. Ursprünglich wurde es in zwei Wörtern geschrieben, *holy day*, und bezog sich auf einen Tag religiöser Wichtigkeit.

Rosalie sah herausfordernd zu ihren Schülern. «Wisst ihr, was man ursprünglich unter einem *compañero* verstand? Seht euch das Wort bitte genau an.» Rosalie wartete geduldig auf eine Antwort. Niemand traute sich, Vermutungen anzustellen. «Es ist eine Zusammensetzung von *con* und *pan*», sagte sie schließlich. Sieben überraschte Augenpaare blickten zu ihr. Sie erkannte, dass ihre Schüler gerade einen Aha-Moment erlebten und freute sich darüber. «Ursprünglich verstand man unter *compañero* eine Person, mit der man sein Brot teilte. Und was für ein Wort steckt in *cuarentena?*»

«Vierzig», antworte der ältere Mann.

«Richtig. Ursprünglich bedeutete das Wort vierzig Tage Isolation.»

Obwohl sich der Einstiegssatz *The blond at my office* als schwieriger als erwartet herausgestellt hatte, entschloss sich Rosalie dazu, den *Eleninos* die Funktion der deutschen Nachsilbe *ing* näherzubringen. Es sei ein Unterschied, ob man *Flüchtling* oder *Flüchtender, Lehrling* oder *Lernender, Sprössling* oder *Kind* sagte, erklärte sie. Denn das Suffix *ing* neutralisiere

268

das Wort und stelle dadurch eine emotionale Distanz zur Person her. Sie sprach auch das Thema Neurolinguistik an, während sie auf ihre linke Hirnhälfte zeigte. Schon seit 1861 wisse man, dass das Sprachzentrum des Menschen in der linken Gehirnhälfte sitze. «Wenn wir uns hier verletzen, verlieren wir die Fähigkeit zu sprechen. Auch taube Menschen, deren linke Gehirnhälfte verletzt ist, beherrschen die Gebärdensprache nicht mehr.»

Die Seminarteilnehmenden staunten.

Rosalie hatte noch mehr vorgesehen an diesem Nachmittag, unter anderem eine Einführung in die Sapir-Whorf-Hypothese. Aber sie wollte die Anwesenden nicht überfordern. Außerdem war sie mehr als zufrieden. Anscheinend war es ihr gelungen, ihre Leidenschaft für Sprache weiterzugeben. Auf jeden Fall wünschten die Kursteilnehmenden ein weiteres Seminar und versprachen, ihre Freunde und Familienangehörigen dafür zu motivieren.

Rosalie regte sie dazu an, bis dann auf Lehnwörter zu achten und diese zusammenzutragen. Überhaupt sollten sie beobachten, was ihnen in Bezug auf Sprache auffiel. «Hört Kleinkindern genau zu», sagte sie am Schluss. Als die Kursteilnehmenden sie fragend ansahen, führte sie ihre Anregung aus. «Vielleicht ist euch Folgendes schon einmal aufgefallen: Vor dem Oberbegriff *Tier* lernt das Kind zuerst die Wörter *Katze* oder *Hund*. Achtet auf solche Besonderheiten. Hinterfragt, was ihr hört, nehmt nichts für selbstverständlich.»

Die Kursteilnehmenden strahlten, als sie sich verabschiedeten. Nie hätten sie gedacht, dass Sprachwissenschaft so viel mit ihrem eigenen Leben zu tun hatte. Obwohl es im Nachhinein logisch war.

Rosalies Augen funkelten, als sie Rosa von ihrem Tag erzählte.

«Du könntest dich ja zur Sprachlehrerin ausbilden lassen. Wie viele Semester fehlen dir bis zu deinem Studienabschluss?» Rosa bereute ihre Worte, als sie sah, wie sich ein Schatten über Rosalies Gesicht legte. «Du musst mir keine Antwort geben. Ich frage aus reiner Neugier. Diplome steigern den Wert eines Menschen nicht.»

Rosalie lächelte. «Ein Studiensemester. Dann kommt die Diplomarbeit, und schließlich legt man die schriftlichen und mündlichen Prüfungen ab.»

Damit war das Thema für beide erledigt. Sie saßen noch ein paar Stunden lang zusammen, der Gesprächsstoff ging ihnen selten aus. Zum Schlafen ging Rosalie zu Lucrecia. Seit letztem Silvester waren Rosa und Jaime ein Paar. Bald würde er von seiner Schicht nach Hause kommen.

Vollbracht

Norma ließ sich Zeit, sie wollte nicht zu früh zu ihren alten Gewohnheiten zurückkehren. Ihre Freundinnen würden auf sie warten.

Anfang Juni fühlte sie sich so gut, dass sie sich einen Eindruck von den Winterthurer *Afropfingsten* verschaffen wollte. Die dreitägige Veranstaltung wurde zum ersten Mal durchgeführt. Zusammen mit Fito schlenderte sie am Pfingstsonntag durch Winterthurs Altstadt. Überall erklang afrikanische Musik, und es roch nach Schmorgerichten, Lammfleisch und scharfen Gewürzen. Afrikaner aus dem ganzen Land reisten in auffallenden, bunten Kleidern an.

Der Frühling verlief ohne Zwischenfälle. Manchmal kam es Fito vor, als erlebe er die Ruhe vor dem Sturm. Im Elektrizitätswerk Jona nahm er eine Teilrevision vor, dann war er in einer Spinnerei, danach im Kantonsspital Zürich. Es folgten ein Kurs in Unfallverhütung, eine zweitägige Monteurtagung und ein zweitägiger Kurs über Betriebsschutz.

Ende Juni war zwar nach Kalender Sommer, aber es herrschte Aprilwetter. Ausgerechnet zum Albanifest, dem Winterthurer Stadtfest, fielen am Samstag sintflutartige Regenfälle über Winterthur.

2.

Als Fito am letzten Donnerstag im Juli ins Büro trat, lag eine *SULZER INFO* auf seinem Pult. «Es scheint vollbracht», brummte Hans, «unsere Dieselmotorenabteilung, pardon, unsere *Sulzer Diesel*, hat nicht nur einen Partner.» Der neue Name ihrer ausgegliederten Abteilung war den Dieselern noch nicht geläufig.

Fito beugte sich über das Blatt und las selbst. Sie hatten sogar drei Partner: Das Konsortium bestehend aus der *Bremer Vulkan* und der ostdeutschen *Maschinen- und Schiffbau* in Rostock und die *Fincantieri* in Triest. Die italienische Schiffbaufirma besaß mit *Grandi Motori Trieste* das größte Dieselmotorenwerk Europas. Bald würde den drei Partnern die Aktienmehrheit der *Sulzer Diesel* gehören. Die insgesamt neunhundert Angestellten aus Winterthur und der *Sulzer Diesel France* in Mantes wurden übernommen. Fito schaute zu Hans. «Kaffee?»

Der Bürokollege schüttelte den Kopf und zeigte zum Büroeingang. Toni Brunner unterhielt sich unter dem Türrahmen mit Daniel. Der Kaffee musste warten.

Der Chef berief eine spontane Sitzung im Büro ein. «Für uns wird sich nichts ändern», begann er. «Wie ihr wisst, sind unsere neuen Partner keine kleinen Fische in der Schiffs- und Maschinenbaubranche. Die *Bremer Vulkan* baut ihre Aktivitäten auf dem Gebiet der Marineelektronik aus. Eine enge Beziehung zum Marinemarkt ist natürlich ein Vorteil für unsere Dieselmotoren. Und die ostdeutsche Werft ist eine alte Freundin von uns. Als unsere Lizenznehmerin stellt sie in ihrem Dieselmotorenwerk in Rostock schon lange *Sulzer*-Dieselmotoren her. Und die *Fincantieri* hat in den vergangenen Jahren einen jährlichen Umsatz von 3,5 Milliarden erreicht. Die Voraussetzungen für eine gute Zusammenarbeit mit den drei Firmen sind meiner Meinung nach gegeben.»

Fito und seine Bürokollegen fanden keine stichhaltigen Argumente, die den Ausführungen ihres Vorgesetzten widersprechen konnten. Zudem hatten auch sie das Gerücht vernommen, dass sich sowohl *Gebrüder Sulzer* als auch *Sulzer Diesel* an der neuen Gesellschaft finanziell beteiligen würden. Peter Sulzer prognostizierte für die kommenden Jahre einen im Vergleich zum Hauptkonkurrenten *MAN* deutlich verbesserten Marktanteil.

Am Montag darauf titelte der *Landbote*: Sulzer-*Dieselmotoren dampfen mit voller Kraft voraus. Ein Jahr nach der Gründung steht* Sulzer Diesel *gesund da.* Fito staunte. Plötzlich wurde die Zukunft der *Sulzer*-Dieselmotoren als erfolgsversprechend dargestellt. So schnell änderte sich die Sicht der Dinge. Fito hatte schon seit längerem beschlossen, sowohl schlechte als auch gute Nachrichten gelassen hinzunehmen. Wenn alles gut ging, wäre er in drei Jahren pensioniert. Er hatte alles in die Wege geleitet, um kurz nach seinem vierundsechzigsten Geburtstag das Erwerbsleben hinter sich zu lassen. Das wäre ein Jahr früher als üblich und würde eine Renteneinbuße mit sich ziehen. Er nahm sie gerne in Kauf. Hauptsache, er konnte dem Geschäftsleben bald den Rücken kehren.

El sol, la luna

Seit dem 11. März hatte Chile mit dem Christdemokraten Patricio Aylwin einen neuen rechtmäßig gewählten Präsidenten. Camilo war wie viele seiner Landsleute in Aufbruchstimmung. Ohne die Militärdiktatur im Nacken fühlte er sich freier. Er freute sich, wenn Rosalie am Wochenende zu ihm kam und sie zusammen das Meer und das pulsierende Iquique genossen. Aber da Rosalie in María Elena regelmäßig mithalf, kulturelle Aktivitäten durchzuführen, war dies eher selten der Fall. Camilo war aber in María Elena, als Rosalie ihren zweiten Kurs *Abenteuer Sprache* leitete. Er freute sich darauf, sie als Lehrerin zu erleben.

Rosalie war am Frühstücken und gleichzeitig am Lesen eines Briefs, als Camilo durch die Haustür trat. Sie ließ sofort alles liegen, lief ihm entgegen und umarmte ihn stürmisch. Sie schmiegte sich an ihn und atmete seinen Geruch ein. Als sie sich an den Küchentisch setzten, wedelte sie mit dem Brief in der Hand. «Meine Eltern kommen im Dezember.» In diesem Moment trat Lucrecia im Morgenrock in die Küche. Die Neuigkeit erhellte auch ihr Gesicht von einem Moment auf den anderen.

Diesmal nahmen fast zwanzig Leute am Kurs teil. Rosalie war aufgeregt, aber auch beschwingt wegen des Briefs ihrer Eltern. Zuerst fasste sie zusammen, welche linguistischen Themen sie das letzte Mal angesprochen hatte. Sie bat die Teilnehmenden, die damals dabei gewesen waren, sie wenn nötig zu ergänzen. Camilo saß in der hintersten Reihe. Einerseits wollte er Rosalie nicht aus dem Konzept bringen, andererseits behielt er gerne den Überblick. Er wollte beobachten, wie die anderen auf seine Freundin reagierten. Es fiel ihm auf, dass mindestens die Hälfte der Anwesenden sie anstrahlte. Wahrscheinlich diejenigen, die sie schon als Kursleiterin erlebt hatten, vermutete er.

Rosalie erwähnte einige englische Lehnwörter im Spanischen. *Bote* von *boat*, *rosbif* von *roastbeef*, *vagón* von *wagon*. Dann forderte sie ihre Zuhörer dazu auf, weitere englische Lehnwörter beizutragen.

Einige Teilnehmer vom letzten Mal hatten ihre Hausaufgaben gemacht. «*Túnel* von *tunnel*, *mitin* von *meeting*, *livin* von *living room*», sagte

Lucrecias Nachbarin. «*Show, ticket, fútbol, jukebox, gol, líder, sándwich, alles selbsterklärend.*» Der ältere Mann strahlte Rosalie an. Ein jüngerer Mann, der neu im Kurs war, fuhr sich über seinen Dreitagebart. «*Boom, biftec, bebé?*»

Rosalie erhob den Zeigefinger. «*Biftec* und *bebé* kommen aus dem Französischen.» Sie wies darauf hin, dass gewisse Lehnwörter manchmal kaum mehr als solche erkennbar seien, weil sie im Spanischen anders geschrieben würden. Zum Beispiel *champú* von *shampoo*, *cheque* von *check*, *budín* von *pudding*, *cóctel* von *cocktail*, *estrés* von *stress* oder *yaz* von *jazz*.

Camilo war stolz, wie seine Freundin ihre Zuhörer in den Bann zog. Es war angenehm, ihr zuzuhören, weil sie ihr Wissen natürlich und ruhig vermittelte. Er bemerkte, dass sie einen ihrer Lieblingsröcke trug, dazu ihre neuen Sandalen aus Iquique und farblich zum Rock abgestimmte Ohrringe. Ihr Haar hatte sie zusammengebunden. Camilo wusste, wie sehr es sie störte, wenn ihr Strähnen ins Gesicht fielen. Er hörte ihr gespannt zu, wie sie erklärte, dass zuweilen ganze Wortkonstruktionen aus dem Englischen ins Spanische und auch in andere Sprachen übersetzt würden. So sei aus *skyscraper rascacielos* geworden, aus *black market mercado negro*, aus *guerra fría cold war* und aus *hot dog perro caliente*.

«Wie ihr es wahrscheinlich erahnt, ist die Liste der Lehnwörter lang. Zudem wächst sie ständig, weil sich die Sprache laufend verändert.» Rosalie betrachtete ihre Unterlagen. Jetzt war Zeit für die Sapir-Whorf-Hypothese, die sie schon das letzte Mal hatte vorstellen wollen. «Der Linguist Edward Sapir und sein Student Benjamin Lee Whorf gingen davon aus, dass die Muttersprache eines Menschen seine Denkweise beeinflusst», begann sie. «Diese Hypothese ist aber umstritten.»

Je mehr sich Rosalie mit ihr befasste, als sie den Kurs vorbereitete, desto mehr stellte sie sie selbst infrage. Sie fragte sich, ob es nicht umgekehrt war. Beeinflusste nicht eher die Art, wie die Menschen eines Volkes dachten, ihre Sprache? Schließlich hatte jedes Volk seine eigene Mentalität und damit seinen eigenen Blick auf die Welt. Da wäre es doch logisch, dass sich dieser in seiner Sprache widerspiegelt. Diese Sichtweise passte ihrer Meinung nach auch gut zum Zitat *Du hast so viele*

274

Herzen wie Sprachen, die du sprichst, das sie vor Jahren irgendwo gelesen hatte. Deshalb beschloss sie, ihre eigene Hypothese zu vertreten. Das war kühn, aber vielleicht würde sich daraus eine Diskussion mit den Kursteilnehmenden ergeben. Rosalie begann vom Experiment zu erzählen, das man in zwei Gruppen von Deutsch- und Spanisch-Muttersprachlern durchgeführt hatte. «Man bat beide Gruppen, das Wort *Brücke* zu umschreiben. Während die Vertreter der deutschen Sprache die Brücke als groß, stark und gefährlich beschrieben, bezeichneten sie die Spanisch Sprechenden als verbindend, schön und zart.» Als Rosalie sicher war, dass ihr alle Kursteilnehmenden folgten, fuhr sie fort. «Man sagt aber *el* puente und *die* Brücke.»

Die einen lächelten, die anderen sahen Rosalie fragend an.

«Die verschiedenen Betrachtungsweisen in diesem Experiment und die tatsächlichen Artikel, die in der jeweiligen Sprache verwendet werden, widersprechen der Saphir-Whorf-Hypothese. Oder was meint ihr?» Rosalie sah ihre Schüler erwartungsvoll an. Viele Kursteilnehmende nickten.

Ein älterer Mann erhob zaghaft den Zeigefinger, er schien noch nachzudenken. «Diese Linguisten behaupten, dass es der Artikel ist, der die Wahrnehmung bestimmt? Habe ich das richtig verstanden? Wenn ja, widerlegt das Experiment die Hypothese dieser Sprachwissenschaftler tatsächlich.»

Rosalie blickte in die Runde. «Was meinen die anderen?»

Eine junge Frau meldete sich. «Wie ein Volk denkt, wirkt sich doch eher auf seine Sprache aus als die Sprache auf das Volk. Wenn man wie wir Spanischsprechenden die Brücke als etwas Fragiles empfindet, müsste man doch den femininen Artikel wählen. Dein Beispiel überzeugt mich. Hast du vielleicht noch ein anderes?»

Rosalie überlegte. Sie war sich nicht sicher, ob die ursprüngliche Wahl des Artikels als Gegenbeweis zur Sapir-Whorf-Hypothese wirklich standhielt. «Man sagt *la* luna und *el* sol», begann sie deshalb. «Menschen, die eine romanische Sprache sprechen, verbinden den Mond mit dem Weiblichen und die Sonne mit dem Männlichen. Der Mond steht für sie wegen seiner Zyklen für Fruchtbarkeit. Und die Sonne sehen sie als mächtige männliche Kraft. Deutsch-Muttersprachler hingegen betrachten die Sonne als wärmend und nährend, was eher weiblichen Eigenschaften entspricht. Dem Mond wiederum schreiben sie Stärke zu. Schließlich kontrolliert er die Gezeiten und wird sogar für die Launen der Menschen verantwortlich gemacht.»

Die junge Frau sah verwirrt aus. «Dieses Beispiel stützt doch die These dieser Wissenschaftler, oder? Wenn ich so darüber nachdenke, finde ich schon, dass der Artikel einen Einfluss haben könnte auf die Art, wie man das nachfolgende Wort empfindet.» Sie schüttelte den Kopf. «Aber irgendwann war doch in jeder Sprache festgelegt, welches Nomen weiblich und welches männlich war. Die nachfolgenden Generationen mussten sich keine Gedanken mehr darüber machen. Man redet einfach.» Unsicher sah sie zu Rosalie.

Rosas Nachbarin tippte sich an die Stirn. «Sind wir jetzt beim Huhn und dem Ei angelangt? Was war zuerst da?»

Rosalie nickte und lächelte gleichzeitig. «Ich habe euch gewarnt. Jetzt habt ihr eine Ahnung, warum die Sapir-Whorf-Hypothese umstritten ist. Sie beschloss, das Thema zu wechseln. Ein kleiner Einblick in die Neurolinguistik würde von der Hypothese der Linguisten ablenken. «Das menschliche Gehirn kann Fakten nie rein rational verarbeiten», begann sie. «Es muss alles sofort einordnen können. Das nennt man in der Psychologie *Framing*, womit ein Referenzrahmen gemeint ist. Haben wir keinen, können wir das Gehörte oder Geschriebene nicht deuten. Um *Ein Glas ist zur Hälfte mit Wasser gefüllt* überhaupt begreifen zu können, müsst ihr entweder die Perspektive *halb voll* oder *halb leer* einnehmen können. Sonst könnt ihr euch unter *zur Hälfte gefüllt* nichts vorstellen. Versteht ihr mich bis jetzt?»

Die einen nickten, eine Jugendliche bat Rosalie um ein weiteres Beispiel. Rosalie überflog ihre Notizen. Das mit den Wirbelstürmen müsste einleuchten. Gewissen Linguisten zufolge machte es einen Unterschied, ob ein Wirbelsturm einen männlichen oder weiblichen Namen trug. Sie waren überzeugt davon, dass man sich eher vor einem Wirbelsturm Martin als vor einem Wirbelsturm Lisa fürchtete. Laut *Framing*-Studien lief eine Evakuation beim Wirbelsturm Martin schneller ab als beim Wirbelsturm Lisa.

Camilo überlegte kurz und meldete sich. «Das heißt, bei einem Wirbelsturm, der auf einen Frauennamen getauft wurde, sterben mehr Menschen? Weil man weniger Angst vor ihm hat und sich deshalb nicht in Sicherheit bringt?»

«Du bringst es auf den Punkt.»

Ein Raunen ging durch den Raum. Rosalie erklärte, dass die Sprache mit Erfahrungen und Gefühlen besetzt sei. Deshalb tue man gut daran, darauf zu achten, was Worte in einem auslösten. Es sei wichtig, seine eigenen *Frames* zu erkennen, um weder vom Nachbar, dem Freund noch von sonst jemandem manipuliert zu werden. «Wörter wie *Präsident*, *Machthaber* oder *Diktator* können sich auf dieselbe Person beziehen. Aber je nachdem, welche Gefühle man beim anderen hervorrufen will, wählt man die eine oder andere Bezeichnung», führte Rosalie aus.

Die Kursteilnehmenden sahen sie mit großen Augen an. «Die Macht der Worte», murmelte eine Frau. «Das war mir bis jetzt gar nicht bewusst.»

Rosalie war zufrieden. Genau dies hatte sie erreichen wollen. Dass ihre Schüler aufmerksamer wurden, was die Sprache anbetraf. «Jetzt frage ich euch», fuhr sie fort, «was klingt positiver? Wenn die Ärztin euch mitteilt, ihr habt eine Überlebenschance von neunzig oder eine Sterbenswahrscheinlichkeit von zehn Prozent?»

Die Teilnehmenden lachten, der Fall war klar.

Nach dem Kurs verabschiedete sich einer nach dem anderen bei Rosalie. Viele bedankten sich überschwänglich, drückten ihr die Hand, küssten oder umarmten sie. Camilo wartete geduldig, bis alle gegangen waren. Dann nahm er Rosalie in seine Arme und wirbelte sie herum. «Du hast uns einen faszinierenden Einblick verschafft in eine uns unbekannte Welt.»

Rosalie freute sich über Camilos ehrlich gemeintes Kompliment.

New Sulzer Diesel

Irgendwann im September erhielt Norma einen Anruf Antonellas. Vor kurzem hatte sie zusammen mit Stefano und weiteren zwanzigtausend Menschen auf dem Bundesplatz in Bern bessere Bedingungen für die Gastarbeiter gefordert. Mit dem Ergebnis, dass die Behörden das Recht auf Familiennachzug lockerten. Antonella und Stefano wollten den Erfolg gebührend feiern und luden Norma und Fito zu sich nach Hause ein. Die beiden Paare hatten sich über die Jahre hinweg zwar nicht aus den Augen verloren, aber so eng wie früher war der Kontakt nicht mehr.

Während des Apéros und Essens saßen alle beisammen, für das Dessert zogen sich Antonella und Norma auf den Balkon zurück. Die beiden Männer entschieden sich für einen Spaziergang.

Antonella, die nichts von Normas Operation wusste, legte Kissen auf die Stühle und sah ihre Freundin aufmerksam an. «Dein Gesicht ist schmaler geworden.»

Eigentlich hatte Norma nicht vorgehabt, über ihre Krankheit zu sprechen. Aber Antonella sah sie so empathisch an, dass sie nicht anders konnte.

Vor Überraschung ließ die Italienerin den Löffel fallen. «Wir sitzen im selben Boot, meine Liebe. Vor zwei Jahren hatte ich Brustkrebs.»

«Du hast mir nichts davon gesagt.»

«Du mir ja auch nicht.»

Sie lachten. Die alte Vertrautheit zwischen ihnen war sofort wieder da. «Manchmal ist es einfacher, etwas mit sich allein auszumachen», meinte Norma. «Besonders dann, wenn es anscheinend alle besser wissen als man selbst und ständig Ratschläge bekommt. Rat-Schläge. Du weißt vielleicht, was ich meine.»

Antonella nickte und lachte.

Die beiden tauschten sich nur kurz über erste Anzeichen, Ärzte und Operation aus. Antonella stand auf, um bald mit einem Ordner zurückzukommen. Er enthielt unter anderem Informationen über alternative Krebstherapien, die in den 1970er Jahren entwickelt worden waren und damals einen gewissen Bekanntheitsgrad erlangten. Antonella vertrat die Ansicht, dass die Pharmaunternehmen die natürlichen Behandlungsarten verdrängt hatten. Mit den für sie lukrativen Chemotherapien lasse sich eben viel Geld verdienen, meinte sie. Sie hatte auch Dokumente gesammelt über die Stärkung des Immunsystems und eine ausgewogene, gesunde Ernährung. Norma sah die Unterlagen interessiert durch. Seit ihrer Operation achtete sie noch mehr darauf, was sie zu sich nahm. Sie freute sich darauf, sich den Ordner zu Hause in Ruhe anzusehen.

2.

Irgendwann im Oktober titelte der *Landbote*: *Sulzer-Dieselhochzeit ist perfekt*. Fito las den Artikel im Büro. Die *Fincantieri* war mit zweiundvierzig Prozent Aktienanteil an der *Sulzer Diesel* die größte Einzelaktionärin. Die *Bremer Vulkan* hielt sechsundzwanzig Prozent und die *Deutsche Maschinen- und Schiffbau* sechzehn Prozent der Aktien. Zehn Prozent gehörten *Gebrüder Sulzer* und sechs Prozent dem Management der *Sulzer Diesel*. Zahlenspielereien, dachte Fito. In drei Jahren würde ihn all das nichts mehr angehen.

Trotzdem beschäftigten ihn gewisse Entwicklungen. Es hieß, *Sulzers* Webmaschinenproduktion sei gefährdet. Dreihundert Stellen würden abgebaut werden. Fito erinnerte sich daran, dass noch vor drei Jahren die Chancen des Webmaschinenmarkts optimistisch eingeschätzt worden waren. In einer Zeitung war ein *Sulzer*-Kadermitarbeiter mit den Worten zitiert worden, *Sulzer* werde den Japanern mit der neuen Webmaschine die Stirn bieten. Jetzt sah wieder einmal alles anders aus.

Mitte November wurde *Sulzer Diesel* in *New Sulzer Diesel* umgetauft, kurz *NSD*. Die Dieseler hatten zwiespältige Gefühle, als sie erfuhren, dass *Sulzer* nur bis 1998 im Firmennamen geführt werden durfte.

Ende November waren Antonella und Stefano bei Norma und Fito zu Besuch. Norma war davon ausgegangen, dass die politisch interessierten Italiener das schweizweite Frauenstimmrecht feiern würden. Appenzell Innerrhoden hatte es als letzter Kanton der Schweiz auch auf kantonaler Ebene eingeführt. Zusammen feiern war schöner, fand

Norma. Außerdem war es eine gute Gelegenheit, um den Ordner zurückzugeben.

Etwa drei Wochen später ging Norma zu ihrem Kontrolltermin. In der Computertomografie war nichts Auffälliges zu sehen. Der Reise nach Chile stand nichts im Weg.

Das Wiedersehen

Norma und Fito würden wie in den letzten Jahren bei Lucrecia leben. Deshalb zog Rosalie aus Lucrecias Gästezimmer aus und bei Rosa ein.

Rosalie freute sich, aber ganz wohl war ihr nicht. Sie ahnte, dass ihre Eltern insgeheim hofften, sie würde so spontan mit ihnen zurückreisen, wie sie in Chile geblieben war. Sie wusste, dass ihre Eltern wollten, dass sie ihr Studium beendete. Aber für sie war eine Rückkehr in die Schweiz ausgeschlossen, jedenfalls im Moment. Rosalie war gespannt darauf, ob sich ihre Beziehung zu ihrer Mutter entspannt hatte. Norma schien weicher geworden zu sein, das spürte sie aus den Briefen.

Als Fito Norma erzählte, dass er im firmeneigenen Reisebüro bald den Flug von Santiago nach Calama buchen werde, intervenierte sie. Sie habe Sehnsucht nach Iquique und wolle zwei Nächte dort verbringen. Während der Zeit von der Diagnose bis zur Operation hatte sie oft das Gefühl *der letzten Male* gehabt. Das letzte Mal im Hallenbad, das letzte Bridgespiel, das letzte Mal am Bodensee. Vielleicht war sie das letzte Mal in Chile gewesen, hatte sie damals gedacht. Jetzt, wo sie noch lebte, wollte sie Iquique wiedersehen.

Fito und Norma genossen die zwei Tage in einem Hotel direkt am Meer. Sie schwammen im kühlen Pazifik, spazierten Hand in Hand durch die Innenstadt, ruhten sich auf einer Bank auf der *Plaza* aus und gingen ins Theater. Entspannt, aber mit gemischten Gefühlen fuhren sie schließlich im Bus durch das Portal von María Elena. Beiden ging es gleich – sie hatten Angst vor Enriques Abwesenheit, gleichzeitig freuten sie sich auf ihre Tochter.

«Wie hübsch du geworden bist», staunte Norma, als Rosalie ihr die Tür öffnete.

Letztere ließ sich nur widerwillig umarmen. Wieso hatte sie immer das Gefühl, ihre Mutter sagte in einem wichtigen Moment das Falsche? Wieso nur gab sie jetzt so etwas Oberflächliches von sich? Rosalies Wiedersehensfreude war getrübt, zumindest was Norma anbetraf. Aber sie nahm sich zusammen und erkundigte sich nach deren Befinden.

«Besonders gut, jetzt, wo ich dich sehe.» Norma strahlte.

Das Gefühl von vorhin war wie weggeblasen. Rosalie lächelte und drückte ihre verdutzte Mutter. Solche Zärtlichkeitsbekundungen war sie von ihrer Tochter nicht gewohnt.

Während Rosalie ihren Vater begrüßte, kam Lucrecia auf Norma zu. «Du bist schlanker geworden, aber du siehst gut aus.» Sie umarmten sich lange. Lucrecia drückte Fito nur kurz, weil das Essen auf dem Herd stand. Sanft ergriff sie Normas Handgelenk und zog sie mit sich in die Küche. Rosalie schloss sich den beiden Frauen an. Zuerst stand Fito etwas verloren da, er spürte Enriques Abwesenheit. Als ihm Hugo und Rosa entgegenkamen, fühlte er sich besser. Er atmete tief durch, bevor er die Zwillinge umarmte.

Während des Essens staunten Fito und Norma, als sie von den Kursen ihrer Tochter erfuhren. Mittlerweile hatte sie schon fünf geleitet, und das Interesse hielt noch immer an. Viele *Eleninos* sprachen Rosalie mit *Maestra* oder *Profesora* an. Während Norma nachdenklich auf ihre *Empanada* starrte, sah Fito anerkennend zu seiner Tochter. Er freute sich, dass es ihr gut ging in María Elena und wollte ihr dies auch zeigen. Er nippte an seinem zweiten *Pisco sour* und machte sich seine Gedanken. Er konnte nachvollziehen, weshalb sich Norma über Rosalies gelungene Integration nicht freute. Rosalie sah keine Notwendigkeit darin, nach Hause zurückzukehren. Natürlich wäre es auch ihm lieber, sie würde über eine abgeschlossene Ausbildung verfügen. Aber im Gegensatz zu Norma sagte er nie, in der Schweiz sei man ohne Diplom ein Niemand. Ebenso vermied er Bemerkungen, die Rosalie unter Druck setzen könnten. Sie war erwachsen und traf ihre eigenen Entscheidungen.

Es beeindruckte Fito, wie glücklich und selbstbestimmt Rosalie in María Elena wirkte. Vor allem bewunderte er sie dafür, dass sie ihrem Herzen gefolgt war. Auch er hätte dies tun können, nachdem er vor so vielen Jahren in María Elena seinem Onkel begegnet war. Schließlich hatte er damals zum ersten Mal in seinem Leben ein Familienzusammengehörigkeitsgefühl empfunden. Aber er hatte nicht alles zurücklassen wollen in der Schweiz, wo doch seine Wurzeln waren. Und schon gar nicht seine Arbeit bei *Sulzer*. Hätte Norma damals darauf bestanden, in Chile zu bleiben, wäre möglicherweise alles anders gekommen.

Fito fragte sich, ob er in gewisser Weise ähnlich stur war wie Norma. Sie konnte einfach keinen Frieden schließen mit ihrem Vater. Er versuchte immer wieder, sie davon zu überzeugen, Rosalie von ihm zu erzählen. Sie hatte das Recht darauf, das Schicksal ihres chilenischen Großvaters zu kennen. Aber Norma weigerte sich beharrlich. Wie konnte sie einerseits so stur und andererseits so spirituell sein? Ihrem Bruder Andrés hatte sie sich in den letzten Jahren keinen Schritt angenähert. Die Geschwister redeten noch immer nicht miteinander. Immerhin hatte Norma den Kontakt zu Lorena wieder aufgenommen. Fito überlegte, wieso ihm so viele Gedanken durch den Kopf schwirrten. Er schrieb es dem *Pisco sour* zu.

2.

Ihre Krankheit hatte Norma verändert, sie war demütiger geworden. Sie empfand es selbst als angenehm, dass sie in gewissen Momenten nicht mehr so impulsiv reagierte wie vor der Krankheit.

Je mehr Zeit verging, desto mehr erkannte sie, wie gut ihre Tochter das Leben meisterte und vor allem, wie viele Fähigkeiten sie hatte. Neben ihren Sprachkursen half sie Rosa und Lucrecia dabei, verschiedene Veranstaltungen für die *Eleninos* zu organisieren. Außerdem erledigte sie für Rosa diverse Archivarbeiten in der Bibliothek, und einmal monatlich moderierte sie auf Radio Coya eine Musikwunschsendung für Frauen. Norma fiel auf, dass Rosalie neben Büchern über Sprachwissenschaft vieles andere las und auch Kurzgeschichten schrieb. An der Art, wie Rosalie ihr Leben lebte, war nichts auszusetzen. Wenn nur ihr abgebrochenes Studium nicht wäre. Da Normas sehnlichster Wunsch eine gesunde Beziehung zu ihrer Tochter war, fragte sie sie nicht mehr, ob sie in absehbarer Zeit an die Universität zurückkehren werde. Langsam entspannte sich ihr kompliziertes Verhältnis.

Aber dies änderte nichts daran, dass Rosalie wie üblich mehr Zeit mit Fito verbrachte. Sie freute sich, dass er Zeitungsartikel über die ehemalige *Sulzer*-Dieselmotorenabteilung von mitgenommen hatte. Es interessierte sie, was ihn beschäftigte. Sie fand es schön, an seinem Leben teilzuhaben. Die letzten Arbeitsjahre waren nicht einfach gewesen für ihren Vater. Deshalb war Rosalie umso froher, dass er die aktuellen Entwicklungen gelassen nahm.

Sie saßen an Lucrecias Küchentisch, als Fito ihr einige Blätter zeigte. Es waren mit Schwarz-Weiß-Fotos bebilderte Gedichte. Fitos Augen funkelten vor Vorfreude, das erste Gedicht mit seiner Tochter zu teilen.

Rosalie begann eines laut vorzulesen:

Das unrühmliche und traurige Ende zweier Sulzer-Dieselmotoren

Da waren einst zwei Sulzer-Diesel-Riesen,
die beide auf dem Prüfstand prompt bewiesen,
der eine quer-, der andere längsgespült,
dass sie die Kraft in sich gefühlt.
Um große Taten dereinst zu vollbringen
mit ihren Kolben und auch Kolbenringen.

Doch leider durften sie nie wie vorgesehen,
später mal die Schraube eines Schiffes drehen.
Um so auf allen Meeren, diesen weiten,
den stolzen Namen Sulzer-Diesel *zu verbreiten.*
Und konnten somit nichts dazu beitragen,
die PS-Kurve noch ein bisschen in die Höh' zu jagen.
So standen sie und dösten vor sich hin,
doch plötzlich kommt's jemandem in den Sinn.
Die brauchen Platz, das kostet Geld,
und sofort räumen müssen sie das Feld.
Denn Sparen und Profit sind die Devisen,
es ist das Ende für die beiden Riesen.

Beschlossen wird zuerst ein Kannibalisieren,
daraufhin ein totales Demontieren.
Verschachert wird, wofür sich Käufer fanden,
der Rest wird auf dem Schrottplatz landen.
Fürwahr kein schönes Ende für die zwei,
doch hilft kein Jammern, es bleibt dabei.

Die beiden Sulzer-Diesel-Riesen sind nicht mehr,
die Halle, wo sie standen, wirkt nun öd und leer.
Doch nicht vergessen sollen sie bleiben,
drum kam es auch zu diesem Schreiben.
Dies Verslein und die Fotos sind der Beweis
für I love Sulzer-Diesel, und zwar heiß!

Fito lächelte gequält. «Alle Dieseler empfinden so, wie es Walter Geiser geschrieben hat. Wenn man etwas liebt, tut es einem weh, wenn es verschrottet wird. Umso mehr, wenn es sich dabei um hochtechnologisierte und neue Motoren handelt.»

Rosalie konnte jetzt noch besser nachvollziehen, wie sich ihr Vater die letzten Jahre gefühlt haben musste. Nachdem sie die Blätter sorgfältig in das Klarsichtmäppchen zurückgelegt hatte, blickte sie ihn nachdenklich an. «Geht es jetzt eigentlich mit dem ganzen *Sulzer*-Konzern bergab?»

«Wo denkst du hin», erwiderte Fito so schnell, dass ihn seine Tochter überrascht ansah. «*Sulzer* positioniert sich neu, die Medizinaltechnik scheint das neue Kerngeschäft zu sein.» Fito seufzte. Die Marktposition von *Sulzer* war nach wie vor stark. Aber die Firma, wo er einst seine Lehre gemacht hatte, war ihm fremd geworden.

Schöne und weniger schöne Wochen

Im Jahr 1991 flüchtete der frühere *Sulzer*-Aktionär Werner K. Rey auf die Bahamas, weil wegen Betrugs und Urkundenfälschung ein Verfahren gegen ihn eröffnet worden war. Aber für die größte Überraschung sorgte Rosalie. Sie hatte entschieden, ihr Studium zu beenden. Während des Sommersemesters wohnte sie bei ihrer Freundin Kathrin, die vor kurzem Gymnasiallehrerin geworden war. Norma und Fito waren enttäuscht, weil Kathrin jetzt in Zürich lebte und sie Rosalie nur am Wochenende sahen.

Rosalie empfand das Viertel, wo Kathrin wohnte, wie einen Mikrokosmos. Es gab kleine Läden und Kioske und ganz in der Nähe einen historischen Friedhof. Nachmittags setzte sie sich dort oft mit einem Buch auf eine der vielen Sitzbänke. Der Stadtteil, wo sich die Fakultätsgebäude befanden, war weit weniger ruhig. An der nahegelegenen Hauptstraße fuhren Autos, Busse und Trams. Dafür liebte Rosalie das historische Seebad Utoquai umso mehr. Sie hielt sich so oft wie möglich dort auf, allein oder mit Freundinnen. Das Seebad war wie eine Oase in der Stadt, wo man auch mit Unbekannten ins Gespräch kam.

Im Spätsommer verbrachte Rosalie fast zwei Wochen bei ihren Eltern, da sie die *Winterthurer Musikfestwochen* besuchen wollte. Sie wurden schon zum fünfzehnten Mal durchgeführt und fanden in der Winterthurer Altstadt statt, vor allem in der Steinberggasse und auf dem Kirchplatz. Drei Freundinnen Rosalies gehörten zu den vielen ehrenamtlichen Helfern, die das Festival erst möglich machten.

Obwohl Rosalie den Sommer in der Schweiz genoss, vermisste sie ihr Leben in María Elena. Sie vermisste Camilo, aber Lucrecia und Rosa fehlten ihr fast noch mehr. Schließlich sah sie die beiden Frauen im Gegensatz zu ihrem Freund jeden Tag. Seit seinem Studienabschluss arbeitete Camilo in einer kleinen Bank in Iquique, sie sahen sich weiterhin nur am Wochenende.

Die vorläufig letzte Woche in der Schweiz verbrachte Rosalie mit ihren Eltern im Tessin. Dann flog sie mit vielen Büchern im Gepäck nach Chile zurück. Ihre Abschlussarbeit würde sie in María Elena schreiben, auch auf die schriftlichen und mündlichen Abschlussprüfungen würde sie sich dort vorbereiten.

2.

Mitte April 1992 erschütterte eine interne Mitteilung Fito und seine Arbeitskollegen. Die Gießerei in Oberwinterthur, die letzte Großgießerei der Schweiz, würde in einem Jahr stillgelegt werden. Man ahnte ja schon seit einiger Zeit, dass dies geschehen würde. Aber jetzt, wo es Fito in Druckerschwärze vor sich sah, taten ihm die Worte weh. Dreihundertsiebzig jahrelange Mitarbeiter würden ihre Stelle verlieren.

Norma hatte den Gartentisch gedeckt, das schöne Wetter stand in Kontrast zur angespannten Stimmung. «Das sind die schlimmsten Wochen in meinen siebenunddreißig *Sulzer*-Jahren», klagte Stefano mit matter Stimme. Er und seine Arbeitskollegen seien schon seit dem Verkauf der Dieselmotorenabteilung vor drei Jahren pessimistisch gestimmt gewesen. Jetzt, nach vierzehn Monaten Kurzarbeit, deprimiere sie die Gewissheit, in einem Jahr ihre Stelle zu verlieren.

Fito legte seinem Freund eine Hand auf die Schulter. «Immerhin könnt ihr euch auf die Schließung vorbereiten.»

Stefano lächelte verkrampft. «Es ist hart zu wissen, dass nächstes Jahr am 30. Juni mein letzter Arbeitstag sein wird. Laut Sozialplan wird pensioniert, wer an diesem Datum sechzig Jahre alt ist. Leider bin ich dann erst neunundfünfzig.»

Norma sah mitfühlend zum Italiener. «Gibt es denn keine Ausnahmen? Du arbeitest doch schon so lange in der Gießerei.»

Stefano machte eine wegwerfende Handbewegung. «Keine Sonderbehandlung für niemanden.»

Es ging das Gerücht um, dass rund einhundertachtzig Mitarbeiter die Kündigung erhalten würden. Andere würden das Glück haben, intern versetzt zu werden. Etwa zwanzig Arbeitskollegen Stefanos stellten sich darauf ein, in ihr Geburtsland zurückzureisen. Für sie stand schon jetzt fest, dass sie ihre Kinder und Enkelkinder zurücklassen mussten. Mit ihrer massiv gekürzten Rente konnten sie in der Schweiz nicht überleben. Sie waren zu alt, um noch eine Stelle zu finden und zu jung für den Sozialplan.

Antonella war acht Jahre jünger als Stefano und arbeitete schon seit Jahren im Büro einer italienischen Baufirma. Weil sie davon ausging, dass Stefano in seinem Alter keine Stelle mehr finden würde, würde sie ihren Vorgesetzten bitten, im nächsten Jahr ihr Arbeitspensum zu erhöhen. So kämen sie finanziell über die Runden. Glücklicherweise war ihre Wohnungsmiete für schweizerische Verhältnisse niedrig. Mehr Sorgen machte sie sich um Stefanos mentale Gesundheit. Sie konnte nicht abschätzen, wie er mit dem abrupten Ende seines Berufslebens umgehen würde. Geld war das eine, Demütigung das andere.

Stefano hatte Tränen in den Augen. «Wir fühlen uns hoffnungslos, leer, veräppelt.»

Fito sah mitfühlend zu seinem Freund. Er kannte den Produktionsplanungsleiter der Gießerei und wusste, dass die aktuelle Lage auch ihn belastete. Es schmerzte ihn, wenn er einem qualifizierten, bald sechzigjährigen Mitarbeiter keine andere Stelle bei *Sulzer* anbieten konnte. Umso mehr, wenn dieser vor ihm in Tränen ausbrach.

Stefano erzählte von der Aussprache der Gießereiangestellten mit den Gewerkschaften, die vor ein paar Tagen in ihrer Kantine stattgefunden hatte. Das Treffen habe ihnen nichts gebracht, außer dass sie den Gewerkschaftsvertretern hätten sagen können, dass sie nicht genug für sie gekämpft hätten.

Als Stefano und Antonella gegangen waren, ging Fito auf den Dachboden. In einem alten Schrank hatte er eine Art Archiv mit Firmendokumenten eingerichtet. Zielsicher nahm er einen Ordner heraus und setzte sich damit an den Tisch, der einst in der Mattenbach-Wohnung gestanden hatte. Fito hatte sich an den Zeitungsartikel aus dem Jahr 1980 erinnert, in dem ein Gießer der Gießerei Oberwinterthur zitiert wurde. *Ich behaupte, in der Maschinenindustrie gibt es kaum einen schöneren und interessanteren Beruf,* las er. Fito seufzte. Hoffentlich war der zitierte Gießer mittlerweile pensioniert oder würde es mittels Sozialplans bald sein. Im Artikel ging es um die emotionale Verbundenheit mit der täglichen Arbeit. Der Journalist thematisierte das hohe Durchschnittsalter von fast fünfzig Jahren der Gießer und dass es schwierig sei, Nachwuchs zu finden. Körperlich schwere Arbeit sei nicht jedermanns Sache.

Fito legte den Ordner wieder in den Schrank zurück und sah auf seine Armbanduhr. Morgen um diese Zeit würde er Rosalie am Flughafen abholen, bald begannen ihre Abschlussprüfungen. Norma und er freuten sich darüber, dass sie bei ihnen wohnen würde.

Trauerzug

Ende April 1993 stand Fito einen Monat vor seiner Pensionierung. Er empfand es als tröstend, dass sich die *New Sulzer Diesel* in ihrem dritten Geschäftsjahr als neues Unternehmen etabliert hatte. Der Umsatz war um fünfundvierzig und der Bestelleingang um zwanzig Prozent gestiegen. Das oberste Unternehmensziel der *NSD* war, die Marktposition für Zwei- und Viertaktmotoren in den Bereichen Marinemotoren, Dieselkraftwerke und Diesel-Kundendienstleistungen zu stärken. Da der Schiffsbau weltweit einen Aufschwung erlebte, gingen bei der *NSD* viele Aufträge für Schiffsmotoren ein. Während die fernöstlichen Lizenznehmer die Produktion massiv erhöhten, stand für die Forschung und Entwicklung der Dieselmotoren in Winterthur mehr Geld zur Verfügung.

Natürlich freuten sich Fito und seine Arbeitskollegen über den Erfolg. Was ihre positiven Gefühle trübte, war, dass die Medien den Verdienst allein dem *NSD*-Generaldirektor Peter Sulzer zuschrieben. Als wäre es nur ihm zu verdanken, dass in drei Jahren aus der maroden Dieselmotorenabteilung ein unabhängiges, gewinnbringendes Unternehmen geworden war. Von den Dieselern wurde in den Medien kaum gesprochen. Peter Sulzer hat sich die Finger nicht schmutzig gemacht, dachte Fito, als er zur neuesten Zeitung griff. Toni Brunner hatte sie auf das Pult vor ihm gelegt. Die Stelle von Hans war nicht neu besetzt worden, sein Pult aber stand noch am selben Ort. Es diente jetzt als Zeitungsablage.

Es freute Fito zu lesen, dass die kleinen Kraftwerke gute Umsätze machten. Die Dieselanlagen wurden vor allem auf Inseln eingesetzt, wo die Stromversorgung im Netzverbund fehlte. Beispielsweise auf den griechischen Inseln, den Azoren, Madeira, Philippen, den Seychellen und in der Karibik. Fito kamen seine beiden Einsätze auf Madeira in den Sinn, die ihm viel Spaß gemacht hatten.

«Hast du gelesen, wie Peter Sulzer zitiert wird?», holte Daniel Fito aus seinen Gedanken. Weil Fito den Kopf schüttelte, las der Bürokollege laut vor. «*Wichtig ist, dass wir allen Mitarbeitern wieder Selbstvertrauen gegeben haben.* Der sieht tatsächlich einen Zusammenhang zwischen den

290

Erfolgszahlen und unserem anscheinend gesteigerten Selbstwertgefühl.»

Fito ärgerte sich ebenso sehr. «Papier nimmt alles an.»

2.

Am 1. Mai nahm Fito zum ersten Mal an den Aktivitäten zum Tag der Arbeit teil. Er und andere Dieseler liefen aus Solidarität mit den Gießereikollegen am Umzug mit. Auch Pensionierte kamen, unter ihnen Hans. Ein Großteil der Gießereiarbeiter führte den Umzug an, die Dieseler liefen im hinteren Teil mit.

Wieder am Neumarkt angelangt, suchte Fito seinen Freund. Überrascht beobachtete er, wie Stefano von einem Reporter des Schweizer Fernsehens interviewt wurde. Der Beitrag würde am Abend in der Tagesschau ausgestrahlt werden. Dann begannen die Reden. Elmar Ledergerber, Nationalrat der sozialdemokratischen Partei der Schweiz, bekräftigte, seine Partei und er hätten nichts gegen strukturelle Anpassungen in der Wirtschaft. Aber diese dürften nicht auf Kosten der Lohnabhängigen erfolgen. Nach den Ansprachen setzten sich Stefano und Fito mit vielen anderen auf die Festbänke im Zelt, um bei Cervelat und Bratwurst miteinander zu diskutieren.

Am Abend schaltete Fito um 19:30 Uhr den Fernseher ein, nachdem er Norma ins Wohnzimmer gerufen hatte. Sie war überrascht, als sie Stefano auf dem Bildschirm erblickte. Der Italiener trug Anzug und Krawatte und stand mit einer Zigarre in der Hand auf dem Balkon seiner Wohnung im Mattenbach-Viertel. Die Vögel pfiffen, die Aufnahmen waren an einem schönen Frühlingstag entstanden.

Stefano blickte eher missmutig in die Kamera. Er habe immer gerne als Kranführer in der Gießerei gearbeitet, begann er. Bei *Sulzer* habe er es immer gutgehabt, schließlich sei er auch stets ein pflichtbewusster Mitarbeiter gewesen. «Jetzt bin ich fast sechzig Jahre alt. Nach fünfunddreißig Jahren in der staubigen Gießerei bin ich wahrscheinlich nicht mehr gesund. Wo soll ich denn jetzt noch eine neue Stelle finden? Mit welcher Hoffnung kann ich nach Arbeit fragen?»

Dann kam ein Schnitt, und man sah den groß gewachsenen Stefano mit seinen Arbeitskollegen an der 1. Mai-Kundgebung durch die Steinberggasse schreiten. Die muntere Marschmusik schien die Stimmung der Teilnehmenden nicht aufzuheitern, alle machten ein ernstes Gesicht. Dann blieben die Männer stehen. Stefano sagte ins Mikrofon, dass viele seiner älteren Kollegen, die sonst immer am Tag der Arbeit auf die Straße gehen würden, nicht anwesend seien. «Sie wollen nicht an diesem Trauerzug für die untergehende Winterthurer Metallindustrie teilnehmen. Für mich fühlt es sich auch fast so an, als wäre ich bei meinem eigenen Begräbnis dabei.»

Norma ging zu Fito und umarmte ihn. «Du bist froh, dass du bald nicht mehr dabei bist, oder?» Fito atmete den Geruch ihrer Haare ein und nickte.

Endlich

Mitte Mai wurde aus der *Gebrüder Sulzer AG* die *Sulzer AG*, und zwei Wochen später war Fitos letzter Arbeitstag. Am Nachmittag war in seinem Büro ein Kommen und Gehen, er hatte einen Abschiedsapéro organisiert. Es kamen etliche Arbeitskollegen, auch ehemalige. Auf Fitos Pult stapelten sich Glückwunschkarten und Geschenke wie Weinflaschen und eingerahmte Fotos gemeinsamer Wanderungen.

Fito war überrascht, als er Alfred, den Buchhalter der Gießerei und einstigen Nachbarn im Mattenbach-Viertel, entdeckte. Alfred arbeitete in Oberwinterthur, und es war mitten am Nachmittag. Der Buchhalter erkannte Fitos Überraschung und lächelte. «Wer hätte das gedacht, dass sich unsereiner noch Privilegien rausnimmt, nicht? Aber lieber spät als nie.» Alfred brach in lautes Gelächter aus und nahm sich ein Häppchen.

Fito war verdutzt. So kannte er Alfred gar nicht. Er war eher still und unauffällig, der typische Buchhalter eben.

«Fällt dir nichts auf?»

Fito sah Alfred fragend an.

«Eigentlich müsstest *du* an *meiner* Abschiedsfeier sein. Ich bin doch ein Jahr älter als du.»

Fito erinnerte sich und sah erstaunt zum Buchhalter.

«Meine Vorgesetzten haben mich darum gebeten, noch ein Jahr zu bleiben. So lange, bis die Gießerei stillgelegt wird. Es ist schwierig bis aussichtslos, für nur ein Jahr einen Buchhalter zu finden. Außerdem hat ein Externer ja keine Ahnung von unserem Betrieb. Meine Chefs sind auf mich angewiesen, zum ersten Mal in meinem Leben habe *ich* den Trumpf in der Hand.» Alfred nahm sich ein Lachsbrötchen und biss genüsslich hinein.

Fito füllte Alfreds Glas mit Champagner nach und erhob dann sein eigenes. Er wusste, wie viel Überwindung es den bescheidenen Alfred gekostet hatte, in regelmäßigen Abständen um eine Lohnerhöhung zu bitten. Denn irgendwann hatte er erfahren, dass er verglichen mit anderen *Sulzer*-Angestellten in einer ähnlichen Funktion weitaus weniger Lohn erhielt. Jede abgewiesene Lohnerhöhung war eine Demütigung für ihn gewesen. Und jetzt hatte er für einmal eine gewisse Macht über seine Vorgesetzte.

Alfred strahlte. «In meinem letzten Berufsjahr verdiene ich so viel wie nie zuvor. Das habe ich übrigens meiner Frau zu verdanken. *Fredi, hat sie gesagt, plötzlich sagen die dir, dass sie dich brauchen. Plötzlich wollen die etwas von dir. Die werden zahlen, was du forderst.*»

Alfred atmete tief durch, als er an die vergangenen drei Jahre dachte. Sie waren nicht einfach gewesen. Am meisten machten ihm die Leerläufe zu schaffen. Einmal wöchentlich musste er seinen Vorgesetzten eine Statistik abliefern darüber, was produziert und fakturiert wurde. Seit einigen Monaten fertigte er Statistiken über Statistiken an. Stoisch ertrug er Absurditäten und Doppelspurigkeit. Denn zu spüren, dass seine Vorgesetzten auf ihn angewiesen waren, entschädigte ihn für einiges.

2.

Nur ein paar Tage später sah Fito am Schweizer Fernsehen einen Beitrag über die *New Sulzer Diesel*. Es frustrierte ihn, dass die Motorenblöcke ab sofort im Ausland gegossen wurden. Immerhin würden die fünfhundertdreißig Technikerinnen und Techniker, Ingenieurinnen und Ingenieure, Zeichnerinnen und Zeichner weiterhin in Winterthur daran forschen, den Brennstoffkonsum der Dieselmotoren zu minimieren und deren Elektronik zu verfeinern. Zudem sorgte sich Fito um den veralteten Prüfstand. Die geschätzten zwanzig Millionen Franken für einen neuen waren noch nicht gutgeheißen worden. Fito konnte dies nicht verstehen, mussten doch technische Neuerungen vor Ort im Maßstab eins zu eins getestet werden. Es wäre verrückt, den neuen Prüfstand in einer ausländischen Lizenzfabrik einzurichten.

Im späten Frühling begleitete Fito Stefano in verschiedene Fachzentren, der Italiener wollte ein Rennrad. Er brauchte eine Freizeitbeschäftigung, die möglichst viel Platz einnahm. Als Ende Juni die Gießerei in Oberwinterthur stillgelegt wurde, begann er auf seinem Fahrrad die Region zu erkunden.

Wiedervereinigung

Es war Anfang November 1993, und Rosalie freute sich auf ihre Eltern. Sie hatte zwei Ausflüge geplant: *Chacabuco* besichtigen und die renovierte Straße von Tocopilla bis nach Iquique befahren. Anschließend würden sie dort einige Tage bleiben. Eine Zeitlang war *Chacabuco* eine Art Freilichtmuseum, bis es nach und nach geplündert und schließlich zerstört wurde. Mittlerweile war das einstige Salpeterwerk eine Ruine. Die häufigen Erdbeben in der Region trugen zu seinem Zerfall bei.

Weil Rosalie von *Chacabuco* fasziniert war, wollte sie mit ihren Eltern unbedingt dorthin. Die zweihundertdreißig Kilometer lange renovierte Straße von Tocopilla nach Iquique hatte Rosalie noch nie befahren. Präsident Patricio Aylwin hatte sie vor ein paar Monaten asphaltieren lassen und im Rahmen dieser Sanierung den Bau des ersten Tunnels im Großen Norden Chiles veranlasst. Auch deshalb war die Straßenrenovierung in María Elena ein häufiges Gesprächsthema. Viele *Eleninos* belächelten das Projekt. Es wurde gescherzt, die asphaltierte Straße verleite nicht wenige dazu, bequem und schnell aus dem wirtschaftlichen Stillstand ihrer Dörfer ins größere Iquique auszuwandern

Rosalie freute sich darauf, ihren Eltern das Haus zu zeigen, wo sie seit einigen Monaten zusammen mit Camilo lebte. Es sollte eine Überraschung werden, eine ihrer Kursteilnehmerinnen hatte ihr das Haus vor deren Tod überschrieben. Da die *SQM* keinen Anspruch darauf erhob, konnte Rosalie sofort einziehen. Nur wenig später wurde Camilo die Chance geboten, in María Elena eine Bankfiliale zu eröffnen. Ein Haus und eine Arbeitsstelle, was gab es da noch zu überlegen.

2.

«Auf Enrique», prostete Fito Richtung Wohnzimmerdecke.

Lucrecia lächelte. «Auf dich und Norma.»

Auch Hugo erhob sein Glas. «Auf unseren ersten Bürgermeister. Auf dass er Mittel und Wege findet, möglichst unabhängig von der *SQM* zu agieren.»

Als Norma eine Anekdote schilderte, war Fito fasziniert. Wie einnehmend und charismatisch seine Frau war. In der Interaktion mit anderen blühte sie richtig auf. Während ihres Aufenthalts beobachtete Fito erstaunt, wie tatkräftig sie Rosa und Lucrecia bei der Organisation der Veranstaltungen unterstützte. Es fühlte sich für ihn an, als würde er sich wieder in Norma verlieben.

Im Dezember unternahm die Familie den Ausflug nach Iquique. Auch Camilo, Rosa, Hugo und dessen Freundin kamen mit. Rosas Freund Jaime war bei seinen Eltern im Süden Chiles. Dafür organisierte er der Familie einen *SQM*-Jeep.

Eine Woche vor der geplanten Abreise wirkte Norma so traurig, dass Fito sich um sie sorgte. Sie versicherte ihm, dass alles in Ordnung sei. Sie hätten wunderbare Wochen verbracht, aber jetzt sei es an der Zeit, nach Hause zurückzukehren. Aber ihre Augen verrieten sie. Fito hakte nach, bis er die Antwort bekam, die sein Gefühl bestätigte. Schließlich gab Norma zu, dass es ihr das Herz zerreiße, von Rosalie und Lucrecia Abschied nehmen zu müssen. Fito atmete auf. Das war es also. Er dachte an Normas Krankheit und wie froh sie damals gewesen waren, dass ihr gemeinsames Leben weitergehen würde. Kurzerhand verschob er den Rückflug, obwohl ihm nicht wohl dabei war, den Hausteil lange unbewohnt zu lassen. Aber er wollte, dass Norma glücklich war, das hatte Priorität. Ab Mitte Mai müsste er sich um den Garten kümmern, so lange würden sie bleiben.

Irgendwann erinnerte sich Rosalie an Kathrins letzten Brief. Die Freundin hatte sich von ihrem Freund getrennt und wollte so schnell wie möglich aus der gemeinsamen Wohnung ausziehen. Ein Telefonat später war alles geregelt. Kathrin würde bis mindestens Anfang Mai im Haus wohnen, während sie sich in Ruhe nach einer Wohnung umsah. Die Lösung diente allen gleichermaßen.

Mitte März wurde Eduardo Frei Ruiz-Tagle neuer Präsident Chiles. Sein Vater Eduardo Frei Montalva hatte vor Jahren dasselbe Amt ausgeübt. Fito amüsierte die Tatsache, dass der Urgroßvater des neuen Präsidenten Schweizer gewesen war. Elias Frei stammte aus Nesslau im Toggenburg, einer Region im Kanton St. Gallen.

Als Fito auf Radio Coya hörte, dass die *SQM* einen Maschinenkurs für Frauen anbot, machte er sich zu Hugo ins Radiostudio auf, um mehr darüber zu erfahren. Die angebotene Schulung im Umgang mit schweren Motoren war in Wahrheit ein Eignungstest. Die Ausbildner würden die Frauen während des Kurses beobachten und die zehn talentiertesten anstellen. Das Projekt begeisterte Fito so sehr, dass er sich anbot, den Kursleitern zu assistieren. Nachdem Hugo den Kontakt hergestellt hatte, hießen die *SQM*-ler Fito in ihrer Mitte willkommen.

Einen Fachmann aus der Schweiz, der sein ganzes Berufsleben mit Motoren zu tun gehabt hatte, wies man doch nicht ab. Weil sich zur allgemeinen Überraschung einhundertfünfzig Frauen anmeldeten, wurden gleich mehrere Kurse durchgeführt, und man war umso froher um Fitos Mitwirken.

3.

Es war ein befreiender und zugleich hoffnungsvoller Moment für Norma, als sie sich bewusst wurde, dass nur die Gegenwart zählte. Die Vergangenheit war vorbei und nicht mehr zu ändern. Dafür barg jeder Augenblick die Möglichkeit in sich, dem Leben eine andere Richtung zu geben. Rosalie war kein Kind mehr, sondern eine sechsundzwanzigjährige Frau. Und diese Frau wollte Norma besser kennenlernen und sich mit ihr anfreunden. Etwa vor zwei Jahren hatte Rosalie damit begonnen, sie mit Norma anzureden. Obwohl es sich am Anfang seltsam anhörte, ließ sie ihre Tochter gewähren. Sie vermutete, dass Rosalie etwas Ähnliches vorhatte wie sie. Sie wollte sich aus dem Mutter-Tochter-Gefüge lösen, um eine Beziehung auf Augenhöhe anzustreben. Durch die geografische Distanz und ihre Briefe hatten sie sich einander angenähert.

Aber die neue Beziehung war noch nicht gefestigt. Weil Mutter und Tochter versuchten, umsichtig miteinander umzugehen, benahmen sie sich zuweilen unbeholfen. Vor allem Norma überschritt hie und da eine Grenze, wenn sie in ihre Mutterrolle zurückfiel und Rosalie zurechtwies. Ihr Tonfall wurde schneidend, wenn sie innerlich angespannt war. Norma wusste mittlerweile, dass diese innerliche Anspannung von einer tiefsitzenden Wut kam, die nichts mit ihrer Tochter zu tun hatte. Spürte sie das Aufkommen dieser Aggressionen, zog sie sich zurück, um sich zu beruhigen. Manchmal kam ihr ihre Wut wie ein Korb voller Schlangen vor, der in einem Keller stand. Rüttelte man daran, breiteten sich die Reptilien im ganzen Haus aus. Mit der Zeit entwickelte Norma das Gefühl dafür, wann es besser war zu schweigen, als etwas Unbedachtes zu sagen. Sie wollte Rosalie weder brüskieren noch verletzen. Mit der Zeit wurden durch die Bemühungen von Mutter und Tochter konstruktive Diskussionen möglich.

Manchmal bereute es Norma, dass Fito über ihren Vater Bescheid wusste. Sie fühlte sich von ihm unter Druck gesetzt, Rosalie von ihm zu erzählen. Aber sie weigerte sich beharrlich. Denn jedes Mal, wenn sie an ihren Vater dachte, kam Wut in ihr hoch. In dieser Gemütslage konnte sie Rosalie doch nicht einweihen.

4.

Rosalie wurde traurig, wann immer sie an die Abreise ihrer Eltern dachte. Sie hatte sich an deren Anwesenheit gewöhnt, und die Stimmung untereinander war so gut wie noch nie. Manchmal stellte sie sich vor, dass ihre Eltern nach María Elena zogen. Jetzt, wo ihr Vater nicht mehr arbeitete, konnten sie ja leben, wo sie wollten.

Vater und Tochter saßen in einem Lokal in der Nähe der *Plaza*. «Was hast du für Pläne, jetzt, wo du nicht mehr arbeiten musst?»

Überrascht blickte Fito zu Rosalie. Ihr Interesse an ihm freute ihn. Ein paar Gedanken habe er sich schon gemacht über seine Zukunft, antwortete er. Vielleicht frage er den Förster, ob er einen freiwilligen Helfer brauche. Es würde ihm Spaß machen, einige Stunden pro Woche im nahegelegenen Wald zu arbeiten. Im Haus und Garten gebe es auch immer etwas zu tun. Sicherlich werde er mehr Wanderungen unternehmen, auch mit den Seniorinnen und Senioren des Schweizer Alpen-Clubs. Kurz nach der Pensionierung habe er sich dort als Mitglied eingetragen. Und er überlege sich, ein Rennrad zu kaufen, um zusammen mit Stefano durch die Gegend zu fahren.

Fito lächelte. Es fühlte sich gut an, nicht mehr in den Stollen zurückzukehren.

Rosalie freute sich mit ihrem Vater über seinen neuen Lebensabschnitt. Da er es offenbar nicht in Betracht zog, nach María Elena auszuwandern, ließ sie ihre Gedanken unerwähnt.

Geburtstag statt Familie

Stefano kam auf seiner Radtour bis zu dreimal wöchentlich bei Fito und Norma vorbei. Auch Fito besaß nun ein Rennrad, aber er war nicht annähernd so begeistert davon wie Stefano. Er fand es unbequem, Stunden auf dem harten Sattel zu verbringen. Außerdem bewegte er sich in der Natur lieber langsam. Trotzdem fuhren die beiden einmal im Monat gemeinsam ins Zürcher Oberland und besuchten Heinz.

An einem sonnigen Frühlingsmorgen brachte Stefano eine Flasche Rotwein und Chips in seinem Rucksack mit. Bevor er weiterfuhr, wollte er mit Norma und Fito anstoßen.

Norma lächelte. «Alkohol schon um zehn Uhr morgens? Das kann nicht dein Ernst sein.»

Stefano zuckte nur mit den Schultern und lachte. «Man soll die Feste feiern, wie sie fallen. Die Gewerkschaft hat durchgesetzt, dass ab sofort höchstens zwei Gastarbeiter in einer Baracke untergebracht werden dürfen.»

Während Stefano eine Faust in die Höhe reckte und Fito lachte, holte Norma Gläser und für sich eine Karaffe mit Wasser. Sie fühlte sich gut, aber Wein am Morgen mutete sie ihrem Darm nicht zu. In den letzten Jahren hatte sie gelernt, sanft, aber bestimmt Lebensmittel abzulehnen, die ihr nicht guttaten. Sie setzte sich mit ihrem Wasser zu den Männern und war gespannt, was Stefano sonst noch zu berichten hatte. Er war ein guter Erzähler, sie hörte ihm immer gerne zu.

Stefano nahm ein paar Chips und trank ein paar Schlucke Wein. Dann wurde er nachdenklich. «Diesen Frühling, da wart ihr noch in Chile, sah ich mit ein paar ehemaligen Arbeitskollegen zu, wie englische Spezialisten die Gießerei demontierten. Das tat mir im Herzen weh. Um die zweihundert Tonnen Material sind nach Deutschland, Frankreich, Osteuropa und Indonesien geliefert worden.»

Fito bedauerte, bei der Demontage nicht dabei gewesen zu sein. Er dachte an Alfred. Er wusste, dass es zu seinem Aufgabenbereich gehörte, für die sinnvolle Wiederverwertung und den Transport abgebauter Maschinenbestandteile zu sorgen.

Fito nahm sich vor, in den nächsten Wochen ein Treffen mit Stefano und Alfred zu organisieren. Obwohl beide jahrelang in der Gießerei gearbeitet hatten, der eine im Büro, der andere im Staub, waren sie einander noch nie begegnet.

2.

Während Norma ihrem Mann Kaffee nachschenkte, fühlte sie sich hin- und hergerissen. Einerseits war sie noch erfüllt vom halben Jahr in Chile. Andererseits bedrückte sie die Vorstellung, an Weihnachten und Neujahr nicht bei ihrer Familie zu sein.

Fito war unschlüssig. Jetzt, wo er zeitlich nicht mehr gebunden war, sah er es als ökologischen Unsinn an, nur für ein paar Wochen nach Chile zu reisen. Aber wieder wie letztes Mal ein halbes Jahr wegzubleiben, konnte er sich auch nicht vorstellen. Was, wenn sich bei einem Wintersturm die Ziegelsteine lösten und es ins Haus regnete? Was, wenn die Heizung einen Aussetzer hätte? Ginge etwas kaputt, hätte dies einen Dominoeffekt zur Folge. Die Reparaturkosten wären enorm, besonders bei einem Dachschaden. Rosalies Freundin Kathrin war ein Glücksfall gewesen. Sie hatte alles einwandfrei hinterlassen. Sogar den Kühlschrank hatte sie mit einigen Lebensmitteln gefüllt und eine Vase mit Tulpen auf den Wohnzimmertisch gestellt.

Norma hatte sich aber nie ganz wohl gefühlt beim Gedanken, dass eine Fremde in ihren Räumen lebte. Als sie zurückgekehrt waren, hatte sie zuerst alle Fenster geöffnet und das Haus ausgeräuchert. Erst dann widmete sie sich den Koffern. Die Vorstellung, dass sich eine fremde Person in ihrer Küche, ihrem Bad und ihrem Wohnzimmer aufgehalten hatte, gefiel ihr gar nicht.

Schließlich war es Heinz, der für Klarheit sorgte. Er würde am 31. Dezember fünfundsechzig Jahre alt werden und seinen runden Geburtstag mit einem großen mehrtägigen Fest feiern. Fito und Norma gehörten zu den Freunden, die eine ganze Woche lang in ein Hotel in Arosa eingeladen waren. Zudem erhielt Norma im November einen Brief von Lucrecia. Darin schrieb sie, dass eine alte Schulfreundin aus

Valparaíso sie darum gebeten habe, für ein paar Monate zu ihr zu ziehen. Sie sei vor kurzem Witwe geworden und fühle sich einsam. Norma erachtete es als gottgewollt, dass eine Reise nach Chile im kommenden Winter nicht stimmig war.

Überraschungen

Mitte März 1995 las Fito in der Zeitung, dass der chilenische Staatspräsidenten Eduardo Frei Ruiz-Tagle am Vortag in der Schweiz angekommen war. Im Artikel stand, dass er am Tag darauf den Geburtsort seines Urgroßvaters besuchen werde. Ohne Norma etwas zu verraten, fuhr Fito an jenem Tag mit ihr nach Nesslau im Toggenburg. Die Ostschweizer Gemeinde zählte zweitausend Einwohner. Als sie das Auto auf einem großen Parkplatz abgestellt hatten, kam es Norma und Fito vor, als befände sich jeder einzelne Bewohner auf der Straße.

Norma lachte. «Findet hier etwa ein Volksfest statt?»

«So etwas in der Art», murmelte Fito.

Als Norma Kinder entdeckte, die Schweizer und chilenische Fähnchen hochhielten, sah sie fragend zu ihrem Mann.

«Dein Präsident ist hier.» Fito grinste und staunte, als sich Norma ihren Weg durch die Menschenmenge bahnte. Sie hatte ihn bei der Hand genommen und zog ihn sachte mit sich, bis sie nur noch ein paar Meter von Eduardo Frei trennten.

«Ich bin seine Landsfrau», erklärte sie dem verdutzten Sicherheitsmann und spazierte mit Fito an ihm vorbei. «Möchtest du ihn etwa persönlich begrüßen?», flüsterte er ihr zu. Es erstaunte ihn, dass seine Frau keinerlei Hemmungen zeigte.

Norma lächelte. Dafür hatte Fito sie doch hierhergebracht. Nur wenig später unterhielt sie sich angeregt mit dem Staatsmann. Fito stand ungläubig daneben. Eduardo Frei schien sich aufrichtig zu freuen, von Norma angesprochen worden zu sein. Fito hätte sich nicht gewundert, wenn sie den Präsidenten bei ihnen zum Abendessen eingeladen hätte.

2.

Im Sommer war es Norma, die Fito überraschte. Ohne Umschweife eröffnete sie ihm, dass sie im November nach Chile reisen und wie letztes Mal bis zum europäischen Frühling dortbleiben würden. Als hätten sie nie darüber diskutiert, dass es ein Problem sei, den Hausteil so lange unbewohnt zu lassen. Lächelnd reichte sie ihm zur Erklärung einen Brief. «Von Rosalie an mich.»

Rosalie erwartete ein Kind, und der geschätzte Geburtstermin war Ende Januar. Die Neuigkeit freute und überraschte Fito gleichermaßen. Irgendwie war er davon ausgegangen, dass Rosalie keine Kinder haben wollte. Es war unschwer zu erkennen, dass Rosa und Hugo eine Art Vorbilder für sie waren. Kinderlose Vorbilder. Unbewusst hatte er gedacht, sie würde ihrem Beispiel folgen. Noch etwas verdutzt nickte er. Unter diesen Umständen machte es Sinn, für längere Zeit in Chile zu bleiben. Rosalie und ihr Kind hatten Priorität. Egal, ob eine befriedigende Lösung für den Hausteil gefunden würde oder nicht.

Mit jedem Tag, der bis zum Abflug verstrich, freuten sie sich mehr, den letzten Teil der Schwangerschaft ihrer Tochter mitzuerleben.

Ende Oktober, einige Tage vor der Abreise, nahm Fito mit anderen pensionierten Dieselern am Familientag des vor kurzem in Oberwinterthur fertiggestellten *Diesel Technology Center* teil. Im Entwicklungsbereich der ehemaligen Dieselmotorenabteilung arbeiteten die Angestellten an neuen Großdieselmotoren für Meeresschiffe und Kraftwerke. Eine Werkstatt, wo Zylinderköpfe und andere Einzelteile gebaut wurden, war in Planung. Im Technologiezentrum befand sich auch der neue Prüfstand für langsam laufende Zweitakt- und mittelschnelle Viertaktmotoren. Zur großen Erleichterung der ehemaligen Dieseler war er doch noch bewilligt worden. Das Herzstück des Technologiezentrums war ein riesiger Schiffsdieselmotor mit rund zehntausend PS-Leistung. Jedes seiner Einzelteile konnte im Prüfstand getestet werden. Am Familientag ließ man zu jeder vollen Stunde die Motoren laufen.

Nur mäßig interessiert hörten sich Fito und seine damaligen Arbeitskollegen die Ansprache von Peter Sulzer an. Er bezeichnete das Diesel-Technologiezentrum als Meilenstein in der Geschichte der *New Sulzer Diesel*. Anschließend spielte die *Sulzer*-Musikgruppe auf.

Gespannt waren die Pensionierten auf den Rundgang. Gleich bei der Begrüßung gaben sie dem jungen Mitarbeiter, der sie durch das Zentrum führen würde, zu verstehen, dass sie sich zuerst den Schiffsdieselmotor ansehen wollten. Ehrfürchtig blieben die Männer vor den *Sulzer*-Versuchsmotoren 4RTA58T und 8ZA40S stehen. «Wenn das keine Kunstwerke sind», murmelte Hans. Die anderen nickten und fachsimpelten. Es berührte den jungen Maschinenschlosser, mit wie viel kindlicher Neugier und Freude die älteren Herren alles betrachteten. Es war so offensichtlich, dass sie sich einst wegen ihrer Leidenschaft und Faszination für Motoren für ihren Beruf entschieden hatten. Ebenso deutlich erkennbar war, dass diese gemeinsame Begeisterung sie miteinander verband. Irgendwann war der junge Mann so ergriffen, dass er feuchte Augen hatte. Schnell nahm er ein Taschentuch aus der Weste und fuhr sich damit unsanft über das Gesicht, so als würde er Öl- oder Schweißspuren wegwischen.

Er merkte bald, dass die ehemaligen Dieseler mehr Hintergrundwissen besaßen als er. Deshalb war es irgendwann er, der den Älteren Fragen stellte. Zusammen besichtigten sie die Posten Kontrollraum, Steuerungs- und Kontrolleinheit, Schulungsraum und Komponenten von Zwei- und Viertaktmotoren. Lange waren die ehemaligen Monteure über ein Kurbelgehäuse gebeugt und debattierten darüber. Die Führung dauerte viermal so lange wie üblich, auch weil ihnen immer wieder Anekdoten aus ihrem Berufsleben einfielen und diese beim jungen Berufsmann viele Fragen auslösten.

Manuelito

Es war Rosa, die Rosalie dazu angeregt hatte, sich Gedanken über Familienplanung zu machen. Sie selbst war bewusst kinderlos geblieben. Im Gegensatz zu einigen ihrer Freundinnen, die nicht schwanger geworden waren, als sie dies ersehnten. Eine solche Enttäuschung wollte sie Rosalie ersparen. Genauso wichtig war ihr, dass Rosalie wusste, dass sie auf sie und Lucrecia zählen konnte. «In Afrika heißt es, es brauche ein ganzes Dorf, um ein Kind großzuziehen. Unsere Unterstützung hast du», hatte sie ihr gesagt.

Vor dieser Unterhaltung hatte sich Rosalie keine ernsthaften Gedanken über eigene Kinder gemacht. Aber als sie von Rosa erfuhr, dass mit dem Alter insbesondere die Fruchtbarkeit der Frau nachließ und gleichzeitig die Wahrscheinlichkeit stieg, dass mit dem Kind irgendetwas nicht stimmte, sprach sie mit Camilo. Zu ihrer Überraschung wollte er keine Zeit mehr verstreichen lassen.

2.

Als Norma und Fito nach María Elena kamen, herrschte reger Betrieb. Die nahe gelegene *Pedro de Valdivia* war stillgelegt worden, viele ihrer Bewohner richteten sich gerade in María Elena ein. Der Ort zählte jetzt über zehntausend Einwohner, die in eintausendfünfhundert Häusern wohnten. In den vergangenen zwanzig Jahren waren immer wieder Menschen nach der Stilllegung ihres Werks nach María Elena gekommen. Für viele war es ein kleineres Übel, in ein anderes Werk zu ziehen als an die Küste oder anderswohin. Das Leben in einem Salpeterwerk war ihnen vertraut, in María Elena würde es ähnlich weitergehen.

Obwohl die neuen Nachbarn wohl nie damit aufhören würden zu schildern, was vorher besser gewesen sei, freuten sich die *Eleninos* über die Zugezogenen. Sie nahmen es mit Humor, dass die neuen Nachbarn von ihren Traditionen und Umzügen schwärmten, ihren Pavillon als den schönsten der Atacamawüste priesen und von ihrer Fußballmannschaft sprachen, als sei es die beste gewesen. Die *Eleninos* wussten ja, dass die neuen Bewohner nicht freiwillig gekommen waren. Indem sie mit ihrem Salpeterwerk prahlten, drückten sie ihre Liebe und Treue zu ihm aus. Die *Eleninos* würden dasselbe tun, wären *sie* aus ihrem Wohnort verdrängt worden.

Das erste Mal blickten sich Norma und Fito noch erstaunt um nach den Frauen, die in *SQM*-Uniformen an ihnen vorbeigingen. Die Frauen, die nach dem Kurs für schwere Motoren angestellt worden waren, hatten sich behauptet, obwohl die Arbeitskollegen es ihnen nicht einfach machten. Sie hatten ihnen zu verstehen gegeben, dass sie nicht willkommen waren. Dass sie lieber zu Hause bleiben und sich dort um den Haushalt und die Kindererziehung kümmern sollten. Aber die Pionierinnen waren zäh und erfinderisch. Schließlich gewannen sie ihre Arbeitskollegen mit dem selbstgekochten Essen, das sie ihnen eine Zeitlang mitbrachten, für sich. Seither rekrutierte das Unternehmen regelmäßig weibliches Personal.

Manuelito wurde Mitte Januar geboren. Mit der Geburt ihres Enkels wurden sich Norma und Fito so deutlich wie nie zuvor ihrer Sterblichkeit bewusst. Das Leben war ein Kreislauf, Menschen starben und wurden geboren. Sie empfanden es als Privileg, Manuelitos erste Monate so nahe mitzuerleben.

Im März traf ein Brief Stefanos ein. Fito wäre es lieber gewesen, erst nach der Rückkehr von den Entlassungswellen im Textilmaschinenbau zu erfahren. Über die Verhaftung von Werner K. Rey auf den Bahamas musste er lachen. Am meisten interessierten ihn die Artikel über die *New Sulzer Diesel*. Anfang Jahr hatte das *NSD*-Management seine Aktienanteile *Bremer Vulkan* und *Fincantieri* verkauft. Aber schon im Februar meldete die Bremer Werft Bankrott an, und *Fincantieri* übernahm die Aktien der Ostdeutschen. Fito legte den Brief weg und gähnte.

Das Ganze kam ihm vor wie ein Theaterstück, das ihn zunehmend langweilte.

Alptraum

Fito und Norma landeten Mitte Mai an einem Vormittag am Flughafen Zürich. Während sie sich um das Haus kümmerte, ging er sofort in den Garten. Nach einem langen Überseeflug tat Fito nichts besser, als sich die Hände mit Erde schmutzig zu machen. Überall lagen Birkenzweige herum. Fito hatte die beiden Bäume Mitte der 1970er Jahre gepflanzt, seither wurden sie jedes Jahr größer. Während er die Zweige auflas, nahm er sich vor, später die Dahlienknollen einzusetzen.

Nachdem Fito das Gepäck hineingetragen hatte, riss Norma alle Fenster auf, um das Haus durchzulüften. In den letzten Monaten hatte niemand darin gewohnt, auch deshalb hatte sie es in ihre Gebete einbezogen. Norma sah sich um, als würde sie sich das erste Mal im Haus befinden. Vor knapp zwanzig Jahren hatte es sie gut aufgenommen, im Gegensatz zu Fitos Stiefmutter. Norma lächelte. Sie hatte ihr nie böse sein können, weil sie überzeugt davon war, dass sie sie letztlich für sie gewinnen würde. Sie wusste, dass die Stiefmutter Zeit brauchte, um sich damit abzufinden, dass sie Ausländerin und dazu noch Katholikin war.

Damals war Norma gerührt, als sie spürte, wie leid es Fito tat, dass sie nicht mit offenen Armen in seiner Familie aufgenommen worden war. «Du hast das Recht auf einen unbelasteten Anfang.» Fitos Worte hallten in Norma nach, als hätte er sie eben erst ausgesprochen. Sie wunderte sich darüber, dass sie die Zeit ihrer Ankunft plötzlich so klar vor Augen hatte. Der Koffer lag noch ungeöffnet auf dem Bett, während sie ihren Gedanken nachhing.

Fast sechs Monate lang waren sie weg gewesen, und in dieser Zeit hatten sie ihren Enkel kennengelernt. Fito und sie befanden sich in einem neuen Lebensabschnitt. Vielleicht wirkte deshalb alles neu auf sie und erinnerte sie gleichzeitig an ihre Anfänge in der Schweiz. Norma setzte sich auf den Bettrand, sie fühlte sich plötzlich müde. Ein paar Male atmete sie tief durch, dann stand sie auf und begann die Sachen auszupacken. Schon bald war sie wieder in ihrem Element. Sie ließ die Waschmaschine laufen, schüttelte Teppiche aus und ging Lebensmittel einkaufen.

2.

«Ich fühle mich oft matt und grippig.» Normas Worte alarmierten Fito. Bei der Nachkontrolle Ende Juni hatte der Chirurg versichert, mit Normas Darm sei alles in Ordnung. Weil sie Klarheit haben wollten, suchte Norma den Hausarzt auf und ließ Blut- und Urintests machen. Der Mediziner stellte außer etwas erhöhten Cholesterinwerten nichts Auffälliges fest. Norma und Fito waren erleichtert.

Mitte August träumte Norma, sie würde Manuelito nie wiedersehen. Der Traum war so real, dass sie pochenden Herzes aufwachte. «Ich möchte nach Chile», flüsterte sie.

Fito glaubte, sich verhört zu haben. Sie waren ja praktisch erst zurückgekommen. Norma erzählte ihm von ihrem Traum und ihrer Überzeugung, im September für drei Wochen nach Chile reisen zu müssen. Fito nahm Normas Gefühle ernst. In den letzten Jahrzehnten hatte er gelernt, ihrer Intuition und ihren Träumen zu vertrauen.

Vom Alptraum, den sie einige Tage zuvor gehabt hatte, erzählte sie Fito nichts. Darin machte sie sich über ihre Tante Isis lustig. Die Tante wies sie mit harschen Worten zurecht. «Das Lachen wird dir schon noch vergehen. Spätestens dann, wenn du wie ich fünfundsechzigjährig stirbst.» Als die Tante höhnisch lachte, erwachte Norma schweißgebadet. Sie war fünfundsechzig Jahre alt.

3.

Es war Freitag, der 13. September. Wie meistens freitags am frühen Abend traf sich Fito mit anderen Dieselern und Toni Brunner im Restaurant *Schäfli* am Oberen Graben. Bei Kaffee und Bier tauschten sie sich über die neueste Entwicklung aus. *Fincantieri* und die finnische *Metra* hatten fusioniert. Deren größte Abteilung war *Wärtsilä Diesel*.

«Weiß man schon, wie sich die *New Sulzer Diesel* jetzt nennt? Hans sah eher belustigt als gespannt zu Toni Brunner. Die anderen taten es ihm gleich.

Der ehemalige Vorgesetzte räusperte sich und rückte sich seinen Stuhl zurecht. Er ahnte, wie die Männer reagieren würden. «*Wärtsilä NSD Schweiz*.»

Daniel fiel der Löffel aus der Hand. «*Sulzer* wurde gekappt. Jetzt ist es passiert.»

«Und das zwei Jahre früher als angekündigt», fügte Hans hinzu. «Und wieso ist das Wort *Diesel* im neuen Firmennamen nicht ausgeschrieben?», fragte Fito. «Nicht jeder weiß, dass das D in der Abkürzung für Diesel steht.»

Toni Brunner rechtfertigte die Abkürzung. «*Diesel* im neuen Firmennamen war den Verantwortlichen zu spezifisch. Wie ihr wisst, bewegt sich *Wärtsilä Diesel* schon länger im Bereich verschiedener Treibstoffe. Der Firmenname *Wärtsilä NSD* ermöglicht eine bessere Positionierung auf dem Markt.»

Die Männer sahen einander an. In ihren Blicken war eine Mischung aus Trauer und Wut. Toni Brunner räusperte sich abermals. «Meiner Meinung nach macht es Sinn, dass *Sulzer* schon jetzt nicht mehr im Firmennamen vorkommt. In nur zwei Jahren hätte man wieder über einen neuen Firmennamen nachdenken müssen.»

Obwohl Fito und die anderen dies nachvollziehen konnten, kam es für sie einer Niederlage gleich, den Namen *Sulzer* vorzeitig aufgegeben zu haben.

Fito erhob sein Glas. «Auf das Qualitätssiegel *Sulzer*.»

«Und was wird das Hauptgeschäft der neuen Firma?», wollte Hans wissen.

Toni Brunner nahm einen Schluck Bier. «Forschung, Entwicklung und Lizenzierung im Zweitaktmotorengeschäft. Dasselbe Kerngeschäft der *New Sulzer Diesel*. Der einzige Unterschied ist, dass die *Wärtsilä NSD* in diesem Bereich jetzt Marktführerin ist.»

Hans brummte etwas vor sich hin. Als er die Blicke seiner Kollegen bemerkte, formulierte er für alle verständlich, was er dachte. «Meiner Meinung nach ist diese Fusion keine gute Lösung.»

Toni Brunner ahnte, was Hans an der Fusion missfiel. «Ich finde es auch nicht gut, dass *Wärtsilä NSD* in Finnland die Produktion unserer

Viertakt-Langhuber S20, ZA40S und ZA50S eingestellt hat, und das trotz der Proteste der Reeder.»

«Die Manager machen, was sie wollen.» Hans' Wangen waren vor Ärger gerötet.

Daniel schlug mit seiner Faust auf den Tisch und erschrak selbst über seine Reaktion. «Es ist doch klar, wer den Kürzeren zieht, wenn *Sulzer-* und *Wärtsilä*-Motoren miteinander konkurrieren.»

Toni Brunner nickte. «Dabei besitzen wir beim Typ ZA40S einen Weltmarktanteil von bis zu zwanzig Prozent. Im Kreuzfahrtschiffsektor wird der Motor sogar bis zu siebzig Prozent eingesetzt.»

«Der mittelschnell laufende Viertakter ist dank seiner Zuverlässigkeit zum meistverkauften Produkt seiner Art geworden», brachte sich Fito ein. «Ich verstehe nicht, dass man unseren Spitzenmotor verbietet.» Unsanft stellte er sein Bierglas auf den Tisch.

Die Rentner waren dankbar, die neuesten Ereignisse aus der Distanz miterleben zu können. Lange genug waren sie sich als Spielball globaler Interessen vorgekommen. Sie scherzten, dass die ehemalige *Sulzer*-Dieselmotorenabteilung eines Tages sogar einer chinesischen Firma gehören könnte. Nichts mehr würde sie überraschen.

Nur wenige Tage später saßen Norma und Fito im Flugzeug. Am 17. September, einen Tag vor dem chilenischen Nationalfeiertag, würden sie in María Elena sein.

Drei Wochen

Lucrecia fiel sofort auf, dass Norma abgenommen hatte. Sie sorgte sich um sie, als sie auch Tage nach der Ankunft noch müde aussah. Die Erklärung der Freundin, der Hausarzt habe einen erhöhten Cholesterinspiegel festgestellt, beruhigte sie nicht.

Wie sie es sich vorgenommen hatte, verbrachte Norma viel Zeit mit Manuelito. Wenn die ganze Familie beisammen war, war sie es, die sich um das Baby kümmerte. Sie gab ihm zu essen, wiegte es in den Schlaf und spielte mit ihm.

Es rührte Rosalie, wie verliebt ihre Mutter in Manuelito zu sein schien. Das Zusammensein mit ihr empfand sie so angenehm wie nie zuvor. Es fühlte sich gut an, sie um sich zu haben.

Fito fiel auf, dass Norma ruhiger und nachdenklicher wirkte als sonst. Er vermisste ihre Lebhaftigkeit. Im Gegensatz zu Rosalie machte er sich Sorgen. Er überzeugte Norma davon, jeden Tag eine Siesta mit ihm zu machen.

Die drei Wochen mit der Familie verliefen ruhig und harmonisch. Sie saßen beisammen, aßen gemeinsam und redeten viel. Rosa und Hugo kamen fast zu jedem Abendessen in ihr Elternhaus, ebenso Rosalie und Camilo mit Manuelito. Es war allen ein Bedürfnis, so viel Zeit wie möglich miteinander zu verbringen.

Zum Abschied gab Lucrecia ihrer Freundin eine Karte mit. Norma las sie erst, als das Flugzeug von Calama abhob. Auf der obersten Zeile stand in schöner Schrift ein Zitat von Albert Schweitzer. *Schätze die Menschen nicht als glücklich oder unglücklich ein nach dem, was ihnen widerfährt, sondern danach, ob sie die Kraft des Hoffens haben oder nicht.* Norma lächelte. Hoffnung war das Letzte, das sie aufgeben würde.

Übersehen

Obwohl Norma seit der Diagnose des Hausarztes auf Fleisch, Süßes und Milchprodukte verzichtete, fühlte sie sich nicht besser.

Der Arzt wirkte verunsichert und veranlasste eine umfangreiche Blutuntersuchung. Fito war fassungslos, als eine Anomalität festgestellt wurde und Norma dem Chirurgen überwiesen wurde, der sie operiert hatte. Bei der letzten Kontrolle war doch alles gut gewesen. Es folgte eine Computertomografie, die Normas Körper voller Metastasen zeigte. Der Chirurg erklärte, dass fast alle Organe betroffen seien. Eine Operation sei zwecklos.

Zuerst war Norma wütend. Wieso hatten die Ärzte nicht schon vorher etwas bemerkt? Deshalb hatte sie sie doch aufgesucht. Dann senkte sie den Kopf. Es war, wie es war. Als sie wieder aufsah und Fitos erschrockenen Blick bemerkte, biss sie sich auf die Lippen.

Fito war fassungslos. Wieso hatte der Hausarzt nicht schon bei Normas erster Sprechstunde eine umfassende Blutuntersuchung angeordnet? Hatte er etwa ihre Vorerkrankung vergessen? Noch am selben Tag rief er Rosalie an. Sie wollte so bald wie möglich mit Manuelito in die Schweiz kommen. Fito war erleichtert und buchte den Flug.

Eine Woche später waren die beiden da. Während Rosalie ihre Eltern zum Chirurgen begleitete, passte Antonella auf den Kleinen auf. Die Familienmitglieder saßen nebeneinander auf drei Stühlen. Der Chirurg betrachtete sie ernst. «Wie ich schon gesagt hatte, es ist leider nichts mehr zu machen. Die Metastasen sind im ganzen Körper verteilt.»

Norma sah zur Wand und flüsterte, dass sie keine Kraft mehr zum Kämpfen habe. Rosalie wunderte sich über die Worte ihrer Mutter. Der Chirurg hatte doch soeben gesagt, dass es keinerlei Hoffnung gebe. Dann gab es auch nichts zu bekämpfen. Als der Arzt über die ambulante Bestrahlung sprach, die das Leben ihrer Mutter verlängern könne, saß Rosalie wie versteinert da. Erst als sie Normas Hand auf ihrem Knie spürte und ihrem Flüstern zuhörte, war sie wieder ganz da. «Wir müssen mir eine Perücke besorgen, ich verliere sicher meine Haare.»

Rosalie fragte sich, woher ihre plötzlich aufkeimende Wut kam. Weil die Vorstellung von ihrer Mutter mit einer Glatze unerträglich war? Oder weil Norma sie wie früher in ihre Pläne einband, ohne sie zu fragen? Norma könnte doch eine ihrer vielen Freundinnen darum bitten, mit ihr eine Perücke auszusuchen. Rosalie empfand auch dem Arzt und Fito gegenüber Groll. Der Mediziner hatte sie vor vollendete Tatsachen gestellt, und ihr Vater hatte ihr am Telefon lediglich gesagt, es sei ernst. Nicht hoffnungslos.

Norma saß zwischen Rosalie und Fito und drückte deren Hände. Rosalie entzog sich ihrer Mutter so sanft wie möglich, als sie sich der Dramatik der Situation bewusst wurde. Sie war aufgewühlt. Außerdem tat es ihr weh, ihren Vater so hilflos zu erleben. Wenn *sie* sich nicht vorstellen konnte, dass Norma plötzlich nicht mehr da war, wie ging es dann ihm? Auch wenn Rosalie schon seit Jahren Tausende von Kilometern von ihrer Mutter entfernt lebte, spürte sie doch immer deren Energie. Weil sie existierte. Mit ihrem Tod würde alles anders werden. «Wie viel Zeit bleibt meiner Mutter?», brachte sie schließlich hervor.

Der Chirurg setzte seine Brille auf. «Vielleicht ein paar Monate, eine genaue Prognose ist unmöglich.»

2.

An manchen Tagen fühlte sich Norma besonders müde, aber grundsätzlich sah man ihr die Krankheit nicht an. Auch, weil ihr die Haare erhalten blieben. Der Chirurg meinte, die ambulante Chemotherapie schlage gut an. Fito fuhr sie jeweils ins Spital und wartete dort auf sie.

Wenn Rosalie ihre Mutter in der Küche an der Nähmaschine sitzen sah, schien sie ihr wie früher. Wenn ihr dann bewusst wurde, dass sie unheilbar krank war, wurde ihr übel. Sie war froh, dass sie sich um Manuelito kümmern musste, er lenkte sie ab. Wenn Rosalie ihre Mutter mit dem Rosenkranz auf dem Bett liegen sah, wartete sie eine Weile. Sobald sie sicher war, dass sie fertig gebetet hatte, legte sie sich mit Manuelito zu ihr. Manchmal nur für zehn Minuten, dafür jeden Tag.

Rosalie suchte die Nähe ihrer Mutter. Manchmal redeten sie miteinander, während sie beieinander lagen. Sie dachte an früher, als sie den

Eindruck hatte, Norma würde sich mehr Zeit für ihre Freundinnen nehmen als für sie. Wenn sie mit ihnen am Telefon plauderte, statt sich mit ihr zu unterhalten. Jetzt spürte sie, dass sich Norma für sie interessierte. Endlich schien sie ihre ganze Aufmerksamkeit zu haben.

Rosalie rechnete damit, dass sie irgendwann über den Tod oder das Sterben reden würden. Aber Norma machte keinerlei Andeutung. Eigentlich hätte Rosalie gerne gewusst, ob ihre Mutter Angst vor dem Sterben hatte oder ob sie wütend war. Aber sie traute sich nicht, das Thema anzusprechen. Wenn ihre Mutter nicht von sich aus über den Tod redete, dann vielleicht deshalb, weil sie sich ihm nicht gewachsen fühlte.

Immer öfter erinnerte sich Rosalie an Momente, wo sie Normas Liebe deutlich gespürt hatte. Zum Beispiel kurz nach dem Umzug, als sie um die acht Jahre alt war. Ein Schulkamerad hänselte sie, weil Norma sie regelmäßig von der Schule abholte. Irgendwann erzählte sie ihr davon. Zu Rosalies Überraschung brachte Norma den Jungen dazu, ihr unter Tränen zu gestehen, dass er neidisch sei auf Rosalie. Weil ihn niemand abhole, habe er seinen Frust an ihr ausgelassen. Rosalie hörte nicht, was Norma dem Schulkameraden sagte. Aber die Worte wirkten offensichtlich auf ihn, denn er ließ sie fortan in Ruhe.

Je mehr Rosalie nachdachte, desto mehr Situationen kamen ihr in den Sinn, in denen sich ihre Mutter in irgendeiner Art und Weise für sie eingesetzt und ihr so ihre Liebe gezeigt hatte. Als Rosalie die Glückwunschkarte einfiel, die sie zu ihrem fünfundzwanzigsten Geburtstag von ihren Eltern erhalten hatte, ging sie in ihr Jugendzimmer. Dort befand sich auf dem Boden des Kleiderschranks eine Schachtel, in der Briefe und Karten lagen, die ihr wichtig waren. Bald fand sie, wonach sie suchte. Auf der Karte waren dreihundertfünfundsechzig Glückskäfer abgebildet, einer für jeden Tag des neuen Lebensjahres. Auf der Innenseite hatte Norma die Anfangsbuchstaben von Rosalies Namen untereinandergeschrieben und sie zu Worten ergänzt, die schließlich eine Art Gedicht ergaben.

Rosas, jázmines	*Rosen, Jasmine*
Oro y plata	*Gold und Silber*
Serafines, querubines	*Seraphine, Cherubine*
Ascensión del Señor	*Auffahrt des Herrn*
Lindo día	*Wundervoller Tag*
Inmenso de alegría	*Voller Freude*
El día que tu naciste	*Der Tag, an dem du geboren wurdest*

Rosalie war gerührt und bedauerte gleichzeitig, dass sie die Liebe ihrer Mutter nicht andauernd wahrgenommen hatte. Sie war wohl, von vielem anderen überdeckt, immer da gewesen. Sie legte die Karte in die Schachtel zurück.

3.

Norma hatte nur ihren engsten Freundinnen von den Metastasen erzählt. Die Stimmung war gedrückt, als Blanca, Olga, Elisa und Adela zu Besuch kamen. Alle waren froh um Manuelito, der sie ablenkte. Gleichzeitig belastete es die Freundinnen, dass Norma ihn nicht würde aufwachsen sehen.

Bekannte und Freundinnen begannen, sich telefonisch nach Normas Gesundheitszustand zu erkundigen. Irgendwann bat sie Fito und Rosalie darum, den Hörer abzunehmen. In der Regel erzählten die beiden nur das Nötigste. Dass sich Norma nicht gut fühle und in Behandlung sei. Mit der Zeit klingelte das Telefon weniger, dafür trafen Karten mit Genesungswünschen ein.

Einmal fuhr die Familie zusammen nach Stein am Rhein. Bei einer bestimmten Schiffanlegestelle wollte Norma ein Familienfoto machen. Rosalie wusste sofort warum. Sie hatte das Bild vor Augen, wo ihre Mutter Ende 1960er Jahre hochschwanger am selben Ort stand und in die Kamera lächelte. Sie sah sehr glücklich aus.

Fito war überzeugt davon, dass es Norma guttat, abgelenkt zu werden. Ende Oktober sahen sie sich die neu gebaute Storchenbrücke in der Nähe des Hauptbahnhofs Winterthur an. Die Schrägseilkonstruktion, die zwei Stadtteile miteinander verband, war vor ein paar Tagen

316

eingeweiht worden. Fito und Norma fuhren der Zürcherstraße entlang und bogen über die Briggerstraße in die Vogelsangstraße ab. Da sie kein Fahrzeug hinter sich hatten, fuhr Fito sehr langsam. Das neue Bauwerk faszinierte ihn, er wollte es sich genau ansehen. Auch Norma gefiel die Brücke, vor allem, weil sie so großstädtisch wirkte.

4.

An einem Mittwochabend Ende November sahen sich Fito, Norma und Rosalie die politische Sendung Rundschau an. Die Bilder zeigten einen gutgelaunten Peter Sulzer auf einem Schiff in Triest. Er war zur Fahnenübergabe auf die Carnival Destiny eingeladen worden, es war das größte Passagierschiff der Welt. Der Generaldirektor zeigte sich zufrieden, weil die Zukunft des *Sulzer*-Dieselmotors gesichert war. Man sei jetzt Teil einer bedeutsamen Unternehmensgruppe, sagte er ins Mikrofon. Zudem gehe es der Schifffahrtindustrie so gut wie nie zuvor.

«Die Fusion hat bestimmt Arbeitsplatzverlust zur Folge», warf der Journalist ein.

«Der wird nicht einschneidend sein», gab Sulzer zurück.

Norma und Rosalie blickten zu Fito. Meistens verfügte er über zusätzliche Information. Während er die Fernsehbilder verfolgte, schilderte er, was er von Toni Brunner erfahren hatte. Im Moment seien es die Manager, die um ihre Stelle bangten. Sie würden unter Druck stehen und hätten Konkurrenzangst. Fito zeigte auf den Fernseher. Was er gerade gesagt hatte, stimmte mit dem überein, was auf dem Bildschirm zu sehen war. Einige *Sulzer*-Manager gaben zu verstehen, dass sie gegen außen nur die Meinung des Unternehmens vertreten würden. Die persönlichen Sorgen und Ansichten hingegen bespreche man in der Familie und mit Freunden. Ein Manager meinte, es sei jetzt ratsam, flexibel und anpassungsfähig zu sein. Dann gab es einen Schnitt, und die Kamera war erneut bei Peter Sulzer auf dem Schiff in Triest. Der Generaldirektor forderte die Mitarbeitenden in Winterthur dazu auf, ihr Bestes zu geben, um so ihren Job zu behalten.

Fito stand abrupt auf und schaltete den Fernseher aus, zumindest vorübergehend. «Immer noch dieselbe Leier. *Wenn ihr alles gebt und noch härter arbeitet, dürft ihr bleiben.*»

Am folgenden Freitag trafen sich die ehemaligen Dieseler mit Toni Brunner. Bald einmal kamen sie auf den Fernsehbeitrag zu sprechen. «Im Ausland wird beschlossen und in der Schweiz diktiert», fasste Toni Brunner zusammen. Die anderen nickten. Befand sich das Kapital im Ausland, hatte man kein Mitspracherecht. Deshalb fühlten sich viele Dieseler den Entscheidungen der Aktionäre ausgeliefert.

Im Moment machte sich Fito kaum Gedanken über die Folgen der Globalisierung. Dafür sorgte er sich sehr um Norma. Sie war sein Leben, sie füllte es aus. Wer wäre er ohne sie? Da waren Rosalie und der Kleine, aber sie lebten weit weg von ihm. Ohne Norma an seiner Seite wäre er vollkommen allein.

Lindenstraße

Es war Sonntagabend. Im Fernsehen lief die deutsche Fernsehserie *Lindenstraße*. Norma hatte sich im Nachthemd und Morgenmantel ein Glas Wasser aus der Küche geholt. Sie war etwa einen Meter vom Sessel entfernt, als sie sich vor Schmerzen krümmte und kurz darauf stürzte. Rosalie und Fito waren sofort bei ihr und knieten sich zu ihr. Noch auf den Knien griff Rosalie zum Telefonhörer und rief den Hausarzt an. Sie schilderte ihm, was passiert sei, und dass Norma röchele. «Sie ist am Sterben», stellte er unmissverständlich fest.

Rosalie nahm eine Hand ihrer Mutter und drückte sie, Fito nahm die andere. Norma starb an einem 8. Dezember, am Tag, an dem die Katholiken Mariä Empfängnis feiern.

Der Hausarzt kam, um den Todesschein auszustellen. Als Todesursache vermutete er das Platzen eines oder mehrerer Tumore. Norma sei innerlich verblutet, ein schmerzhafter Tod. Rosalie war wütend. Ein solches Lebensende hatte ihre Mutter nicht verdient. Es irritierte sie, dass Normas Gesicht vor Schmerz verzerrt war. In den vielen Filmen, die sie sich zusammen angesehen hatten, war der Gesichtsausdruck der Verstorbenen immer friedlich gewesen. Die beiden Männer hoben Normas Körper hoch und legten ihn auf das Sofa. Rosalie zündete zwei Kerzen des Adventskranzes an, der auf dem Sofatisch stand.

Als der Arzt gegangen war, begannen Fito und Rosalie Verwandte und Freunde in der Schweiz, Chile, Spanien und Peru anzurufen. Zum ersten Mal seit vielen Jahren sprach Fito mit Andrés und Lorena. Rosalie empfand es als unwirklich, über Normas Tod zu informieren. Als Lucrecia nicht aufhörte zu weinen, legte sie den Hörer auf. Lucrecia würde es ihr verzeihen.

Am darauffolgenden Tag verfasste Rosalie den Text für die Todesanzeige. Sie zeigte ihn Fito, der nur traurig nickte. Zu dritt gingen sie in die Druckerei, um die Trauerkarten in Auftrag zu geben. Dann machten sie einen Spaziergang durch den Wald. Manuelitos Bedürfnisse brachten eine gewisse Normalität in das aus den Fugen geratene Familiengefüge. Wieder zu Hause beschrieben sie die Briefumschläge mit den entsprechenden Adressen, während Manuelito im Wohnzimmer herumkrabbelte und sich immer wieder an den Tisch- und Stuhlbeinen hochzog.

Seit Normas Tod war Rosalie der Appetit vergangen. Sie musste sich dazu zwingen, etwas zu sich zu nehmen. Auch Fito aß nur, weil Frühstücks-, Mittags- oder Abendessenszeit war.

2.

Normas Beerdigung fand fünf Tage nach ihrem Tod statt. Als Rosalie die Haustür öffnete, begann es zu regnen. Wie üblich griff sie nach dem gelben Schirm mit dem hölzernen Entenkopf. Vor der Haustür sahen sich Vater und Tochter kurz an. Rosalie legte ihren Lieblingsschirm zurück und nahm einen schwarzen aus dem Schirmständer.

Fito und Rosalie befanden sich inmitten vieler Menschen, immer wieder kondolierte ihnen jemand. Als sie in der Kirche den Worten des Pfarrers lauschten, fühlten sie sich Norma nahe.

Rosalie zitterte während des ganzen Gottesdienstes. Der Tod war nicht fassbar, plötzlich war jemand einfach weg. Sie dachte über ihre Mutter und deren starke Persönlichkeit nach. In Rosalies Jugendjahren waren sie so oft aneinandergeraten. Bis vor kurzem war Rosalie überzeugt gewesen, dass sie sich schon vor vielen Jahren von Norma losgelöst hatte. Erst in der Kirche erkannte sie den Trugschluss. Die Verbindung zu ihrer Mutter fühlte sich erst jetzt durchtrennt an. Rosalie spürte ihre Energie nicht mehr und fühlte sich seltsam verloren.

Nach der Messe standen die Trauergäste vor der Kirche Schlange, um Fito und Rosalie ihr Beileid auszudrücken. Während sich Fito bei jedem und jeder bedankte und geduldig Antworten auf immer dieselben Fragen gab, stand Rosalie steif neben ihm. Sie löste sich aus ihrer Erstarrung und flüsterte ihrem Vater zu, sie schaue jetzt nach Manuelito. Fito sah nur kurz zu ihr und nickte, um sich dann wieder den Kondolierenden zuzuwenden.

Auf dem Weg zu Manuelito wurde Rosalie von einer ihr unbekannten Frau abgepasst. Eine Lateinamerikanerin, vermutete sie. «Wieso ist Norma eingeäschert worden? Sie ist doch katholisch.»

320

Die schroff geäußerten Worte verärgerten Rosalie. «Sie wollte es so», entgegnete sie so gefasst wie möglich und ging weiter. *L'enfer, c'est les autres*, ging ihr durch den Kopf. Als Rosalie das Zitat von Jean-Paul Sartre das erste Mal hörte, prägte sie es sich ein, weil sie es so treffend fand. Sie war ihren Freundinnen dankbar, dass sie sie von den anderen Trauergästen abschirmten. Es war ihr von allem zu viel. Zu viele Menschen, zu viele Gefühle, zu viel Schmerz.

Während Rosalie vor den Leuten flüchtete, schätzte Fito deren Ehrerweisung an Norma. Mit Genugtuung nahm er zur Kenntnis, dass auch seine Schwester Trudy und ihr Mann aus dem fernen Wallis angereist waren.

3.

Rosalie fühlte sich oft wütend. Vieles, was sie von ihrer Mutter wissen wollte, hatte sie sich nicht getraut zu fragen. Sie hatten ja nie wirklich tiefe Gespräche miteinander geführt. Jetzt war es nicht mehr möglich, Norma besser kennenzulernen. Hätte sie noch einige Jahre gelebt, hätten sie es vielleicht geschafft, sich irgendwann auf einer anderen Ebene miteinander zu unterhalten. Auch über Fito machte sich Rosalie viele Gedanken. Es ergab keinen Sinn, dass er allein in der Schweiz blieb. Jetzt ging es ihm gut, aber was wäre in ein paar Jahren? Er hatte in der Schweiz kein nahes Familienmitglied, das sich um ihn kümmern könnte. Rosalie erlebte ihren Vater zum ersten Mal in ihrem Leben traurig. Seit der Beerdigung waren seine Augen rot umrandet.

Schon vor der Beerdigung waren einige schriftliche Beileidsbekundungen eingetroffen. An der Begräbnisfeier und in den Tagen danach kamen etliche dazu. Fito und Rosalie setzten sich zusammen an den Wohnzimmertisch, um sie zu lesen.

Es befremdete Rosalie, wenn sich außer dem vorgedruckten Text auf der Trauerkarte nur eine Unterschrift befand. Manchmal ärgerte sie sich auch über die Texte. Weil sie wusste, dass ihr Vater sie nicht verstehen würde, behielt sie ihre Gedanken meistens für sich. Im Gegensatz zu ihr schien er jede Kondolenzbezeugung zu schätzen.

Eine Frau schrieb, sie sei nicht zur Beerdigung gekommen, weil sie an diesem Tag unabkömmlich gewesen sei. Wie respektlos, überlegte Rosalie. Wie konnte diese Frau ihren banalen Alltag über Normas Tod stellen? Als ob das Aufpassen auf die Enkel oder der kommende Umzug gute Gründe dafür seien, ihrer Mutter die letzte Ehre zu verwehren. Eine entfernte Verwandte schrieb, es sei kaum zu glauben. Da würden sie so nah voneinander wohnen und hätten trotzdem den Kontakt verloren. Mit ihrer großen Familie habe sie ja reichlich Abwechslung. Da seien Fito, seine Frau und Tochter in Vergessenheit geraten. Wie taktlos, dachte Rosalie.

Sie konnte nicht nachvollziehen, dass sich ihr Vater nicht über diese Texte ärgerte. Aber vielleicht war sie zu kritisch und er zu gutmütig.

Rosalie stand auf und ging zu Manuelito. Er lag im Bettchen, das schon ihr als Schlafstätte gedient hatte. Sie nahm ihn sanft heraus, hob ihn ein paar Mal in die Höhe und packte ihn dann dick ein. «Gehen wir zu den Weihern?», fragte sie Richtung Fito. Dieser stand sofort auf und zog sich seine Winterjacke über. Auf dem Spaziergang durch den Wald trafen sie eine Nachbarin. Sie wollte wissen, ob Rosalie ihren Vater jetzt allein lasse. Obwohl an einem wunden Punkt getroffen, ließ sich Rosalie nichts anmerken. «Ich lebe in Chile. Ich dachte, Sie wüssten das.» Sie bemühte sich, ihre Worte bestimmt, aber doch höflich klingen zu lassen.

Dann machten sie weiter mit den Karten, während Manuelito in seinem Bettchen sofort wieder einschlief. Viele schrieben, ihnen würden die Worte fehlen. Sie seien fassungslos, erschüttert, bestürzt. Schockiert von der Todesnachricht, die für sie wie ein Blitz aus heiterem Himmel gekommen sei. Die einen sprachen vom immensen Leid, das Norma widerfahren sei. Die anderen befanden es für gut, dass sie nicht länger leiden musste.

Rosalie schüttelte den Kopf. «Leiden? Die haben doch keine Ahnung, wie sich Norma gefühlt hat. Wieso schreiben die so was? Norma hatte doch nie Schmerzen. Und dass sie krank war, hat man ihr nicht angesehen.»

Fito erwiderte nichts, er blickte seine Tochter nur traurig an.

Nur wenn Rosalie einen Text als ehrlich empfand, bedeutete er ihr etwas. Ein befreundetes Paar ihrer Eltern, dessen Sohn sich vor Jahren das Leben genommen hatte, schrieb, die Zeit helfe mit, die schwere Trauer zu ertragen. Rosalie glaubte es ihnen.

Mit *Gott hat Norma zu sich geholt, jetzt ist sie wieder beim Herrn*, konnte Rosalie nichts anfangen. Formulierungen wie *Die Macht über Leben und Tod schenke der lieben Verstorbenen die ewige Ruhe und Ihnen die Kraft, das schwere Leid zu ertragen*, waren ihr lieber, weil sie sie als authentischer empfand.

Irgendwann sah Fito fragend zu ihr. Vor ihr befanden sich zwei kleine Türme aus aufgestapelten Karten. Sie sortiere die Karten, erklärte sie. Die ihrer Meinung nach banalen lägen auf einem Haufen und die bedeutsamen auf einem anderen. Später würde sie zwei Bündel machen und jeden anschreiben. So wisse sie, welche Karten es wert seien, wiedergelesen zu werden.

Fito wunderte sich über seine Tochter.

Rosalie mochte die Texte, die ihre Mutter charakterisierten. Eine Frau schrieb, Norma sei einer der herzlichsten, hilfsbereitesten und hoffnungsvollsten Menschen gewesen, die ihr je begegnet seien. Viele beschrieben Norma als fröhlich und freundlich. Einige als ruhig und ausgeglichen, worüber Rosalie lachen musste. Ihre Mutter und ausgeglichen. Norma wurde oft als liebenswert und liebevoll beschrieben. Sie sah zu ihrem Vater. «Findest du, Liebenswürdigkeit war ein dominanter Charakterzug Normas?»

Fito zog die Augenbrauen hoch. Irgendetwas in der Stimme seiner Tochter ließ ihn vermuten, dass sie etwas kritisierte. Das kam ihm nicht richtig vor.

Obwohl Rosalie ahnte, dass ihr Vater sie nicht verstehen würde, fuhr sie fort. «Lieb und fröhlich, das klingt nett, ist aber unspezifisch und trifft es nicht. Norma hatte Charisma. Sie konnte Menschen in ihren Bann ziehen, sie wirkte auf viele wie ein Magnet. Diese Leute sehen nur die Spitze des Eisbergs.»

Nun lächelte Fito. Im Grunde hatte Rosalie ja recht. Norma war viel mehr als nur nett. Sie war einzigartig. Aber wenn sich jemand lediglich auf ihre Liebenswürdigkeit bezog, regte er sich nicht darüber auf.

Rosalie mochte prägnante Sätze. *Eine Frau wie Norma vergisst man nie.*
Wir wissen, was Sie verloren haben. Olga war untröstlich, ihre liebste Freundin verloren zu haben, eine unersetzbare Person. Eine Frau, die mit Norma den Italienischkurs besucht hatte, fühlte sich geehrt, Norma kennen zu dürfen. Genauso schrieb sie es, in der Gegenwart. Rosalie wischte sich eine Träne weg, bevor ihr Vater sie bemerken konnte.

4.

In den darauffolgenden Tagen trafen die Trauerkarten aus Spanien und Übersee ein. Es kamen auch Briefe von den Freundinnen aus Iquique, die sechsundvierzig Jahre lang mit Norma befreundet gewesen waren. Eine dieser Freundinnen schrieb, ihre Wege hätten sich damals auf der Suche nach besseren Horizonten getrennt. Die blumige Ausdrucksweise erinnerte Rosalie an den Schreibstil ihrer Mutter.

Manuelito wachte weinend aus dem Schlaf auf, wahrscheinlich hatte er schlecht geträumt. Rosalie sah zu ihrem Vater, der sich neben den Kleinen auf den Wohnzimmerboden kniete und versuchte, ihn zu trösten. «Fühlst du dich nicht anders, wenn du Spanisch sprichst?» Der fragende Blick ihres Vaters war Rosalie Antwort genug. «Je nachdem, welche Sprache ich spreche, fühle ich mich anders.»

«Wie anders?»

«Wenn ich Spanisch spreche, bin ich authentischer. Wenn ich Deutsch rede, habe ich eher eine Distanz zu mir.»

«Das habe ich mir nie überlegt. Als Monteur war mir einfach wichtig, dass die Kommunikation mit den Einheimischen klappt. Sonst kann man nicht zusammenarbeiten.»

Rosalie lächelte. Eigentlich hatte sie es gewusst. Für ihren Vater war Sprache ein Mittel zum Zweck. Trotzdem gab sie nicht auf. «*Lieber Fito* oder *Querido Fito* – wo liegt der Unterschied?»

Fito legte seine Stirn in Falten. «Die spanische Version klingt melodiöser. Meinst du das?»

«Es geht in diese Richtung, aber ich meine etwas anderes. *Querido Fito* heißt wörtlich übersetzt *Geliebter Fito*. *Lieber* klingt flach, *geliebt* intensiv. Siehst du den Unterschied?»

«Für mich sind das Details.»

«Ach Papi. Und was ist mit dem melodiösen Klang, den du erwähnt hast? Was löst der in dir aus?» Weil Fito sie nur ansah, sprach sie über ihr eigenes Empfinden. «Ich fühle mich wohler, wenn ich Spanisch spreche. Weil diese Sprache besser zu mir passt.»

«Bist du etwa deshalb ausgewandert?», warf Fito halb im Spaß und halb im Ernst ein.

Rosalie spürte kurz ein flaues Gefühl in der Magengegend, so als wäre sie auf der Achterbahn. «Das ist nur *ein* Grund. Ihr habt meine Entscheidung nie ganz verstanden, oder?»

Fito dachte eine Weile nach. Vordergründig hatten Norma und er Rosalie immer unterstützt. Sie hatten sie sogar verteidigt, wenn jemand ihr Fortgehen kritisierte. Aber Rosalie hatte recht, richtig verstanden hatten sie ihren Wegzug nie. Vielleicht, weil sie ihn nie als definitiv angesehen hatten. Nicht einmal, als Manuelito geboren wurde. Rosalie und Camilo waren ja noch jung, sie konnten ihr gemeinsames Leben auch in der Schweiz fortführen. «Du gehörst doch hierher.» Fito erschrak selbst über seine Worte, die er sonst nur dachte.

Rosalies Wangen glühten. Da war es plötzlich wieder, dieses Gefühl, nicht verstanden zu werden. So also dachte ihr Vater. Norma war bestimmt derselben Meinung gewesen. Das würde auch die Schuldgefühle erklären, die Rosalie immer wieder heimsuchten. Sie fühlte, wie ihr die Hitze in den Kopf stieg. Wie konnte ihr Vater nur sagen, dass sie in die Schweiz gehöre? Er hatte doch keine Ahnung, wie es sich anfühlte, zwei Kulturen in sich zu haben. Ihre Mutter war aus Chile, ihr Vater aus der Schweiz. Da erstaunte es doch nicht, dass sie sich in Chile wohl fühlte. Wohler als in der Schweiz. Rosalie überlegte kurz. Wenn sie auf den idealen Moment warten wollte, würde sie es nie sagen. «Falls du nicht allein bleiben willst, musst du zu uns nach Chile kommen. Ich habe nicht im Sinn, in die Schweiz zurückzukehren.»

Fito sah seine Tochter erschrocken an. Es war ihm schon einige Male durch den Kopf gegangen, jetzt traf ihn der Gedanke mit voller Wucht. Norma war wie ein Kompass für ihn gewesen. Ohne sie hatte er keine Zukunft.

5.

Fito las im Garten in sich gekehrt die vielen abgebrochenen Birkenzweige auf. Seine Heimat war doch hier, seine Wurzeln und auch das Haus. Bliebe er, würde er sich jahrein, jahraus um Hausteil und Garten kümmern. Aber für wen, außer für sich selbst, täte er dies? Rosalie und ihre Familie würden nie hier leben, sie hatte es ihm ins Gesicht gesagt. Seiner Tochter machte er höchstens einen Gefallen, wenn er das Haus instand hielt. Eine gut unterhaltene Liegenschaft ließ sich besser verkaufen als eine vernachlässigte. Rosalie würde das Haus verkaufen, was sonst?

Es war absehbar, dass er vereinsamen würde, richtete er sein Leben nicht komplett neu aus. Aber könnte er jemals alles zurücklassen? Er fühlte sich von seinen Gedanken und Gefühlen überfordert.

Flucht in die Berge

Weihnachten zu Hause zu verbringen, war unvorstellbar. Schon Anfang Dezember hatten sie gemeinsam besprochen, was sie an Heiligabend essen würden. Dass Norma schon vorher sterben könnte, damit hatte niemand gerechnet.

Zermatt war Rosalies Idee gewesen. Sie wohnten in einer familiären Pension, es hatte wenige Gäste. Wahrscheinlich würden die meisten erst nach Weihnachten anreisen. Heiligabend verbrachten sie in einem Pub. Fitos Schwester Trudy und ihre Familie lebten nur eine Stunde von Zermatt entfernt. Rosalie und Fito hatten es offengelassen, ob sie sie auf der Rückreise besuchten. Sie ließen es sein. Der Gedanke an ein familiäres Zusammensein in weihnachtlich geschmückter Wohnstube mit Tannenbaum und allem Drum und Dran schreckte Vater und Tochter gleichermaßen ab.

2.

Sie gingen zum Steinmetz, um den Grabstein auszusuchen. Er fragte, auf welcher Höhe er Normas Name eingravieren solle und ob eines Tages noch mehr Namen dazukommen würden. Schockiert blickte Rosalie zu ihrem Vater, der nickte. Rosalie fragte sich, ob sie zu empfindlich war. Wahrscheinlich stellten alle Steinmetze der Welt in derselben Situation dieselbe Frage.

Zwei Wochen später befand sich Rosalie mit Manuelito auf ihrem Schoß im Flugzeug. Trotz der Vorfreude, bald wieder in Chile zu sein, tat der Abschied vom Vater weh. Jetzt war er allein. Beim Aufwachen, beim Essen, beim Einschlafen, immer und überall. Sie weinte, als das Flugzeug abhob.

Später atmete sie tief durch. Die einzige Person, die etwas an der Situation ändern konnte, war ihr Vater.

Allein

Als Fito die Haustür öffnete, nachdem er vom Flughafen zurückgekommen war, schauderte es ihn. Er atmete ein paar Male tief durch, bevor er das Haus betrat.

Am Anfang traf er Bekannte und Freunde. Manchmal reichte ihm ein Telefonanruf, um sich weniger allein zu fühlen. War er mit jemandem zusammen, wäre er lieber allein. In der Natur fühlte er sich am besten aufgehoben. Er ging im Wald spazieren und machte Winterwanderungen im Zürcher Oberland. Als es schneite, fuhr er dort Ski.

Ein Monat war vergangen. Fito wusste, dass er noch vor dem Frühling einen Entschluss fällen musste. Machte er es nicht, würden die Umstände für ihn entscheiden. Denn wartete er zu lange, wäre es an der Zeit, den Garten zu bestellen. Natürlich würde er dann bleiben. Ohne Menschen um sich zu haben, die ihm nahestanden, empfand Fito sein Leben in der Schweiz als trostlos. Im schlimmsten Fall würde eines Tages eine Behörde über ihn verfügen. Egal, wie er es drehte, er kam immer zum selben Schluss. So weh es ihm auch tat, er musste sich vom Haus und der Schweiz trennen.

2.

Als er sich im Restaurant *Trübli* in der Winterthurer Altstadt mit Heinz verabredete, wollte er sich bei ihm eigentlich nur für die Beileidskarte bedanken. *Etwas ist vollkommen, wenn du es sein lassen kannst, wie es ist*, hatte der Freund geschrieben. Darunter: *Zen-Spruch*. Wahrscheinlich hatte er das Zitat während seiner Zeit als Monteur in Japan gehört.

Nachdem Heinz einige würdigende Worte über Norma geäußert hatte, blickte er ernst zu Fito. «Und jetzt?»

«Was und jetzt?» Fito wusste ja eigentlich, was Heinz meinte. Aber er fühlte sich überrumpelt und brauchte etwas Zeit. Er hatte vergessen, wie schnell sein Freund dachte. Als einer der Ersten hatte er damals erkannt, dass sich die Dinge in der Dieselmotorenabteilung nie mehr zum Guten wenden würden. Sobald er eine Lösung für sich sah, verließ er das sinkende *Sulzer*-Schiff.

Heinz lächelte nachsichtig. «Gehst du jetzt zu deiner Tochter nach Chile?»

Die direkte Frage war wie ein Türöffner. Auf jeden Fall sprudelte es für Fitos Verhältnisse nur so aus ihm heraus.

«Du brauchst einen Käufer für den Hausteil», stellte Heinz pragmatisch fest.

Fito verzog das Gesicht, als ob er Schmerzen hätte. Tatsächlich lösten Worte wie *Verkauf* oder *Käufer* im Zusammenhang mit seinem Hausteil bedrückende Gefühle in ihm aus. Er selbst brachte die Worte nicht über die Lippen, ohne sich wie ein Verräter vorzukommen, der undankbar mit seinem Erbe umging. Deshalb nickte er nur.

Heinz kannte viele Leute, die über das nötige Geld verfügten und an der Liegenschaft interessiert sein könnten. Die Lage sei ein großer Vorteil, meinte er. Viele würden gerne zurückgezogen leben, aber trotzdem in Stadtnähe. Während Heinz Fito anlächelte, nahm dieser einen Schluck Rotwein. Zum ersten Mal seit langem fühlte er sich zuversichtlicher und auch nicht mehr so allein.

3.

Nur zwei Wochen später trafen sich die beiden Männer wieder im *Trübli*. Heinz hatte einen ernsthaften Interessenten gefunden. Dieser würde zwar nicht selbst im Hausteil wohnen, sondern ihn an ausländische, gutverdienende Personen vermieten. An Menschen, die sich für eine längere Zeit in der Schweiz niederließen und ein richtiges Zuhause suchten. Der Interessent war bereit, Möbel, Bilder und Dekorationsgegenstände zu übernehmen.

«Und was wird aus dem Garten?» Fitos Stimme klang kraftlos.

Heinz ahnte, wie seinem Freund zumute war, und sah ihn mitfühlend an. «Kümmert sich der künftige Mieter nicht selbst darum, verrechnet ihm unser Interessent einen Aufpreis für den Gärtner.»

Fito nickte und senkte gleichzeitig den Kopf. Entweder die Familie oder das Haus. Geborgenheit versus Einsamkeit. «Klingt gar nicht mal so schlecht», murmelte er schließlich.

Als er wieder aufsah, bemerkte Heinz ein Funkeln in Fitos Augen. Erleichtert drückte er die Hand des Freundes.

Mitte Mai bestieg Fito das Flugzeug nach Chile. Heinz würde sich um die Post kümmern, die noch eine Zeit lang eintreffen würde, und Wichtiges nachschicken.

Der Mann für alle Fälle

Als Fito mit dem Bus durch das Portal von María Elena fuhr, hatte er gemischte Gefühle. Hier also wollte er den Rest seines Lebens verbringen. Vorerst würde er bei Lucrecia wohnen. Nach einer fast wortlosen, innigen Begrüßung stellte er die beiden Koffer im Gästezimmer ab, so wie er es mit Norma immer getan hatte. Norma, Norma, Norma. Es kam Fito vor, als wäre sie wie ein Schatten immer um ihn.

Ein geregelter Tagesablauf schien ihm wichtig. Zweimal täglich drehte er mit Manuelito im Kinderwagen eine Runde. Er ging Lebensmittel einkaufen und widmete sich Lucrecias Haus. Man sah diesem an, dass sich seit einiger Zeit niemand um seinen Unterhalt gekümmert hatte. Bald würde sich Fito den Wänden in den Zimmern annehmen. An vielen Stellen blätterte der Verputz ab.

Fitos handwerkliches Geschick sprach sich herum. Einige nannten ihn den Mann für alle Fälle. Nach ein paar Monaten meinte Lucrecia, er habe ein bisschen Enriques Rolle eingenommen. Auch er werde als kompetent und hilfsbereit angesehen und gleichzeitig als bescheiden und liebenswert. Fito war gerührt, mit seinem Onkel verglichen zu werden. Zudem bedeutete es ihm viel, Teil einer Gemeinschaft zu sein. Mit der Zeit dachte er immer weniger über den verkauften Hausteil nach. Als Lucrecia ihm vorschlug, dauerhaft bei ihr zu wohnen, sagte er sofort zu. Das Zusammenleben fühlte sich für beide stimmig an.

Je länger, je mehr empfand Fito Norma nicht mehr als Schatten, sondern vielmehr als Energie, von der er sich getragen fühlte. Es war ein berührender Moment für ihn und Rosalie, als sie feststellten, dass sie Norma ähnlich wahrnahmen.

Als Fito auf einer Sitzbank der *Plaza* saß, wo er viele Momente mit seinem Onkel verbracht hatte, erlebte er einen Augenblick der Klarheit. Es war richtig, in María Elena zu sein. Er ging ins Theater, dessen Tür meistens offen stand, und setzte sich in die erste Reihe. Er lächelte, als ihm einfiel, wie fasziniert er von Normas erstem Auftritt als Ärztin gewesen war.

Alte Freunde

Ein halbes Jahr später kam Heinz für zwei Tage zu Besuch, während seine Frau Susanne in der Oase von Pica in den Anbau von Zitrusfrüchten eingeführt wurde. In San Pedro de Atacama würden sie sich wiedersehen und von dort weiter südwärts reisen.

Heinz sah sich ungläubig in Fitos bescheidenem Zimmer um. Er hatte sich vorgestellt, dass sein Freund in einer Art Herrschaftshaus lebte. Nicht bei einer Witwe in einem kleinen Zimmer in Untermiete.

Fito lächelte. Ihm sei es wohl hier, erklärte er. Er sei oft außer Haus, und für die tägliche Siesta brauche er ja nur ein Bett. Er dachte an all die Möbel, die er in der Schweiz zurückgelassen hatte. Das viele Geschirr und die Dekorationsartikel, die Norma überall verteilt hatte. Ihm fehlte nichts davon.

Heinz überspielte seine Überraschung. «Bevor ich es vergesse. Du wohnst natürlich bei uns, wenn du das nächste Mal in die Schweiz kommst.»

Fitos Gesicht verdüsterte sich. «Ich habe nicht vor, in die Schweiz zurückzukehren.»

Heinz verschlug es einige Sekunden lang die Sprache, was selten vorkam. «Nicht einmal zum Skifahren?»

Fito schüttelte den Kopf. Skifahren konnte er auch in Chile. Erst vor ein paar Tagen hatte er mit Hugo abgemacht, im nächsten Winter zusammen nach Portillo zu fahren. Das älteste Skigebiet Südamerikas befand sich nur zweieinhalb Stunden östlich von Valparaíso.

2.

Heinz hatte Fotos mitgebracht von den im vergangenen Sommer eingeweihten Judd-Brunnen in der Winterthurer Steinberggasse. Sie markierten den Lauf des einstigen Stadtbachs in Richtung Neumarkt. Fito schluckte leer, als er die Bilder sah.

Er war froh, als sein Freund auf *Sulzer* und die ehemalige Dieselmotorenabteilung zu sprechen kam. Das war für ihn weniger emotional. Anscheinend kauften die Reeder nur noch fünfundzwanzig Prozent der

Ersatzteile bei *Wärtsilä NSD Schweiz*. Den Rest bezogen sie bei ausländischen Lieferanten, die günstiger waren. Fito zog die Augenbrauen hoch. Dass in der Schweiz hergestellte Produkte teurer waren als im Ausland, war nichts Neues. Schließlich waren im Preis die Kosten für Forschung, Entwicklung und Training enthalten. Was Fito erstaunte, war, dass die Reeder plötzlich nicht mehr für Qualität zahlen wollten.

3.

Ehemalige *Humberstone*-Bewohner und deren Nachfahren hatten die Korporation *Museo del Salitre* gegründet. Deren Ziel war, die Salpeterwerke *Humberstone* und *Santa Laura* zu restaurieren und zu verwalten. Obwohl Lucrecia, Rosa und Hugo einen Bezug zu *Humberstone* hatten, schlossen sie sich der Korporation nicht an. Aber sie inspirierte sie dazu, sich für den Erhalt ihres eigenen kulturellen Erbes einzusetzen. Dafür schufen sie im *Bürgerverein María Elena* den Bereich *Museum* und bestimmten Rosalie als Hauptverantwortliche.

Auf dem Weg zum Schuppen, wo sich schon allerhand angesammelt hatte, klärte Fito seinen Freund über das Projekt auf. Während Heinz zuhörte, wischte er sich den Schweiß von der Stirn. Bald gelangten sie zur Scheune, die sich in der Nähe der Produktionsanlage befand. Heinz half mit, die Fensterläden zu öffnen und sah sich gespannt um. Fitos Aufgabe war, alle Objekte, die die *Eleninos* dem künftigen Museum übergaben, entgegenzunehmen. Er sortierte die Sachen aus und restaurierte sie wenn nötig. Zuerst fielen Heinz die vielen von den Eltern der Kinder angefertigten Spielsachen aus Blech und Holz auf. Zusammen mit Fito bestaunte er Lastwägen und Dreiräder und aus Streichholzschachteln angefertigte Sofas und Tische für ein Puppenhaus. Ebenso selbstgebastelte Räder, Bälle und Pistolen. Dann entdeckte Heinz Möbel, altes Arbeitswerkzeug und fantasievolle Lampenschirme. Die Vielfalt begeisterte ihn.

Fito erzählte, dass Rosalie mittlerweile an einem Konzept für drei Museen arbeite. Angesichts der vielen angesammelten Gegenstände aus den verschiedensten Bereichen würden jetzt ein großes Museum und zwei kleinere anvisiert. Das Hauptmuseum werde die Geschichte von María Elena dokumentieren, unter anderem mit historischen Fotos, dem Kunstgeld, das früher in den Salpeterwerken benutzt worden sei, und einer Nachbildung der Produktionsanlage. Wegen der zahlreichen Spielsachen liege es nahe, ein eigenes Museum dafür zu schaffen. Das dritte Museum werde dem *Pampino* der Atacamawüste gewidmet sein. Dort würden Alltagsobjekte ausgestellt werden wie Bücher und Zeitschriften, Werkzeug, Arbeitskleidung, aber auch Schulpulte und Lautsprecher.

Plötzlich stand Rosalie in der Scheune. «Es ist ganz schön was zusammengekommen, nicht?» Zur Begrüßung gab sie ihrem Vater und Heinz einen Kuss auf die Wange. Sie erzählte, dass sie versuche, an Plakate zu kommen, die weltweit für chilenischen Salpeter warben. Diese originellen Werbebotschaften seien für das große Museum vorgesehen. Der Chile-Salpeter sei über viele Jahre begehrt gewesen und habe noch bis 1925 auf allen fünf Kontinenten in zahlreichen Ländern Absatz gefunden. Entsprechend sei dafür geworben worden.

Heinz nickte anerkennend. Obwohl er von Rosalies Engagement beeindruckt war, unterbrach er ihre leidenschaftlichen Erläuterungen. Er konnte sich seine Frage nicht verkneifen. «Deine Vereinstätigkeit in Ehren, aber wie verdienst du hier dein Geld?»

Rosalie war irritiert über den abrupten Unterbruch. Umso dankbarer war sie, als sich Fito ins Gespräch einbrachte. Das hatte er früher in ähnlichen Situationen kaum gemacht. «Rosalie hat sich in María Elena einen Namen als Fremdsprachenlehrerin gemacht. Ich bin sehr stolz auf sie.» Rosalie gab ihrem Vater einen Kuss auf die Wange und ließ die beiden Männer wieder allein.

In einer offenen Schachtel entdeckte Heinz die Alarmanlage, die Fito vor einigen Monaten einem Handelsvertreter abgekauft hatte. Leider habe sie nur kurze Zeit funktioniert, erklärte Fito. Der Verkäufer sei bis jetzt nicht mehr in María Elena erschienen. «Mal sehen, ob ich ihn noch zusammenbekomme.»

Heinz sah seinen Freund verständnislos an. «Den Apparat?»

Fito lachte. «Nein, die Alarmanlage ist unbrauchbar. Ich meine den Ausspruch von Arthur Schopenhauer. Lass mich kurz überlegen.» Er runzelte die Stirn. «*Kein Geld ist vorteilhafter angewandt als das, um welches*

334

wir uns haben prellen lassen. Denn wir haben dafür unmittelbar Klugheit einge-
handelt.»

Jetzt lachte Heinz. Das Zitat gefiel ihm so gut, dass er versuchen wollte, es sich zu merken.

Enriques Beispiel folgend, hatte Fito damit begonnen, Sprüche und Redewendungen in ein Notizbuch zu schreiben. Das Zitat von Schopenhauer hatte er in einer Zeitschrift auf seinem Flug nach Chile gelesen.

4.

Schon im Januar 1998 kündigte Stefano an, Anfang Dezember zu Besuch zu kommen. *Nach der Reise gibt es jeden Tag nur noch Spaghetti an Tomatensauce, um die Flugkosten zu amortisieren,* schrieb er im Scherz auf eine Postkarte. Stefano war ein Mensch, der jeden Moment genießen wollte, vor allem seit seiner Pensionierung. Jetzt, wo er sich gesund und fit fühlte, wollte er sehen, wo und wie sein Freund lebte. Im Gegensatz zu Heinz, der ein Jahr zuvor nur zwei Tage in María Elena verbracht hatte, würde er zwei Wochen bleiben. Im Frühling traf erneut eine Postkarte von ihm ein. Er wollte wissen, was er Fito mitbringen solle.

Sammle doch die interessantesten Zeitungsausschnitte über das, was dieses Jahr die Schweiz bewegt, schrieb Fito als Antwort auf eine Postkarte.

Ursprünglich wollte Stefano sein Rennrad nach Chile mitnehmen, auch das Rad, das Fito ihm überlassen hatte. Aber Fito redete es ihm aus. In der Wüste war es zu heiß und zu staubig, um Rad zu fahren. Außerdem gab es in der monotonen Wüstenlandschaft seiner Ansicht nach nicht viel zu erkunden.

Fito wusste, dass Stefano kein Tourismusprogramm von ihm erwartete. Der Italiener war gesellig und kommunikativ. Es würde ihm wohl genügen, in einer für ihn neuen Umgebung mit lieben Menschen zusammen zu sein und dabei neue kulinarische Erfahrungen zu machen. Trotzdem wollte Fito seinem Freund etwas bieten. Er würde ihm die Geoglyphen von Chuc Chuc zeigen und vielleicht *Humberstone* und *Santa Laura.* Wohnen würde Stefano im kleinen Anbau von Lucrecias Haus, den er im Vorjahr errichtet hatte.

5.

Schon als Stefano über die Türschwelle trat, fühlte er sich in Lucrecias Haus wohl. Zuerst kondolierte er ihr und gab der Wertschätzung, die er für Enrique empfand, Ausdruck. Als wäre er auf dessen Spuren, ging er andächtig durch das Wohnzimmer. Vor Fotos mit Enrique darauf blieb er ehrfürchtig stehen. Lucrecia legte Stefano sanft eine Hand auf die Schulter. «Wie schnell die Jahre vergehen.»

Stefano drehte sich um und strahlte Lucrecia an. «Und du siehst noch fast so aus wie damals, als wir zusammen auf unserem Balkon Pizza aßen und Rotwein tranken.»

Lucrecia errötete. Sie trug das von Norma und Antonella genähte Kleid.

Auf Stefanos Wunsch hin gingen die beiden Männer noch am selben Abend zu Rosalie und ihrer Familie. Der Italiener war gespannt darauf, wie groß Manuelito geworden war, und wollte außerdem Camilo kennenlernen. Rosalie hatte einen kleinen Apéro vorbereitet mit *Pisco sour* und kleinen *Empanadas*. Stefano klatschte in die Hände, als er die Teigtaschen sah, die er von Norma kannte. Dann ging er zu Manuelito und spielte mit ihm, bis Camilo dazukam. Der Chilene sprach Spanisch und Stefano Italienisch, und sie verstanden sich bestens. Auf jeden Fall lachten die beiden schon nach kurzer Zeit herzhaft über die Bemerkungen des anderen. Als Stefano erfuhr, dass Camilo gerne sang, kündigte er an, das nächste Mal seine Gitarre mitzunehmen. Er hatte sie in Lucrecias Haus gelassen.

6.

Als Fito auf dem Sofa die Zeitungsausschnitte durchsah, die Stefano mitgebracht hatte, setzte sich der Italiener neben ihn. Beide freuten sich darüber, dass die Bahamas Werner K. Rey an die Schweiz ausgeliefert hatte. Gerade lief der Prozess gegen ihn. Als Fito die Schlagzeile über dem Foto des *Sulzer*-Hochhauses las, wunderte er sich. *Sulzer* hatte das Winterthurer Wahrzeichen an den Winterthurer Bruno Stefanini, der als Immobilienkönig stadtbekannt war, verkauft.

336

Das gebundene Buch *From the Mountains to the Sea*, das alle pensionierten Dieseler erhalten hatten, sprach Fito an. Vor allem, weil es viele historische Fotos enthielt. Umso mehr ärgerte es ihn, dass das Buch auf Englisch verfasst war. Wie arrogant! Als ob alle *Sulzer*-Monteure Englisch sprechen würden. Ein Buch auf Spanisch würde die Firma wohl eher nicht verschicken.

Stefano amüsierte sich über Fitos grimmigen Gesichtsausdruck, dann machte er ihn auf Heinz' Bleistiftnotizen aufmerksam. Er hatte alle Textstellen übersetzt, die ihm wichtig erschienen. Jetzt lächelte Fito. Der gute alte Heinz. Fito schlug das Buch irgendwo auf und suchte Heinz' Handschrift. *Jetzt im Jahr 1998 wird eine Motorengeneration im Gegensatz zu früher nur vier, fünf Jahre alt. Denn heutzutage werden nur einige hundert Motoren desselben Typs verkauft, dafür aber teurer wegen der höheren Entwicklungskosten.* Fito freute sich, dass er dank Heinz etwas mit dem Buch anfangen konnte.

Dann kehrte er zu den Zeitungsausschnitten zurück. Betrübt stellte er fest, dass *Rieter* seine Gießerei in Töss stillgelegt hatte. Genauso deprimierte ihn, dass die *SLM*-Zahnradfahrzeugeabteilung an die *Stadler Rail* verkauft worden war. Umstrukturierungen und Abteilungsverkäufe hatten also auch die altehrwürdige *Loki* geschwächt. Fito legte die Artikel zurück und lud Stefano auf einen *Pisco sour* ein.

Die Tage mit dem Italiener waren für alle Familienmitglieder von Fröhlichkeit geprägt. Am Tag seiner Abreise bat er alle in den Innenhof. Unter Lucrecias Altar steckte er eine italienische Fahne in die Erde. Stefano sah liebevoll zur versammelten Familie. «Damit ihr mich nicht vergesst.»

Ein Ort für Touristen

Im Jahr 1999 wurde das Viertel um die *Plaza* zum historischen Monument erklärt. Dort befanden sich die ältesten und schönsten Gebäude von María Elena. Jetzt, wo sich der Staat um die kulturhistorisch bedeutsamen Gebäude kümmern musste, empfanden die *Eleninos* neben Stolz auch ein Gefühl der Sicherheit. Sie waren nicht mehr allein vom Wohlwollen der *SQM* abhängig. Historische Monumente wurden geschützt, María Elena würde nicht verfallen.

Rosalie und Camilo waren am Abendessen, als sie ihm von ihrer Idee erzählte. «Wir sollten die Chance nutzen, dass María Elena jetzt unter Denkmalschutz steht.»

«Inwiefern?» Camilos Stimme klang genervt, weil es ihm nicht gelang, Manuelito zum Essen zu bringen.

«Um Touristen nach María Elena zu bringen. Es könnten Führungen angeboten werden. Leute, die etwas zu erzählen haben, gibt es hier genug.»

«Touristen in María Elena?» Camilo brach in schallendes Gelächter aus. Manuelito sah überrascht zu seinem Vater, bevor er ebenso ausgelassen loslachte. Dabei streckte er beide Ärmchen hoch, in einer Hand den Löffel mit Kartoffelbrei. Rosalie und Camilo sahen zu, wie sich das Püree allmählich auf dem Küchenboden verteilte.

Nun lachte auch Rosalie. Als sie sich wieder beruhigt hatten, fuhr sie fort. «Denk doch mal nach, Camilo. Touristen möchten sich etwas Schützenswertes doch ansehen. Bei uns befindet sich das letzte chilenische Salpeterwerk, das noch in Betrieb ist. Das letzte weltweit! Menschen fühlen sich vom Einzigartigen angezogen.»

Camilo machte ein nachdenkliches Gesicht. «Und wo sollen die Touristen leben? In den Pseudo-Hotels für die *SQM*-Belegschaft?»

Rosalie rümpfte die Nase, als sie an die kleinen hellhörigen Zimmer dachte. Offenbar hatte es dort Bettwanzen, die Unterkünfte waren für Touristen unzumutbar. Sie stand auf, um Papier und Schreibzeug zu holen.

Camilo sah ihr lächelnd zu, wie sie sich wieder an den Tisch setzte, sich konzentriert über das Blatt Papier beugte und den Kugelschreiber ansetzte. *1) Die Touristen, die nicht nur auf der Durchfahrt sind, brauchen eine Unterkunft. Ein kleines Hotel oder eine Herberge,* schrieb sie.

Als Rosalie ihrem Vater von ihrem neuesten Einfall erzählte, funkelten ihre Augen. Fito staunte über ihren Enthusiasmus. Diese Begeisterungsfähigkeit und Beharrlichkeit hatte ihr wohl Norma vererbt. Obwohl alles viel länger dauerte, als Rosalie es sich vorgestellt hatte, gab sie ihre Ideen und Projekte nicht auf. Bis jetzt stand noch keines der drei Museen, die sie konzipiert hatte. Das Dossier mit den entsprechenden Vorschlägen befand sich bei den Kulturverantwortlichen in Antofagasta. Sie hatte noch nichts von ihnen gehört. Trotzdem oder vielleicht gerade deshalb arbeitete Rosalie immer wieder an neuen Ideen. Nur abzuwarten, schien keine Alternative für sie zu sein.

Fito war stolz auf seine Tochter.

Neue Wurzeln

Ende Jahr traf ein prall gefüllter Briefumschlag mit Zeitungsartikeln darin ein. Die Post kam von Heinz. Lange betrachtete Fito die Fotos des renovierten Hauptbahnhofgebäudes von Winterthur. Der Artikel über den Winterthurer Erwin Schatzmann und seine politische Initiative amüsierte ihn. Der Künstler hatte die Vision eines Sees im Mattenbach-Viertel entwickelt. Immerhin hatte jeder vierte stimmberechtigte Winterthurer Ja zum Waldeggsee gesagt. Enrique würde bestimmt so etwas sagen wie *Da siehst du es wieder. Die Schweiz hat eine wahrhaftige Demokratie, wo jeder Bürger mit Initiativen sein Land mitgestalten kann*, ging Fito durch den Kopf.

Weit weniger interessiert sah er die anderen Artikel durch. Auch der letzte Anteil von *Fincantieri* an *Grandi Motori Trieste* gehörte jetzt der *Wärtsilä NSD*. Das Unternehmen hatte das bedeutendste Dieselmotorenwerk Europas ganz geschluckt. Fito dachte darüber nach, wie schnell sich die Berufswelt ab den 1990er Jahren verändert hatte. Ab Mitte 1990er Jahre hatte die Softwareentwicklung weltweit einen Auftrieb erlebt, und die Berufsgruppe der Informatiker war exponentiell gewachsen. Der Wirtschaftsaufschwung Ende der 1990er Jahre hatte zwei Gewinner hervorgebracht, die Informatiker und die Banker. Dafür sah es im Maschinenbau umso trüber aus. Die Stellen im Maschinenbau waren in den letzten fünf Jahren gesamtschweizerisch um drei Prozent zurückgegangen. In den einstigen Industriestädten Zürich und Winterthur waren es sogar vierzig respektive dreißig Prozent.

Den Bericht *Weg vom Maschinenbau hin zu Hightech* las Fito aufmerksam durch. Der Leiter des Stadtmarketings Winterthur erklärte, dass man in Winterthur die guten Erfolgsaussichten des neuartigen Wirtschaftszweigs früh erkannt habe. Überhaupt sei dies der Hauptgrund gewesen, weshalb Mitte der 1990er Jahre die Abteilung Stadtmarketing gegründet worden sei. Man wolle mehr Firmen im Hightechbereich anziehen und Klumpenrisiken wie *Sulzer* vermeiden, wurde der Bereichsleiter zitiert.

340

Fito fühlte sich, als hätte er einen Schlag in die Magengegend bekommen. Jetzt hatte ihn doch noch ein Artikel an einem wunden Punkt getroffen.

Er nahm sein schwarzes Notizbuch hervor und überflog seine neuesten Einträge. Noch am selben Tag wollte er mit Rosalie reden. Er hatte sich über die künftigen Touristen Gedanken gemacht. Vielleicht würde man schneller ans Ziel kommen, wenn man für die Besucher nicht gleich ein Hotel anstrebte. Mit einem gemütlichen Zimmer und einem im Übernachtungspreis inbegriffenen Frühstück wären viele Reisende zufrieden. Fito hatte schon mit einigen *Eleninos* gesprochen, die in ihrem Haus über leere Zimmer verfügten, auch mit Lucrecia. Sie wäre bereit, im Anbau Touristen zu beherbergen. Als Fito vor ein paar Tagen bemerkt hatte, dass die Scheune in der Nähe des Busterminals leer stand, suchte er den Immobilienverwalter der *SQM* auf. Darauf erteilte dieser die Bewilligung, den Schuppen zu einer Art Tourismusbüro umzubauen. Auch mit dieser Neuigkeit wollte er Rosalie überraschen.

Manchmal staunte Fito über sich selbst. Nie hätte er gedacht, dass er sich in María Elena so schnell zu Hause fühlen würde. Er hatte eher damit gerechnet, dass er wie ein ausgerissener Baum an einem neuen Ort unmöglich neue Wurzeln schlagen könnte.

Heinz

Im Jahr 2000 hatten die Dieselmotoren der Produktionsanlage in María Elena ausgedient. Um ihnen die letzte Ehre zu erweisen, veranstaltete die *SQM* eine öffentliche Veranstaltung mit Ansprachen, Musik und Häppchen. Lucrecia war noch am Tanzen, als Fito die *SQM* verließ. Die Energie der über Achtzigjährigen beeindruckte ihn.

Als er etwas angeheitert nach Hause kam, machte er sich einen Tee und setzte sich an den Küchentisch. Dann entdeckte er den an ihn adressierten Briefumschlag aus der Schweiz. Er war von Stefano. Fito öffnete ihn, und es fiel ein kleinerer Umschlag mit einem schwarzen Rand heraus. Fitos Hände zitterten, als er das Kuvert aufriss. Wie erwartet befand sich eine Todesanzeige darin. Fitos Hände zitterten noch mehr, als er sie auffaltete. Es war Heinz. Er war mit einem Traktor auf dem Hof verunfallt. Fito fühlte eine Mischung aus Wut und Trauer. Der gesunde, umtriebige, positive, extrovertierte Heinz. Er erinnerte sich an den immer zu Scherzen aufgelegten jungen Heinz in der Monteurschule. Dann dachte er an Susanne. Jetzt stand sie allein da mit dem Hof. Fitos Augen waren feucht.

Reflexartig griff er zum Zeitungsausschnitt, der unter der Todesanzeige gelegen hatte. *Fincantieri* hatte ihren letzten Anteil an der *Wärtsilä NSD* an die *Metra* verkauft. Die *Wärtsilä NSD Schweiz* nannte sich jetzt *Wärtsilä Schweiz* und war offiziell ein Technologiekonzern.

Fito war schwindlig. Er wusste nicht, ob aufgrund des Zeitungsartikels, der zwei *Pisco sour* oder der Todesnachricht. Er runzelte die Stirn, als sein Blick auf den letzten Artikel fiel, den er noch ertrug. Werner K. Rey hatte seine Haftstrafe abgesessen, lebte in London und war wieder in vielen Geschäftsfeldern aktiv. Fito erschrak, als er vor Überraschung laut lachte. Zusammen mit Heinz hatte er immer gehofft, dass der frühere *Sulzer*-Aktionär eines Tages für seine betrügerischen Geschäfte hart bestraft werden würde. Härter als nur mit vier Jahren Gefängnis. Es tat Fito weh, nicht mehr mit seinem Freund darüber diskutieren zu können.

Er hatte die Ellbogen auf dem Tisch abgestützt. Die Fingerspitzen berührten die Stirn, während er auf die Todesanzeige starrte. Gleich am nächsten Morgen würde er Stefano schreiben. Zuerst würde er auf Heinz' Tod eingehen. Dann würde er sich bedanken für die Artikel, die Stefano ihm in den letzten Jahren nach Chile geschickt hatte. Aber jetzt wollte er keine mehr. Schluss, Punkt, aus. Dass Stefano ihn möglichst bald wieder besuchen sollte, würde er auch schreiben. Und dass er dann eine neue italienische Fahne mitnehmen müsste. Die starken Wüstenwinde hatten der alten stark zugesetzt.

Als Fito im Bett lag und sich durch nichts mehr ablenken konnte, kreisten seine Gedanken nur noch um Heinz. Als er endlich einschlief, erschien ihm sein Freund im Traum. Er sah ihn als jungen Monteur auf einem Schiff in Japan. Heinz lief unablässig um den Motor herum und schmierte dessen Bestandteile eifrig mit Sake ein.

2.

Am nächsten Tag wartete Fito wegen der Zeitdifferenz den Nachmittag ab, um Susanne telefonisch zu kondolieren. Am Abend Schweizer Zeit wäre sie wohl am besten erreichbar. Susanne schien sich aufrichtig über den Anruf zu freuen. Fito erzählte ihr einige Anekdoten von der Monteurschule. Dann erinnerte sie ihn daran, dass in ihrem Keller noch eine Schachtel mit Sachen von ihm stehe.

Fito stutzte, das hatte er ganz vergessen. Er hätte auch nicht mehr genau sagen können, was sich in der Schachtel befand. Nur an ein paar Fotoalben und alte Notizbücher erinnerte er sich. Rosalie werde sich um die Sachen kümmern, sagte er ins Telefon. Damals hatte er sie nicht nach Chile mitnehmen wollen, aber sich von ihnen zu trennen, war ihm zu drastisch erschienen. Als Heinz vorschlug, die Schachtel bei ihm zu deponieren, war er erleichtert.

Er wollte es Rosalie überlassen, was von den Sachen sie behalten wollte. Sie kannte die Gründe, weshalb ihr Vater nie mehr in die Schweiz reisen wollte. Er befürchtete, den Hausverkauf und den Wegzug infrage zu stellen, wäre er wieder dort. In María Elena fühlte er sich mit sich im Reinen.

Das wollte er nicht aufs Spiel setzen.

3.

Rosalie war nicht danach, in die Schweiz zu reisen. Zuerst wollte sie Kathrin darum bitten, die Schachtel bei Heinz' Witwe abzuholen. Aber sobald sie den Gedanken zu Ende gedacht hatte, verwarf sie ihn gleich wieder. Das Problem wäre dann ja nicht gelöst. Irgendwann müsste sie in die Schweiz fliegen und den Inhalt durchsehen. Fito schlug vor, dass Camilo und Manuelito sie begleiteten. Er würde für die Kosten aufkommen, auch wenn sie mehrere Wochen lang in Europa blieben und dort herumreisten.

Aber Rosalie war nicht nach Ferien zumute, schon gar nicht im europäischen Winter. Da sie die Angelegenheit nicht aufschieben wollte, verkündete sie, sie werde allein reisen. Dafür aber nur für eine Woche. Der fast fünfjährige Manuelito war sehr umgänglich und gerne mit seinem Vater und den anderen Familienmitgliedern zusammen. Er würde sie in dieser kurzen Zeit kaum vermissen.

Schnell war alles organisiert, auch dass Rosalie bei Susanne wohnen würde. Sie hatte vor, Stefano und Antonella zu besuchen, und sie wollte sich mit ein paar Freundinnen treffen. Mit den meisten hatte sie zwar wenig Kontakt. Die einen hatten Kinder, die anderen waren beruflich sehr eingebunden oder reisten in der Welt umher. Zu Rosalie in die Atacamawüste hatte es bis jetzt aber noch keine dieser reisefreudigen Freundinnen geschafft.

Die Schachtel

Als das Flugzeug zur Landung auf dem Flughafen Zürich ansetzte, spürte Rosalie eine Mischung aus Zuneigung und Distanz für das Land, in dem sie geboren und aufgewachsen war. Es war neblig, aber mit sieben Grad nicht so kalt. Vor drei Tagen hatte sie mit Susanne telefoniert. Sie hatten abgemacht, dass Rosalie am Flughafen den Zug nehmen würde. In etwas mehr als einer Stunde wäre sie am Bahnhof in Wald, wo Susanne auf sie wartete. Am Telefon war ihr Susanne sympathisch gewesen, jetzt freute sie sich darauf, sie kennenzulernen. Rosalie war froh, dass ihr Koffer halbleer war und sie nicht schwer damit zu tragen hatte. Auf der Rückreise wäre er gefüllt mit den ausgewählten Sachen aus der Schachtel und dazu mit viel Schokolade.

Während der Fahrt ins Zürcher Oberland fühlte sich Rosalie wie eine Touristin. Ihre Eltern waren nicht in der Schweiz, und sie besaß hier nichts. Deshalb betrachtete sie alles mit anderen Augen.

Als Rosalie mit ihrem Koffer beim Bahnhofskiosk angelangte, winkte ihr eine Frau mit langen blonden Haaren zu. Susanne stand neben einem Geländefahrzeug, dem man vor lauter Schlamm die Farbe nicht ansah. Rosalie kondolierte ihr und umarmte sie kurz. Vom Bahnhof aus ging es fast nur bergauf. Rosalie hoffte, irgendwann die Sonne zu sehen und die schöne Aussicht zu genießen, aber der Nebel war zu dicht. Die Gegend war ihr vertraut, schon ab ihrer frühen Jugend hatte sie hier viele Wanderungen mit ihrem Vater unternommen.

Nur eine Viertelstunde später kamen auf dem Hof an. Susanne parkte den Wagen unter einem Vordach, wo unter anderem ein kleiner Traktor, zwei Fahrräder und viel Werkzeug herumstanden. Auf Rosalie wirkte alles chaotisch, aber charmant. Auf der Führung durch den Hof lernte sie zuerst den Hund und die beiden Katzen kennen. Dann folgten die Hühner, der Schweinestall, das Gehege für die fünf Pferde und die kleine Käserei. Zuletzt sah sich Rosalie im Hofladen um. Sie staunte. Susanne und Heinz hatten mit ihrem Hof einen richtigen Mikrokosmos erschaffen. Rosalie kannte niemanden, der so autonom lebte. Ob diese Lebensform auch für ihre eigene Familie infrage käme? Irgendwann würde sie Camilo darauf ansprechen. Ein Banker, der im Süden

Chiles abends den Stall ausmistete. Rosalie grinste bei der Vorstellung. Nichts war unmöglich, außerdem war Camilo für vieles offen.

Schließlich zeigte ihr Susanne das kleine, gemütliche Gästezimmer, wo es nach Lärchenholz roch. Während Rosalie ihre wenigen Sachen auspackte und in den Schrank hing, kochte Susanne. Nach dem Essen zeigte sie Rosalie die Schachtel, sie befand sich in einer Ecke des Wohnzimmers. Aber Rosalie war nicht danach, den Inhalt durchzusehen. Sie fühlte sich zu müde, viel lieber ging sie nochmals zu den Tieren.

2.

Am darauffolgenden Mittag war Rosalie bei Antonella und Stefano zum Essen eingeladen. Auf dem Weg zu deren Wohnblock kam sie am Kindergarten vorbei. Rosalie lächelte. Es sah alles noch genauso aus wie früher. Sogar das Schwimmbecken war noch da. Die Wohnung im Mattenbach-Viertel kam Rosalie kleiner vor als in ihrer Erinnerung. Vielleicht lag es auch an der Jahreszeit. Im Winter kam der Balkon als zusätzlicher Aufenthaltsraum ja nicht infrage.

Am nächsten Tag traf sich Rosalie mit Kathrin in Zürich. Während der Rückfahrt im Zug bedauerte sie einen Augenblick lang, nur eine Woche in der Schweiz zu sein. Sie dachte an das Haus, wo sie einen Teil ihrer Kindheit und ihre Jugend verbracht hatte. Kurz verspürte sie das Verlangen, es zu sehen, wenn auch nur von außen. Aber so schnell wie der Gedanke gekommen war, verschwand er wieder. Der Ausdruck *Pasado pisado* blitzte vor Rosalies geistigem Auge auf. Wortwörtlich: zertretene Vergangenheit. Oder weniger dramatisch: Was vorbei ist, ist vorbei.

3.

Es war Wochenmitte. Susanne und Rosalie befanden sich im Wohnzimmer und tranken Tee. Nach dem Sonnenuntergang hielt sich kaum jemand länger als nötig im Freien auf. Auch Susanne war am liebsten im warmen Haus, wenn ihre Tiere sie nicht mehr brauchten.

Rosalie hatte Kälte und Dunkelheit nie besonders gemocht, dafür das Kerzenlicht an einem Winterabend umso mehr. Sie saß auf der Sitzfläche des Kachelofens und hatte die Augen geschlossen.

«Und wann widmest du dich der Schachtel?» Susanne lächelte.

Rosalie öffnete die Augen und lächelte zurück. «*Jetzt* ist wohl ein guter Moment.» Sie empfand keinerlei Neugier, die Sachen durchzusehen. Manchmal vergaß sie fast, dass sie ja deswegen in der Schweiz war. Etwas widerwillig stand sie auf, nahm sich ein Kissen vom Sofa und setzte sich auf den Holzboden neben die Schachtel. Während Susanne auf dem Sofa ein Buch las und gelegentlich zu ihr sah, verschaffte sich Rosalie einen Überblick. Fotoalben, Notizbücher, Landkarten, ein Kompass, *Sulzer*-Kugelschreiber und andere Firmengeschenke, diverse Kalender. Sie breitete alles vor sich aus. Die Fotoalben und Notizbücher musste sie durchsehen, um zu entscheiden, was sie mitnehmen würde. Bei den anderen Dingen wusste sie es schnell.

An einige Fotoalben erinnerte sie sich. Diejenigen, die neu für sie waren, blätterte sie konzentriert durch. Auch das Album, das Fitos Berufsleben bebilderte. Lange betrachtete sie ein Schwarz-Weiß-Foto der Monteurklasse. «Da müsste auch Heinz drauf sein, oder?» Rosalie ging mit dem Album in der Hand zum Sofa.

Susanne legte ihren Zeigefinger auf den jungen Mann, der auf einem Stuhl saß, und grinsend einen Messschieber in der Hand hielt. Fito stand eher im Hintergrund, er lächelte freundlich. Auch Rosalie lächelte, als sie ihren jungen Vater betrachtete. Als sie alle Fotoalben durchgesehen hatte, war es Zeit zum Abendessen. Danach zog sie sich mit den schwarzen Notizbüchern und etwas, das aussah wie ein Tagebuch, in ihr Zimmer zurück.

4.

Rosalie zündete sich eine Kerze an und begann zu lesen. Eigentlich war sie davon ausgegangen, danach wieder zu Susanne ins warme Wohnzimmer zurückzukehren. Aber Normas Tagebuch hielt sie davon ab. Offenbar hatte Lucrecia es ihr geschenkt, jedenfalls war eine Widmung von ihr darin.

Rosalie hatte sich im Bett eingekuschelt. Sie las, bis ihr die Augen brannten. Es war spannend, ins Seelenleben ihrer Mutter einzutauchen. Völlig unverhofft bekam sie einen Einblick in deren Gedanken. Sogar über den chilenischen Großvater hatte sie geschrieben. Rosalie war überrascht, dass er sich wie ihr Schweizer Urgroßvater umgebracht hatte. Der eine erhängt, der andere erschossen.

Interessiert las sie die Passagen, wo Norma über Fito schrieb. Seit Rosalie denken konnte, war ihr Vater der Stille und ihre Mutter die Gesprächige. Es rührte sie, dass Norma festgehalten hatte, was er ihr von seiner Kindheit erzählt hatte. Sie war seine Stimme. *Der Tag, auf den sich mein geliebter Fito so gefreut hatte, wurde für ihn zu einem traurigen Erlebnis. Weder vorher noch danach hatte er sich so geschämt wie an seinem ersten Schultag. Die Stiefmutter hatte ihn tatsächlich ohne Schuhe in die Schule geschickt. Und das an seinem allerersten Schultag. Alle außer ihm trugen Schuhe, er sah es bald. Die Lehrerin blickte ihn streng an und schickte ihn nach Hause. Selten zuvor hatte Fito seine leibliche Mutter so schmerzhaft vermisst. Die hätte ihn nie barfuß aus dem Haus gelassen. Schon gar nicht an seinem ersten Schultag, war er überzeugt.*

Rosalie fragte sich, wieso Norma über das Erlebnis ihres Vaters geschrieben hatte. Sie musste es für *sie* getan haben, kam sie zum Schluss. Wenn Norma nicht gewollt hätte, dass ihre Tochter eines Tages ihr Tagebuch lesen würde, hätte sie es verbrannt oder sonst entsorgt. So gut kannte sie ihre Mutter. Sie hatte über viele Jahre hindurch im Tagebuch geschrieben, auch über ihre Kindheit und Jugend in Chile.

Je mehr Rosalie las, desto näher fühlte sie sich Norma. Irgendwann erkannte sie, dass sie ihre Mutter in ihrer eigenen Kindheit und Jugend nicht hatte spüren können, weil sie nie ganz da war. Sie war für sie unfassbar gewesen, so in etwa wie ein Geist.

Den Abschnitt über den zerbrochenen Krug las Rosalie mehrmals durch. Norma schrieb, sie fühle sich wie ein wieder zusammengesetzter Krug, der auf den ersten Blick heil aussehe. *Aber vielleicht hat Hugo ja recht. Vielleicht machen mich meine Verletzungen als Mensch schöner. Ich habe immer versucht, das Beste aus meinem Leben zu machen und so glücklich wie möglich zu sein. Deshalb kitte ich mich immer wieder zusammen, wenn ich auseinanderfalle. Aber dafür brauche ich viel Ruhe und viel Raum. Und diese Ruhe und diesen*

Raum nahm ich Rosalie weg. Mir das einzugestehen, tut furchtbar weh. Aber ich konnte einfach nicht anders.

Zum ersten Mal ahnte Rosalie, dass ihre Mutter viel mehr war als das, was sie von ihr kannte.

Ganz überwunden habe ich meine Wunden und Mängel nicht. Aber wo steht geschrieben, dass man dies bis zu seinem Lebensende geschafft haben muss? Diese Welt ist nicht Hollywood.

Rosalie lächelte. Sie erinnerte sich an die vielen Spielfilme und Serien, die sie sich zusammen mit ihrer Mutter angesehen hatte. Die meisten endeten glücklich. Vielleicht glaubte Rosalie deshalb so lange, dass Geschichten auch im wirklichen Leben immer gut ausgingen.

Nicht alles endet glücklich, las sie jetzt. *Ich habe lange gebraucht, um das zu begreifen. Vielleicht werden wir geboren, um unser Glück zu suchen. Vielleicht kommen wir mit der Aufgabe auf diese Welt, das Beste aus unserem Leben zu machen. Je älter ich werde, desto weniger glaube ich, dass es Menschen gibt, die sich immer vollständig fühlen. Möglicherweise nehmen sie nur nicht wahr, dass ihnen etwas fehlt. Auch weil sie nicht darüber nachdenken. Oder weil sie sich von ihrem Leid oder ganz allgemein von ihrem Dasein ablenken mit Alkohol, Drogen, Sport oder dem Zusammensein mit anderen Menschen. Um so das Alleinsein zu vermeiden. Ich habe mich oft mit meinen Freundinnen von mir selbst abgelenkt.*

Normas Worte stimmten Rosalie nachdenklich. Sie war glücklich mit ihrem Leben in Chile mit Camilo und Manuelito. Aber von Zeit zu Zeit überkam sie ein diffuses, unangenehmes Gefühl. So als schwanke der Boden unter ihr. Vor allem in den Momenten, wo sie nicht ganz bei sich war. Wenn sie sich über etwas ärgerte oder sich unverstanden fühlte. Es war eine Mischung aus Unzufriedenheit und Wut. Dieses Gefühl hatte mit Norma zu tun, erkannte Rosalie jetzt deutlich. In ihrer Jugendzeit hatte sie es oft gehabt.

Zwischendurch wechselte Rosalie zu den schwarzen Notizbüchern ihres Vaters. Auf vielen Seiten befanden sich Skizzen von Motoren und Motorteilen sowie mathematische Formeln. Schließlich waren die Notizbücher für Fitos Montageeinsätze bestimmt. Aber dazwischen hatte es immer wieder private Vermerke. *Norma hat mich vollständiger gemacht,* las Rosalie. Die Worte berührten sie. Bewusst oder unbewusst hatten ihre Eltern einander unterstützt und sich dadurch ergänzt.

Das konnte sie auch zwischen den Zeilen lesen.

Vielleicht würden die Notizbücher ihres Vaters das Bild, das sie von Norma hatte, vervollständigen. Wenn sie wieder in Chile war, würde sie ihm Fragen über sie stellen.

Rosalie begann sich das gemeinsame Leben ihrer Eltern auszumalen. Vom Kennenlernen in Chile über den Aufenthalt in Lima und Iquitos und dem Ankommen in der Schweiz bis zu Normas Tod. Sie spürte, wie etwas in ihr erwachte, das stärker war als nur eine Idee. Es war der Drang, einen Roman über ihre Eltern zu schreiben. Rosalie stand auf, packte die Notizbücher und das Tagebuch in den Koffer, legte sich zurück ins Bett und löschte das Licht.

Nachwort

Was aus der ehemaligen Sulzer-Dieselmotorenabteilung wurde

Im Jahr 2002 baute *Wärtsilä Schweiz* einhundertdreißig der vierhundertdreißig Arbeitsplätze ab. Ab 2005 verbesserte sich die Situation, und 2007 wurde das Unternehmen zu einem wichtigen Lieferanten von Zweitaktmotoren. Im selben Jahr verschwand auf den neu hergestellten Dieselmotoren der Name *Sulzer*. Man sprach fortan nur noch vom *Wärtsilä*-Motor.

Anfang 2015 fusionierte *Wärtsilä Schweiz* mit der weltweit größten Schiffkonstrukteurin *Chinese State Shipbuilding Corporation*. Die daraus entstandene Firma heißt *Winterthur Gas & Diesel*, kurz *WinGD*, und entwickelt Schiffsmotoren. Seit 2016 gehören alle *WinGD*-Aktien der chinesischen Firma. Die ehemalige Dieselmotorenabteilung von *Sulzer* hat ihren Sitz in Oberwinterthur. Anfang 2021 zeichnete Guinness World Records den *WinGD*-Motor 12X 92 DF als leistungsstärksten seiner Art aus. Er kann sowohl mit Flüssigerdgas als auch mit Diesel betrieben werden.

Zu Georg Sulzer

Georg Sulzer starb im Jahr 2001 im Alter von zweiundneunzig Jahren. Er war bis 1982, als er zurücktrat, der letzte Repräsentant der Familie Sulzer an der Unternehmensspitze. Obwohl er *Sulzer* während fast dreißig Jahren so unumstritten und erfolgreich geführt hatte wie niemand zuvor, erschienen in der internationalen Presse keine Nachrufe. Auch die Schweizer Medien informierten, wenn überhaupt, nur mit einer kurzen Meldung über seinen Tod.

Was aus dem Gastarbeiterstatus wurde…,

Als 2002 die Personenfreizügigkeit mit der EU in Kraft trat, fiel der Gastarbeiterstatus endgültig weg. Als eine Folge davon stiegen die Löhne auf dem Bau stark an.

… aus dem ehemaligen Sulzer-Hochhaus,

Das *Sulzer*-Hochhaus stand von 1998 bis 2008 leer und wurde immer wieder besetzt. In dieser Zeit betrachteten es viele als demütigendes Symbol des industriellen Niedergangs. Erst ab 2005 ließ es der Besitzer Bruno Stefanini komplett sanieren. 2013 zog *Sulzer* als Mieterin in den obersten Stock ein.

In der Adventszeit erstrahlt an der Fassade ein Tannenbaum und an Silvester ein Champagnerglas. Während der Winterthurer Kurzfilmtage zeigen zweihundertzweiunddreißig von eintausendsechshundert Fenstern ein *k* in jede Himmelsrichtung. Das Hochhaus ist heute als *Wintower* bekannt und wird von vielen Winterthurern und Winterthurerinnen noch immer als Wahrzeichen ihrer Stadt angesehen.

… der Industriekathedrale und anderen Sulzer-Gebäuden

Die ehemalige Großgießerei, auch als Industriekathedrale oder Halle 53 bekannt, ist im Moment ein Parkhaus. Im Jahr 2022 hätte das Gebäude zur Eventhalle umgenutzt werden sollen. Anscheinend bestehen diese Pläne weiterhin.

Alle Gebäude des *Sulzer*-Areals gehören der Stadt Winterthur.

María Elena

María Elena gilt als letztes weltweit funktionierendes Salpeterwerk. Heute wird der Salpeter aber in der acht Kilometer entfernten *Coya Sur* gewonnen. María Elena ist der einzige Ort in Chile, der einem Unternehmen gehört. Von den derzeit viertausendsechshundert *Eleninos* sind zwei Drittel Männer und ein Drittel Frauen. In María Elena gibt es drei Museen. Das *Museo del Salitre*, das Spielzeugmuseum und das *Museo del Recuerdo Pampino*.

Die Salpeter-Geisterstädte Humberstone und Santa Laura

Die ehemaligen Salpeterwerke *Humberstone* und *Santa Laura* wurden 2005 zum UNESCO-Weltkulturerbe erklärt.

Der Tod von Pablo Neruda und Eduardo Frei Montalva in der Klinik Santa María

Dass Pablo Neruda 1973 in der Klinik *Santa María* in Santiago de Chile vergiftet wurde, wurde offiziell nie bestätigt.

Als Chiles früherer Präsident Eduardo Frei Montalva in derselben Klinik am 22. Januar 1982 starb, sprach man während Jahren von einem ärztlichen Kunstfehler, der sich während einer einfachen Magenoperation ereignet habe. Aber tatsächlich wurde Frei Montalva zum Verhängnis, dass er die Fronten wechselte. Am Anfang befürwortete er den Putsch gegen seinen Nachfolger Salvador Allende, weil er davon ausging, dass das Militär bald einer zivilen Regierung die Macht übergeben würde. Als dies nicht der Fall war, sprach sich Frei Montalva offen gegen Augusto Pinochet aus.

Im Jahr 2009 bewies die chilenische Justiz, dass der Christdemokrat mit Thallium und Senfgas ermordet wurde. Die Involvierten, darunter Militärangehörige und Ärzte, wurden verurteilt.

Leserstimmen

Alice Loosli: «Teils in wenigen Worten und auf unaufgeregte Weise wird viel gesagt. Das Lesen dieses Buchs weckte ähnliche Gefühle in mir wie das Anschauen eines Trigon-Spielfilms. Ich sehe die vielen Bilder noch immer vor mir.»

Lisa Überth: «Mir hat die internationale Liebesgeschichte zwischen Fito und Norma gefallen. Zudem finde ich Bücher über verschiedene Generationen einer Familie spannend.»

Beatrice Eberli: «Als Winterthurerin bin ich stolz auf unsere *Sulzer*-Geschichte und natürlich auch auf Winterthur. Viele meiner Vorfahren haben bei *Sulzer* gearbeitet, ich selbst im Büro. Die Entwicklung meiner Heimatstadt von etwa 1965 bis 2000 wird in diesem Roman immer wieder thematisiert.»

Rosanna Amsler: «Ich habe wie Rosalie in diesem Roman zwei Kulturen in mir. Menschen wie wir haben oft das Gefühl, nirgends ganz dazuzugehören. Aber dafür schlagen wir leichter Wurzeln als andere, und das irgendwo auf der Welt.»

Lena Lenziger: «Mir hat gefallen, wie die Liebesgeschichte zwischen Norma und Fito geschildert wird. Sie sind so verschieden und kommen aus anderen Kulturen. Es hat mich berührt, dass sie sich zusammen vollkommener fühlen.»

Franz Inauen: «Wieso haben wir in Winterthur kein *Sulzer*-Museum? Ich gehöre zu den ehemaligen Sulzerianern und anderen Winterthurern, die dies nicht verstehen. Immerhin gibt es jetzt dieses Buch. So vergisst man uns und unsere Vorfahren, die bei *Sulzer* gearbeitet haben, vielleicht nicht so bald. Und die Geschichte der Dieselmotorenabteilung auch nicht.»

Romina Neidhart: «Ich habe es genossen, wieder einmal ein Buch mit vielen Seiten zu lesen. So konnte ich länger in die Geschichte eintauchen. Mir hat auch gefallen, dass der Roman irgendwie wie das Leben ist. Nichts Gekünsteltes, einfach ehrlich und authentisch.»

Ernst Läuchli: «Was mit *Sulzer* passiert ist, ist mit vielen anderen Betrieben weltweit geschehen. Die Globalisierung hat alles vereinheitlicht. Es war eine andere Welt früher. Damals identifizierte man sich mit der Firma, wo man arbeitete.»

Ina Cornelius: «Ich war überrascht, dass damals junge Monteure ohne interkulturelles Training in die hintersten Winkel der Welt geschickt wurden. Ohne unsere heutigen Kommunikationsmöglichkeiten, zu einer Zeit, in der viele nicht einmal über die eigene Landesgrenze hinauskamen.»

Heinz Truniger: «Ich bin ein ehemaliger *Sulzer*-Monteur. Ich hätte nicht gedacht, mich eines Tages in einem Roman wiederzufinden! Das Buch hat viele Erinnerungen in mir hervorgerufen. Meine Familie hat mich dazu angeregt, meine Erlebnisse niederzuschreiben. Damit habe ich jetzt angefangen.»

Zu diesem Roman

Mein Vater und mein Großvater haben viele *Sulzer*-Dokumente aufbewahrt. Fabrikordnungen, Jubiläumsschriften, Mitarbeitermagazine, Dieselgeschichten der Dieselpensionierten und diverse Zeitungsausschnitte. Mein Vater hat alte Einsatzpläne behalten und Fotos von Dieselmotoren, die er repariert hat. In einem Bücherregal fand ich drei Büchlein mit Zitaten von Albert Schweitzer. «Worte, die bleiben», herausgegeben vom Schweizer Hilfsverein für das Albert-Schweitzer-Spital in Lambarene. Oft hatte ich das Gefühl, Vater und Großvater schauten mir beim Recherchieren und später auch beim Schreiben über die Schulter.

Ich habe einen Roman und kein Sachbuch geschrieben. Insofern galt für mich eher Mut zur Lücke als Anspruch auf Vollständigkeit.

Hans Meier danke ich für die Anekdoten, die er mir mit funkelnden Augen von seinem ehemaligen Arbeitsalltag als *Sulzer*-Monteur erzählt hat. Hans Meier steht für mich für alle *Sulzer*-Dieselmotorenmonteure. Für mich waren sie bescheidene Helden und weltoffene Menschen, die so schnell nichts aus der Ruhe brachte. Auch dann nicht, wenn sie improvisieren mussten, weil sie sich ohne die für ihre Arbeit erforderlichen Ersatzteile und Werkzeuge an einem entlegenen Ort am anderen Ende der Welt befanden.

Sie waren für *Sulzer* die perfekten Botschafter.

Rosmarie Schoop

Ich bin in Winterthur geboren und dort aufgewachsen. Nach einer kaufmännischen Berufslehre holte ich die Matura nach, um an der Universität Zürich französische und englische Sprach- und Literaturwissenschaft zu studieren. Ich arbeitete als Sprachlehrerin, wechselte zum Journalismus und wurde schließlich Schriftstellerin.

Andere Bücher von mir sind die Erzählung «Die Perle – Ojos que no ven, corazón que no siente» und der Roman «Chile-Salpeter und Edelweiß – eine Familiengeschichte». Letzterer erschien im Jahr 2020 unter meinem Pseudonym Emma Olivares. «Herzlos – Vom Monteur, der für SULZER in die Welt zog» ist eine lose Fortsetzung dieses Romans.

gerissene Oelwanne

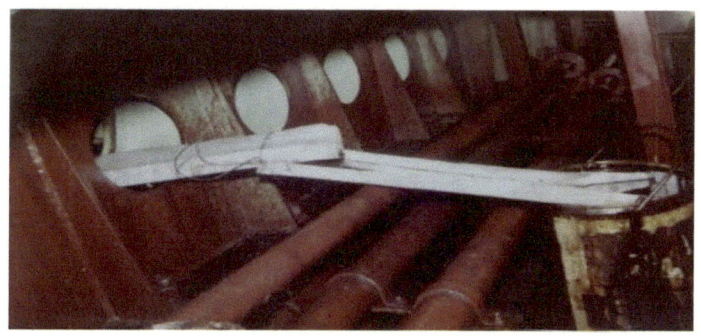

Schrott !

Schrott !

Iquique

3 × 6 TPF U8

363